HHhH
プラハ、1942年

ローラン・ビネ　高橋啓訳

東京創元社

目次

HHhH

——プラハ、一九四二年

第I部

散文作家の思考が新たに〈歴史〉という樹にきずを付けているが、野生動物を持ち運びできる檻に押し込める策略を見つけるのはわれわれの仕事ではない。

オシップ・マンデリシュターム『小説の終焉』

I

ガブチーク、それが彼の名、実在の人物だ。彼には聞こえてきただろうか、闇に沈むアパートの鎧戸《よろいど》の背後で、たったひとり小さなスチールのベッドに横たわり、すぐにプラハの路面電車のそれだとわかる独特の軋《きし》み音に耳を傾けただろうか？　僕はそう思いたい。僕はプラハの街をよく知っているから、路面電車の番号も（当時は違う番号だったかもしれないが）、その経路も、ガブチークのいた部屋も、閉ざされた鎧戸の向こうに横たわり、考え、耳を澄ましていた彼の姿も、よく思い描くことができる。僕らは今、プラハのヴィシェフラツカー通りとトロイツカー通りの交わる角にいる。路面電車十八番（あるいは二十二番）は植物園前で停車した。何より重要なことは、今が一九四二年だということ。ミラン・クンデラは『笑いと忘却の書』のなかで、登場人物に名前をつけなければならないことが少し恥ずかしいとほのめかしている。とはいえ、彼の小説作品にはトマーシュだとかタミナだとかテレーザだとか名づけられた登場人物があふれ、そんな恥の意識などほとんど感じさせないし、そこにははっきりと自覚された直感がある。リアルな効果を狙う子供っぽい配慮から、もしくは最善の場合、ごく単純に便宜上であっても、架空の人物に架空の名前をつけることほど俗っぽいことがあるだろうか？　僕の考えでは、クンデラはもっと遠くまで行けたはずだ。そもそも、架空の人物を登場させることほど俗っぽいことがあるだろうか？

つまりガブチークは実在の人物であり、この名で呼べば彼は実際にちゃんと返事をしたのだ（つねにそうしたかどうかは別にして）。彼の物語はまったくの事実であると同時に例を見ない特異な物語なのだ。僕に言わせれば、彼とその仲間たちは人類史上もっとも偉大な抵抗運動を企てた人々であり、少なくとも、第二次大戦中ではもっとも高貴な抵抗運動であったことは間違いない。ずっと前から、僕は彼に敬意《オマージュ》を捧げようと思っていた。ずっと前から、あの小さな部屋に寝そべって、鎧戸を閉め、窓は開けたまま、植物園前で停まる路面電車（どっちに向かうのか？　それはわからない）の軋み音に耳を澄ましている彼の姿を思い描いてきた。けれど、このイメージを、今僕がこっそりとやろうとしているように、紙の上に記してみたとしても、彼に敬意を表することになるかどうか定かではない。僕はこの男を平凡な人物として描き、彼の行為を文学へと変換しようとしている。それは名誉を傷つける錬金術でしかないが、僕にはどうしようもない。僕は、このヴィジョンを復元する試みもせずに生涯それを引きずっていきたくないのだ。僕はこれからこの奇想天外な物語に結局は理想化のメッキを施していくことになるかもしれないが、そのピカピカ反射するぶ厚いメッキの裏に、歴史的リアリティという錫箔《すずはく》のない鏡がなおも透けて見えることを、せめて期待したい。

2

父がこの話を最初に聞かせてくれたのがいつのことだったか、正確には思い出せないのだが、公団住宅の僕の部屋で、父が「パルチザン」とか「チェコスロヴァキア」とか、たぶん「襲撃」だとか、まず間違いないのは「粛清《しゆくせい》」という言葉、それに「一九四二年」という日付を口にしているところは思い浮かべることができる。僕は父の書棚でジャック・ドラリュの書いた『ゲシュタポ・狂気の歴史』という本を見つけ、数ページ読みはじめたところだった。僕がその本を手にしているところを見かけた父は、ついでにいくつか僕に説明してくれた。ナチ親衛隊長のヒムラーの名前を挙げ、次にその右腕にしてボヘミア・モラヴィア（ベーメン・メーレン）保護領の総督ハイドリヒの名を挙げた。それから、ロンドンを経由して送り込まれたチェコスロヴァキアの特別攻撃隊と、その襲撃のことを話してくれた。彼は細部についての知識はなかったが（その当時、僕には細部を問う理由はほとんどなかったし、この歴史的出来事そのものが、今ほど僕の想像力を刺激するものではなかったのだが）、その語り口には、彼がなんらかのかたちで衝撃を受けた物事について語るとき特有の軽い興奮がともなっていたことは覚えている（教員という職業上の癖なのか、持って生まれた性癖なのかは知らないけれど、よく何度も同じことを繰り返すのが好きな人だった）。父がこの逸話の重要性を自分で意識したことがあったとは思えない。というのも、この主題で本を書くつもりでいることを最近話したときも格別興奮する様子もなく、おざなりの好奇心しか感じられなかったからだ。でも、彼がずっとこの物語に魅了されてきたことはわかる。たとえこの物語から僕ほど強い印象を受けてはいなかったにせよ。この本を書くのは、父に対するお返しでもある。父から思春期の少年へ与えられた言葉がこうして実を結んだのだから。当時父はまだ歴史の教師ではなかったけれど、こなれていない言葉でなんとか僕に語ろうとしたのはまさに、〈歴史〉、だったのだ。

3

二つの国に分かれる前、僕はまだ子供だったけれど、テニスのおかげで、すでにチェコとスロヴァキアの区別はついていた。たとえば、イワン・レンドルはチェコ人で、ミロスラフ・メチージュはスロヴァキア人だということは知っていた。そもそもスロヴァキア人のメチージュはひらめきがあり才能豊かで、人から好かれるプレーヤーで、それに比べるとチェコ人レンドルのほうは我慢強く冷静で、あまり人受けしないプレーヤーだったが（とはいっても二百七十週連続で世界ランキング一位を保ち、これはピート・サンプラスの二百八十六週に抜かれるまで世界記録だった）、同時に僕は父から、第二次大戦中にスロヴァキア人は対独協力に走ったが、チェコ人は抵抗したということも聞いていた。僕の頭のなかでは（世界のとてつもない複雑さを感知するには、当時の僕の理解力はあまりに限られていた）、チェコ人はすべて根っからの抵抗派で、スロヴァキア人はすべて根っからの対独協力者であることを意味していた。けれども世界はこんな単純な図式では解けない。抵抗運動《レジスタンス》と対独協力は必ずしも対立するものではない。じつは、チトーがクロアチア人だということを知ったとき初めて（クロアチア人がすべて対独協力者ではないのと同じで、セルビア人のすべてが抵抗したわけではないだろう）、僕は第二次大戦中のチェコスロヴァキアの状況についてより明確な展望を持つことができた。ボヘミア・モラヴィア地方（現在のチェコ）はドイツ軍によって占領され、帝国《ライヒ》に併合されていたが（すなわち、あまりありがたくない保護領の地位にあって、大ドイツ帝国に統合された一部とみなされていた）、かたやスロヴァキアは国家として名目上は独立していたとはいうものの、ナチによって属国化されていたのだ。もちろん、このことが各人の行動を決定づけるものではないのだけれど。

4

一九九六年に首都のブラティスラヴァにやって来て、これから東部スロヴァキアの軍事学校にフランス語教師として派遣されようというときに、フランス大使館付きの国防武官の秘書に僕が最初に尋ねたことのひとつは（誤ってイスタンブールのほうに行ってしまった僕の荷物についての消息はさておき）、この襲撃事件に関することだった。この事件について、最初に詳細を教えてくれたのは、かつてチェコスロヴァキア軍で電話盗聴を専門とし、冷戦が終わってからは外交官に転じたこの愛すべき元曹長だった。まずは、襲撃を実際に実行することになっていたのは二人、チェコ人とスロヴァキア人だった。自分の受け入れ国に属する人物がこの作戦に加わっていることを知って、僕はうれしかった（つまりスロヴァキア人にもちゃんと抵抗派がいたということだ）。襲撃作戦が実際にどう展開したかについては、ハイドリヒの車に向かっていざ狙撃しようとした瞬間に銃から弾が出なかったということ以外、たいした情報は得られなかったように思う（それと、この襲撃のさなか、ハイドリヒが車に乗っていたという事実も、このとき知った）。とりわけ僕の好奇心を刺激したのは、襲撃のあとのことだった。二人のパルチザンは仲間とともにどのようにして教会のなかへ逃げることができたのか、そしてどうしてドイツ軍は彼らを水責めにしようとしたのか……妙な話だ。僕はもっと正確なことが知りたかった。でも、曹長はそれ以上のことはほとんど知らなかった。

5

スロヴァキアに来て間もなく、僕は若くてとても美しいスロヴァキア女性と知り合って激しい恋に落ちた。それから五年にわたって情熱的な恋愛を経験し、彼女からいろいろ細かい情報を教えてもらった。たとえば登場人物の名前、まずはヨゼフ・ガブチークとヤン・クビシュ。ガブチークはスロヴァキア人で、クビシュはチェコ人——それぞれの名字の響きから間違えようがないという。いずれにせよ、この二人の男がこの歴史画には欠かせない要素だということらしい。僕が恋に落ちたアウーレリアという若い女性は、彼らの名前を学校で教わったという。おそらく彼女と同世代のチェコの、スロヴァキアの子供たちはみなそうなのだろう。ほかのことに関しても、彼女は大筋で知っていたが、わが曹長より多くを知っているわけではなかった。僕がいつも不思議に思ってきたのは、この事件が小説的筋立てにおいても、その緊張感においても、このうえなく荒唐無稽なフィクションさえ超えているということなのだが、それを本当に知るまでには二年か三年も待たなければならなかった。しかも、それを知ったのはほとんど偶然によるものだった。

　僕はアウーレリアのために、プラハの中心部の、ヴィシェフラット城とカレル広場のあいだに位置するあたりに部屋を借りていた。ところで、この広場からレッスロヴァ通りが出ていて、ヴルタヴァ川（独語ではモルダウ）にぶつかるのだが、そこに大気のなかで揺らめいているような、チェコ語で「踊る建物」と呼ばれる、あの奇妙なガラス張りの建物がある。このレッスロヴァ通りの右の歩道を下っていくと、教会がある。この教会の側面に地下室への採光窓がついていて、この窓のまわりは無数の弾痕のある石で囲まれ、ガブチークとクビシュとハイドリヒの名を記したプレートが張りつけてある。この三者の運命はこうして永遠に結ばれているわけだ。僕はこの地下室の窓の前を、無数の弾痕にも気づかず、何十回も通っていたのだ。ところがある日、僕は足を止めた。そこがパラシュート部隊員たちがハイドリヒ襲撃ののちに逃げ込んだ教会だということを、そのとき僕は初めて知った。

　僕はアウーレリアと一緒にそこにまたやって来た。教会は開いていて、地下納骨堂を見学することができた。

地下納骨堂には、すべてがあった。

6

今から六十年以上前にこの納骨堂で起こった惨劇の跡が、そこには恐ろしいほど生々しく残っていた。外から見える地下の採光窓の裏側、数メートルにわたって掘られたトンネル、壁と丸天井に残るたくさんの弾痕、二つの木のドア。またパラシュート部隊員の顔写真もあり、チェコ語と英語で記された説明文のなかには裏切り者の名前もあるし、レインコート、鞄、自転車が一か所に集められて展示されているし、肝心なときに働かなかったステン短機関銃ももちろんあるし、様々な資料に名を留めている女たちもいるし、軽はずみな行動の数々もあれば、ロンドン、フランス、外人部隊、亡命政府、リディツェという名の村、ヴァルチークという名の若い見張り番、よりにもよって最悪のときに通りかかった路面電車、デスマスク、密告者のための一千万コルナの報奨金、青酸カリのカプセル、手榴弾、それを投げる人、無線機、暗号によるメッセージ、足首の捻挫、当時イギリスでなければ入手できないペニシリンのこと、「死刑執行人」とあだ名された男の支配下に丸ごと入った街、鉤十字の旗と髑髏の記章、イギリスのために働いていたドイツ人スパイ、タイヤのパンクした黒のメルセデス、運転手がひとり、虐殺者がひとり、ひとつの棺を囲む高官たち、遺体を覗き込む警官たち、恐るべき報復の数々、崇高と狂気、弱さと裏切り、勇気と恐怖、希望と悲しみがあり、わずか数平方メートルの部屋に集められた、人間のありとあらゆる情熱があり、戦争と死があり、強制収容所のなかのユダヤ人、虐殺された家族、戦死した兵士がいて、復讐と政治的計算があり、なかんずくヴァイオリンを奏《かな》で、馬術をたしなむ男がいて、自分の仕事をついに遂行することのできなかった錠前屋がいて、これらの壁に永遠に刻みつけられたレジスタンスの精神があり、生の力と死の力のあいだで繰り広げられた闘争の痕跡があり、ボヘミア、モラヴィア、スロヴァキアがあり、いくつかの石に封じ込められた全世界史があった。
外には七百人以上のナチ親衛隊がいた。

7

インターネットを検索していたら、ケネス・ブラナーがハイドリヒ役を演じている『謀議』という映画があることを発見した。送料込みで五ユーロ、さっそくこのDVDを注文すると、三日で手もとに届いた。

ヴァンゼー会議を再現する映画だった。この会議が開かれた一九四二年一月二十日、アイヒマンを伴ったハイドリヒは、わずか数時間で「最終解決」の実施要領を定めた。この日までに、大量虐殺はすでにポーランドとソ連で始まっていたが、これらの虐殺の実施はナチ親衛隊の特別行動隊《アインザッツグルッペン》に委ねられ、とりあえずは犠牲者をたいていは畑か森のなかに数百人単位、さらには数千人単位で集めてから機銃掃射で皆殺しにするという方法をとっていた。こういう方法の難点は、死刑執行者の神経に過酷な試練を与え、親衛隊保安部（ＳＤ）やゲシュタポなど屈強な部隊においてさえ、士気の低下を招くことにあった――ヒムラー本人ですら、この種の大量虐殺の現場を見て、卒倒しそうになったくらいだった。そこでナチ親衛隊は犠牲者で満員のトラックに排気ガスを送り込んで、現場に到着する前に窒息死させるようにしていたが、これはこれで技術的に手間のかかる方法だった。ヴァンゼー会議の結果、ハイドリヒの忠実な腹心であるアイヒマンの手に託されたユダヤ人絶滅作戦は、輸送、宿営の面でも、社会的、経済的な面でも非常に大がかりなプロジェクトとして遂行されることになった。

ケネス・ブラナーの演技はみごとなものだ。極端な愛想のよさとひどくぶっきらぼうな横柄さとを同居させることによって、演じている人物の得体の知れない不気味さをよく出している。しかしながら、本物のハイドリヒが場合によっては、それが本心であるか偽りであるかはともかく、愛想のいいところを示すことがあったと書かれている文献を、僕は読んだことがない。とはいえ、この映画のとても短い一シーンによって、この人物の特徴が心理的にも歴史的にもみごとに再現されていることは事実だ。この会議に出席した人物のうち二人が脇に寄って、ひそひそ語り合っている。一方の男がもう一方の男に、ハイドリヒの出自はユダヤ人だという話を聞いたことがあるが、この噂には根拠があるのだろうかと尋ねている。相手の男はいかにも腹立たしそうに「本人に直接訊いてみればいいじゃないか」と答えている。そう言われた男は、そのことを考えてみただけで青ざめている。実際、ハイドリヒは父親がユダヤ人だという根強い噂につきまとわれたせいで、思春期を台無しにしている。どうやら、これは根拠のない噂にすぎなかったようだが、仮にそうでなかったとしても、ハイドリヒはナチ党の情報機関と親衛隊の長として、その気になれば自分の家系の怪しいところくらい難なく消し去ることができただろう。

それはともかく、ハイドリヒという人物がスクリーンに登場したのはこれが最初ではなかったようだ。というのは、襲撃から一年も経たない一九四三年にフリッツ・ラングがベルトルト・ブレヒトの脚本による『死刑執行人もまた死す』というプロパガンダ映画を撮っているからだ。この映画は想像力を十全に駆使した手法でこの事件の経過をなぞってはいるが（フリッツ・ラングはこの事件の実際の経過を知らなかったにちがいないし、たとえ知っていたとしても、事実を暴露する危険を冒そうとはしなかっただろう）、その着想はなかなかみごとだ。ハイドリヒは国内レジスタンスのメンバーであるチェコ人の医師によって暗殺され、その医師はある大学教授の娘のところに逃げ込むのだが、大学教授は占領軍の一斉検挙によってほかの地元の仲間と一緒に逮捕され、暗殺者の居所を教えなければ報復として皆殺しにすると脅される。そして、レジスタンス側がようやく対独協力の裏切り者を見つけ出したとき、きわめてドラマチックに仕立てあげられたクライマックス（さすがブレヒトと言うべきか）が訪れ、裏切り者の死によって事件と映画は終わりを告げる。実際は、パルチザンにせよチェコの民衆にせよ、こんなめでたい結末を迎えたわけではなかった。

フリッツ・ラングは、ハイドリヒを軟弱な倒錯者、完全な変質者として描き、その残虐性と変態的な習性を強調するために乗馬鞭という、いささか粗っぽい小道具を利用している。たしかに実際のハイドリヒも性的変質者として通っていたし、裏声のように甲高い声をしていて、この人物のほかの特徴と際だつ対照をなしているが、その傲慢一徹、絶対的アーリア人の横顔は、この映画のなかでよたよた歩いている哀れな変態とは似ても似つかない。実を言うと、この人物にもっとよく似た演出の例を求めるとしたら、チャップリンの『独裁者』のなかにある。この映画にはヒンケルという独裁者が登場し、二人の腹心に付き添われている。でっぷり太った腹心は明らかにゲーリングをモデルにしていて、もう一方の、それよりはるかにずる賢く、冷酷で頑固そうな長身痩せぎすの男は、ちょび髭を生やした垢抜けない小男のヒムラーをモデルにしているのではなく、むしろヒムラーの危険きわまりない右腕であるハイドリヒがモデルなのだ。

8

僕はまたもやプラハに戻った。今度はまた別の、若く、まぶしいほど美しい女性ナターシャ（こんな名前であってもフランス人、ご多分にもれずコミュニストの娘だ）と一緒にまた地下納骨堂を訪ねた。最初の日は祝日で閉まっていたが、向かいには、それまで気づかなかったのだけれど、《パラシュート部隊》という名のバーがあった。なかに入ると、壁一面、事件に関係した写真、資料、絵、ポスターだった。奥の壁は、英国を表わす壁画になっていて、そこには、亡命したチェコスロヴァキア軍の特別攻撃隊が任務遂行のための準備をしていた様々な軍事基地の位置が点で記されていた。僕はナターシャとビールを飲んだ。

翌日、僕らは開館時間にまたそこを訪れ、ナターシャに地下納骨堂を見せた。彼女は僕の求めに応じて、何枚か写真を撮った。ホールでは襲撃の模様を再現する短い映画が上映されていた。惨劇の起こった現場に自分で足を運ぶために、そのあたりの様子をしっかり覚えておこうとしたが、そこは都心部からはかなり遠い郊外にあった。通りの名前が変わっているので、いまだに襲撃の起こった場所を特定するのに骨が折れる。地下納骨堂を出るときに、チェコ語で「アテンタート」、英語で「アサシネーション」と題された展覧会の開催を告げる二か国語併記のパンフレットを受け取った。この二つのタイトルのあいだに一枚の写真が挟まれていて、そこにはドイツ人の将校たちに囲まれ、地元の右腕であるズデーテン出身のカール・ヘルマン・フランクに付き添われたハイドリヒが写っている。いずれも正装の軍服姿で、大理石仕上げの階段を上っていくところだ。ハイドリヒの顔には赤い標的が印刷されている。この展覧会は、フロレンツという地下鉄駅からそれほど遠くないところにある軍事博物館で催されていたが、期間が記されていなかった（博物館の開館時間だけが記されている）。僕らはその日のうちに博物館を訪れた。

博物館の入口では、かなり高齢の小柄なご婦人がとても細やかな心遣いで僕らを迎えてくれた。訪問客の姿を見るのがうれしいらしく、建物内の様々なギャラリーを一めぐり案内してくれた。でも、僕の興味をひいたものはひとつしかなかったので、それを彼女に指し示した。ハイドリヒに関する展覧会を告げる、ハリウッドのホラー映画のポスターみたいな馬鹿でかい張り子の看板で入口を飾ったギャラリー。この展示は常設ではないかと僕は思った。いずれにせよ、この展覧会は、博物館全体と同じく入場無料であり、受付の小柄なおばさんは僕らの国籍を訊くと、英文の冊子を渡してくれた（英語かドイツ語のものしか提供できないことをひどく申し訳なさそうにしていた）。

この展示は、僕の期待をことごとく上回っていた。そこにはまさしく何でもあった。写真、手紙、ポスター、様々な資料に加えて、パラシュート部隊の隊員たちの携帯していた武器、個人的な持ち物、イギリスの各担当官庁によって覚書、能力判定、評価などが書き込まれた書類、パンクしたタイヤと後部右座席のドアの弾痕がそのまま残っているハイドリヒの愛車メルセデス・ベンツ、リディツェ村の虐殺を引き起こすことになった運命の恋文、傍らにはその恋文を書いた男と女それぞれの写真が貼ってあるパスポート、そして、事件の全容を示す、真正の驚くべき証拠の数々を僕は目の当たりにすることになった。夢中で文書を手に取ってみたが、あまりに多くの名前、日付、細部が記されていることを知った。博物館を出るとき、僕は小柄なおばさんに、展示物すべてのキャプションや説明書きが転記されている見学者用の冊子は金を出せば買えるのかと尋ねてみたが、売り物ではないという申し訳なさそうな答えが返ってきた。とてもよくできたこの冊子は手で綴じ合わされていて、商品でないことは明らかだった。残念がっている僕を見て当惑したか、おそらくは下手くそなチェコ語を懸命にしゃべろうとしている僕に同情してか、ついに小柄なおばさんは、僕の手から冊子を奪い取ると、意を決したように、それをナターシャのハンドバッグのなかに押し込んだのだった。そして、お礼の言葉は無用、そのまま出ていきなさいという合図をした。僕らは感激して、黙って彼女に頭を下げた。この博物館の見学者数からして、この冊子がなくなったからといって誰も困らないのは明らかだろう。とはいえ、とにかくありがたかった。翌日、パリ行きのバスが出る一時間前、僕は博物館に寄って、小柄なおばさんにチョコレートを進呈したが、困惑したおばさんはなかなか受け取ってくれなかった。彼女がくれた冊子のありがたみは、それがなければ──つまりは彼女がいなければ──この本が今あるような形にはおそらくならなかったような種類のものだ。彼女の名前を尋ねなかったために、改めてきちんとしたお礼を言う機会を逸したことを残念に思う。

9

ナターシャはリセの生徒だったころ、二年続けてレジスタンス全国作文コンクールに応募して、二回とも一等賞を取った。僕の知るかぎり、これはそれ以前にも以後にもない快挙だ。この連続二回の勝利によって、彼女はある記念式典で旗手をつとめることになり、アルザスの強制収容所を見学する機会を与えられたのだった。ところでこのとき、バスでの移動中、隣り合わせになった元レジスタンスの闘士が彼女に好意を抱いた。男は本やら資料やらを彼女に貸し与えたのだが、やがて二人の関係は疎遠になった。それから十年後、彼女からこの話を聞いたとき、彼女は借りた資料をまだ持っているだけでなく、そのレジスタンスの闘士がまだ生きているかどうかも知らないでいたから、当然のことながら罪悪感を抱いていた。僕はぜひもう一度連絡を取るようにと彼女をそそのかし、その結果、男がフランスの最果てに引っ越していたにもかかわらず、その居所を突き止めることができた。

そんなわけで僕らは、男が妻とともに引っ越したペルピニャン（地中海側ピレネー地方の都市）にある真っ白な美しい家を訪れることになった。

マスカットワインをなめながら、僕らは彼の話に耳を傾けた。どういう経緯で抵抗組織《レジスタンス》に入り、地下に潜ったか、その活動はどのようなものだったか。一九四三年、十九歳の彼は叔父の営む乳製品屋で働いていた。叔父はスイス出身で、ドイツ語を話すことができたから、食糧調達に来た兵士たちは自分と同じ言葉を話せるというのでつい長居をすることになる。まずは彼に求められたのは、叔父と兵士たちが交わした会話のなかから、たとえば軍隊の動きに関する、重要な情報を拾い出すことだった。やがて、パラシュート投下の仕事、すなわち夜に連合軍の飛行機からパラシュートで投下される物資を回収する仕事の手伝いをさせられるようになった。そして、強制労働に駆り出される年齢になり、ドイツに送られる恐れが出てくると、地下に潜って、戦闘組織で働くようになり、ブルゴーニュの解放運動に参加した。彼が殺したと推定されるドイツ兵の数を鑑みれば、おそらく積極的な戦闘員だったと思われる。

彼の話はもちろん興味深かったが、僕は同時に自分が書こうとしているハイドリヒに関する本に役立つような話も聞きたかった。ありていに言えば、その件に関しては何も知らないも同然だったのだ。

地下の抵抗運動に参加してから軍事訓練のようなものを受けたのかと僕は尋ねてみた。ぜんぜん、と彼は答えた。後になってからは重機関銃の扱い方を教わり、目隠しをしての分解・組立や射撃訓練など、一連のトレーニングのようなものを受けた。でも、最初は軽機関銃を手渡されただけだった。ステンというイギリス製の短機関銃。まったく当てにならない武器らしく、銃尾を地面にごつんとぶつけるだけで、弾倉が丸ごと外に飛び出したという。がらくた。「ステンてやつは、ひどい代物だったよ、ほかに言いようがない！」

そんなにひどいものだとは……。

10

僕はさっき、チャップリンの『独裁者』に登場するヒンケル＝ヒトラーの参謀役はハイドリヒをモデルにしていると言ったが、じつはそれは違う。というのも『独裁者』が発表された一九四〇年の時点では、ハイドリヒは大多数の人間にはまだ知られていない人物であり、アメリカ人は知るよしもない、という事実があるからだ。だが、そんなことは問題ではない。むしろチャップリンがその存在を予見し、その予見はみごとに当たったのかもしれないということだ。実際は、映画に登場する独裁者の手下はたしかに蛇のような狡知を持つ人物として描かれ、太ったゲーリングを模す役者の滑稽さと際立つ対照をなしているが、同時にこの人物は、のちに〈プラハの虐殺者〉と呼ばれるハイドリヒとは似ても似つかない愚かしさや無気力をも担わされている。

映画で描かれたハイドリヒということなら、僕はつい最近、『ヒトラーの狂人』（*Hitler's Madman*）というダグラス・サーク監督（チェコ出身だ）（実際はデンマーク人）の古い映画をテレビで見た。これはわずか一週間で撮影されたアメリカのプロパガンダ映画で、一九四三年に、フリッツ・ラング監督の『死刑執行人もまた死す』のほんの少し前に公開された作品だ。物語はまったくの空想の産物だが（ラングの作品と同様に）、抵抗運動の核心的場面を、フランスのオラドゥール村と同じように最後には村人全員が虐殺されてしまった受難の村リディツェに置いている。観どころはロンドンからやって来たパラシュート部隊員に村人がどうかかわるかという点にある。助けようとするか、距離を置こうとするか、それとも裏切るか？　この作品の難点は、襲撃計画が一連の偶然と偶発事に基づくその場の思いつきのようなものとして、いささか矮小化されていることだ（ハイドリヒは、たまたまパラシュート部隊員が身を寄せている村を偶然通りかかり、しかも、その通りかかる時間を知るのもたまたま偶然という具合）。だから、ブレヒトがシナリオを担当し、正真正銘の国民的叙事詩といった枠組みのなかでドラマの力が展開するラングの映画よりはどうしても見劣りがしてしまう。

そのかわり、ダグラス・サークの映画でハイドリヒを演じる役者はすばらしい。そもそも見かけが本人にそっくりなのだ。さらには、ハイドリヒの変質性を強調するつもりでラングが安易に利用している異様な頰の痙攣に頼ることなく、この人物の残忍さを再現することに成功している。とはいえ、ハイドリヒは邪悪で無慈悲な豚だったとしても、リチャード三世とは違う。この俳優の名はジョン・キャラダイン、タランティーノ監督の『キル・ビル』で有名なデビッド・キャラダインの父。この映画でいちばん成功しているシーンは断末魔の場面だろう。ベッドで高熱に苦しむ瀕死のハイドリヒは、ヒムラーに向かって、シニカルな言葉を吐く。まあ、元シェークスピア劇役者の面目躍如といった場面でもあるのだけれど、同時に僕には、かなり真実味のある演技に思えた。臆病でも英雄的でもないこの〈プラハの虐殺者〉は、悔いることも熱狂することもなく、ただ、たまたまつなぎ止められた人生——自分の人生——に別れを告げることを惜しんで死んでいく。

あくまでも「真実味がある」というにすぎないけれど。

11

月日が流れ、やがてそれは何年もの歳月になり、その間、この物語は僕のなかでどんどん大きくなっていった。そして、誰しも同じく様々の喜びとドラマと落胆と希望からなる人生が過ぎていく一方で、僕のアパルトマンの書棚は第二次世界大戦に関する本であふれていくのだった。手に入るかぎりのありとあらゆる資料をむさぼりながら、公開される映画を次から次へと見に行き――『戦場のピアニスト』『ヒトラー～最期の12日間』『ヒトラーの贋札』『ブラックブック』等々――テレビもケーブルテレビのヒストリーチャンネルに固定されたままだ。山ほどの情報を詰め込み、なかにはハイドリヒと遠いつながりしかないものもあるけれど、とにかく何でも役に立つ、ある時代の精神を理解するにはその時代に浸りきる必要があるし、ひとたび理解の糸口がつかめたら、そのあとはおのずと繰り出されていくだろう、と思う。ため込んだ知識は、われながらぎょっとするほどの量になった。千ページ読んで二ページ書くという計算になる。この調子だと、襲撃の準備の場面を書いているうちに寿命が来てしまうだろう。本来は健全なはずの資料を欲する気持ちがいくぶんか命取りになっているのを感じる。早い話、書くのを遅らせる口実になっているのだ。

さしずめ、僕の日常生活においては、すべてがこの物語に結びついてしまうといった感じだった。ナターシャがモンマルトルにワンルームを借り、部屋に出入りする暗証番号が4206だったので、すぐに四二年の六月（ハイドリヒ死亡）を連想した。ナターシャからお姉さんの結婚した日を聞くと、僕はつい大喜びで叫んでしまう。「五月二十七日？　嘘だろ！　襲撃の日じゃないか！」（ナターシャは当然あきれる）去年の夏、ブダペストからの帰りがけにミュンヘンに寄ったときのこと、この古都の大きな広場では、ぎょっとするようなネオナチの集会が催されていて、ミュンヘン市民は恥ずかしそうに、こんなのは前代未聞だと言う（信ずるべきかどうかはともかく）。あるいは生まれて初めてエリック・ロメールの作品をＤＶＤで見たら、三〇年代の二重スパイを演じる主役がハイドリヒその人と出会う場面に遭遇する。ロメール作品のなかでだよ！　あるテーマに深い関心を寄せると、何かにつけてそこに引き寄せられてしまうことがわかるのはとてもおもしろい。

　歴史小説も山ほど読んだ。ほかの人が、このジャンルの制約をどう切り抜けているかを見るためだ。きわめて厳密に取り組んでいる作家もいれば、いい加減な作家もいるし、できるだけ作り話は避けて、たくみに歴史的真実の壁を迂回することに成功している作家もいる。でも、いずれの場合においても、フィクションが〈歴史〉に勝っているという事実に驚かされる。あくまでも小説なのだから当然だが、そんなふうに解決してしまうことに、僕は抵抗をおぼえる。

　僕にとっての成功例は、ウンゲルン男爵の物語を書いたウラジーミル・ポズナー（一九〇五―九二、パリ生まれのロシア系作家）の『逆上』だ。この男爵は、コルト・マルテーズが活躍するイタリアの漫画『シベリアのコルト・マルテーズ』にも登場する。ポズナーの小説は二部構成になっている。第一部はパリを舞台にして、この人物に関する証言を集めて回る作家の動きを描いている。第二部になると舞台はいきなりモンゴルに移り、いわゆる小説と呼ばれる世界のなかに読者は放り出される。この場面転換には息を呑むほどの効果があって、とても成功している。僕はここの件《くだり》をときどき読み返す。そこには正確を期するために、「歴史の三ページ」と題された、第一部と第二部を隔てる場面転換のための短い章が挿入されていて、「一九二〇年が始まったばかりだった」という一文で終わっているのだ。

　みごとだ、と僕は思う。

12

両親が帰ってきたとき、マリアは、おそらく一時間前くらいから、たどたどしくピアノを弾こうとしていた。父親のブルーノは、腕に赤ん坊を抱えている妻のエリーザベトのためにドアを開けてやる。そして、幼い娘に声をかける。「ほら、おいで、マリア！　見てごらん、おまえの弟だよ。まだ小さいから、優しくしてやらないとね。名前はラインハルトというんだよ」マリアはかすかにうなずく。ブルーノはそっと赤ん坊の顔を覗き込む。「じつに美しい子だ！」と彼は言う。「みごとな金髪だこと！」とエリーザベトは言う。「きっと音楽家になるわ」

13

もちろん、ヴィクトル・ユゴーのように、この本全体のイントロダクションがわりに、一九〇四年にハイドリヒが生まれたハレという美しい町の描写を十ページにわたって、えんえんと書いてもよかったかもしれないし、書くべきだったかもしれない。街路の様子、商店街、記念建造物、地元の珍しいもの、行政機構、各種の公共施設、名物料理、住民とその気風、暮らしぶり、政治的傾向、趣味、余暇の過ごし方など、細々と語るのもよかったかもしれない。それからハイドリヒ家の住居に焦点を当て、鎧戸の色、カーテンの色、部屋の配置、リビングの真ん中に置かれたテーブルの材質について書いてもよかったかもしれない。それに続けて、ピアノの細かい描写、世紀初頭のドイツ音楽についての長い解説、社会のなかの音楽の位置、代表的な作曲家、作品受容の問題、ワーグナーの権威……そうしておいて、ようやく厳密な意味での僕の語りが始まるというわけ。『ノートルダム・ド・パリ』では、中世の法制度についての脱線が少なくとも八十ページ以上にわたって続いていたことを僕は思い出す。とても力強く書かれているとは思った。でも、そこは飛ばして読んだ。

そういうわけで、僕はこの物語にいくらか様式的な体裁をつけることにする。そのほうがむしろ都合がいいのだ。というのも、これから語るエピソードによっては、あまりに資料を集めすぎたせいでどうしても自分の知識をひけらかしたくなる気持ちを抑える必要が出てくるものもあるから。この場合にかぎって言えば、ハイドリヒの生まれた町に関する僕の知識は、いまひとつ確実でない。ドイツにはハレという名の都市が二つあって、今、自分がどっちの町について語っているのか、わからないのだ。さしあたり、それにはこだわらないことにしよう。いずれわかるだろうから。

14

先生が生徒の名前を点呼していく。「ラインハルト・ハイドリヒ!」ラインハルトが前へ出ると、ひとりの生徒が手を挙げる。「先生、どうして彼のことを本名で呼ばないんですか?」喜びの予感が教室を駆け巡る。「ジース(ユダヤ人に多い姓)っていうんです、みんな知ってますよ!」教室全体が沸き上がり、生徒たちは喚声を上げる。ラインハルトは何も言わず、拳《こぶし》を握りしめる。彼はけっして何も言わない。彼はクラスでいちばん成績がいい。体操もいちばんうまい。そして、ユダヤ人ではない。少なくとも、彼自身はそう思っている。祖母がユダヤ人と再婚したということらしいが、今の彼の家族とは何の関係もない。世間の噂と憤慨した父親の否定のあいだをとれば、そういう理解になると彼は思っているのだが、実を言えば、完全に納得しているわけではない。とりあえずは、体育の時間にみなを黙らせておけばいい。そして、今夜、父親からヴァイオリンのレッスンを受ける前に、また一番の成績を取ったことを報告すれば、父は彼を誇りに思い、褒《ほ》めてくれるだろう。

だが、その夜、ヴァイオリンのレッスンはなく、ラインハルトは学校のことを父親に語ることさえできなかった。帰宅すると、戦争が始まったことを知らされる。

「なぜ戦争なの、パパ?」

「フランスとイギリスがドイツを妬《ねた》んでいるからだよ」

「どうして妬んでいるの?」

「ドイツのほうが強いからだ」

15

歴史物語においては、過去の死んだページに命を吹き込むという口実のもとに、多少なりとも直接的な証言に基づいて再現されるこうした会話ほど人工的なものはない。文体論の観点からは、こういうやり方は修辞学で言うところの活写法に似ている。つまり、まるで読者の目の前で起こっているかのように生き生きと描く手法のことだ。たとえば会話を今によみがえらせることが目的のときなど、結果はしばしば強引なものとなり、得られた効果は期待していたものと正反対になる。手《て》管《くだ》があまりに見え透いているし、歴史上の人物の声を我がものとしようとするあまり、その声は作家自身の声に似てしまう。

会話を完全にあるがままに再現できるケースは三つしかない。オーディオ資料、ヴィデオ資料、速記資料に基づく再現だ。速記の場合は、句読点に至るまで内容を完璧に保証するものではないかもしれない。でも、速記者がほんの少し内容を圧縮し、簡略し、言い換え、合成することはあっても、話の内容や調子は全体的には満足のいく程度に保存されると言っていいだろう。

　いずれにせよ、本書の会話部分は、一字一句正確で信頼のおける資料に基づくことができないかぎり、創作になるだろう。しかし、この場合でも、会話に割り振られる役割は仮説ではなく、むしろ寓意なのだ。どれほど正確を期したものであろうと、どれほど模範的なものであろうと。そして、誤解のないように言い添えるなら、僕の創作する会話はどれも（そんなに多くはないけれど）芝居の一場面のようなものとなるだろう。いわば現実という大海に注ぐ様式の一滴。

16

　少年ハイドリヒはとてもかわいらしく、みごとな金髪で、優秀で真面目な生徒、両親に愛された子供、ヴァイオリンとピアノに優れ、化学が好きで、甲高いしゃがれ声だった。そのため、のちに彼は様々なあだ名で呼ばれることになるが、学校に入って最初につけられたあだ名は〈山羊〉だった。

　死の危険を冒すことなく、彼をからかうことのできた時期のことだ。だが同時に、幼年期とは人を恨むことを知りはじめる微妙な時期でもある。

17

ロベール・メルルは『死はわが職業』という作品のなかで、アウシュヴィッツの収容所の所長を務めたルドルフ・ヘス（親衛隊中佐。同名のナチ副総統とは別人）の生涯を小説的に再現しているが、基になっている資料は、一九四七年に処刑される前に、ヘスが獄中に残した証言やメモである。前半部は彼の幼年期と、完全に精神硬直をきたした超保守的な父親による信じがたいほど致命的な教育について費やされている。著者の意図は明白だ。この人物のたどった人生の軌跡を説明するとまでは言わないにしても、その原因を探ること。ロベール・メルルは、いかにして人はアウシュヴィッツの所長になりうるのか、ということを推察——僕の言っているのはあくまでも推察であって、理解ではない——しようとしている。

僕はハイドリヒに対してこういう意図——あくまでも意図であって、野心ではない——は抱いていない。ハイドリヒが十歳のときに同級生から〈山羊〉と呼ばれたから、長じて「最終解決」の発案者になったと言うつもりはないし、彼がユダヤ人だと思われていたことによって受けた様々ないじめが、その後の成り行きを十全に説明してくれるとも考えていない。〈山羊〉とあだ名された男がその人生の絶頂期に〈第三帝国でもっとも危険な男〉と呼ばれるに至る宿命に皮肉な色づけをするためにこの事実を引き合いに出しているわけでもない。そしてユダヤ人ジースはホロコーストの立案計画者にまで登りつめる。こんなことを誰が推察しえただろう？

18

僕はそのときの場面を想像する。
ラインハルトと父親は居間の大きなテーブルの上に広げたヨーロッパの地図を覗き込み、何本かの小さな旗を動かしている。時局は深刻であり、状況はきわめて逼迫《ひっぱく》しているから、二人とも真剣だ。各地で起こっている暴動がヴィルヘルム二世の誉れ高い軍隊を衰弱させた。フランス軍についても同じ。そして、ロシアはボルシェビキ革命によって倒された。幸いドイツはロシアのような後進国ではない。ドイツ文明の基礎は共産主義によって滅ぼされるほど脆弱ではない。ドイツもそうだし、フランスもそう。もちろんユダヤ人も。キール、ミュンヘン、ハンブルク、ブレーメン、ベルリンでも、もうじきドイツ本来の軍紀が理性と権力と戦争の手綱をふたたび握るだろう。

ところがそのときドアが開く。母のエリーザベトが部屋に駆け込んでくる。完全に動転している。皇帝《カイザー》が退位した。共和制が宣言された。社会党員が宰相に任命された。彼らは休戦協定に調印しようとしている。

ラインハルトは茫然自失、目をぱちくりさせて父のほうを見る。父は長い間を置いてから、たった一言「ありえない」とつぶやくことしかできない。一九一八年十一月九日のことだ。

19

父のブルーノ・ハイドリヒがなぜ反ユダヤ主義者だったのか、僕にはわからない。でも、彼がとてもおもしろい男だと思われていたことは知っている。愉快な男で、座をにぎわす人だったらしい。それに彼の繰り出す冗談があまりに滑稽だったので、ユダヤ人だとは思われなかったとも。しかし、少なくともこの論法は息子には当てはまらない。彼が抜きん出たユーモアの才能によって目立ったことは一度もないから。

20

ドイツは敗戦国となり、国はもはや混沌に呑まれている。そして、ユダヤ人と共産主義者という一部の勢力が増長することで、国は破滅に向かっている。若き日のハイドリヒもまた一般の国民と同じく、漠然とした不安を感じていた。そして、極右にとっての左派勢力のすべてと闘うことで軍隊になりかわろうとする民兵組織、義勇軍《フライコール》に参加する。

ボルシェビズムと闘うために結成された、志願兵によるこの民間の軍事組織は、社会民主党政権によって公認されていることを存在根拠にしていた。僕の父親なら、別に驚くには当たらないと言うだろう。なぜなら、彼にしてみれば、社会党はいつも裏切るから。敵と手を結ぶのは彼らの第二の天性。そういう例は山ほどある。この場合にふさわしい例を出すなら、スパルタクス団の革命を潰《つぶ》し、ローザ・ルクセンブルクを粛清させたのもまさに社会党の仕業だ。義勇軍を介してね。父ならそう言うだろう。

ハイドリヒの義勇軍とのかかわりについて、もっと詳しいことを書けないことはないけれど、その必要はないように思う。正規の隊員として「技術支援部隊」に所属し、ゼネストに際して工場の占拠を妨害し、公共事業の円滑な稼働を確保する任務に従事したという事実を知っていれば十分だろう。早くも、これほど鋭敏な国家意識を持っていたとは！

史実があると都合がいいのは、リアルな効果を考慮しなくてもいいことだ。この時期の若きハイドリヒをそれらしく演出する必要がない。一九一九年から一九二二年まではハレ（正しくはハレ＝アン＝デア＝ザーレ、ちゃんと確かめた）の両親の家で暮らしている。この時期、義勇軍はほぼ全国各地で勢力を伸ばしている。そのうちのひとつが、エアハルト海軍少佐が組織したことで知られる「白い」海兵旅団だ。その記章には鉤十字が使われ、その軍歌の題名は「鉄兜を被った鉤十字《ハーケンクロイツ・アム・シュタールヘルム》」。そう、これこそ、どんなに長い描写よりも効果的な舞台装置だ、と僕は思う。

21

要するに危機だ。失業がドイツを荒廃させ、世は試練の時を迎えていた。少年ハイドリヒは化学者にあこがれ、両親は息子が音楽家になることを夢見ていた。しかし国難のときには、軍隊が安全株となる。ハイドリヒは、一家の友人でもあった伝説の海軍大将ルックナーの偉業にあこがれて海軍に入隊する。ルックナーの〈海の悪魔〉というあだ名は、自分の武勲を称えるために書き、ベストセラーとなった書物のなかでみずからそう呼んでいることに由来する。一九二二年のある朝、背の高い金髪の青年がキールの士官学校に出向く。手には父からもらった黒いヴァイオリン・ケースを持っていた。

22

〈ベルリン〉は、第一次世界大戦の英雄にして、元諜報部員でのちにドイツ国防軍の防諜機関の長官を務めることになる海軍大尉ヴィルヘルム・カナリスを副艦長とするドイツ海軍の小型巡洋艦の名だ。彼の妻はヴァイオリニストで、日曜日の夜には自宅で音楽会を催していた。たまたま彼女の弦楽四重奏団にひとつ空きができた。当時、ハイドリヒは〈ベルリン〉で軍務についていたので、楽団の欠員を埋めるために招かれることになった。みごとな演奏を披露したらしく、同僚とは逆に夜会の客たちは彼の参加を歓迎した。こうして彼はカナリス夫人の音楽会の常連となり、その間、上司の武勇伝に飽くことなく耳を傾ける。「スパイ活動！」と彼はつぶやく。そして夢想にふける、おそらくは。

23

ハイドリヒはドイツ帝国海軍の颯爽《さっそう》たる士官にして、恐るべきフェンシングの名手でもある。様様な試合でのみごとな勝ちっぷりは、友情はともかく、同僚からの敬意に値するものだった。

その年、ドレスデンではドイツ全土の将校が集まるトーナメントが開催された。ハイドリヒはサーブル競技に出場した。もっとも荒々しく、彼の得意とする武器だ。サーブルは、もっぱら剣先で触れるだけのフルーレとは異なり、突きはもちろん、とりわけ刃による斬りも有効とされる。鞭で打たれたときのような打撃ははるかに痛みを伴う。選手同士の肉体のぶつかり合いもはるかに見応えがある。こういった要素のすべてが若きラインハルトには似合った。だがその日は、初戦で完敗。誰が相手だったのか？　調べてみたが突き止められなかった。想像するに、左利きで素早く抜け目なく、褐色の髪、とはいえおそらくユダヤ人ではないだろう。こんな男はいくらでもいるだろう、四分の一くらいはいるのではないか。ふてぶてしく相手の攻撃をかわし、真っ向勝負を避け、フェイントを多用することで、小さな挑発を積み重ねていくタイプ。それでもハイドリヒは圧倒的に攻勢をかけていく。ところが、彼は徐々に苛立っていく。攻撃が外れ、宙を斬るが、それでもなんとか持ち直し、得点で追いつく。ところが力の限りを振り絞って繰り出した最後の突きで、相手の罠にはまる。あまりに力みすぎて、払った瞬間に切り返され、相手の剣が頭に触れた。彼は相手の刃がマスクに当たるのを感じた。一回戦敗退。怒りのあまり、サーブルを床に投げつける。大会役人からは譴責《けんせき》を受けた。

24

五月一日といえば、ドイツでもフランスでも労働者の祝日だが、その遠い起源は、一八八六年の五月一日にシカゴで行なわれた大規模なストライキに対して第二インターナショナルが敬意を表する議決をしたことに端を発する。しかし、この日はまた、その時点では重要性を計りがたく、しかし後世への影響は計り知れないほど大きく、そしてもちろん、どの国でも祝日にすることなどありえない出来事が起こった日でもある。一九二五年五月一日、ヒトラーは自分の警護を目的としたエリート集団を創設した。極端に排他的な人種的基準に対応するべく、特別な訓練を受けた狂信的青年からなるこの護衛隊は**親衛隊**《シュッツシュタッフェル》、またの名をSSと呼ばれた。

一九二九年には、この特別護衛隊はヒムラーのもとで本格的な軍事機構を備える警備組織に変貌していく。三三年にナチが政権を掌握すると、ヒムラーはミュンヘンでの演説で次のように述べている。

「どんな国家にもエリートは必要である。国家社会主義の国のエリートはSSである。このエリート集団は人種選抜を基礎にして、ドイツの軍事的伝統、ドイツの威信と貴族性、ドイツ産業の効率性など、現時点での様々の要請が結び合わされて永続していく場である」

25

ハイドリヒの妻が戦後に書いた“*Leben mit einem Kriegsverbrecher*”という本を僕はまだ入手していない（「戦争犯罪人と暮らして」という意味だが、この著作はフランス語にも英語にも翻訳されていない）。この本は僕にとって有益な情報の宝庫になると想像しているのだが、まだ手に入れていない。とても稀少な本らしく、インターネットでの価格はおおむね三百五十ユーロから七百ユーロのあいだに収まっている。思うに、ハイドリヒのような雲の上のナチ高官に魅せられたネオナチのせいで、このような法外な価格にまで吊り上げられてしまったのだろう。一度、二百五十ユーロで売りに出されているのを見つけて、注文しようという気になったことがある。僕の家計にとってはたいへん幸いなことに、この作品を売りに出したドイツの書店はカードによる決済を受け付けていなかった。この稀少な一巻を受け取るには、僕の取引銀行からドイツの口座に振り込まなければならなかった。そこには気の遠くなるほど長い数字と文字の列を入力したあげくに、インターネットで直接取引するときには必要のない操作もあって、自分の取引銀行まで出向いて手続きしなければならない。一見するだけで、ごく普通の一般人なら深く意気阻喪してしまうような条件が揃っていたので、僕は操作を続行する気力を失ってしまった。どっちにしたって、僕のドイツ語のレベルは小学五年生程度だから（八年間も習ったのに）、こんな投資をしても危なっかしいだけなのだけれど。

というわけで、この肝心要《かんじんかなめ》の本抜きでやっていかざるをえない。ところで、物語はそろそろハイドリヒと妻との出会いについて語るべきところにまで来ている。ほかのどの文章にもまして、ここでは件《くだん》の稀覯本があれば大いに助かっていただろう。

僕はここで「語るべき」という表現を使っているが、もちろんこれは「どうしても語らなければならない」と言っているわけではない。〈類人猿作戦《エンスラポイド》〉の全過程を語るためには、何が何でもリナ・ハイドリヒという名前に言及しなければならないというわけではない。その一方で、僕がハイドリヒという人物をしっかりと描き出そうとしたら――ぜひそうしたいと思っているけれど――、ナチス・ドイツのなかで出世していくうえで彼の妻の果たした役割に触れないわけにはいかないだろう。

と、同時に、おそらくはハイドリヒ夫人がその回想録のなかで披瀝しているであろう彼らの牧歌的な恋愛物語を割愛することにも不都合は感じない。僕は甘ったるい場面が苦手なのだ。ハイドリヒのような男にも人情があることを認めないからではない。『ヒトラー～最期の12日間』という映画には、秘書たちに愛想よく振る舞い、愛犬に優しく接するヒトラーが描かれているがゆえに目くじらを立てる人がいるが、僕はそういうタイプではない。ヒトラーだってときには愛想がいいこともあっただろうとごく自然に思う。だから、ハイドリヒが彼女に宛てた手紙の複写から判断するかぎり、彼が出会った女性に本気で恋をしたことについても疑ったりしない。なぜなら出会った当時から彼女は険しい顔をした邪険な母親だったわけではなく、かわいらしいとさえ見える素敵な笑顔の少女だったのだから。

だが、明らかに彼女の回想録に基づく伝記に描かれた二人の出会いの場面はあまりに通俗的すぎる。男性の数が少ないので一晩中退屈してしまうのではないかと思った舞踏会の席で、彼女とその友人は、遠慮がちな金髪の青年を伴う褐色の髪の将校に声をかけられる。その控えめな青年に彼女は一目惚れ。その二日後、二人はキールのホーエンツォレルン公園（とても美しい、写真で見た）

でデート、小さな湖の岸辺を散歩。その翌日は劇場、それから小部屋、想像するにその部屋で二人は寝る、この点に関して伝記はひどく遠慮がちであるけれど。公式ヴァージョンでは、ひときわ美しい制服姿で現われたハイドリヒは彼女と一緒に芝居を見たあと、酒を飲み、グラスを前にしてしばらく沈黙していたが、いきなり結婚を申し込んだという。「まあなんですって、ハイドリヒ様、あなたは私のことも、私の家族のこともご存じないじゃありませんか！　私の父が誰だかもご存じないじゃありませんか！　海軍将校は誰とでも結婚できるというわけじゃないでしょう」ところがその一方で、リナが部屋の鍵をすでに持っていたという記述もあるので、申し込みの前か後かはともかく、その夜のうちに二人は結ばれていると僕は思うわけだ。リナ・フォン・オステンは、いくらか下の位とはいえ貴族の家柄なので、結婚相手としては申し分ない。そういうわけで二人は結婚した。

この話からは別の話を作ることもできる。ことさら舞踏会の場面など描きたいとは思わなかったし、公園の散歩の場面なんかはなおさら気が進まなかったのだ。つまり、あまり細かいことを知らないほうがいいと思った。そうすればそれを語りたくならないですむから。ハイドリヒの人生のある局面を事細かく再現できる資料が手に入れば、たとえその場面自体が驚嘆するほど価値のあるものではないと思えても、それを描くのをあきらめるのはなかなか難しい。リナの回想録はきっとその種の話が満ちあふれているのだろう。

最終的には、この法外な値段の本はなくても済むことになりそうだ。

とはいえ、この若い恋人同士の出会いには、何か気になるところがあるのだ。ハイドリヒを連れていた褐色の髪の将校の名はフォン・マンシュタインという。僕は最初、これはあのマンシュタインと同一人物かと思った。フランス侵攻作戦で戦車部隊のアルデンヌ通過計画を立て、そののち、レニングラード、スターリングラード、クルスクのロシア戦線で将軍として復活し、一九四三年には〈要塞作戦《ツィタデレ》〉を指揮し、ドイツ軍を赤軍の反撃に能《あた》うかぎりよく耐えさせた立役者のマンシュタインかと思ったのだ。彼は、ロシア前線におけるハイドリヒの特別行動隊《アインザッツグルッペン》の働きを弁護するために、一九四一年にこんな声明を出している。「兵士は、ボルシェビキによるテロの精神的受託者であるユダヤ人に科せられる厳しい償いの措置に対して理解の証《あかし》を示すべきである。この贖罪は、大半がユダヤ人によって組織されている叛乱活動を未然に防ぐために必要なものである」そして、彼は一九七三年に死ぬ。なぜこんなことを付け足すかというと、もしそうなら、彼と僕とは一年間この地上に居合わせたことになるから。だが実際は、この可能性はとても小さい。この伝記に登場する褐色の髪の将校は青年として描かれているが、一九三〇年の時点でマンシュタインはすでに四十三歳になっている。おそらく彼の一族の誰かだろう、甥とか、年少のいとことか。

うら若きリナは十八歳にしてすでに確信的ナチ党員だったという。ハイドリヒをナチ党員にしたのは自分だと彼女は主張している。とはいえ、ハイドリヒが一九三〇年以前からすでに政治的には平均的な軍人よりははるかに右翼的で、国家社会主義に惹かれていたと信じられる証拠もいくつかある。そうは言うものの「事件の陰に女あり」という説のほうがはるかに魅力的なことは確かだけれど……。

26

その人の人生を一変させてしまうような瞬間を特定しようとするのは、危険な試みだろう。そもそもそんな瞬間が存在するのかどうかさえ、僕は知らない。エリック＝エマニュエル・シュミットは『他人の部分』“*La part de l'autre*”という小説のなかで、ヒトラーが美術学校の試験に合格していたらと想像している。そのことで彼の運命も世界の運命もまったく変わってしまうというのだ。恋愛を遍歴し、セックスを求める獣と化し、ユダヤ人女性と結婚して子供を二、三人もうけ、パリでシュルレアリストのグループに参加し、有名な画家になる。それと並行して、ドイツもポーランドと小さな戦争を起こすものの、それだけで終わる。世界大戦もなく、大量虐殺もなく、本物とはまったく異なるヒトラーがそこにはいる。

しかし、フィクションとして戯画化されている部分はともかく、一国の運命が、いわんや全世界の運命がひとりの人間に左右されるとは僕には思えない。同時に、ヒトラーほど完璧に不吉な人物をほかに見つけるのが難しいことも確かだ。それに、この美術学校の選抜試験に不合格になったことが彼の個人的な運命に決定的な影響を与えたことも確かだろう。なぜなら、この失敗のあと、ヒトラーはミュンヘンで浮浪者となり、この間に彼は社会に対する執拗な怨みを宿痾《しゅくあ》のように育《はぐく》んだと思われるから。

ハイドリヒの人生でこのような決定的な時期を特定しなければならないとしたら、まず間違いなく、一九三一年のこの日になるだろう。この日、彼はたんに一夜の遊び相手だと思った女性を自宅に連れ帰った。この女性がいなければ、すべてがまったく違っていただろう。ハイドリヒにとっても、ガブチークやクビシュやヴァルチークにとっても、また、何千人ものチェコ人にとっても、おそらくは何十万人ものユダヤ人にとっても。僕はなにも、ハイドリヒがいなければユダヤ人がみな助かっていただろうとは考えない。でも、彼がナチ党員としての道を歩んでいく過程で示したとてつもなく効率的な仕事ぶりを見るにつけ、ヒトラーとヒムラーは彼なしで様々な苦境を脱するのは難しかっただろうと思う。

一九三一年の時点では、ハイドリヒはまだ海軍中尉であり、これからの活躍を嘱望された将校だった。貴族の娘と婚約し、このうえない未来が待っている。しかし、その一方で彼は性懲りもない女好きで、女漁《あさ》りと悪所通いを繰り返していた。ある夜、ポツダムのダンスホールで出会った若い女がわざわざキールの港まで訪ねてきたので、彼は自宅に連れ帰った。この女がはたして妊娠したのかどうかはわからないが、いずれにせよ、両親は彼に償いを求めた。ハイドリヒは素直にこれに応じるわけにはいかない。なにしろ、すでにリナ・フォン・オステンと婚約しているし、血統としては彼女のほうがずっといいわけだし、そもそも真面目に惚れているのはこちらのほうであって、あちらのほうではないのだから。ところがまずいことに、この若い女の父親はレーダー海軍提督の友人だった。提督といえば、海軍全体を統率する人だから、とんでもないスキャンダルを起こしたわけだ。彼は適当な言い訳をでっち上げて、なんとか婚約者には無実を証明したが、軍の機構はそれではすまなかった。軍法会議にかけられ、不名誉除隊となった。

一九三一年、ドイツを荒廃させる経済恐慌のさなか、将来を嘱望された若き将校は職を失い、五百万人を数える失業者のひとりに陥落したのだった。

幸い、婚約者は彼を見限りはしなかった。過激な反ユダヤ主義者の彼女は、日増しに評判の高くなる親衛隊（SS）という新たなエリート組織のなかで、かなり高位のナチ党員と接触してみるよう促したのだった。

一九三一年四月三十日、ハイドリヒが海軍を不名誉除隊の憂き目にあった日、彼は自分の運命ばかりでなく、未来の犠牲者の運命についても、確固とした信念を抱いただろうか？　確定的なことは知るよしもないが、一九三〇年の総選挙のとき、ハイドリヒはこう述べている。「今度ばかりは老ヒンデンブルクもヒトラーを首相に指名するほかないだろう。そして、われわれの時代がやって来るのだ」ヒトラーの首班指名が三年遅れたことはともかく、一九三〇年の時点で、ハイドリヒがどんな政治的意見を持っていたかがわかるし、たとえ海軍将校のままだったとしても、いずれナチ党員のあいだで頭角を現わしていたと想定することもできる。だがおそらく、あれほど怪物的にはならなかっただろう。

27

とりあえず彼は両親のもとに戻り、数日間、子供のように泣いたかもしれない。

そして、親衛隊（ＳＳ）に入る。だが、一九三一年に親衛隊の隊員になっても給料は出ない。いわば無料奉仕に近かった。組織のなかで昇進しないかぎり。

28

この二人の出会いには、数百万人もの死をもたらす予兆があるとまでは言わないにしても、どこか滑稽なものはあるだろう。かたや黒い制服に身を包み、長身金髪で馬面、声は甲高く、ぴかぴかに磨き上げた長靴をはいた男。もう一方は眼鏡をかけた小さなハムスター、髪は濃い栗色、口ひげをたくわえ、その姿にアーリア人的なところはほとんど感じられない。ハインリヒ・ヒムラーとナチズムとの絆を誰の目にもわかるように示しているのは、口ひげによって主《あるじ》のアドルフ・ヒトラーに似せようとする、はたから見ればどうでもいいような心意気なのだ。すでに服装の面でどんな変装も意のままにできることを別にすれば、そのことが何よりも彼の服従する態度を証明しているというわけだ。

どんな人種的論理を持ってこようとも、命令を下すのはハムスターのほうなのだ。彼の地位は党のなかでも優勢で、選挙をすれば勝てる見込みがあるほどになっている。その結果、齧歯類《げっしるい》のような顔をしているくせに、影響力は日増しに大きくなっているこの小柄な興味深い人物を前にして、長身金髪のハイドリヒは、相手を尊敬すると同時に信頼もしているという態度を誇示しようとする。彼が所属する集団の最高指揮官であるヒムラーと初めて彼が出会ったときのことだ。親衛隊将校のハイドリヒは、母親の友人の薦めで、ヒムラーが自分の組織の中央に設置しようとしている情報局の長に立候補した。立候補者はもういて、ヒムラーはそっちのほうがお気に入りだった。この立候補者はじつはナチの組織内に潜入する任務を負った共和国側のスパイだったのだが、それを知らなかったのだ。この男こそ任務に最適だと思い込んでいたので、ハイドリヒとの面会を無期限《シネ・ディエ》に延期しようとした。それを知ったリナは夫をけしかけて、すぐにミュンヘン行きの列車に乗せ、元養鶏業者にして、もうじきヒトラーからは〈忠実なるハインリヒ〉どころか、〈未来の総統ヒムラー〉とまで呼ばれることになる人物の住まいへ急がせた。

ハイドリヒは、あまり乗り気でないヒムラーに、むりやり面会を押しつけることになったわけだ。ところで、彼はその当時、キールのヨットクラブに集《つど》う裕福なヨットマンを相手に教官を務めていたが、このままで終わりたくないのであれば、是が非でも相手に好印象を与えなければならなかった。

その一方で、彼には有利な条件がひとつあった。諜報活動《インテリジェンス》の分野における、ヒムラーの歴然とした無知。

ドイツ語のナーハリヒテンオフィツィーアは「通信将校」の意味だが、ナーハリヒテンディーンストオフィツィーアだと「情報将校」の意味になる。軍事方面に暗いことでつとに有名なヒムラーには、この二つの名称の区別がつかなかった。元海軍通信将校のハイドリヒが彼の目の前に座ることができたのはその無知のおかげだった。実際、ハイドリヒに諜報活動の経験はほとんどなかった。そして、ヒムラーが求めているのは、カナリス提督の防諜機関に対抗できるような諜報組織を親衛隊内部に創設すること以外の何ものでもなく、いわば海軍の元上司を出し抜くことにほかならなかった。さてこうして面接となった。ヒムラーは計画の概要を説明することを求めてきた。「二十分の時間をやろう」

ハイドリヒは洋上スポーツの教官で一生を過ごすつもりはなかった。だから、この方面に関する自分の知識をかき集めることに意識を集中した。といっても、彼のこの方面の知識は、もっぱら長年読み漁ってきたイギリスのスパイ小説から得たものに限られていた。ええい、ままよ！　ハイドリヒは、ヒムラーが質問を繰り出すことすらできないのを見て取ったので、はったりをかますことにした。軍事用語を多用して、いくつかの図表を描いたりした。そして、これが功を奏した。ヒムラーは好印象を持った。ワイマール共和国の二重スパイである第二の候補者のことはすっかり忘れて、この青年を月千八百マルクで雇うことにした。海軍を追い出されてから稼いできた平均月収の六倍の額だった。ハイドリヒはミュンヘンに居を移した。こうして、あの忌まわしいＳＤの基礎が打ち据えられた。

29

ＳＤとはジッヒャーハイツディーンスト Sicherheitsdienst の略、すなわち親衛隊の保安部を意味する。ゲシュタポを含めた、すべてのナチ機関のうち、知名度こそ低いが最悪の組織だ。

しかし、最初は手段のごく限られたちっぽけな部局にすぎなかった。最初のファイルはハイドリヒみずから靴箱のなかに整理し、使える保安部員は数人ほどでしかなかった。しかし、その当時からすでに彼は諜報の精神を取り入れていた。すべての人について、ありとあらゆることを知り尽くすこと。ひとつの例外もなく。ハイドリヒは、ＳＤが活動範囲を広げていくにつれ、官僚としての並外れた才能を発揮していった。それは優れた諜報網を管理していくうえで最初に要求される資質だった。当時の彼のモットーをあえて言うなら、「データ！　データ！　さらにデータを！」であったかもしれない。あらゆる傾向の。あらゆる分野の。ハイドリヒはこの仕事にたちまち夢中になった。情報収集、情報操作、恐喝、スパイ活動が彼の麻薬となっていく。

これにいささか子供じみた誇大妄想が加わる。イギリスの秘密情報局のトップがＭと呼ばれていることを聞きつけると（そう、**ジェームズ・ボンド**のように）、控えめに自分もＨと呼んでもらおうとする。その後まもなく〈死刑執行人〉だとか〈虐殺者〉だとか〈金髪の野獣〉だとか、アドルフ・ヒトラーその人が命名した〈鉄の心を持つ男〉だとか、いくつものあだ名で呼ばれることになるが、いわば、これが最初の彼の別名だろう。

とはいえ、このＨという呼び名が彼の部下のあいだにとくに広まったとは思わない（部下たちは、ずばり本人を言い当てている〈金髪の野獣〉のほうが気に入っただろう）。おそらく、組織の上のほうにはＨを頭文字とする優れた人物がたくさんいるので、無用の混乱を招く危険性もあっただろう。ハイドリヒ、ヒムラー、ヒトラー……いくらなんでも、こんな幼稚な語呂合わせをしたりはしなかっただろう。しかし、**ホロコーストのＨ**……、これなら彼の伝記の不吉なタイトルとして十分使えたかもしれない。

30

ナターシャが、僕のために買ってきた「マガジーヌ・リテレール」をぱらぱらとめくっている。バッハの生涯について書かれた本についての書評で手を止める。その書評は、著者の文章の引用で始まっていた。「たとえば、ナザレのイエスは考え事をしているときに左の眉をぴくりと震わせる癖があった、と断言してみたいと思わない伝記作家がいるだろうか？」彼女はにこりと笑いながら、僕に向かって読み上げる。

　僕はそのとき、この決めぜりふの真意をとっさに計りかね、写実的な小説に対する昔からの反感もあらわに、ただ「げっ！」とつぶやいた。それから、彼女にその雑誌を見せてもらい、その文章を読み返してみた。たしかに、ハイドリヒに関しては、この種のディテールを使いこなせたらと思っていることは認めざるをえない。そう言うと、ナターシャはあからさまに笑い声を上げた。「そうね、たしかに、ハイドリヒは考え事をしているときに左の眉をぴくりと震わせる癖があったなんて、あなたにはとても書けそうにないわね！」

31

　第三帝国に群がる追従者たちの想像のなかでは、長身金髪で細面のハイドリヒはつねに理想的なアーリア人と見なされてきた。好意的な伝記作家たちは概して美青年で魅力たっぷりの色男として書いている。しかし、彼らがもっと正直になるか、あるいはナチズムに影響されていることに由来する怪しげな魅惑に目を眩《くら》まされずに、もっとしっかり写真を観察すれば、ハイドリヒが絵に描いたような美男子でないだけでなく、アーリア人として分類するための要件とはほとんど相容れない身体的特徴があることがわかるだろう。たとえば、それなりに肉感的ではあるけれど、ほとんどネグロイド的とも思えるぶ厚い唇とか、ユダヤ人によくある鉤鼻に似た長い鷲鼻とか。これに加えて、比較的突き出た大きな耳に、誰もが認めるあの馬面、その結果、必ずしも醜いとは言わないにしても、ゴビノー（『人種不平等論』を書いたフランスの作家）の標準的アーリア人からはかなりかけ離れた容貌になる。

32

ハイドリヒ家はミュンヘンの瀟洒《しょうしゃ》なアパートに引っ越した。リナはこの家が気に入り（ここで白状するが、ようやく僕は彼女の本を買い、ドイツで育ったロシア人の女学生――てっきりドイツ人だと思ったのだけど、かえってこのほうがよかった――にお願いして検索用カードを書き起こしてもらった）、大いに客をもてなした。その夜、一家はヒムラーを夕食に迎えていたが、賓客はもうひとりいた。突撃隊《シュトゥルムアプテイルンク》（ＳＡ）隊長エルンスト・レーム本人。その太鼓腹といい、大きな頭といい、くぼんだ小さな目といい、第一次大戦の古傷としての潰れた鼻といい、容姿は豚そっくり。自分の兵士としての流儀に誇りを持っていたが、それでいて、まさに豚のような振舞いをすることもたびたびあった。とはいえ、茶色のシャツを着た四十万を超える隊員からなるこの非正規軍の指揮官であり、ヒトラーとは「俺、おまえ」で呼び合う仲とも言われていた。だから、ハイドリヒの目からすれば、申し分のない客だった。実際、その夜はこのうえなく打ち解けたものになった。奥方が腕をふるったおいしい煮込み料理を食べ終わると、男たちは食後酒と一緒に煙草を所望した。

リナはマッチを用意し、地下の酒倉にコニャックを取りに行く。突如、爆発音が聞こえる。あわてて上に駆け上がり、事態を理解する。貴賓の接待にすっかり興奮して、普通のマッチと新年会用のマッチを間違えたのだ。みな大笑い。録音された笑い声がここにかぶされれば文句なし。

33

ヒトラーの古くからの同志であり、国家社会主義ドイツ労働党（ＮＳＤＡＰ）の創設当時からの党員だったグレーゴル・シュトラッサーは、一九二五年に刑務所を出て創刊したベルリンの新聞「労働者新聞《アルバイター・ツァイトゥング》」を取り仕切っていた。この威信と地位はおそらく、事柄の種類によっては、彼の出番があったことを意味している。ところで、ここに党の地方組織の枠組みを超えてしまう問題が持ち上がった。一九三二年には、親衛隊の高級将校に嫌疑をかけることは、ナチの高官にとっても危険の伴うことであり、黒い騎士団（親衛隊）の評判が高まるにつれて、なおのこと慎重さが求められた。地元住民の通報を受けたハレ＝メルゼブルクの大管区指導者《ガウライター》は、扱いの微妙なこの一件をみずから処理しないで上に移すことを選んだ。ある音楽事典の古い版に「ハイドリヒ、ブルーノ、本名ジース」という記述があるというのだ。

ヒムラーの新たなお気に入りが、ひょっとするとユダヤ人の息子かもしれない！　グレーゴル・シュトラッサーは、おそらくまだまだ自分が役に立つことを証明したかったのだろう、調査を命じた。彼は頭角を現わしてきた若いオオカミの毛皮を手に入れたかったのだろうか？　自分が創立した党のなかで光の薄れてきた星をまた輝かせようという魂胆だったただろうか？　ユダヤの堕落の種がナチの組織のただなかに紛れ込むのを見る正真正銘の恐怖からだろうか？　いずれにせよ、報告書はミュンヘンに送られ、ヒムラーのデスクの上に届けられたのだった。

ヒムラーは茫然とした。すでに総統の前で、新しく採用した若者の長所を褒めちぎったことさえあったから、もしこの非難が正当なものだということが判明したら、自分の信用が失われる怖れがある。そういうわけで彼は党の調査報告書を念入りに読んだ。父方の家系に関する疑惑はすぐに払拭できたはずだ。ジースという名前はハイドリヒの祖母の二番目の夫の名前だから、直接の血のつながりはないし、名字こそユダヤ風ではあるけれど、その男はいずれにせよユダヤ人ではないのだ。ところが、この調査の結果、母方の家系のほうにその純潔さを疑わせるところが浮上してきた。証拠がないので、最終的にハイドリヒは潔白であるという身の証を立てることができた。しかしヒムラーは、ハイドリヒが永遠に噂に翻弄される可能性のあることを知った以上、党から追放したほうがいいのではないかと思う。その一方で、ハイドリヒの目覚ましい仕事ぶりから、親衛隊の内部ではすでに、必要不可欠とまでは言わないものの、非常に期待の持てるメンバーになっていた。態度を決めかねたヒムラーは、総統その人の判断を仰ぐことにした。

ヒトラーはハイドリヒを呼び寄せ、差し向かいで長いこと話し合った。ハイドリヒがどんなことを言ったのかは知らないが、この会見ののち、ヒトラーの意見は定まった。彼はヒムラーにこう説明する。「あの男はとてつもなく才能があり、とてつもなく危険だ。彼の仕事なしで、何事かやれると思ったら馬鹿を見るぞ。党は彼のような人間を必要としているし、あの才能は将来とりわけ役に立つだろう。それだけでなく、党に置いてもらったことを永遠に感謝して、党に盲従するだろう」ヒムラーはそれを聞いて、総統からこれほどの賛辞を引き出せる男を自分の部下に持つことに一抹の不安を覚えたが、主人と意見を違えたことはただの一度もなかったから、同意するほかなかった。

ハイドリヒはこうして命拾いをした。だが、これは幼年期の悪夢の再現だった。それにしてもアーリア人の純粋性の権化であるような自分がユダヤ人だと非難されるのは、いかにも奇妙な宿命ではないか? 彼の呪われた民族に対する憎悪の念はいや増す。とりあえず、彼はグレーゴル・シュトラッサーの名を記憶に留めた。

34

それがいつのころだったのか、正確な日付はわからないけれど、彼がファースト・ネームの綴りをわずかに変えたのはこのあたりの年代だったのではないかと僕は思いたい。Reinhardt から Reinhard へ、最後の t を取ったのだ。こうすると多少固い感じになる。

35

僕はさっき、おかしなことを言った。あながち見当外れでもない想像力と勘違いとが同時に作用してしまったのだろう。当時、イギリスの情報局のトップは「C」と呼ばれていたのだ。**ジェームズ・ボンド**のように「M」ではなく。ハイドリヒもまた「C」と呼ばれていた。「H」ではなく。こうすることでイギリス風にしようとしたのかどうかは定かではないけれど、このイニシャルはたぶんもっと単純に「デア・シェフ」(der Chef) の「C」をさすとも考えられる。

それはともかく、手持ちの資料を調べてみると、ハイドリヒがこういうことを打ち明けていたことがわかる。誰に打ち明けたのかはわからないけれど、これによると、彼が自分の仕事に明快な考えを持っていたことがわかる。「完全に近代的な政府の仕組みにあっては、国家の安全保障にこれでいいという限度はないのだから、その任にあたる者は、ほとんどいっさい制約のない権力を掌握することに努めるべきだ」

　ハイドリヒに対してはいろんな非難が可能だろう。だが、自分の言ったことは必ず実行した。

36

一九三四年四月二十日は、黒い騎士団の歴史を画する出来事が起こった日だ。ゲーリングが自分の創設したゲシュタポを、親衛隊の二人の指導者に譲ったのだ。ヒムラーとハイドリヒは、ベルリンのプリンツ・アルブレヒト通り《シュトラーセ》にある壮麗なゲシュタポ本部を掌握した。ハイドリヒは自分の執務室を選ぶ。そこに陣取り、席に着く。さっそく仕事に取りかかる。紙を目の前に置く。ペンを執る。そしてリストを作成しはじめる。

　もちろんゲーリングが、すでにナチ体制の宝石のひとつとなっている自分の秘密警察の指揮を喜んで放棄するわけがない。しかし、レームに対抗するためにはヒムラーの支持を取り付けておかなければならないのだから仕方がない。親衛隊のプチブルジョワのほうが突撃隊の社会主義的煽動家よりは安心なのだ。レームは国家社会主義の革命はまだ終わっていないと、ことあるごとに主張している。だが、ゲーリングは物事をそんな角度からは見ていない。すでに権力は奪取したのだから、今後なすべきことはただひとつ、それを保持すること。ハイドリヒがこの見解に同調することは言うまでもない、いかにレームが自分の息子の名付け親であったとしても。

37

市中を巡る一枚の文書のせいで、ベルリン全市は陰謀の気配に満ちた。その文書とはタイプで打たれたリストだった。中立的な傍観者たちは、市内のどこのカフェでもこの紙があまりに無防備に回し読みされているのを見て驚いた。なぜならカフェのウェイターたちがハイドリヒに雇われた通報者であることくらい、誰もが知っていたから。

それは仮想の内閣の組織図にほかならなかった。この未来の政府では、ヒトラーはそのまま首相を務めるが、パーペンやゲーリングの名前は消えていた。その代わり、レームとその盟友たちの名前、シュライヒャー、シュトラッサー、ブリューニングらの名前が並んでいる。

ハイドリヒはこのリストをヒトラーに見せた。ただひたすら己の偏執狂的傾向を増長させることしか眼中にないこの男は怒り心頭に発した。その一方で、この連立内閣の不均質なところには当惑を覚えていた。たとえばシュライヒャーは、ヒトラーの忌み嫌うレームの盟友であったことはない。するとハイドリヒは、フォン・シュライヒャー将軍はフランス大使と長談義をしているところを見られている、これは彼が陰謀を企てている証拠だと言い返す。

実際、この奇妙な連立が異種混交の寄り合い所帯になっているのは、ハイドリヒが内政に関する知識をもっと洗練させる必要があることを何より物語っている。なぜなら、このリストを書き、ばらまいたのは彼自身なのだから。彼がこれを書くにあたって何より優先させた原則はとても単純なことだった。当然のことながら、彼はそこに自分の上司であるヒムラーとゲーリングの敵の名と、自分の敵の名を記したのだ。

38

灰色の石造りの重厚な建物の外側からは、何もうかがい知ることはできない。せいぜい、そこに出入りする人影の動きの普通とは違う慌ただしさを読み取る程度。だが、親衛隊という巣穴の内部は、熱に浮かされたような騒ぎに支配されていた。男たちがあちこち走り回り、白い大ホールには大声が響きわたり、どの階のドアもバタンバタンとうるさい音を立て、どこのオフィスの電話もひっきりなしに呼び出し音が鳴っている。この建物と惨劇の中心で、ハイドリヒは、やがて彼のもっとも得意とするところになる官僚の殺し屋という役柄をすでに演じていた。彼の周囲にはたくさんの机とたくさんの電話とたくさんの黒ずくめの部下がいて、受話器を取っては置きを繰り返している。すべての電話に彼は出る。

「もしもし！　死んだって？……死体はそのままにしておけ。公式には自殺だ。使った武器は彼の手に握らせるんだ……ちゃんと首筋を撃ったんだろうな？……わかった、そんなことはどうでもいい。自殺だぞ」

「終わったか？……よろしい……女も一緒だと？……そうか、逮捕しようとしたら、二人とも抵抗したからとでも言えばいい……そうだ、女も一緒にだ！……そう、割って入ろうとしたということにすればいい！……使用人？……何人だ？……名前を控えておけ、あとで何とかしよう」

「終わったか？……うむ、そんなものはみんなオーデル川に放り込め」

「……なんだと？……テニスクラブ？　テニスをしてたというのか？……垣根を越えて、森のなかに姿を消しただと？　恥をかかせるつもりか？……しらみつぶしに捜せ、見つけ出すんだ！」

「……え、どういうことだ、『もうひとり』というのは？　『同姓』だと？　どういうことだ？……同姓同名？……かまわず連行しろ、調べがつくまで、ダッハウの収容所に放り込んでおけ」

「……最後に見かけたのはどこなんだ？……ホテル・アドロン？　しかし、従業員はすべてこちらの息がかかっていることくらい、先刻承知だろう、馬鹿じゃないのか！　とにかく出頭するつもりだったというんだな……よし、わかった、引き返して、本人の自宅で待ち受けろ、それからこちらへ寄こせ」

「もしもし！　親衛隊全国指導者《ライヒスフューラー》につないでくれ！……もしもし？　はい、終わりました……ええ、それも……それは手配中です……それはすみました……ところで、最重要の件はどこまで？……総《フュ》統《ーラー》が拒んでいる？　でも、どうして？　なんとか総統を説得してください！……彼の日頃の素行をあげつらえばいいでしょう！　それにもみ消したスキャンダルのすべてを持ち出すとか！　売春宿に置き忘れたトランクのことなど思い出してもらってもいいでしょう！……了解しました、ゲーリングにはすぐに連絡します」

「……こちらはハイドリヒです。親衛隊全国指導者の話では、総統は突撃隊最高指導者《エス・アー・フューラー》を助けてやりたいと思っているそうです！……もちろん、なんとしてでも！……軍がそんなことを受け入れるはずありませんから、そのところを伝えなければなりません！　われわれはすでに一部の陸軍将校を処刑していますからね。レームが生き残ったら、ブロンベルクはこの作戦遂行を容認しないでしょう！……そう、公平性の問題にほかなりません！……了解しました、ご連絡をお待ちします」

　ひとりの親衛隊員が入ってくる。不安げな顔をしている。ハイドリヒに近づき、耳もとで話しかける。二人で部屋を出る。五分後、ハイドリヒはひとりで戻ってくる。その顔からは何も読み取れない。彼はまた受話器を取る。

「……遺体は焼くんだ！　遺灰は未亡人のもとに送ればいい！」

「……だめです、ゲーリングが手出しさせようとしません……。彼の自宅前に六人の隊員を配置してください……誰も入れず、誰も出られないようにするんです！」

等々。

同時に彼は、白い小さなカードにたんたんと書きつけている。

この騒ぎは週末ずっと続いた。

ようやく、心待ちにしていた知らせが届いた。総統が折れた。突撃隊（ＳＡ）隊長にして、最古参の共謀者レームを処刑する命令がついに出るのだ。レームはハイドリヒの長男の名付け親でもあるが、それより何よりヒムラー直属の上司だった。突撃隊の指導部を壊滅させることによって、ヒムラーとハイドリヒは親衛隊の足かせを取り除き、ヒトラーに権限を集中する自立的な組織へ改編することを目指した。ハイドリヒは、陸軍の中将に相当する親衛隊集団指導者《グルッペンフューラー》に任命される。そのとき彼は三十歳。

39

この一九三四年六月三十日土曜日、グレーゴル・シュトラッサーが家族と少人数で昼食をとっていると、家の玄関の呼び鈴が鳴った。武装した八人の男が彼を逮捕するためにそこにいた。妻に別れの言葉をかける間もなく、彼はゲシュタポ本部に連行された。取り調べのようなものはいっさいなかったが、数人の突撃隊員とともに監房に押し込められた。この数か月、すでに彼は政治的責任のある立場ではなくなっていたが、総統の古くからの盟友であるという威光が隊員たちを安心させていた。彼にはなぜこんなところに自分がいるのか理解できなかったが、党の政治的秘策については知りすぎるほど知っていたので、その恣意的で非合理的な部分を心底恐れていた。

十七時、親衛隊員が迎えに来て、天窓のついた独房に移された。シュトラッサーは隔離されていたので、〈長いナイフの夜〉が始まっていることは知らなかったが、おおよそのことは察することができた。自分の命が危うくなっているのかどうかはわからない。なるほど自分は党の創立からかかわってきたし、いくつもの闘争を共にしてきたことでヒトラーと結びついている。ミュンヘン一揆以来、監獄だってともに経験してきた。しかし、同時にヒトラーが感傷的な男でないことも知っている。そして、自分のどこがレームやシュライヒャーに匹敵する脅威となるのかわからないにしても、総統の計り知れないパラノイアぶりは考慮に入れておかなければならない。シュトラッサーは、命拾いをしたければ、慎重に立ち回らなければならないことをすぐに悟った。

そこまで考えたとき、彼は背後に人の気配を感じた。秘密裏の行動に慣れた元闘士の確かな直感で、自分の身が危険であることを感じて身を伏せようとしたとたん、銃声が響いた。何者かが天窓から腕を差し入れ、至近距離から発砲したのだ。身を伏せたが、遅かった。彼はその場に崩れ落ちた。

独房の床に腹ばいになったシュトラッサーの耳に、ドアの錠が回る音が聞こえ、それに続いて自分の周囲を歩き回る長靴の足音、自分の首筋に覆いかぶさってくる男の吐息、そして複数の声が聞こえてきた。

「まだ生きている」

「どうする？　息の根を止めるか？」

拳銃の撃鉄を起こす音が聞こえる。

「待て、確認してくる」

ひとりの足音が遠ざかっていく。しばらく間があく。複数の人間の足音がやって来る。その足音が独房に入ると、いっせいに踵《かかと》を揃える音がした。自分の血の滴る音。沈黙。突然、聞き間違えようもないあの甲高い声が聞こえて、ついに彼の背筋は凍りついた。

「まだ死んでいないだと？　豚のように全部血が流れ出てしまうまで放っておけ！」

ハイドリヒの声が、彼が死ぬ直前に聞いた最後の人間の声だった。人間の声、ものは言いようだが……。

40

ファブリスがやって来て、僕の本について話す。彼は学生時代からの古い友人で、僕と同じように歴史好き、よりにもよって僕の書いているものに興味があるという奇特な友人だ。夏の、この夜、うちのテラスで食事をしながら、彼はとても熱っぽい口調で、書き出しの部分を褒めてくれた。とくに〈長いナイフの夜〉に関する章に注目して、電話の場面が続くところはナチの官僚的な面がよく再現されていると同時に、のちにナチの専売特許となるもの——殺人——の流れ作業的有様がよく出ているという。僕はうれしくなったが、気になることがあったので、はっきりさせたほうがいいと思った。「でも、そこに書かれている一本一本の電話が実際の事件と対応していることはわかったかい？　その気になれば、全部実名を挙げることもできたんだけど」そう言うと、彼は驚き、創作だと思ったと正直に答えた。なんとなく心配になったので、さらに問い詰めてみた。「じゃ、シュトラッサーのところは？」ハイドリヒ本人が出向いてきて、瀕死のまま独房に放置しろと命じるところ、これもまた僕が創作した場面だと思ったという。僕はいささか傷つき、大きな声で弁明した。「そうじゃない、すべて事実なんだよ!」そう言ってから、心のなかで「ちくしょう、失敗か……」と思った。読書における暗黙の了解に関する意識をもっと明確にしておかないとだめなのだ。

その夜、僕はテレビで、パットン将軍を主人公にしたハリウッドの古い映画に関するドキュメンタリー番組を見た。映画のタイトルはあっさりそのまま『パットン』。番組の要は、映画をところどころ抜き出して紹介し、そのあとで現場を目撃していた証人にインタビューするところにある。「実際にはこんなふうではなかったんですが……」とかなんとか。パットン将軍は基地を狙撃しようと襲ってくる二機のメッサーシュミットを愛用のコルト一挺で迎え撃ったりはしなかったのだ(だが、その証人によると、もしもそれだけの時間があれば、彼はきっとそうしていただろうと)。パットンは映画のように全軍を前にして演説をぶつタイプではなく、語るとしても、ごく内輪でしか語らなかったし、そもそも、あんなことは言っていないのだ。あるいは彼がフランスに送られることは直前になって知らされたのではなく、数週間前に知らされていたとか。命令に背いてパレルモを奪取したのではなく、連合軍最高司令官と直属の上官の承認を得ていたとか。たとえ彼がロシア人を好きでなかったにしても、ロシアの将軍に向かって、とっとと立ち去れなどと言うはずがない、等々。つまり、この映画は架空の人物についての映画だということになる。パットンの生涯に強い影響を受けているが、彼本人を描いているわけではない。ところが、この映画のタイトルはパットンなのだ。だからといって、誰も驚いたりしないどころか、シナリオをふくらませるために現実を改変したり、実際にはたいして重要でもない出来事やトラブルに満ちた行程からなる実人生の軌跡に一貫性を与えたりすることは当たり前だと思っている。こうして太古の昔から、口当たりのいいスープを作るために歴史的真実をごまかしてきた人たちがいるおかげで、僕の古い友人のような男は、ありとあらゆる種類のフィクションに精通した結果、平然となされる偽造のプロセスにすっかり慣れ親しんでいるから、ただ無邪気に驚いて「あれ、創作じゃないの?」などと言うのだ。

もちろん、創作ではない! そもそもナチズムに関して何かの創作をして、どんな意味があるのだ?

41

もうわかったと思うけれど、こういった話は僕を夢中にさせると同時に僕の神経を逆なでもするらしい。

ある晩、僕は夢を見た。僕はドイツの兵士で、国防軍《ヴェーアマハト》の緑青《ろくしょう》色の制服を着て、雪におおわれた風景のなかを警備にあたっている。それがどこかは特定できないが、鉄条網で仕切られているので、それに沿って僕は警備している。この背景が、第二次世界大戦をテーマにしたたくさんのビデオゲームに影響されているのは明らかだ。僕はときどき、ついこの手のゲームにはまってしまうのだ。『コールオブデューティ』、『メダル・オブ・オナー』、『レッドオーケストラ』とか……。

見回りをしていると、突如、視察に来たハイドリヒに出くわした。彼が不審そうに僕の周囲を一回りしているあいだ、僕は気をつけの姿勢をして、息を詰めている。何か落ち度でも指摘されたらどうしようと戦々恐々としていたのだが、それがなんだかわからないうちに目が覚めた。

ナターシャは僕をからかおうとして、ナチズム関係の著作が僕の部屋でかなりの冊数になっていることを心配するふりをする。そのせいで思想的転向を余儀なくされるのではないかと言うのだ。

そういう危惧を彼女と一緒に笑い飛ばすには、資料探しのためにインターネットを検索していると無数の偏ったサイト——はっきり言えばネオナチも含めて——に遭遇する事実をどうしても引き合いに出さざるを得ない。もちろん、ユダヤ人の母とコミュニストの父のあいだに生まれ、共和主義的価値観ともっとも進歩的なフランスのプチブル的価値観に涵養《かんよう》され、モンテーニュの人文主義《ユマニスム》から啓蒙主義哲学、シュルレアリストの大反乱や実存主義思想に至るまでの文学研究にどっぷり漬かっているこの僕が、どんなことがあっても、多少なりともナチズムをにおわせるものに、今までもこれからも「共感」するわけがない。

とはいえ、文学の計り知れなく不吉な力を前にひれ伏してしまうことはある。この夢だって、ハイドリヒが小説的な次元で僕を感動させている明白な証拠なのだ。

42

当時、イギリスの外務大臣だったアンソニー・イーデンはあきれて聞いていた。新しいチェコの首相、エドヴァルト・ベネシュは、ズデーテン問題を解決する自分の能力に啞然とするほどの自信を示していた。彼はドイツの領土拡張の意志を抑えることができると主張するばかりか、自分ひとりでも、すなわちフランスやイギリスの援助なしでもできると豪語するのだ。イーデンは、こういう発言をどう考えればいいのかわからなかった。「おそらく、こんな情勢では、楽観的でないとチェコ人はつとまらないのだろう……」と彼は思う。時はまだ一九三五年。

一九三六年、チェコスロヴァキアの情報機関を指揮するモラヴェッツ少佐は、大佐に昇進するための試験を受けた。課題のなかには、次のような仮定の状況に答える問題があった。「チェコスロヴァキアがドイツから攻撃を受けたという状況にある。ハンガリーとオーストリアも敵対している。フランスは動かず、一九二〇年から二一年にかけては〈小協商〉が締結されている。さて、チェコスロヴァキアにとって、いかなる軍事的解決策が考えられるか？」

この課題の分析。一九一八年にオーストリア＝ハンガリー帝国が解体されたため、ウィーンとブダペストは当然のことながら、かつては自国の領土だった地方に秋波《しゅうは》を送っている。たとえばオーストリアに属していたボヘミア・モラヴィア地方、たとえばハンガリーの支配下にあったスロヴァキア地方。そのうえ、ハンガリーはドイツにとってはファシストの友、ホルティ提督が政権を掌握している。かたやオーストリアはひどく弱体化し、ドイツとの国境のあちこちで、ゲルマンの兄貴分の領土への併合を主張する輩《やから》の圧力になんとか耐えている有様だった。オーストリアの内政には干渉しないことを約束したヒトラーとの合意は、紙切れ同然の価値しかなくなっていた。ドイツと紛争が生じた場合、チェコスロヴァキアは瓦解《がかい》した帝国の名残《なごり》である二つの顔とも対峙《たいじ》しなければならない。二〇年から二一年にかけて、チェコスロヴァキアとルーマニアとユーゴスラビアとのあいだで、かつての宗主であるオーストリアとハンガリーから領土を守るために締結された〈小協商〉は、十分な抑止力のある戦略的軍事同盟とは言えなかった。紛争が生じた際には同盟国チェコに対して支援することになっているフランスのためらいは見え見えだった。つまり、仮定として出されたこの課題は、仮定どころかきわめて現実的な問題だった。モラヴェッツの解答は単純明快、「軍事的には解決できない」というものだった。彼は試験に合格し、大佐に昇進した。

44

ハイドリヒがかかわった陰謀のすべてを語らなければならないとしたら、きりがなくなる。資料を集めていると、瑣末すぎるとか、細部に欠けたり、パズルのピースが全部集まらなかったり、信憑性に欠けていたりとかいう理由で、結局は取り上げるのをやめにしてしまうことがある。あるいは同じ話なのだけれど、いくつかヴァージョンがあって、ときとしてそれらのヴァージョンがまったく相容れないこともある。場合によっては、ボツにはしないにしても、一部割愛させてもらうこともある。

トゥハチェフスキーの失墜に関してハイドリヒの果たした役割については言及しないことにした。何よりもまず、僕にはその役割が副次的であるだけでなく、見かけ倒しにすぎないように思えたからだ。さらには一九三〇年代のソビエトの政治は、僕が抱えている様々な主題を流し込む語りの漏斗《ろうと》からはあふれてしまうからだ。そして最後には、おそらく新たな歴史の分野に首を突っ込むのが怖かったからだろう。スターリンによる粛清の数々、トゥハチェフスキー元帥の経歴、スターリンと対立するようになった原因、どれを語るにしても学識と緻密さが要求される。それだとさすがに遠回りになりすぎる。

とはいえ、僕は気晴らしみたいなものとして、こんな場面を思い描いたことはあった。そこにはワルシャワ入城の一歩手前で壊走《かいそう》するボルシェビキ軍を見つめている若き日のトゥハチェフスキー将軍がいる。時は一九二〇年。ポーランドとソ連は交戦状態にある。「革命はポーランドの屍《しかばね》を乗り越えて進む！」とトロツキーは言った。ウクライナと同盟を結び、リトアニアとベラルーシも含めた連邦国家を夢見るポーランドは、生まれたばかりでまだ脆弱なソビエト・ロシアの結束を脅《おびや》かしていた。その一方で、ボルシェビキがドイツでの革命運動を勝利に導きたいのなら、いずれにせよ、この地域を通り抜けていかなければならない。

一九二〇年春、ソビエトの反攻が始まり、赤軍がワルシャワに進攻し、ポーランド人の命運も尽きたかに思えた。だが、若き国家の独立はなお十九年続く。一九三九年にドイツ軍に対してはできなかったことを、ポーランドはこの日、ロシア軍に対してはやってのけた。一九二〇年八月、ロシア軍を退却させたのだ。これが「ヴィスワ川の奇跡」だ。トゥハチェフスキーは、自分よりほぼ三十歳年上で、ポーランド独立の勇士にして並びなき戦略家のユゼフ・ピウスツキによって敗北させられた。

動員された兵員はほぼ互角、十一万三千のポーランド軍が十一万四千のロシア軍を迎え撃つ。だが、トゥハチェフスキーは、主導権を握っているのは自分だから、必ず勝つという確信を持っていた。しかし、北部方面に架空の軍団が集結しているという情報に踊らされたトゥハチェフスキーは主要部隊を北部につぎ込んだ。ピウスツキはその裏をかいて南部方面から攻撃を仕掛けたのだった。まさにこのとき、この挿話は〈類人猿《エンスラポイド》作戦〉という物語本体の漏斗へと流れ込んでいく。トゥハチェフスキーは、そのときウクライナのリヴィウ占拠のために南西戦線で戦っていたブジョーンヌイ将軍率いる伝説の第一騎兵軍に援軍を要請した。手強いブジョーンヌイの騎兵軍が介入してくれば、形勢が逆転する可能性があることをピウスツキは知っていた。だが、そのとき信じがたいことが起こった。ブジョーンヌイ将軍は命令に従わず、軍団はリヴィウに残ったのだ。ポーランド軍にとっては、おそらくこれぞまさしくヴィスワ川の奇跡だった。トゥハチェフスキーにとっては逆に苦い敗退を経験することになり、その理由を知ろうとした。だが、その答えはさほど難しいものではなかった。ブジョーンヌイが命令を受ける南西戦線を担当する政治局員がリヴィウの占拠を最重要課題と判断したのだった。ということは、余所の軍事的敗北を避けるため、最良の軍団をそっちに回すなどということは考えられるわけがなかった。その地域が敗北を喫したとしても、彼の責任ではないのだから。戦争の勝ち負けなどどうでもよかった。往々にして優先されるべきは、この政治局員の個人的な野心だった。彼の名はヨシフ・ジュガシヴィリ、戦時名（筆名）はスターリンだった。

十五年後、トゥハチェフスキーはトロツキーの跡を継いで赤軍の司令官となり、スターリンはレーニンの跡を継いで国家元首となった。両者は憎み合い、どちらも権力の絶頂にあって、それぞれの政治戦略上の分析は食い違った。スターリンはナチス・ドイツとの衝突をできるだけ先延ばしにしようとし、トゥハチェフスキーはただちに先制攻撃を仕掛けるべきだと主張した。

僕はエリック・ロメールの『三重スパイ』を見るまで、こういったことはまったく知らなかった。でも、この映画の主人公で、パリに逃げ延びてきた傑出した白軍のロシア軍人、スコブリン将軍が妻にこう言うのを聞いて、僕はこの問題を真剣に考えてみようと思ったのだ。「君は憶えているかい？　私はベルリンで、ハイドリヒというドイツの諜報機関の司令官に会いに行ったことがあると言ったね。そのとき私が彼に言おうとしなかったことは何だったと思う？　私の同僚のトゥハチェフスキーのことだよ。英国王の葬儀に参列するために彼が西欧旅行に出たとき、私は密《ひそ》かに彼と会っていたんだ。もちろん、彼が私に心を開くわけがない。でも、彼のとても控えめな話からいくつかの事実を引き出すことはできた。ゲシュタポはこの出会いを聞きつけたにちがいない。ハイドリヒは何気ない顔で質問し、私が曖昧に答えると、彼は氷のような目で私をにらみつけ、そのまま私たちは見つめ合っていた」

　ロメール作品のなかのハイドリヒの姿が、僕は今も忘れられないでいる。

　この会話の続きで、スコブリンの妻はこう尋ねる。

「で、そのハイドリヒさんは、どうしてその情報をほしがっていたのかしら？」

　スコブリンはこう答えるに留まる。

「そりゃ、ドイツ人は赤軍の司令官を自分たちの側につけたいと思うだろう。おそらく、トゥハチェフスキーがスターリンから目の敵にされていることを彼らは知っているだろうから……と、まあ、私は思うわけだ」

　それ以降、スコブリンはナチのメンバーとのつき合いを絶ってしまうというのが、ロメールの考えだが、そのわりには、この映画監督は自分の主人公の曖昧さを十分丁寧に描き出している（白なのか、赤なのか、茶色なのか？）。僕はスコブリンがわざわざハイドリヒに会いにベルリンまで行って、何も言わなかったなんて思えない。

　むしろ、スコブリンがハイドリヒに会いに行った目的はまさに、スターリンに対する陰謀がトゥハチェフスキーによって画策されているという情報を伝えるためだったと思うし、実際はスコブリンは内務人民委員部《エヌカーヴェーデー》（ＮＫＶＤ）のエージェントであり、スターリンのために働いていたのだと思う。目的？　国家反逆の罪（おそらくは根拠のない）をトゥハチェフスキーに着せるために、陰謀の噂を流すこと。

　ハイドリヒはスコブリンを信用しただろうか？　いずれにせよ、彼は帝国《ライヒ》の危険な敵を排除する機会を見て取ったわけだ。一九三七年において、トゥハチェフスキーを取り除くことは、赤軍の頭を切り落とすことにほかならない。彼は噂を煽る決断を下す。この種の仕事は、軍事に関係する問題である以上、カナリス率いる国防軍情報部に属すべき事柄であることは承知している。しかし、この計画の規模の大きさに陶然としたハイドリヒは、まずはヒムラーを、次にはヒトラー本人を説得して、入念な情報攪乱作戦をみずから手がけることになった。そのために彼は、もっとも有能な部下にして汚れ仕事の専門家、アルフレート・ナウヨクスに声をかけた。この男は三か月かけて、ロシア人の元帥を陥れるために、一連の文書を捏造することになる。署名を入手するための苦労はなかった。ワイマール共和国の文書保管室を漁りさえすればよかったのだ。両国が今よりも友好的な外交関係を結んでいたとき、多くの公式文書に目を通していたのはトゥハチェフスキーだったから。

書類が整うと、ハイドリヒは部下に命じて、それをNKVDのエージェントに売りつけた。この出会いは、絵に描いたようなスパイ合戦の様相を呈する。ロシアはドイツの偽造文書を贋ルーブル札で買った。どちらも相手を騙《だま》していると信じ、誰もが誰かを裏切っているのだ。

ついにスターリンはほしいものを得た。自分のもっとも手強いライバルがクーデタを準備しているという証拠。歴史家は、この事件で果たしたハイドリヒの画策の重要性をあまり評価していないようだが、この偽造書類は一九三七年の五月にロシア側に渡り、トゥハチェフスキーは六月に処刑されているということに注目すべきだ。僕には、日付の近さがこの事件の因果関係を強く示唆しているように思える。

では最終的に誰が誰を騙したのか？　思うに、ハイドリヒは、当時スターリンを闇に葬ることのできる唯一の男を片付けることができるようにしてやることで、スターリンの片棒を担いだのではないだろうか。だが、この危険人物は同時にドイツに対する戦争を指揮するうえで最適の男でもあった。四一年六月、ドイツ軍の急襲によって赤軍が壊滅状態に陥ったのは、この密かな取引の結末だった。要するに、ハイドリヒがすべてをお膳立てしたというよりも、スターリンが自分の足を撃ち抜いてしまったということなのだ。そして、スターリンが先例を見ない一連の粛清に手を染めはじめると、ハイドリヒは大喜びすることになる。事実、彼は躊躇なく、この件の功績をすべて自分のものにしてしまう。

あえて言うなら、正々堂々と。

45

僕は三十三歳、一九二〇年でのトゥハチェフスキーの年齢をとうに過ぎている。今日の日付は二〇〇六年五月二十七日、ハイドリヒ襲撃の記念日にあたる。ナターシャの姉が今日結婚する。僕は式に招待されていない。ナターシャが僕を「おばか《プチット・メルド》」呼ばわりしたのは、もう僕という男につき合いきれなくなったからだろう。僕の生活は廃墟みたいなものだ。ふと思う、戦闘に負けたことを理解し、自分の軍隊が壊走するのを目の当たりにし、惨憺たる敗北を喫したことをはっきり自覚したときのトゥハチェフスキーは、僕より辛い思いをしただろうか、と。はたして彼はもうだめだ、おしまいだ、精根尽きたと思い、運不運の巡り合わせを呪い、自分を裏切ったやつらを呪い、あるいは自分自身を呪っただろうか。いずれにせよ、僕は彼が復帰したことを知っている。たとえ十五年後に最悪の敵に粉砕されてしまうにせよ、勇気づけられる話だ。曲がらぬ道はない、僕はそう自分に言い聞かせる。あれからナターシャは電話をかけてこない。今は一九二〇年、僕はワルシャワの震える城壁を前にして、足もとにはヴィスワ川が平然と流れている。

46

昨夜、僕は襲撃の章を書いている夢を見た。こんな書き出しだった。「黒塗りのメルセデスがくねくねと曲がる道を走っていた」すると、残りもすべて同時に書きはじめなければならないことがわかった。なぜなら、残りのすべてもこの決定的なエピソードに向かって集束していかなければならないからだ。因果の鎖を無限にさかのぼっていくことで、真正面の太陽と、この小説の大団円と、その最大の見せ場に直面する瞬間を遅らせることができるかもしれない。

47

世界地図を思い浮かべ、ドイツを中心にして同心円状に広がる輪を想像してみよう。一九三七年十一月五日、ヒトラーは、ブロンベルク、フリッチュ、レーダー、ゲーリングなど、各軍の司令官と外務大臣のノイラートを前に自分の計画を説明している。ドイツの政治目標は――と彼は念を押すように（こんなことは全員理解しているはずだから）語りはじめる――人種共同体の安全を確保し、その存在を維持し、発展を促進することにある。したがって、それは生存圏（かの有名なレーベンスラウム）の問題であり、われわれは世界地図の上に同心円を描いていくことができる。帝国《ライヒ》の領土拡張目標を一目で見渡せるような、狭い輪から広い輪にではなく、食人鬼の最初の獲物に無慈悲に焦点を絞って行動を起こすために、むしろ輪を狭めていくのだ。ヒトラーは、わざわざ詳細な理由を述べるまでもなく、ドイツ民族こそ他の民族よりも広い生存圏を有する権利を持つと断言する。ドイツの未来はひとえに、この生存圏の問題をどう解決するかにかかっている。この空間をどこに求めるか？　遠くアフリカやアジアの植民地ではなく、ヨーロッパの中心部——旧大陸を中心にひとつの円を描いた場合——、その円はまず帝国《ライヒ》のすぐ隣の地域、すなわちフランス、ベルギー、オランダ、ポーランド、チェコスロヴァキア、オーストリア、イタリア、スイスを含み、そして、当時ドイツの国境がダンツィヒからメーメルまで続いており、バルト諸国と接していたことを考慮に入れれば、そこにはリトアニアも含まれる。そのときヒトラーが出した質問とは、ドイツがもっとも安価な手段でもっとも大きな利益を得ることができるのはどこか？という質問だった。推定される軍事力とイギリスとの結びつきを考えれば、フランスはその輪から除外される。それにともなって、フランスの参謀本部の戦略的観点から重要なベルギーとオランダも除外される。ムッソリーニのイタリアも言うまでもなく当然除外される。ポーランドおよびバルト三国に向けた東方への拡大を行なえば、ソビエト政権を時期尚早に刺激することになる。スイスは例のごとく、その中立を尊重するためというより、金庫番としての役割をまっとうしてもらわなければならないから、手をつけることはできない。となれば理の当然として、この円は縮小され、二国に限定された領域にずれ込むことになる。「よってわれわれの最初の目標は、西への作戦展開の際に側面から攻撃される危険をあらかじめ取り除いておくために、オーストリアとチェコスロヴァキアを同時に打ち破ることにある」これでおわかりのように、ヒトラーが「最初の目標」を設定した時点で、すでに彼はこの輪を拡大することを考えていたのだ。

筋金入りのナチ党員であるゲーリングとレーダーを除けば、このヒトラーの計画はその場にいた側近たちを硬直痙攣させた。それは本来の字義どおりに衝撃的だったので、外務大臣のノイラートなどは、この燦然たる計画を聞いてからは何度も心臓発作に襲われたほどだった。国防大臣で陸軍元帥だったブロンベルクと陸軍総司令官であったフリッチュは、第三帝国の風習にまったくそぐわないと激しく抗議した。この古い軍隊は一九三七年の時点ではまだ、自分たちが、つい不用意に手を貸したために、まんまと権力を奪取した独裁者に対抗する勢力になりうると信じていたのだ。

彼らはヒトラーをまったくわかっていなかったが、のちに、ブロンベルクとフリッチュは彼がどういう男か思い知らされることになる。

この幸福な会談からほどなくして、自分の秘書と再婚していたブロンベルクは、自分よりずっと若いこの妻がかつて娼婦だったという事実が発覚し（そして、自分自身でも確認しただろう）、愕然とする。そして、彼女の裸の写真が閣内で回覧されたとあれば、これ以上の醜聞はなかったはずだ。健気にもブロンベルクは離婚に応じず、その代わり即座に辞職した。軍隊のあらゆる役職から引き、二番目の妻のもとに終生留まった。一九四六年、ニュルンベルク裁判での自分の審理を待ちながら、彼はこの世を去った。

フリッチュのほうは、ハイドリヒによって巧みに仕掛けられた、言うまでもなく、はるかにきわどい陰謀の犠牲になった。

48

ハイドリヒは、シャーロック・ホームズと同じように、ヴァイオリンを弾く（ただし、ホームズよりうまい）。そして、シャーロック・ホームズと同じように、犯罪捜査に携わる。ただし、この探偵とは違って、真実を追い求めない。捏造する、それはまるで別のことだ。

彼の使命は、陸軍総司令官のフォン・フリッチュ将軍を陥れることにある。たとえハイドリヒが

SDの長官でなくとも、フリッチュが反ナチ感情を抱いていることは容易に知れることだった。というのも、フリッチュはそれを隠そうともしなかったから。一九三五年にザールブリュッケンで行なわれた縦列行進の際には、親衛隊と党、そして、高位の幹部党員の幾人かに対する嘲弄の言葉が観覧席のなかから発せられるのが聞こえた。これをフリッチュが画策した陰謀だと触れ回ることはかなり容易なはずだ。

しかし、ハイドリヒは、この老いた男爵にもっと屈辱的な何かを与えてやりたいと考える。プロイセンの貴族がいかに傲慢に、いかに神経質に道徳的正しさを誇りにしているかを、彼はよく知っていた。そういうわけで、ブロンベルクのときと同じように、風紀問題でフリッチュを陥れることにしたのだ。

ブロンベルクとは違って、フリッチュは表向きは固い独身者で通っていた。ハイドリヒはそこから手を付けることにした。この種のプロフィールの持ち主の弱点は明白だった。この一件書類を作成するうえで、彼はまずゲシュタポ内にあるお誂え向きの部署、すなわち「同性愛撲滅課」に向かった。

そこで発覚したことは、同性愛者たちに対する恐喝で警察に知られている、いかがわしい男が、ポツダム駅近くの裏通りでフリッチュが〈バイエルンのジョー〉とかいう男と性行為に及ぼうとしているところを「見た」と証言していることだった。信じられないことだが、一か所だけ細部に違いはあるものの、本当の話らしい。そのフリッチュが綴り違いの同名異人であったとしても、ハイドリヒにとってはたいした問題ではなく、たまたまこの男が退役騎馬将校であること、つまり軍人であるという点がまぎらわしければいいのであって、ゲシュタポが圧力をかければ、ちっぽけな強請《ゆすり》屋などひとたまりもなく、思うがままに証言を引き出すことができた。

ハイドリヒには想像力があり、それが彼の仕事における長所なのだが、この種の陰謀は、想像力をうまく機能させようと思うなら、完全主義も必要になる。この件ではそれほど完全主義を発揮したわけではなかったが、それでもなんとか急場をしのげたのである。

さて、法務局のオフィスで、ゲーリングとヒトラーその人の前で、完璧な変質者の風体をしていたらしいこの強請屋と対面させられることになった気位の高い男爵は、自分に向けられた数々の非難に対して黙否で押し通した。ところで、第三帝国の上層部においては、偉そうに構えることはあまり受けのいい態度ではない。ヒトラーはフリッチュに対して即刻辞任するように求めた。ここまでは、すべて予想どおりの展開だった。

ところがフリッチュは辞任を拒んだ。軍事法廷での裁定を求めた。ここで急にハイドリヒの立場がひどく危うくなる。軍事法廷に移送されれば、ゲシュタポではなく、軍部による予備調査が行なわれることになるからだ。さて、ヒトラーは躊躇する。ハイドリヒほどには適正な裁判を避けたがっていたわけではなかったが、軍部の旧態依然とした特権階級の反応を恐れた。

数日のうちに、状況はがらりと変わる。軍部は真実を突き止めただけでなく、強請屋と騎馬将校という、この事件の鍵を握る二人の証人をゲシュタポの牙から解放してしまったのだ。というわけでハイドリヒの計画は完全に頓挫《とんざ》し、この時点では彼の首も皮一枚でつながっている状態だった。ヒトラーが軍事裁判を許可すれば、詐欺行為が白日の下にさらされ、少なく見積もってもハイドリヒは更迭《こうてつ》されるだろうし、彼の野心にも止《とど》めを刺されることになるだろう。そうなれば、一九三一年に海軍を解雇された直後の状況に舞い戻ってしまう。

ハイドリヒは、こんなことになってはたまらないと思った。冷酷な殺し屋が怯える獲物になっていた。彼の右腕のシェレンベルクは、ある日極度に動揺したハイドリヒに銃を持ってきてくれと頼まれたことを回想している。ＳＤ長官は窮地に陥っていたのだ。

だが、ヒトラーの出方を心配したのは間違いだった。結局、フリッチュは健康状態を理由に休暇を取った。辞職でもなく裁判でもなく、もっと単純に、すべての問題は解決してしまったのだ。ハイドリヒも強力な切り札を手に入れた。彼の目論見は、軍の指揮権を掌握する腹を固めたヒトラーの目論見と合致したのだ。つまり、何がなんでもフリッチュを排除せねばならないということ、それは彼のボスの揺るがぬ意志でもあった。

一九三八年二月五日、ナチの機関紙「民族の観察者《フェルキッシャー・ベオバハター》」は次のような大見出しを掲げた。

「全権力を総統の手に」

ハイドリヒがあれこれ気をもむ必要はなくなった。

結局、裁判は開かれることになったが、その間に力関係は根本から変わってしまった。独墺合併《アンシュルス》によって、とてつもない熱狂が引き起こされると、軍は総統の才能に屈服し、ごたごたを起こすのを断念した。フリッチュは無罪放免になり、強請屋は消され、この件を話題にする者はいなくなった。

49

ヒトラーはけっして風紀を軽んじたわけではない。一九三五年にニュルンベルク法が制定されて以来、ユダヤ人男性がアーリア人女性と性的関係を持つこと、そして同様にアーリア人男性がユダヤ人女性と性的関係を持つことは厳しく禁止された。これに違反すれば懲役刑に処された。

ところが驚いたことに、訴追されるのは男だけだった。表向きは、ユダヤ人であれアーリア人であれ、法によって女性に煩わしい思いをさせまいとするヒトラーの意志だということになっていた。

　ヒトラー自身よりも彼の考えに忠実なハイドリヒは、そうは受け取らない。この男女差別の形式は彼の平等意識を傷つけるものであったらしい（ただし女がユダヤ人の場合だけだが）。そんなわけで一九三七年、彼は刑事警察《クリポ》とゲシュタポに密かに指令を出し、ドイツ人男性がユダヤ人女性と関係した容疑で有罪を宣告された場合、自動的にその相手も逮捕され、強制収容所に収容されるように手配した。

　つまり、あくまでも例外的な場合だが、それなりの抑制が求められたときには、ナチの高官たちは総統の命令に背くことも厭わなかったのである。戦後、彼らの犯罪行為を正当化する唯一の論拠が、軍人としての誇りと入隊時の宣誓にかけて命令には絶対服従であったということは、考えてみれば興味深いことだ。

50

独墺合併《アンシュルス》、それは衝撃的な出来事だった。オーストリアは、最終的にはドイツに「再編される」ことを「決断」した。ドイツ第三帝国誕生の第一歩だ。それはまたヒトラーがじきに何度も繰り返すことになる、戦わずして一国を征服するという手品の始まりでもある。

　このニュースはヨーロッパ中を震撼させた。そのときモラヴェッツ大佐はロンドンにいて、当然のことながら急遽プラハに帰ろうとするが、あいにく使える飛行機がない。それでもなんとかイギリス海峡を越えて、対岸のアーグ岬に渡る。そこから先は列車で移動しようという算段。列車、それはけっこうだが、やはり少し問題がある。プラハに帰るには、フランスを起点にした場合、ドイツを横断しなければならない……。

信じがたいことに、モラヴェッツはあえてその危険を冒す。つまり、一九三八年三月十三日、チェコスロヴァキアの情報局のトップが数時間にわたってナチス・ドイツを通過するという前代未聞の事態が出来《しゅったい》したのだ。

僕はこの旅を想像してみる。彼にしてみれば、当然のことながら、できるだけ目立たないようにしている。ドイツ語はもちろん話せるのだろうが、まったく怪しまれないほど上手なのかどうかは知らない。同時に、ドイツはまだ戦争状態には入っていないし、ドイツ人も、世界に蔓延するユダヤ的害毒と国内の敵に関するヒトラーの演説に煽られているとはいえ、この時点ではそれほど警戒はしていなかっただろう。しかし念のために、モラヴェッツは切符を買うにあたって、おそらくいちばん愛想のよさそうな顔の、あるいはいちばん頭の鈍そうな係員のいる窓口を選んだことだろう。

列車に乗り込むと、空のコンパートメントを探して腰をおろしたはずだ。そして、

1　窓側の席に座った場合には、たとえ旅の道連れが入ってきても、そちらには背を向け、ただ車窓の風景に見入っているふりをして絶対に声をかけさせないと同時に、窓の反射を利用して車内の様子を監視する。

2　ドア側の席に座った場合には、廊下の往来を監視できる。

とりあえず、ドア側の席に座ったということにしよう。

いずれにせよ、僕にわかっていることは、彼は自分の影響力の大きさを自覚しているし、誇りにも思っているだろうから、その日、ドイツの鉄道が誰を運んでいるのかを知るためなら、ゲシュタポはどんなことでもしてくるだろうと考えたということだ。

車両のなかのひとつひとつの動きが彼の神経に試練を与えたにちがいない。

駅で停車するたびに。

ときどき乗客が列車に乗り込んできて、彼のいるコンパートメントに入ってきて座るので、じきに席はすべて埋まってしまう。貧しい人々、おそらくは家族連れ、こういう場合にはどちらかと言えば安心するが、もっと身なりのいい乗客もいる。

たとえば無帽の男が廊下を通り過ぎていく。こういう細かいところがモラヴェッツは気になる。ソ連への出張調査に出向いたとき、帽子をかぶった男はまず間違いなく内務人民委員（ＮＫＶＤ）か外国人だと教えられたことを彼は思い出す。ならばドイツでは、帽子をかぶっていない男は何者なのか？

おそらくは乗り換えや乗り継ぎがあり、待ち時間もあり、その分だけさらにストレスも加わったにちがいないと思う。モラヴェッツの耳に、新聞売りがヒステリックで得意げな声を張り上げて一面の大見出しを読み上げているのが聞こえてくる。彼は自分の最終目的地を最後の最後まで隠し通すために、何度も窓口で切符を買い求めたことだろう。

やがて税関吏《ぜいかんり》がやって来る。モラヴェッツは偽造旅券を持っていると思うが、どこの国籍かまではわからない。いや、そもそも、これには自信がない。なにしろ彼はイギリス当局との合意のうえで、あるミッションを遂行するためにロンドンにいたのだから。ロンドンの前はバルト三国に数日間滞在し、たぶんそこでは現地にいる同僚と会ったのだと思う。だから、こそこそする必要などまったくなかったし、そんな事態を想定することもなかっただろう。

たぶんごく単純に、彼の旅券は正規のものだったので、税関吏は、まるで時間が止まっているかのように感じられる特別な数秒間、入念に調べてから、何も言わず無造作に旅券を返したのだろう。

いずれにせよ、彼は無事通過できた。

列車から降り、危険のない母国の地を踏みしめると、彼は計り知れない安堵に包まれた。

これを最後に、久しく快適な気分を感じることはなかったと、かなり月日が経ってから述懐している。

51

オーストリアは、第三帝国の最初の獲物だ。この国は一夜にしてドイツの州になり、十五万人のユダヤ系オーストリア人はたちまちヒトラーの意のままにされる。

一九三八年の時点では、ユダヤ人を皆殺しにするというようなことは、当然のことながら、誰も考えていない。せいぜい移民を促す程度に収まっていた。

ユダヤ系オーストリア人を組織的に移民させるために、親衛隊保安部（ＳＤ）の委任を受けた若き親衛隊少尉がウィーン入りをした。彼は状況を把握するのが速く、たくさんのアイディアを持っていた。そのうち彼がもっとも自慢にしていたのは――二十二年後の裁判で供述したことを信用するなら――ベルトコンベアというアイディアだった。それは、移民の許可を受けるために、山のような各種の証明書からなるぶ厚い一式書類をユダヤ人に提出させることだった。書類が揃うと、ユダヤ人は移民局へと出向き、その書類をベルトコンベアの上に載せるというわけだ。こんなことをさせる目的は、彼らが所有しているものを売り払ってしまわないうちにさっさとその財産をむしり取り、丸裸で国外に出すためだった。こうした回りくどい手続きの果てに、籠に入れたパスポートが待っていた。

こうしてオーストリア在住のユダヤ人五千人がヒトラーの罠にかかる前に逃れることができた。

この時点では、ある意味でこの手法は双方納得のいく解決策だった。ユダヤ人にとっては、この程度の損害で国外に出られるなら、もっけの幸いだったし、ナチにとっては相当な財産を手に入れられるというメリットがあった。だから、ベルリンのハイドリヒもこの措置を成功と考えていたし、第三帝国のすべてのユダヤ人を移住させることを、当面のあいだ、「ユダヤ人問題」に関する現実的な解決策として、すなわち最良の策として考えていた。

そしてハイドリヒは、ユダヤ人対策でみごとな仕事をしているアドルフ・アイヒマンという小柄な少尉の名を胸に刻んだ。

52

アイヒマンが、収容・殲滅政策全体の基本構想を思いついたのはウィーンだった。それは当の犠牲者たちに積極的な協力を強いるもので、実際、ユダヤ人たちはあくまでもみずからドイツの当局に出頭することが求められていた。一九三八年時点での移民申請にせよ、一九四三年時点でのトレブリンカやアウシュヴィッツの収容所への移送にしても、ほとんどの場合、ユダヤ人は自分たちの敵の招喚に応じているのだ。そうでなければ、住民調査にまつわる様々な解決不能の問題に直面して、集団殺戮の政策など現実的には頓挫していただろう。言い換えれば、表に出ない無数の犯罪ははびこったかもしれないが、どう考えても、大っぴらな大量虐殺などという事態には発展しなかったのではなかろうか。

ハイドリヒは持ち前の直感で、ただちにアイヒマンのなかに天才的官僚の資質を認め、彼もまた貴重な補佐役としてその期待に応えることになる。当時はこの二人のどちらにしても、一九三八年が一九四三年の下準備になろうとは思いもしなかった。逆にすべての関心はすでにプラハのほうに向けられていた。だが、二人ともそこで自分たちがどんな役割を果たすことになるのか、知る由もなかった。

53

とはいうものの、そのきざしはあった。数年前から、ハイドリヒは配下の部局長に対して、ユダヤ人問題に関するおびただしい調査を命じているのだ。そして、こんな回答を得ている。

「ユダヤ人から生活手段を剝奪すべきである——経済的な面に限定することなく。ドイツを彼らにとって未来のない国にしなければならない。年老いた世代に関しては、ここで安心して死ぬことが許されてしかるべきであるが、若い世代にそれは許されない。そのために移民促進はある。その手段として、反ユダヤ主義論争に訴えるのは論外である。ネズミを退治するのに銃は使わない。毒かガスを使うだろう」

比喩や幻想のようなものが、無意識に浮かび上がっているが、いずれにせよ、ハイドリヒの頭のなかにはすでに考えがあることを匂わせる文章だ。この報告書の日付は一九三四年五月、なんと先見の明のある報告書だろう。

54

プラハの東、とりわけ由緒ある旧ボヘミア地区のど真ん中、オロムック街道に面して、小さな町がある。ユネスコの世界遺産に登録されている、このクトナー・ホラの町には趣のある路地や美しいゴシック聖堂があるが、とりわけ目を惹くのは壮麗なセドレツ納骨堂だ。名所旧跡というにふさわしく、この納骨堂のまさに死を思わせる真っ白な丸天井のヴォールトやオジーブには人間の頭蓋骨が塗り込められている。

一二三七年の時点で、クトナー・ホラはその胎内に〈歴史〉の伝染性病原菌を蔵していようとは気づきもせず、歴史だけがその秘密を知っている皮肉で長く残酷な章のひとつが幕を開けようとしていた。その悲劇は以後七百年も続くことになる。

プシェミスル朝の輝かしい創始者の家系に属する、プシェミスル・オタカル一世の息子ヴァーツラフ一世は、ボヘミア地方とモラヴィア地方を治めていた。この君主は、ドイツ系の王女クニグンデと結婚する。このお后は、シュバーベン大公にして、ギベリン派の神聖ローマ皇帝、すなわち、かの恐るべきホーエンシュタウフェン家直系のフィリップ王の娘だった。つまり、教皇を支持するゲルフ派と皇帝を支持するギベリン派の抗争のなかで、ヴァーツラフは神聖ローマ皇帝の陣営を選んだということであり、この時期の神聖ローマ皇帝は、教皇庁のしっぺ返しを受けており、ギベリン派の結束によって権力の強化を図っていた。とりあえずは、二股の尻尾を持つ獅子の像が、それまでの炎の鷲に代わって王国の紋章を飾ることになる。国中に城の塔が林立し、騎士道精神の風が吹く。

やがてプラハには、〈新旧〉という名のシナゴーグが建つ。

クトナー・ホラはまだ小さな町でしかなく、ヨーロッパ有数の大都会ではない。

ヨーロッパ中世に繰り広げられる西部劇の一場面のようなものを想像するといいのかもしれない。日が沈むと、フォルスタッフばりに陽気で騒がしい居酒屋にクトナー・ホラの住民が集まり、ときには旅人も立ち寄る。常連客は酒を飲み、酌婦と冗談を交わしてはその尻をつねり、旅人は疲れ果て黙々と食事をしている。泥棒はほとんど口をつけないグラスを前に、隙あらば客の持ち物をくすねようと目を光らせている。外は雨、隣の厩舎からときおり馬のいななく声が聞こえてくる。店の戸口に、白いひげをたくわえた老人が現われる。そのみすぼらしい服は濡れ、靴は泥にまみれ、布の縁なし帽からは水が滴《したた》っている。クトナー・ホラの住民ならみんなその老人を知っている。山から下りてきた年寄りの狂人のようなものだから、誰もそんなに気に留めはしない。酒を持ってこい、食事を持ってこい、また酒だとわめく。豚一頭つぶせ。周囲のテーブルで笑い声が起こる。はなから信用していない店の主は、ところでおあしのほうは持っているのかと尋ねる。すると老人の目が勝ち誇ったようにきらりと光る。粗末な革の巾着をテーブルの上に置き、ゆっくりと口紐をほどいていく。なかから取り出したのは灰色の小石、それをぞんざいな仕草で店主の吟味に差し出す。店主は眉をひそめて、その小石を指先でつまみ、目の高さまで持ち上げて、壁に掛けてある松明の光にかざす。茫然自失の色が店主の顔に浮かび、驚きのあまり後じさる。それは小石ではなく金属、銀塊だった。

55

ヴァーツラフ一世の子、プシェミスル・オタカル二世は祖父と同じく、〈畑を耕すプシェミスル〉と呼ばれた先祖の名を受け継いだ。この王は遠い昔に、プラハの創始者と語り継がれてきた伝説の女王リブシェと結婚し、その跡を継いだと言われている。この名を戴いた以上、祖父を除けば、ほかのどの王よりも、プシェミスル・オタカル二世は偉大な王国を託されたという自覚が強かっただろう。そしてこの点では、彼がこの王国の名を汚したと責める人はいないだろう。豊かな銀鉱のおかげで、彼が王位について以来、ボヘミアは年平均で十万マルクの収益を稼ぎ出していた。これは十三世紀にあっては、ヨーロッパで指折りの豊かな地方であり、たとえばバイエルン地方の五倍も裕福だった。

だが、〈鉄と金の王〉と呼ばれる王は、まさにこの括弧が物語っているように、自分の資産をなす金属を正当に評価することなく、ほかのすべての王と同じく、自分の持っているもので満足しようとしない。彼は王国の繁栄が銀山と密接に結びついているということを知っているから、その開発を加速させようとする。眠ったままの手つかずのすべての鉱脈を思うと眠れなくなる。もっと労働力がほしい。だが、あくまでもチェコ人は農民であり、鉱夫ではない。

夢想家のオタカルは、自分の治める都、プラハを見下ろす。城のいちばん高いところからは、巨大なユディタ橋周辺にはびこるたくさんの階段が目につく。この橋は古い木製の橋に代わって建てられた最初の石橋で、旧市街と城の丘《フラッチャヌイ》界隈を結ぶ現在のカレル橋とほぼ同じ位置にある。布地、肉、果物、野菜、宝石、金属細工など、ありとあらゆる商品が並ぶ店先で忙しく働く色とりどりの点が見える。これらの商人がみなドイツ人であることを、彼は知っている。チェコ人は土に生きる者であり、都会人ではない。この君主の思いとしては、おそらくそこに軽蔑とは言わないものの、いささかの悔しさがあるのだろう。オタカルは、王国の権威をなすのは都市であり、この名に値する気品は王国の大地にあるのではなく、フランス人が宮廷と呼ぶところにあるということも知っている。当時は、全ヨーロッパがこのモデルを模倣しようと努力していたから、オタカルもまたその例に漏れず、フランスの宮廷文化の影響から逃れられずにいたが、彼にとってはフランスは遠く現実感に乏しく、抽象的な存在にすぎなかった。オタカルが美しい騎士道精神について考えるときには、チュートン騎士団を思い浮かべた。なぜなら、一二五五年の北方十字軍遠征のときには、プロイセン軍とともに戦った経験があったから。そもそも彼自身、剣を手にして、その首都ケーニヒスベルクを建設したのではなかったか。オタカルの関心はすっかりドイツに向いていた。ドイツの宮廷は、彼の目には貴族性と近代性の権化《ごんげ》のように映っていたのだ。そして、自分の王国のためによかれと思い、宮中の顧問官や、とりわけ彼の補佐官でもあったヴィシェフラット市長の意見に反し、鉱山労働者が不足しているという理由で、ドイツ人のボヘミアへの大規模な移民政策に乗り出したのだった。実際は、数十万人のドイツ人を彼の美しい王国へ招いて、根を下ろさせようという政策だった。この政策を促進するために、移民希望者には税制上の特典と土地を与えつつ、彼らと同盟することで、リーズンブルク家やヴィーテク家、ファルケンシュタイン家など、オタカルにとっては昔から自分の地位を脅かす、貪欲な対抗相手であり、疑心と軽蔑の念しか引き起こさない地元貴族の勢力を弱めることを望んでいた。その結果、プラハ、イフラヴァ、クトナー・ホラにおけるドイツ人貴族の勢力は増長し、オタカル自身は結果を見届けずに死んでしまったが、歴史は、この国家戦略が功を奏しすぎたことを証明している。

56

独墺合併《アンシュルス》の翌日、ドイツはいつになく慎重に、チェコスロヴァキアに向けて、世論の鎮静化を狙ったコミュニケをいくつも発表している。チェコスロヴァキアは、次なる侵略が自分たちの国に向けられるのではないかと恐れる必要はどこにもない、云々。しかし、オーストリアが併合されれば、それにともなって自国が包囲されているという気持ちになり、チェコの国民が不安に陥るのも当然だろう。

さらには、無用の緊張を避けるために、オーストリアに入ったドイツ軍はチェコとの国境から十五キロないし二十キロの圏内には近づかないようにとの命令も下された。

だが、ドイツ人の多く居住するズデーテン地方では、アンシュルスの知らせによって異様な興奮が巻き起こる。住民の話題はもっぱらドイツ第三帝国への併合という究極の夢に集中する。デモ行進や挑発が横行する。国全体が陰謀の雰囲気に包まれる。プロパガンダのビラや小冊子が街に出回る。ドイツ人の公務員や従業員は、ズデーテン地方の分離独立を要求する運動を抑え込もうとするチェコスロヴァキア政府の命令を断固拒否しようとサボタージュを決行する。ドイツ語圏でのチェコ系少数民族の排斥運動は空前の規模に達した。エドヴァルト・ベネシュはその『回想録』のなかで、ボヘミアのすべてのドイツ人が突如として、この種の神秘主義的ロマンティシズムに染まってしまったことに驚いている。

57

「コンスタンツ公会議は、われわれの宿敵にして、われわれを取り巻くすべてのドイツ人を、われわれの言語に対する彼らの鎮めがたい怒りを別にすれば、何らわれわれに抗して立ち上がる理由などないにもかかわらず、彼らをわれわれに対する不当な闘いへと駆り立てた非をみずから認めた」

（フス派の宣言文、一四二〇年頃）

フランスとイギリスは、チェコスロヴァキアの危機に際して、ただの一度だけ、ヒトラーに対して否と言ったことがある。でも、はたしてそうか！　イギリスはまさに口先だけだったし……。

一九三八年五月十九日、チェコの国境でドイツ軍の動きが発覚する。二十日、チェコスロヴァキア政府は自軍の一部動員令を発令することで、きわめて明快なメッセージを出した。すなわち、攻撃を受ければ自衛すると。

フランスは、いつにない断固とした態度で、チェコスロヴァキアに対する約束を守るとただちに明言した。すなわち、ドイツの攻撃があった場合には、軍事的に支援するということだ。

イギリスは、フランスの態度に当惑したものの、同盟国の姿勢に同調する。ただし、武力衝突になった場合にイギリス軍が何らかのかたちで介入することはありえないという制約条項付きで。チェンバレンは、自国の外交官があの悩ましい表現——「ヨーロッパで紛争が生じた際に、大英帝国がそれにかかわらずにいられるかどうかを知ることは不可能である」——を踏み越えないよう気を配った。そんなことは言わずもがなであったけれど。

ヒトラーはこういう遠回しの表現を思い出しはしただろうが、急に臆病風に吹かれて、後ずさりする。五月二十三日、彼はドイツがチェコスロヴァキアに侵攻する意図はまったくないと周知し、国境付近に集結していた軍隊を何事もなかったかのように撤退させてしまった。公式見解は、お決まりの軍事演習にすぎないということだった。

だが、ヒトラーは怒り狂っていた。ベネシュに侮辱されたと思い、例の戦争欲動が湧き上がってくるのを感じた。五月二十八日、国防軍の上級将校を招集し、こう吠え立てた。「チェコスロヴァキアは地図から抹消されるだろう、それが私の断固たる決意だ！」

59

今回の軍事行動を褒め称えるイギリスの興奮ぶりが伝わってこないことに不安を覚えたベネシュは、現地の情報を得るためにロンドンの大使に電話した。ドイツ情報局が録音した会話からはチェコ人たちがイギリスの同僚たちにいささかの幻想も持っていないことが手に取るようにわかる。チェンバレンを初めとして、ことごとく罵られているのだ。

「あのろくでなしの私生児は、ただヒトラーのケツの穴をなめろと言っているだけなんだ！」

「せいぜいでたらめな情報を流してやればいい！　そうすれば正気を取り戻すだろう」

「老いぼれの駱駝に具わっているのはナチの砂山を嗅ぎつけ、その周囲をくるくる回る鼻だけだ」

「それなら、ホレース・ウィルソンと話してみろ。で、みな覚悟を決めないと、イギリスだって危機的状況に陥りますよと首相に進言してはどうかと言ってみるといい。それを相手に納得させてやることができるか?」

「どうしてまたウィルソンなんかと話さなけりゃならないんだ?　あれはただの冷血漢《ジャッカル》だ！」

ドイツ情報局はさっそくこの録音テープをイギリス側に渡した。チェンバレンはさぞ憤慨し、チェコ人をけっして許さないと心に決めたことだろう。

ところが、チェンバレンの特別顧問を務めるこのウィルソンが、イギリスの調停によるドイツとチェコの和解を提案してきたのだ。ほどなくしてヒトラーはウィルソンのことをこんな言葉で評している。

「イギリス代表など相手にできるか！　老いぼれ犬めが、こんなふうにして私を懐柔できると思っているとしたら、狂っている！」

ウィルソンはさぞ驚いただろう。

「もし、ヒトラー氏が首相のことを指して言っているとしたら、首相はけっして狂ってなどいない、ただ和平の行方に関心があるだけだと確信を持って申し上げましょう」

するとヒトラーは、腹の内を隠すこともなく、あっさりこう言ってのける。

「首相の取り巻きの言うことに興味はない。唯一興味があるのは、チェコにいるわが人民のことだ。あの穢らわしい男色家のベネシュに虐待され、殺されたわが人民のことだ！　あいつにはもう我慢ができない。良識あるドイツ人の我慢の限度を超えたということだ！　わかるか、とんまな豚野郎？」

つまり、チェコ人とドイツ人とのあいだには、どうやら少なくともひとつだけ、チェンバレンとその一味は舌先三寸の食わせ者という合意点があったわけだ。

だが、おもしろいことに、チェンバレンのほうは、チェコ人に対するほどドイツ人に対して侮辱的な言葉を口にしていないのだ。これは、のちの評価としては残念というほかない。

60

次の演説は、一九三八年の八月二十一日に、わが国の首相エドワール・ダラディエがラジオで発表したものだ。

「労働時間の問題など度外視して、ひたすら開発と軍備に励む専制国家の陣営に対峙するにあたって、自国の繁栄と安全保障を維持することを前提にして週四十八時間労働の制度を採択した民主主義陣営の国家のなかでは、より貧しく、より脅威にさらされている、わがフランスはみずからの将来を危うくするような論議に長時間かけていてよいのだろうか？　国際情勢が微妙なままで推移するかぎり、国防にかかわりのある企業においては四十時間以上、四十八時間まで働けるようにしておかなければならないであろう」

この演説を書き写した文章を読んだとき、フランス国民を労働に復帰させることは、どうころんでもフランス右翼の見果てぬ幻想でしかないと僕は思った。反動的なエリートたちがちゃんとした状況認識もなく、ズデーテン危機を人民戦線と折り合いをつけるための材料としか考えていないことに憤慨した。一九三八年においては、ブルジョワ新聞の論説委員たちは、労働者たちが自分たちのちっぽけな有給休暇のことしか考えていないなどと恥ずかしげもなく公然と非難しているのだから。

ところがそのとき父が折よく、ダラディエは急進社会党員だったから、人民戦線内閣に参加することになったんだと言ってくれた。自分で確かめてみたところ、まさにそのとおり、僕は愕然とした。ダラディエはレオン・ブルム内閣で国防大臣を務めていたのだ！　僕ははっと息を呑んだ。やっとわかった。ダラディエは人民戦線内閣の国防大臣として、ヒトラーによるチェコスロヴァキア割譲を阻止するためでなく、週四十時間労働の問題をまた取り上げるために国防問題に言及しているのだ。つまり、それがまさに人民戦線内閣で得た既得権なのだ。政治的茶番がこのレベルまで達すると、裏切りもほとんど芸術作品になる。

一九三八年九月二十六日、ヒトラーはベルリンのスポーツ宮殿に集まった聴衆に向かって長広舌をふるうことになる。ズデーテン地方からのチェコ軍の即時撤退を拒否することを伝えに来たイギリス代表を指して、「ドイツ人をコケにするにもほどがある！　十月一日、私はチェコスロヴァキアに関して、自分の気のすむようにするだろう。フランスとイギリスが攻撃をしたければ、するがいい！　そんなことは私の知ったことではない！　交渉を続けようとしても無駄、無意味だ！」と言って、彼は会場を出る。

そして、演壇に立ち、興奮した聴衆に向かって、こう演説する。

「二十年にわたって、チェコスロヴァキアのドイツ人はチェコ人による迫害を受けてきた。二十年にわたって、第三帝国のドイツ人はこの光景を眺めてきた。いやむしろ、観客であることを強いられてきたと言ったほうがいい。ドイツ人はこの状況をけっして受け入れてきたわけではなく、ただ武器がなかったから、同胞を迫害の手から救い出してやることができなかったのだ。今では事情が違う。そして、民主主義世界がこの事態に憤っている。われわれはこの数年間で、この世の民主主義者を軽蔑することを覚えた。われわれの時代にあって、われわれは、ヨーロッパの強大国として唯一の国家はひとつしか知らない。この国の指導者は、わが民族の苦悩を理解してくれる唯一の人であり、それはわが偉大なる友、ベニート・ムッソリーニである（ここで群衆の喚声「ハイル・ドゥーチェ！」）。ベネシュ氏はプラハにいて、自分にはフランスとイギリスの後ろ盾があるから、何も起こるわけがないと安心している（爆笑が続く）。わが同胞諸君、単純明快に語るべきときが来たのだと思う。ベネシュ氏の背後には七百万の民衆がいて、こちらには七千五百万の民衆がいる（熱狂的な拍手）。この問題がひとたび解決すれば、ヨーロッパの領土問題はなくなるであろうと、私はイギリスの首相に断言した。われわれはわが帝国のなかにチェコ人を含めることを望むわけではないが、私はドイツの人民に対して、ことズデーテン問題に関しては、私の忍耐も限界に達したと宣言するものである。今や、平和か戦争かの選択はベネシュ氏の手中にある。彼がこの提案を受け入れ、ズデーテン地方のドイツ人に自由をもたらすか、それともこの自由をわれわれ自身で求めに行くか、どちらかしかない。
　その答えは言わずもがなである」

62

　総統の狂気が明らかになった最初のきっかけは、ズデーテン危機だ。この時期、ベネシュやチェコ人のことに言及したとたんに激昂し、まったく自分を制御できなくなるのだった。床に転がり、絨毯の端に嚙みつくところを目撃したという報告さえある。このような狂気の発作をたびたび起こしたせいで、ナチズムをなお毛嫌いしているところでは、絨毯喰らい《テッピヒフレッサー》というあだ名がついた。興奮して物をくしゃくしゃ嚙むこの癖がその後も続いたのか、あるいはこういう徴候はミュンヘン会談ののちには消えたのか、僕は知らない。*1

*1　「絨毯喰らい」というドイツ語の表現は、フランス語で「自分の帽子を喰らう」という表現に相当すると主張する人もいる。当時、外国の特派員がこの表現を正しく理解しなかったために、ヒトラーにこんな滑稽な伝説が付与される結果になったというのだ。でも、僕もいろいろ調べてみたが、この表現が慣用表現であることを示す根拠を見つけることはできなかった。

63

一九三八年九月二十八日、合意の三日前。世界は固唾《かたず》を呑む。ヒトラーはこれまでになく威嚇的な態度に出る。チェコ人たちは、彼らにとってズデーテン地方を形成する自然の障壁をドイツ人に差し出すことは、自分たちの死を意味することを知っている。チェンバレンはこう明言する。「どういう人々が住んでいるのかも知らない遠い国で起こった紛争のせいで、われわれが防空壕を掘っているというのは、なんとも恐ろしく、想像を絶する前代未聞のことではないか？」

64

サン＝ジョン・ペルス（一八八七―一九七五。フランスの詩人。一九六〇年にノーベル文学賞を受賞）は、クローデルやジロドゥと同じく、僕が蛇蝎《だかつ》のごとく嫌っている作家・外交官の系列に属する。彼の場合、僕のこの本能的な嫌悪感は、一九三八年九月の彼の振舞いを思えば、とりわけ正当化されるように思える。

アレクシ・レジェ（これが彼の本名、軽《レジェ》い、文字どおり彼は軽かった）はミュンヘン会談の際に、フランス外務省の政務次官としてダラディエに同行した。骨の髄まで平和論者の彼は、ドイツの要求をことごとく呑むようにフランスの首相を説得するために一所懸命に働いた。チェコ代表団抜きで合意書が交わされた十二時間後、彼らの運命を伝えるべく会場に招き入れたとき、この政務次官はその場に立ち合っていた。

ヒトラーとムッソリーニはすでに帰り、チェンバレンはあたりはばかることなく欠伸《あくび》し、ダラディエは尊大に振る舞おうとしても、さすがに神経過敏な状態を隠しきれないでいる。茫然としたチェコ人たちから、本国の政府から返答なり、なにがしかの声明なりを待たなくてもいいのかと尋ねられたとき、恥ずかしくて言葉も出なかったのかもしれない(だがそもそも、彼にしろ、その他の代表にせよ、羞恥心などあったかどうか！)。そこで、彼を補佐する外務次官が返答することになった。その傲慢かつ無遠慮な態度に、その対話者たるチェコスロヴァキアの外務大臣はあとで、ごく簡潔に「いかにもフランス人だな」と言った。フランス人はみな肝に銘じるべきだろう。

合意が成立した以上は、問答無用だった。その代わり、チェコ政府はその日のうちに代表をベルリンに送る必要があった。遅くとも十五時間後(午前三時)には、合意事項の実施委員会に出席しなければならない。土曜日には、チェコスロヴァキアの将校も撤退の詳細を詰めるためにベルリン入りしている。数々の命令を口にしていくにつれて、フランス外交官の口調は硬くなっていく。彼の前には、二人のチェコ代表がいて、ひとりは涙にくれている。彼はとうとう耐えきれず、そしてみずからの狼藉《ろうぜき》を正当化するかのように、全世界が危険な雰囲気に包まれはじめているのだから耐えるしかないと言い添える。いいかげんにしろ！

要するに、僕が世界でいちばん愛するチェコスロヴァキアという国に対して実質的な死刑宣告をしたのはフランスの詩人だったということだ。

65

彼が泊まっているミュンヘンのホテルをあるジャーナリストが訪れる。

「でも大使、この合意でほっとなさったのではありませんか？」

沈黙。そして、フランス外務省の政務次官はため息をつく。
「まあ、そうだな、ほっとするか……ズボンに小便を漏らしたときみたいにね！」
のちに明らかになった、この機知に富む発言は彼の忌むべき態度を償うには十分ではない。サン＝ジョン・ペルスの振舞いはまさに糞ったれ《グロス・メルド》と呼ぶにふさわしいものだった。ただし、彼なら「糞」などという言葉は使わず、堅苦しい外交官の滑稽なほどの気取りを交えて、「排泄物《エクスクレマン》」という言葉を使うかもしれないが。

66

「タイムズ」のチェンバレン評。「戦場で勝利をおさめた征服者でさえ、こんなに華々しい月桂冠に飾られて帰国したことはなかっただろう」

67

ロンドンのバルコニーに立つチェンバレン。「親愛なる友人諸君」と彼は切り出す。「わが国の歴史で二度目の名誉ある和平がドイツから英国政府《ダウニング》へもたらされた。今回はわれわれの命あるかぎり続くものと思う」

68

チェコの外務大臣クロフタいわく、「われわれはこの状況を強いられている。今はわれわれが引き受ける番だが、明日はまた別の誰かが引き受けなければならないだろう」。

69

ある種子供っぽい見栄から、この暗い事件全体を通じてもっとも有名なフランス語のせりふに言及するのを、僕はためらっていたけれど、さすがにこうなると飛行機から降りてきたところを群衆の歓呼で迎えられたダラディエの言葉を引用しないわけにはいかない。「ああ、この馬鹿どもめ、馬鹿どもめ！　これから先、何が待ち受けているか、わかっているのか！……」

そもそも、彼がほんとうにこんな言葉を口にしたのか、彼にこんな明晰さがあったのか、そしてこんな気概のあるところが残っていたのか、と疑う向きもあるだろう。この出所不明の引用を広めたのは、「猶予」（長編小説『自由への道』第二部）を書いたサルトルだったのかもしれない。

70

どんな場合においても、チャーチルの下院での発言は、その洞察力と、いつものことながら、その偉大さにおいて傑出している。

「われわれは全面的かつ絶対的な敗北を喫した」

（ここでチャーチルは抗議の口笛と怒号がやむまで長いあいだ、沈黙を余儀なくされる）

「われわれは比類ない規模の破局のただなかにいる。ドナウ川河口への道、黒海に通じる道は開かれた。中央ヨーロッパおよびドナウ川流域の諸国は次から次へと、ベルリンを拠点とするナチ政治の巨大なシステムのなかに組み入れられていくだろう。そして、これが最後だと思ってはならない、これは始まりでしかないのだ……」

この言葉のすぐ直後、チャーチルは、彼の名を不朽のものとする交差配列語法（二つの対照語句を前後で語順を変える修辞法）で発言を締めくくる。

「戦争か不名誉か、そのどちらかを選ばなければならない羽目になって、諸君は不名誉を選んだ。そして得るものは戦争なのだ」

71

「鐘が鳴る、鐘が鳴る、裏切りの鐘が鳴る
その鐘を揺らしたのは誰の手か？
美《うま》し国フランスよ、気高き白亜のブリテンよ、
どちらもわれわれの愛した国なのに」

（フランチシェク・ハラス）（一九〇一―四九。チェコの詩人）

72

「裏切られた死《し》に体《たい》の国を踏みつけにして、フランスはブロット（カードゲームの一種）とティノ・ロッシ（一九〇七―八三。コルシカ生まれのフランスの歌手・俳優）のもとへと帰った」

（モンテルラン）（一八九五―一九八三。フランスの作家）

73

ドイツの傲岸不遜な要求を前に〈西〉の二大民主主義国家が屈するのを見て、ヒトラーは喜び勇むこともできただろう。ところが、彼はひどく不機嫌にベルリンに帰り、チェンバレンについてこう毒づいた。「あの男は私がプラハに入るのを禁止したのだ！」この期《ご》に及んで、まだ抵抗する気か？　チェコ政府にあれだけの譲歩を強いる一方で、フランスとイギリスという、この二つの意気地なしの国がドイツの独裁者に対して、彼の本当の目的を実現する可能性を棚上げにしようというのだ。その目的とは、チェコスロヴァキアの一部を切り取るだけでなく、「チェコスロヴァキアという国を地図から抹消する」こと、すなわち、ドイツ帝国内の一地方にしてしまうことだった。七百万人のチェコ人、七千五百万人のドイツ人……また次の機会におあずけか……。

74

一九四六年、ニュルンベルク裁判の席で、チェコスロヴァキア代表は当時のドイツ国防軍最高司令部総長カイテルに対して、こう問い質している。「もし、西洋列強がプラハを支援していたら、一九三八年に第三帝国はチェコスロヴァキアを攻撃していましたか？」これに答えて、カイテルは「そんなことはありえません。軍事的にわれわれはそんなに強くなかったですから」。

ヒトラーが腹を立てるのも当然だ。自分では開けることのできなかった門をフランスとイギリスは大きく開いてくれたのだ。そしてもちろんのこと、媚びへつらうようにして、どうぞどうぞ、もう一度おやんなさいとそそのかしたのだから。

75

正確に十五年前のこの日、すべてはここ、ミュンヘンの大きなビアホール《ビュルガーブロイケラー》で始まった（「ミュンヘン一揆」を指す。翌年一九三九年十一月八日の一揆記念日には、同じビアホールでヒトラー暗殺未遂事件が起こっている）。しかしこの夜、なおも三千人もの人々がここに集まってきたとはいえ、記念日を祝うような雰囲気ではなかった。演説者が次から次へと演壇に立っては、口々にユダヤ人に対する報復を叫んだ。前々日には、パリで十七歳のユダヤ人が、自分の父親が強制連行されたことを恨んで、ドイツ大使館の書記官を殺害するという事件が起こっていた。ハイドリヒはこの事件による損失がそれほど大きくないことを知るのに都合のいい立場にあった。この書記官は筋金入りの反ナチ主義者として知られていて、ゲシュタポの監視を受けていた男だったのだ。ようやく訪れた好機を逃すべきではなかった。ハイドリヒはゲッベルスから重大な任務を託されていた。その夜の催しが最高潮に達する一方で、ハイドリヒは数々の命令を下した。今夜は自分の仕組んだデモが方々で起こる。全国の警察署はただちに党の担当者および親衛隊の担当者と連絡を取り合うこと。デモの動きを警察が抑えてはならない。ドイツ人の生命と財産を脅かすような措置を講じてはならない（たとえば、隣近所の建物が延焼しないかぎり、シナゴーグの火災を鎮火する必要はない）。ユダヤ人の商店や個人のアパートメントは破壊されてもかまわないが、略奪は許してはならない。現在の刑務所に収容できるかぎり、とりわけ富裕なユダヤ人を逮捕すること。逮捕したらすぐに適切な強制収容所と連絡を取り、できるだけ早く収監すること。命令は一時二十分に伝えられた。

突撃隊（SA）はすでに行動を開始しており、親衛隊（SS）もそれに合わせて動き出していた。ベルリン市街はもちろん、ドイツのすべての大都市で、ユダヤ人の商店の窓ガラスが粉々に飛び散り、ユダヤ人のアパートメントの窓からは家具が投げ出され、ユダヤ人自身も、逮捕されなかった場合には袋だたきにされたり、撲殺されたりした。路上には、破壊されたタイプライター、ミシン、ときにはピアノさえ転がっていた。夜を徹して、ありとあらゆる暴行、狼藉が続けられた。良心的な人は家に閉じこもり、物見高い人はその光景に立ち会った。ただし、あくまでも手を出さず、物静かな幽霊のように傍らに立っている。その沈黙は名状しがたく、共犯者的でもあり、批判的でもあり、不信心でもあり、満足げでもあった。ドイツのあるところでは、八十一歳の老婆の住む家のドアをノックする者があった。ドアを開けると何人かの突撃隊員が立っているので、彼女は「おやまあ今朝は賓客のお出ましだね！」と冷やかした。突撃隊員が、着替えをして同行するようにと命じた。すると、彼女はソファに座り、こう断言した。「わたしゃ、服も着なければ、どこにも行かないよ。あんたたちの好きなようにするがいいさ」そして、何度も「好きなようにするがいい」という言葉を繰り返すので、突撃隊の班長は銃を抜き、相手の胸を撃った。彼女はソファの上に倒れた。班長はさらにもう一発、頭を狙って撃った。彼女はソファから転げ落ちた。しかし、まだ死んでいなかった。顔を窓のほうに向け、かすかに瀕死の喘ぎ声をあげていた。そこで彼はさらに三発目を、十センチの至近距離から額のど真ん中に撃ち込んだ。

また別のところでは、襲撃を受けたシナゴーグの屋根の上に登ったある突撃隊員がモーセ五書の巻物を振り回して、こう叫んだ。「こいつでてめえの尻を拭くがいい、ユダヤ人どもめ！」そして、祭りの紙テープのように巻物を放り投げるのだった。すでに、ナチにしかできない仕業がここにある。

ある小都市の市役所の記録には、こう記されている。「ユダヤ人に対する行動はすみやかに粛々と繰り広げられた。こうした一連の処置の結果、ユダヤ人の男女がドナウ川に放り込まれた」

シナゴーグはみな燃えているが、自分の職務をよく心得ているハイドリヒは、突撃隊の司令部にある文書のすべてを移すように命じた。文書資料の入ったいくつものケースが外務省《ヴィルヘルム・シュトラーセ》に届けられる。ナチは本を焼くのは好きだが、記録文書は焼かない。ドイツ的効率性？　突撃隊員が貴重な文書で尻を拭かなかったかどうかは誰にもわからない……。

翌日、ハイドリヒはゲーリングに最初の秘密報告書を提出するが、その時点ではユダヤ人の商店・住居に関する破壊の規模はまだ数値によって明らかにされてはいない。八百十五軒の破壊された商店、百七十一軒の放火もしくは破壊された住居は、実際の被害のごく一部でしかない。百十九のシナゴーグが放火され、残る七十六のシナゴーグは完全に破壊された。二万人のユダヤ人が逮捕された。三十六人の死者が出たことが通報されている。重傷者も三十六人にのぼっている。死傷者はすべてユダヤ人だった。

ハイドリヒのところには強姦事件の報告も来た。とくにこの場合、ニュルンベルク人種法で定められた強姦事件が問題になる。その結果、犯人は逮捕され、党から除名され、裁判にかけられる。逆に殺人を犯した者は起訴されない。

二日後、航空省では、ゲーリングを中心として、この事件で発生した損害をユダヤ人に負担させる方法を考えるための会議が開かれた。実際、保険会社のスポークスマンも指摘するように、割れたガラスの代金だけでも五百万マルクに達した（だからこそ「水晶の夜《クリスタルナハト》」などと呼ばれるのだ）。ところで、ユダヤ人が経営する商店の土地建物はアーリア人が所有している場合が多いので、弁償しなければならない。ゲーリングは激怒する。誰もこの作戦の経済的損失を考えていない。どうやら経済相さえも。彼はハイドリヒに向かって、これだけの貴重な資産を台無しにしてしまうくらいなら、二百人のユダヤ人を殺したほうがましだと怒鳴りつけた。気を悪くしたハイドリヒは、殺されたユダヤ人は三十六人いますと答えた。

損害額をユダヤ人自身に払わせるための方策が出てくるにつれて、ゲーリングは落ち着きを取り戻し、会議の雰囲気も和らいできた。ハイドリヒは、森のなかにユダヤ人保護区を創設するという冗談がゲーリングの口から出るのをゲッベルスとともに聞いた。ゲッベルスによれば、それならヘラジカみたいに鼻先の曲がったユダヤ人そっくりの動物も何頭か連れてきたらいいだろうという。会議の出席者たちは大笑いしたが、元帥の試算に納得できない保険会社担当の役人は笑わなかった。ハイドリヒもまた。

ユダヤ人の全資産を没収し、あらゆる形式の事業への参加を禁止することが決定され、会議も終盤になると、討論を最初の主題に引き戻す必要があるとハイドリヒは判断した。

「仮にユダヤ人に経済活動を禁止したとしても、大問題は解決されません。それはドイツから全ユダヤ人を追放するという問題です。とりあえず」と彼は提案する。「一目でユダヤ人だとわかる印を付けさせてはどうでしょうか」

「制服か！」日頃から着るものにはうるさいゲーリングは叫んだ。

「いいえ、むしろバッジのようなものでしょう」とハイドリヒは答えた。

ところが会議は、この予言的な雰囲気のままでお開きとはならなかった。今後、ユダヤ人たちは公立の学校、公立の病院、海水浴場や湯治場からも締め出すという決定が下される。買い物もごく限定された時間帯にしかできなくなる。逆に、ゲッベルスからの反論で、公共輸送においてユダヤ人専用車両やコンパートメントを設けるという案は退けられた。混雑のピーク時にはどういうことになるのか。ドイツ人がすし詰め状態になっているのに、ユダヤ人には悠々と専用車両を独占させるのか！　要するに議論はきわめて技術的に細かいところまで及んでいたということだ。

ハイドリヒは、なおもその他いくつかの移動制限に関する提案をする。一過性の怒りの発作から完全に回復したゲーリングは、そのとき何気ない顔で、ある根本的な問題を提起する。「だが、ハイドリヒ君、それだと国内のあらゆる大都市に非常に規模の大きなゲットーがいくつもできることは避けられない。いずれそうなることは見えている」

するとハイドリヒは、たぶん、断固とした口調でこう答える。

「ゲットーの問題については、今ここで私の考えを明らかにさせていただきたい。治安の観点からすれば、完全に隔離された、ユダヤ人だけが住む地区の形でゲットーを設けることは不可能だと思っております。ユダヤ人だけに限定されたゲットーを管理することはできません。そのようなものは必然的に犯罪者にとって格好の隠れ家になるし、伝染病の温床にもなります。われわれはドイツ人住民と同じ建物にユダヤ人が居住することを望まない。しかし、現在のところは、同じ住宅街や集合住宅で暮らしながら、ドイツ人がユダヤ人を正しく行動すべく監視している。ひとつの街区に数千人ものユダヤ人を押し込めれば、制服警官を動員してその日常生活を適切に管理することなどできませんから、むしろ全住民の監視にまかせるほうがいいでしょう」

ラウル・ヒルバーグ（アメリカのユダヤ系歴史家。『ヨーロッパ・ユダヤ人の絶滅』の著者）は、この「治安の観点」にハイドリヒが自分の職業とドイツ社会の双方に対して抱いている全体構想を見出している。すなわち、全国民を副次的な警察機構とみなし、ユダヤ人たちの不審な動きを監視させ、通報させるという考えである。一九四三年にワルシャワで起こったゲットーの蜂起を鎮圧するのにドイツ軍は三週間かかっているが、これは彼の分析が妥当であり、やっぱりユダヤ人は警戒すべきだということを証明したわけだ。そしてまた、病原菌は人種差別をしないということも彼は知っていた。

77

身体的には、ティソ猊下《げいか》は小柄で太っていた。歴史的には、彼のとった立場は対独協力の最たるものだった。チェコの中央権力に対する憎しみが、スロヴァキアのペタン（ナチス・ドイツの傀儡政権と言われるヴィシー政府の主班を務めたフランスの政治家・軍人）になるべく運命を決定づけた。このブラティスラヴァの大司教は全人生を自国の独立のために捧げてきたが、今日ついに、ヒトラーのおかげで目的を達する。一九三九年三月十三日、ドイツ国防軍《ヴェーアマハト》の全師団がまさにボヘミアとモラヴィアに進攻しようとしているときに、ドイツ帝国の首相は、まもなくスロヴァキアの大統領となる人物をベルリンに迎えていた。

いつものようにヒトラーが語り、相手は黙って聴いている。こんなとき、ティソは喜べばいいのか、それとも震えればいいのか、わからない。なぜ自分がずっと前から願ってきたことが、最後通牒と脅しの形で実現しなければならないのか？

ヒトラーは説明する。チェコスロヴァキアの傷があれだけですんだのはひとえにドイツのおかげなのだ。ドイツ帝国はズデーテン地方の併合だけに留めることによって、非常に寛大なところを示した。にもかかわらず、チェコ人どもは感謝の気持ちを表明しようともしない。この数週間で事態は打開できない状態になった。これ以上の挑発には耐えられない。彼の地《か》に住んでいるドイツ人は今なお抑圧され、迫害されている。この責任はベネシュの政府に負ってもらわなければならない（ベネシュの名を口にすると、ヒトラーは興奮する）。

スロヴァキア人に彼は落胆させられていた。ミュンヘン会談のあと、彼はハンガリーと決裂していた。ハンガリー軍がスロヴァキアに侵攻するのを認めなかったからだ。そうすればスロヴァキア人はおのずと独立を望むと思っていたのに。

スロヴァキアは独立したいのか、したくないのか？　この問いに答えるのに数日かけてもらっては困る。数時間以内に答えてもらいたい。スロヴァキアが独立を望むのなら、支援し、守ってやろう。しかし、プラハの政府と袂《たもと》を分かつことを拒否したり、躊躇したりするようであれば、スロヴァキアをその運命に委ねよう。時局の波にもまれようと、その責任は持たない。

まさしくちょうどこのとき、ヒトラーはリッベントロップに命じていた報告書を受け取った。たった今届いたかのように装ったその報告書によれば、ハンガリー軍がスロヴァキア国境に集結しているという。このちょっとした演出によって、もしその必要があるとすれば、ティソに状況が切迫していることを認識させると同時に、選択肢は二つしかないことも認識させる結果になった。すなわち、スロヴァキアの独立を宣言して、ドイツと同盟を組むか、ハンガリーに呑み込まれてしまうかのどちらか。

ティソは答える。スロヴァキア人は総統のご厚意に値する国民であることを示せるでしょう、と。

ズデーテン地方をドイツに割譲することと引き換えに、チェコスロヴァキアはミュンヘン会談において、新たな国境の保全をフランスとイギリスによって保証されることになった。だが、スロヴァキアが独立するとなれば状況は一変する。もはや存在しない国を守ることができるか？　ミュンヘン会談の取り決めはチェコスロヴァキアの名においてなされたものであり、チェコという国家だけでなされたわけではないからだ。プラハから支援を求めにやって来たチェコの外交官に対し、英国の外交官はそう答えた。時はドイツの侵攻前夜。フランスとイギリスの卑劣さは、今回は実に合法的に発揮された。

78

79

一九三九年三月十四日、二十二時四十分、プラハからの列車がベルリンのアンハルト駅に到着した。降りてきたのは、黒服に身を包んだ老人。唇は垂れ下がり、髪の毛はまばら、目から光は失せている。ミュンヘン会談後、ベネシュに代わったハーハ大統領が自国の安全を請うためにヒトラーに面会を求めてきたのだ。心臓病を患っているので飛行機には乗らず、娘と外務大臣に付き添われていた。

ハーハはここで自分を待ち受けているものを恐れていた。ドイツ軍がすでに国境を越え、ボヘミアを取り囲むように集結しているのを彼は知っていた。侵攻は目前に迫っていたから、ただ名誉ある降服を請いに来ただけだった。彼はスロヴァキアに押しつけられた条件と同様の条件を呑む覚悟ができていたのだと思う。名目は独立国家だが、ドイツの監督下に置かれるということ。彼の心配は、それは自分の国が完全に消滅すること以上でも以下でもないということだった。

こうして、彼がプラットフォームに降り立ったとき、礼砲で迎えられた彼の驚きはいかばかりだったろう。外務大臣のリッベントロップみずからも迎えに来ていた。そして、ハーハ嬢には豪華な花束が手渡された。チェコ代表団に先立つ隊列は、今のところその地位にある国家元首を迎えるにふさわしいものだった。ハーハは少し安心した。ドイツ側は彼を豪華なホテル・アドロンの最高級スイートルームに案内した。大統領の娘のベッドの上には、総統からの個人的なプレゼントとして、チョコレートの箱が置いてあった。

チェコの大統領が首相官邸に入ると、親衛隊が儀仗兵《ぎじようへい》の役をつとめていた。ハーハの顔色がやや明るくなる。

その印象は、しかし、首相の執務室に入ったときには暗く陰る。ヒトラーの傍らには、ゲーリングとカイテルが立っていた。ドイツ軍の指揮官がそこにいるということは、あまり楽観はできないということだ。ヒトラーもまた、さっきまで見せていた歓待ぶりを期待できるような顔つきではなくなっていた。かろうじて持ちこたえていた安堵感がふき飛んでしまったこの瞬間、エミール・ハーハは歴史の泥沼へとはまり込んだ。

「総統、どうかご安心ください」と彼は通訳に言う。「私は政治に首を突っ込んだことはありません。言ってみれば、ベネシュやマサリクとはすれ違ったとたんに虫が好かないと思った程度のかかわりしかないのです。ベネシュの政府にはどうしようもない嫌悪感だけを抱いてきましたから、ミュンヘン会談後は、われわれが独立国家でありつづけることがはたしてよいことなのか疑問に思ってきたくらいです。チェコスロヴァキアの命運は総統の手の内にあるということを私は確信しておりますし、その手が適切な手だということも確信しております。チェコスロヴァキアには国家として存立していく権利があると私が申し上げるときに、総統は私の見解を正しく理解していただける人と信じております。チェコスロヴァキアにはまだベネシュを支持する者が残っているということで非難されておりますが、私の政府ではあらゆる手段を用いて、そういう者たちを黙らせようとしております」

通訳の証言によると、この言葉を受けてヒトラーが口を開くと、ハーハは石像のように硬直したという。

「ご高齢にもかかわらず、大統領みずからお越しいただいたことは、貴国にとってたいへん有益なことでしょう。実のところ、ドイツは数時間以内に軍事介入を行なうべく準備をしているところであります。私はいかなる国に対しても敵意を抱いてはいない。チェコスロヴァキアの残余をなす国家が存続しているのは、私がそれを望み、自分の約束を誠実に守ったからにほかなりません。ところが、ベネシュが去った今もチェコスロヴァキアの態度は変わっていない！　私はあなたがたに通告したではないか！　これ以上挑発を続けるなら、私はチェコスロヴァキアという国家を徹底的に叩きつぶす、そう言ったはずだ！　にもかかわらず、挑発はまだ続いている。すでに賽《さい》は投げられた……。私はドイツ軍に**チェコスロヴァキアに侵攻せよ**と命じ、**チェコスロヴァキアをドイツ帝国に併合することに決めた**」

通訳は、ハーハと外務大臣について「彼らが生きている証はその目だけだった」と伝えている。

ヒトラーは続ける。

「明日六時、ドイツ軍は各方面から一斉にチェコスロヴァキア領内に進軍し、ドイツ空軍も各地の飛行場を占拠する。その際、予測される事態は二つある。

ひとつはドイツ軍の侵攻によって戦闘が起こったとき——この場合、抵抗は断固たる武力をもって粉砕される。

ひとつはドイツ軍の侵攻が平和裡に行なわれたとき、その場合はチェコに対して、彼らにふさわしい政治制度を認めるにやぶさかではない……たとえば自治権であるとか、ある程度の民族的自由であるとか、寛大な枠組みを用意することもできるだろう。

私を動かしているのは憎悪ではなく、その目的はひとえにドイツを守ることなのだが、もし仮にチェコスロヴァキアがミュンヘンで譲歩していなかったら、私は躊躇なくチェコの国民をひとり残らず皆殺しにしていただろう！　今、もしチェコ人が戦いを望むなら、チェコ軍など二日もあれば存在しなくなるだろう。当然、ドイツ人にも犠牲者が出てチェコ人に対する憎悪もつのるだろうから、自己保存の念から、チェコに自治を認めるのは難しくなるだろう。

世界は貴国の命運など意に介していない。外国の新聞を読むと、チェコスロヴァキアが哀れになる。つい私はシラーの『フィエスコの叛乱』からの有名な引用を思い出してしまう。『ムーア人はなすべきことをなした、ムーア人は立ち去るがいい……』」


おそらく、この引用はドイツではよく知られているのだろうが、僕にはどうしてヒトラーがここでその引用を持ち出したのか、何を言おうとしたのかよくわからない……。ムーア人とは誰のことか？　チェコスロヴァキアのこと？　でも、それならチェコスロヴァキアはなすべきこととして、何をなしたのだろう？　そして、どこに立ち去ればいいのだろう？

第一の仮説はこうだ。ドイツから見れば、チェコスロヴァキアはその存在そのものが西洋の民主主義に仕えているわけだから、一九一八年の独立以降、ドイツの力を弱める結果になっている。今やその使命は果たしたのだから、存在しなくてもいいではないか。けれど、正確を期するならば、チェコスロヴァキアの創設によって解体が認められたのはオーストリア＝ハンガリー帝国であり、ドイツではない。さらには、チェコスロヴァキアのなすべきことがドイツの弱体化であったとしても、一九三九年の時点で〝なすべきことをなした〟とはとても言えないように思う。なぜなら、そのころドイツはその勢力を取り戻し、オーストリアを併合し、ますます脅威を強めていたのだから。

　では、第二の仮説はどうか。ムーア人が西欧の民主主義国家を意味するのだとしたら、ミュンヘン会談で被害を最小限に食い止めることができたのだから（ムーア人はなすべきことをなした）、その後は介入を控えるだろう（ムーア人は立ち去るがいい）……。ただし、ヒトラーの口ぶりからすると、ムーア人とは利用された被害者、外国を具象化するものであり、つまりはチェコスロヴァキアを意味するように思えてならないのだが。

　第三の仮説はこう。ヒトラー自身が自分の言わんとすることをあまりよくわかっていない。ただたんに何か引用したいという欲望に勝てなかっただけで、彼の薄弱な文学的教養ではもっと適切な引用を思いつくことができなかった。この場合なら、この状況にもっとふさわしく、単純でしかも効果的に、敗者に災いあれ《ヴァエ・ヴィクテス》と言うにとどめることもできただろう。あるいはきっぱりと口を閉ざすという手もあっただろう。なぜならシェークスピアも言うように「罪は語らずとも、おのずとみずからを語る」ものだから……。

総統を前にして、ハーハは完全に打ちのめされた。われわれの置かれた立場は明白であり、抵抗するなど狂気の沙汰でしょうとはっきり述べた。だが、時刻はすでに午前二時、チェコの国民が防衛態勢に入るのを阻止するには、あと四時間しかない。ヒトラーによれば、ドイツの軍事機構はすでに動き出しているから（実に）、その動きを止めることはできない（いずれにせよ、誰もそんなことをしたがらないだろう）。ハーハは即座に降服条約に署名し、それをプラハに伝えるほかなかった。ヒトラーが突きつけた選択肢は、即時和平と両国民の長期にわたる協力関係か、チェコスロヴァキアの滅亡だった。

すっかり硬直してしまったハーハ大統領はゲーリングとリッベントロップの手で支えられてテーブルについた。書類に向かうと、あとは署名するほかなかった。手にはペンが握られていたが、その手は震えていた。ペンは紙に触れる寸前で止まった。詳細を決める場にはほとんど立ち会うことのない総統が部屋から出ていくと、ハーハはがばっと立ち上がった。「私は署名できない。この降服条約に署名すれば、国民から永遠に呪われるだろう」と言う。まさにそのとおり。

こうしてゲーリングとリッベントロップは、尻込みしても遅すぎることをハーハに懸命に説得せざるをえなくなった。ここから、様々な証言に基づいて、あの有名な茶番劇が生まれる。二人のナチ高官が文字どおりテーブルの周囲を駆け回ってハーハを捕まえ、何度もペンを握りなおさせては、ちゃんと座って書類に署名せよと命じる。同時にゲーリングはひたすら怒鳴りつけている。もしハーハが署名を拒みつづけるなら、ドイツ空軍はプラハの半分を二時間で破壊することができるんだ……手始めにな！　数百機の爆撃機が離陸の命令を待っている。降服条約に署名されなければ、六時に出撃命令が出ることになっているのだ。
そうこうするうちに、ハーハはよろめき、ついに気を失った。今度は、ぐったりした老体を前にして、二人のナチ高官が茫然とする番だった。何としても意識を取り戻させなければならない。もし死んでしまったら、ヒトラーが首相官邸内で殺したと責められるだろう。幸いなことに、たまたま近くに注射の名人、モレル医師がいた。ヒトラーが死ぬまで日に何度もアンフェタミンを注射した医師だ（ついでながら、この注射と総統のしだいに昂じていく狂気は無関係ではないだろう）。というわけでモレルが登場し、注射を打つと、ハーハはようやく意識を取り戻した。すぐに電話の受話器を手に握らせる――緊急事態であるから、書類のサインはお預け。リッベントロップはわざわざプラハと直接つながる電話回線を設置しておいたのだ。ハーハはわずかに残された力を振り絞り、プラハの内閣府に事情を伝える。ベルリンで何が起こっているかを説明し、降服したほうがいいと告げる。注射をさらにもう一本打たれ、総統の前に引き出される。総統は呪われた書類をまた差し出す。時刻は午前四時になるところ。ハーハは署名する。「国民のために国家を犠牲にした」とこの愚か者は信じて。まるでチェンバレンの愚かさが伝染したかのように……。

81

「ベルリン、一九三九年三月十五日
先方の求めに応じて、総統は本日ベルリンにて、チェコスロヴァキア大統領のハーハ博士とチェコスロヴァキア外務大臣のフヴァルコフスキーとの会見に臨んだ（ドイツ人はスロヴァキアの分離独立の正当性を大々的に宣伝しておきながら、まだ承認はしていないから、まだチェコスロヴァキアと呼んでいるのだろう）同席者は外務大臣のフォン・リッベントロップ氏。この会見では、現在のチェコスロヴァキア領内でここ数週間の出来事によって生じた深刻な事態を両者忌憚なく検証した。
　両者は、中央ヨーロッパのこの地域における秩序と和平を維持するためのありとあらゆる努力が必要だということで互いに納得したことを確認し合った。チェコスロヴァキア国の大統領は、この目標を達成し、最終的な和平を実現するために、自国とチェコ民族の運命をドイツ帝国の総統の手に安心して委ねたと宣言した。総統はこの宣言を胸に刻み、チェコ民族をドイツ帝国の保護下に置き、その民族的資質にふさわしい生活の自治的発展を保証する意志があることを表明した」

82

　ヒトラーは大喜びしている。居合わせた秘書全員を抱擁し、「きみたち、今日は我が生涯最良の日だ。我が名は歴史に残り、史上もっとも偉大なドイツ人と見なされるだろう！」と叫んだという。その祝いのために、彼はプラハに行こうと決心する。

83

　世界でもっとも美しい都市はあちこちで起きる痙攣で震えているかのようだった。地元のドイツ人は暴動を起こそうとしていた。脇に堂々たる自然史博物館がそびえる、とてつもなく広いヴァーツラフ広場にはデモの隊列があふれた。煽動家たちが騒ぎを大きくしようとしているが、チェコの警察は介入するなという命令を受けていた。ナチの同胞の到着を待ちながら、繰り広げられる彼らの乱暴狼藉、略奪行為にともなう雄叫びに、首都の沈黙はこだまさえ返さなかった。

街に闇が降りる。寒風がプラハの街路を吹き抜ける。ほんの一握りの若者だけが、ドイツ会館《ドイッチェ・ハウス》の周辺で見張りに立つ警官になおも悪態をついていた。旧市街広場にそびえる天文時計の下に配置された文字盤の脇にいる小さな死神は、はるか昔から一時間おきにそうしているように、その手に握った紐を引いた。午前零時の鐘が鳴る。木製の鎧戸独特のきしみ音が響くはずだが、この夜にかぎっては、小さなからくり人形たちの行進を見ようとする人もなく、人形たちもそそくさと時計の奥へと引っ込んでいったことだろう。そこなら、たぶん安全だから。いくつもの陰気な物見櫓《ものみやぐら》が張り出している悲しげなティーンの聖母聖堂の周囲を旋回するカラスの群れが僕には見える。カレル橋の下、ヴルタヴァが流れる。カレル橋の下、モルダウが流れる。プラハの街を、チェコ語とドイツ語の二つの名で通り抜けていく静かな川、二つも名があるのは、どちらかひとつが余計だということだ。

チェコの人々は必死で寝つこうとしている。さらに譲歩を重ねれば、なんとかドイツ人が食欲を鎮めてくれるのではないかと彼らは思っているが、これだけ譲歩してしまえば、あとに何が残っているというのか?

人食い鬼ヒトラーをなだめるためには、ハーハ大統領の腰の低さを当てにするしかない。抵抗への意欲は、フランスとイギリスの裏切りによって、ミュンヘンで無残にも挫《くじ》かれた。好戦的なナチに対抗できるものが彼らにあるとすれば、持ち前の受け身の力だけだ。チェコスロヴァキアに残されたものは、ただ平和的な小国家を希求することのみ、だが、プシェミスル・オタカル二世が何世紀も前に植え付けた壊疽はすでに全国に広がっていて、ズデーテン地方を切断したくらいでは、もうどうにもならない。夜明け前に、ラジオがハーハとヒトラーのあいだで結ばれた合意条項を告げた。純然たる併合だ。このニュースは、チェコの各家庭で爆弾のように破裂した。日もまだ昇らないうちから、街には重苦しい噂が立ちはじめ、やがてその噂はどよめきとなり、ついには騒然たる怒号と化した。人々は家から出てくる。なかには小さな旅行鞄を持ち、当座の避難場所と保護を求めて、各国の大使館へと道を急ぐ人の姿もある。だが、そのほとんどは門前払いを喰らう。最初の自殺例が報告される。

九時、ついにドイツの最初の戦車が街に入ってくる。

84

じつはプラハに最初に入ってきたのが戦車だったかどうか、僕は知らないのだ。多数のオートバイとサイドカーからなる最新鋭の部隊だったかもしれない。

というわけで、九時、ドイツの車両部隊がチェコの首都に入ってくる。彼らは同時に二つのものを目の当たりにする。一方は自分たちを解放者のように歓呼で出迎え、そうすることでこの数日来取り憑いている神経の昂ぶりを鎮めている現地のドイツ人。他方は、拳を振り上げ、敵対的なスローガンを口々に叫び、国歌を朗唱し、そうすることでますます不安をつのらせているチェコ人。

チェコのシャンゼリゼ大通りに相当するヴァーツラフ広場は立錐の余地もない群衆で埋め尽くされ、首都に通じる主要な幹線道路では、デモ隊のあまりの人数にドイツ陸軍のトラックはたちまち立ち往生する。このときドイツ軍は、この事態にどう対処すればいいのかわからないでいた。

だが、これは暴動にはほど遠い動きだった。民衆蜂起というには、この抵抗の示威行動は、たかだか侵略者に雪玉を投げつける程度に留まっていたから……。

優先的な戦略目標はやすやすと達成された。空港、陸軍省、とりわけ権力の象徴として高い丘の上にそびえるフラッチャヌイ城（プラハ城）の制圧。十時前には、砲台が城塞の上に配置され、城下の市街地に狙いが定められた。

遭遇した唯一の問題は、兵站に関することだった。ドイツ軍の車両をもっとも苦しめたのはブリザードで、あちこちでトラックが動かなくなり、戦車が故障した。ドイツ兵はまた、迷路のようなプラハの街路で迷い、チェコの警官に道を尋ねている姿があちこちで見かけられた。チェコの警官は親切に返答しているように見える――制服に対する条件反射だろう、たぶん……。判読できない言葉で書かれた看板で飾られた、城に続く美しいネルダ通りで迷った装甲車が道をふさいでいる。運転手がイタリア公使館への道を訊きに行っているあいだ、銃座にひとり残った兵士は指を機関銃の撃鉄にかけて、自分の周囲に無言で群がってくるチェコ人の野次馬をじっと監視している。だが、何も起こらない。ドイツ軍の前衛を指揮する将軍は、何本かのタイヤのパンク程度の些細な破壊行為を嘆くだけですんだ。

これならヒトラーは安心して自分の訪問の準備を進められる。日暮れ前に、街の「安全」は確保された。騎馬隊がヴルタヴァ川の岸辺を粛々と進んでいく。外出禁止令が出され、チェコ人は夜の八時以降は家の外に出られなくなった。ホテルや官公庁の建物には、長い銃剣を備えたドイツ軍の歩哨が並んだ。プラハは戦わずして落ちた。街の舗道は汚れた雪で覆われた。チェコ人にとっては、ひどく長い冬の始まりだった。

85

雨氷におおわれた道路を長い蛇のように並んでいる兵士たちの、いつ果てるともない縦列をさかのぼるようにして、メルセデスの一団がプラハへ向かってゆっくりと進んでいく。ヒトラー一行のお偉方のお出ましだ。ゲーリング、リッベントロップ、ボルマン。そして、総統の愛車にはヒムラーとハイドリヒが同乗している。

長旅の末に目的地に到着したとき、彼は何を思っただろうか？　百の塔を持つ、うねるような街路の美しさだろうか？　目も眩むような、特権的な自分の立場をただ満喫していたのだろうか？　今朝ようやく総統が手に入れた街で、その隊列が迷い、進むべき道を見出せないでいることに苛立っていただろうか？　それとも、その計算機のような頭で、元チェコの首都でたどるであろう自分の出世の道を思い描いていただろうか？

この先〈プラハの死刑執行人〉と呼ばれることになる男、チェコ人からは同じく〈虐殺者〉と呼ばれるこの男は、ボヘミアの歴代王が君臨したこの町を初めて見る。街路には、外出禁止令のせいで人っ子ひとりいない。ドイツ軍の車両が通ったあとには、舗装路に積もった泥混じりの雪のなかにくっきりとした轍《わだち》が残る。その日征服されたばかりの街は異様な静けさに包まれている。商店街のウィンドウにはクリスタルの食器やら、山のように盛られたハム・ソーセージ類が並べられている。旧市街の真ん中には、モーツァルトの『ドン・ジョヴァンニ』が初演されたオペラ座が建っている。車両はイギリスと同じように道の左側を通行する。道はうねりながら、丘の上に壮麗な姿を際立たせている城へと続いている。親衛隊が衛兵として立っている正門の扉は壮麗で威圧するようないくつもの彫像で飾られている。

車列は昨日まで大統領府として使われていたところへと入っていく。今日はもう様変わりしている。城の上ではためいているのは鉤十字の旗、この宮殿には新たな主がいることを示している。ハーハがベルリンから帰ってくるときには――というのは、折悪しくドイツで列車が遅れ、まだプラハに到着していないから――通用門から入ることになるだろう。前夜は国家元首としての歓迎を受けた彼としては、この侮辱の皮肉をいやというほど痛感するにちがいない。大統領はもはや操り人形でしかなく、そのことをいやというほど思い知らされるはめになるだろう。

ヒトラーの一行は、城の中央に司令部を置く。総統は二階に上がる。開いた窓の縁に両手を置いて、いかにも満足げに街を眺めているヒトラーの有名な写真が残っている。それから彼はまた階下に降り、いくつかある食堂のひとつで、燭台の明かりのもとで晩餐をとる。総統はふだんは酒を飲まず、野菜だけしか食べないのに、この日はハム一切れと、チェコでもっとも有名なビール、ピルスナー・ウルケルを一杯飲んだと、ハイドリヒは記している。彼はチェコスロヴァキアはもはや存在しないと繰り返し、おそらくは、いつもの食事習慣を破ることで、この一九三九年三月十五日の歴史的意義を強調しようとしたのだろう。

86

翌日、一九三九年三月十六日、ヒトラーはこう宣言する。

「この千年来、ボヘミア地方とモラヴィア地方はドイツ民族の生活空間の一部をなしてきたのである。チェコスロヴァキアはそもそも国家として根本的に存続しえないということをみずから明らかにし、実際のところ、現在では完全な崩壊状態に陥っている。ドイツ帝国は、この地域における永続的な混乱を容認することはできない。それゆえ、自己保存の法則の名において、ドイツ帝国は今、この地に介入し、中央ヨーロッパに道理にかなった秩序の基礎を打ち立てるべく決定的な施策を実行せんとするところである。ドイツ民族の偉大さと数々の優れた資質を鑑《かんが》みれば、ドイツ帝国こそ、その任にふさわしいことは、数千年にわたる歴史を通じてすでに証明済みのことと言えよう」

　この演説を終えると、ヒトラーは午後早々にプラハを発ち、その後二度とこの地に足を踏み入れることはなかった。しかし、同行していたハイドリヒはやがてここに戻ってくる。

87

「この千年来、ボヘミア地方とモラヴィア地方はドイツ民族の生活空間の一部をなしてきたのである」

　まさに十世紀、すなわち今から千年前に、かの有名な聖ヴェンセスラスこと、ヴァーツラフ一世は、やはり世に聞こえたハインリヒ一世に忠誠を誓った。ボヘミアがまだ王国になっておらず、ザクセン王がまだ神聖ローマ皇帝を兼ねていない時代のことだ。だが、ヴァーツラフはみずからの統治権を保つこともできたし、ドイツ人入植者が大挙してボヘミアに押し寄せてくるのが——ただし平和的に——三百年後のことなのだ。十四世紀になると、ボヘミア王は七人の選定侯のひとりとなり、神聖ローマ帝国の官位としては、誉れ高い献酌侍従長の称号を得ることになった。皇帝がボヘミア王を兼ねることもあり、それがあの名高いカール（カレル）四世で、父方はルクセンブルク家だが、母方はプシェミスル家だった。つまり半分チェコ、半分ドイツの血が混じるこの王がプラハを王国の首都とし、そこに中央ヨーロッパ初の大学を建て、古くなったユディタ橋の代わりに世界でもっとも美しいといわれる橋を架けた。この石橋は、今もこの王の名で呼ばれている。

　早い話、チェコとドイツの両国はずっと昔から緊密な関係にあった。そしてまた、ボヘミアはほとんど途切れることなく、ドイツの影響圏にあったこともまぎれもない事実だ。けれど、ボヘミアのことをドイツの生活圏だと言い張るのは、どう考えても言い過ぎだと思う。

　さらには、あの東進運動《ドランク・ナハ・オーステン》を開始したのも、ナチの聖画像《イコン》であり、ヒムラーの偶像であるハインリヒ一世であり、やがてヒトラーはソ連への侵攻を正当化するときに、これを引き合いに出すことになる。しかし、ハインリヒ一世はボヘミアに侵攻したり、植民地にしようとはけっしてしなかった。一定の年貢を徴収するだけに留めた。その後も、僕の知るかぎり、ドイツがボヘミア・モラヴィア地方を力ずくで植民地にしたことはないはずだ。十四世紀に大挙して押し寄せたドイツ人の入植にしても、質の高い労働力を求めていたチェコの君主からの要請に応じたものだ。さらには、それまでボヘミア・モラヴィア地方からチェコの住民を排除しようと考えた人も誰ひとりいない。だから、政策の一環として、ナチはここでもまた前代未聞のことを試みようとしているわけだ。そしてもちろん、ハイドリヒがそれに一役買うことになる。

88

　いったい何を根拠に、ある人物が、ある物語の主役であると判断するのだろうか？　その人物に費やされたページ数によって？　そんな簡単なことではないと僕は思いたい。

今僕が書いている本について話をするとき、「ハイドリヒについての僕の本」と僕は言う。でも、ハイドリヒはこの物語の主役だとは見なされない。僕がこの本を書くことを思いついてから、もう何年にもなるけれど、〈類人猿作戦《エンスラポイド》〉以外のタイトルを考えたことは一度もない（仮に、読者が今お読みになっている本の表紙に別のタイトルが印刷されているとしたら、このタイトルが、どうやらSF的すぎるとか、ロバート・ラドラム的すぎるとか思った編集者に僕が譲歩したことがわかるだろう）。ところで、ハイドリヒはこの作戦のターゲットであって、首謀者ではない。彼について僕が語っていることは、言ってみれば所詮その背景を固めるにすぎない。でも、文学的観点からは、ハイドリヒがなかなか興味深い人物であることは認めざるをえない。それはあたかも、フランケンシュタイン博士の生みの親である作家が、文学に描かれた有名な怪物たちから、いかにも恐ろしげな生物を考え出したようなものかもしれない。ただし、ハイドリヒは紙上の怪物ではない。

　たしかに、わが二人の主人公の登場が遅いことは認める。でも、彼らが出遅れているからといって、たぶん、そんなに悪い結果にはならないだろう。たぶん、その分だけ肉付きがよくなってくれると思う。歴史と僕の記憶に彼らの残した刻印が、その分だけ僕の文章に深く刻まれることになるだろう。たぶん、僕の脳内の控えの間にこれだけ長く留まっていれば、ありふれたそれらしさではなく、少しはリアリティの再現に役立ってくれるだろう。あくまでもたぶんではあるけれど。確実なことなんて何ひとつないのだから！　ハイドリヒにはだいぶ慣れてきた。むしろ、あの二人のほうが怖い。

　でも、僕には見える、あの二人の姿が。いや、ようやく見えてきたと言うべきか。

89

スロヴァキア東部の国境付近にコシツェという、僕のよく知っている町がある。この町で僕は兵役を務めた。フランス軍少尉として、自分の母語をスロヴァキア空軍の若き士官候補生に教えることが任務だった。五年間、熱烈な関係を持ったアウレーリアという若く美しい女性の出身地がこの町だった。あれからもう十年になる。ついでながら言い添えると、この町は僕が見たなかで、きれいな女の子の人口密度がもっとも高い町だ。ちなみに僕がきれいと言うときには、類い稀なる美しさを意味している。

この状態が一九三九年では違っていたなんて理屈が通るとは思えない。大通り《フラウナ・ウリツァ》には、大昔からきれいな女の子がそぞろ歩いていたのだ。この町の中心をなすとても長い目抜き通りには、パステル・カラーのバロック調の壮麗な邸宅が建ち並び、その真ん中にゴシック聖堂の傑作ががっしりと据えられている。ただし一九三九年には、通りすがりの女の子にこっそり挨拶を送る制服姿のドイツ兵もいたことだけが違っている。スロヴァキアはたしかに独立を勝ち取ったが、それはプラハに対する裏切りという代償をともなうだけでなく、ドイツの友好的かつ出しゃばりの保護監督を押しつけられる結果にもなった。

ヨゼフ・ガブチークがこの途方もなく大きな通りを歩けば、否応なくすべてが目に入ったはずだ。きれいな女の子も、制服姿のドイツ兵も。そして、この小柄な男は、これでもう何か月も前から考えつづけている。

この男がコシツェを離れ、ジリナにある化学製品工場で働くようになってから二年になる。今日、この町に戻ってきているのは、三年間所属した第十四歩兵連隊の友人たちと会うためだ。春の到来は遅く、しっかりと固まった根雪が靴底の下でキュッキュと鳴った。

コシツェの町では、カフェが堂々と通りに面して建っていることはめったにない。暖房の効いた店内に入るには、たいがいはポーチをくぐり抜けたり、階段を下ったり上がったりしなければならない。夜になって、ガブチークが旧友と落ち合うのはそういう店の一軒だ。それぞれ一パイントのズラティ・バジャント(「黄金の雉」という意味のスロヴァキアのビール)を飲みながら再会を祝う。けれど、ガブチークはたんに礼をつくすためにやって来たのではない。スロヴァキア軍はどうなっているのか、対独協力者ティソ枢機卿の内閣に対してどういう立場を取っているのか、それが知りたいのだ。

「上級将校たちはティソ側についたのさ。わかるだろ、ヨゼフ、チェコの参謀本部と袂を分かつほうが昇進の早道だからね!」

「軍は動じなかったよ、将校も、兵卒もね。新生スロヴァキア軍としては、新たな独立政府の側についたってわけだよ、当たり前じゃないか」

「長いこと独立を望んできたんだから、その手段はどうでもいいさ! チェコ人たちには、いい気味だよ! 俺たちのことをもっと大事に扱っておけば、こんなことにはならなかったんだ。チェコ人たちはこれまでずっと、どの分野でも上の地位を占めてきたんだからな。政府でも、軍でも、役所でも、どこでもさ! まったくひどい話さ!」

「いずれにせよ、これしか道はなかったんだよ。ティソがヒトラーの言うことをきかなければ、こっちだって一巻の終わりだったよ。まあ、たしかに半分占領されたようなもんだけど、チェコ人たちと一緒の自治じゃないわけだから」

「プラハじゃ、ドイツ語が公用語になったの知ってるだろ! チェコの大学はみんな閉鎖され、チェコ語による文化活動は検閲を受け、銃殺された学生までいるんだ! そういうのが望みなのか? いいか、これが最良の解決策だったなんて……」

「最良、じゃなく、唯一の解決策だったんだ、ヨゼフ！」

「それじゃ、ハーハが降服を申し出たとき、やり合えばよかったじゃないか？　おとなしく命令に従っただけじゃないか」

「ベネシュのことか、なるほどね、たしかにやつはロンドンでおとなしく闘いを続けているが、そっちのほうが楽だからさ。俺たち貧乏人はじっとしているしかないんだよ」

「そもそも、何もかもあいつのせいなんだぞ。ミュンヘンで署名したのは、あいつじゃないか？　あいつが俺たちをズデーテン地方に派遣したことを憶えているだろ？　あのころなら、ひょっとしたら――ひょっとしたらだよ！――俺たちの軍隊はドイツ軍と張り合うことができたかもしれないけど……今じゃ、いったい何ができるというんだ？　おまえ、ドイツ空軍《ルフトヴァッフェ》の数字を見たことあるか？　使える爆撃機を何機持ってると思う？　いとも簡単に侵入してきて、俺たちを皆殺しにできるくらいの数なんだぞ」

「俺はハーハのためにも、ベネシュのためにも死にたくないね」

「ティソのためにもな！」

「なるほど、たしかに街には制服姿のドイツ人がうろうろしてるよ、だからどうした？　歓迎しているとは言わないさ、でも、本物の軍事占領よりはましじゃないか。なんならチェコの友達に訊いてみるがいいさ！」

「俺はチェコ人に対して何の恨みもないけど、あいつらはいつだって俺たちを田舎者扱いにしてきた。一度プラハに行ったことがあるけど、あそこの連中は、俺の訛りのせいで言うことがわからないふりをしやがった！　いつだって俺たちのことを馬鹿にしてきたんだ。今はせいぜい、新しい同国人とうまくやるがいいさ！　さぞドイツ訛りが気に入るだろうさ！」

「ヒトラーはかねて望みのものを手に入れたのだから、もはやいかなる領土的な見返りも求めないと言った。で、俺たちは、ドイツの領土に組み入れられたことは一度もない。ドイツがいなければ、俺たちはハンガリーの食い物になっていたんだよ、ヨゼフ！　物事は真正面から見なきゃだめなんだ」

「じゃ、どうするんだ？　クーデタか？　そんなことのできる肝の太い将軍なんていやしないよ。それでどうなる？　自力でドイツ軍を追い返すのか？　まさか、フランスやイギリスがすぐに助けに来てくれるなんて思ってるわけじゃないよな？　一年も待たせておいて、今さら！」

「いいか、よくきけ、ヨゼフ、おまえは落ち着いた仕事についているじゃないか、ジリナに帰って、気立てのいい女を見つけて、こんなことは忘れてしまうんだ。しまいには抜き差しならなくなるぞ」

　ガブチークはビールを飲み干す。夜も更けて、彼も仲間もいささか酔っている。外は雪。彼は立ち上がり、いとまごいをし、仲間に挨拶をし、クロークに預けたコートを取りに行く。係の娘がコートを彼に渡しているあいだ、さっきの仲間のひとりが寄ってきて、耳もとでささやく。

「いいか、ヨゼフ、知りたければよく聞け。ドイツ軍がやって来て、チェコ軍の動員が解除されたとき、もとの市民生活に戻るのを拒否したやつもいるんだ。愛国心からかもしれないし、戻っても失業するだけだからかもしれない。いずれにせよ、その連中はポーランドに渡って、チェコスロヴァキア解放軍を結成したんだ。たいしたもんじゃないとは思うけど、そのなかにスロヴァキア人がいることは確かなんだ。クラクフを本拠地にしている。今俺がそんなことをすると、脱走兵になっちまうし、女房も子供もほったらかしにはできない。でも、俺がおまえの歳で、自由の身だったら……。ティソは卑怯者だよ、俺はそう思っているし、ほとんどの連中だって同じ考えさ。誰も彼もがナチになったってわけじゃないんだよ……」
ガブチークは微笑みで応じた。受け取ったコートの袖に腕を通すと、友に礼を言って、店を出た。外はすっかり暗くなっていて、街路には人通りもなく、一歩踏み出すたびに降り積もった雪が鳴った。

90

ジリナに戻ったガブチークは肚を決めた。工場での一日の仕事が終わると、何もなかったかのように同僚に挨拶したが、いつものバーへの誘いは断わった。急いで自宅へ帰ると、旅行鞄ではなく、小さなずだ袋を持ち、二着のコートを重ね着し、自分の持っている靴のなかでいちばん丈夫な軍靴をはき、後ろ手にドアを閉め、家を出た。それから姉の住んでいるところに寄った。自分にもっとも近く、自分の計画を知っている少数の知己のひとり、その姉に鍵を預けた。彼女はお茶を振る舞い、彼は黙って飲む。そして立ち上がる。彼女は涙ぐみながら弟を抱きしめる。それから彼はバスターミナルに向かい、北の国境に通じるバスを待つ。何本か煙草を吸う。完璧に落ち着いていると感じる。バスを待っているのは彼だけではないけれど、五月にしてはあまりに厚着をしているにもかかわらず、関心を持つ人はいない。バスがやって来る。ガブチークは乗り込み、席にうずくまる。ドアが閉まる。バスはエンジン音を響かせながら、また出発する。ガブチークは遠ざかるジリナの町を見つめている。もう二度と目にすることはないだろう、その町の姿。背後に遠ざかっていく、暗い地平線にくっきりと浮かび上がる古都のロマネスクやバロックの塔。町を横切る三本の川のうち二本が合流しているところに建つブダチーン城を、ガブチークが最後に目にしたとき、数年後にこの城がほとんど破壊されてしまうことなど知る由もない。もちろん、自分が永遠にスロヴァキアを立ち去ろうとしていることも知らない。

91

この場面も、その前の場面も、いかにもそれらしいが、まったくのフィクションだ。ずっと前に死んでしまって、もう自己弁護もできない人を操り人形のように動かすことほど破廉恥なことがあるだろうか！　彼がもっぱらコーヒーしか飲まない男であるかもしれないのにお茶を飲ませたり、コート一着しか着ていなかったかもしれないのに二着重ね着させたり、汽車に乗ったのかもしれないのにバスに乗せたり、朝ではなく、夜に発つ決心をさせたりとか。僕は恥ずかしい。

でも、この程度ではすまなかったかもしれないのだ。クビシュに関しては、こんないい加減な扱いを僕はしていない。たぶんそれは、彼の出身地であるモラヴィアをスロヴァキアほどには知らないからだろう。それにクビシュがポーランド入りするのは一九三九年六月のことで、どういう経路をたどったのかは知らないが、そこからフランスに入って外人部隊に入隊することになる。僕が言えることはそれだけだ。降服を拒否したチェコの兵士たちの最初の集結場所であるクラクフを経由したのかどうかも知らない。おそらく、南フランスのアグドの外人部隊に合流したチェコスロヴァキアの国外部隊である第一歩兵大隊に入隊したのではないかと思う。もしかすると、この大隊は兵員が日々膨らんでいって、すでに一個連隊になっていたかもしれない。いずれにせよ、数か月後には立派な師団となって、奇妙なと形容された戦争を、フランス軍と一緒に戦うことになる。なんなら、フランス軍に統合されたチェコ自由軍についてのかなり長いメモをお目にかけてもいい。一万一千の兵士の内訳は、三千が志願兵、八千が国外に逃れた徴用兵、これにシャルトルで訓練を受け、フランス国内での戦闘で百三十以上の敵機を撃ち落とすか、それに協力することになる勇敢なパイロットたちが加わる。同時に僕はすでに申し上げたように、歴史の教科書みたいなものを書く気はない。そういう歴史の素材を使って、僕はごく個人的な事柄を書こうとしている。だから、僕のヴィジョンにはときどき裏付けのある事実が混じることになる。だから、こんなふうになる。

92

いや、いとも簡単に、だからこんなふうだ、ですますわけにはいかない。僕の時代考証の基本をなす資料のひとつに、ミロスラフ・イワノフという歴史家が収集した『ハイドリヒ襲撃事件』という地味な資料集がある。「その日」という名の古い緑の叢書に含まれている（『史上最大の作戦』や『パリは燃えているか？』も同様）。この本を読み返していたら、ガブチークに関する間違いに気づいてぞっとした。

すでに一九三八年十一月の時点で、コシツェはチェコスロヴァキア領ではなく、ハンガリー領に属していて、この町はホルティ提督によって占領されていたのだから、ガブチークが第十四連隊の仲間に会いに行った可能性は非常に低い。それに、一九三九年五月一日、彼がスロヴァキアを去りポーランドに渡ったときには、ほぼ二年前にトレンチーン近くの工場に移っていたのだから、おそらくジリナにはもう住んでいなかったはずだ。僕がさっき書いた、彼が自分の生まれた町の城の塔を最後に一瞥する場面が急に滑稽に思えてくる。実際のところ、彼は一度も軍隊を去ったことはなく、この軍事目的の化学製品を製造する工場でも下士官として働いていたのだ。それはそうと、彼が工場を去ったのは、ある怠業行為《サボタージュ》をしたからだということを僕は言い忘れていた。彼はイペリット・ガスのなかに酸を投入したのだ。これはどう考えても、ドイツ軍への面当てだろう。こんな大事なことを忘れるなんて！　なぜなら、たしかに些細な抵抗かもしれないが、十分に勇気ある最初の抵抗行動をガブチークから奪い取ることを意味する。さらには、人間の運命を決める大きな因果の鎖の輪をひとつ外してしまうことを意味する。ガブチーク自身、特別任務に応募するためにイギリスで書いた略歴のなかで、このサボタージュのせいで国を離れることになったが、たとえ残っていても、いつか必ずこういう行動に出ていただろうと説明しているのだから。

　その一方で、僕が想定したように、彼はちゃんとクラクフには行っている。ドイツ軍の攻撃で第二次世界大戦が勃発したとき、ポーランド側に味方して負けたのち、たぶん彼は、最終的にはフランスにたどり着いた大半のチェコ兵やスロヴァキア兵と同じように、バルカン半島のほうへ逃げたのだ。つまり、ルーマニア、ギリシアを経て、イスタンブール、エジプトへと渡り、最後にマルセイユに入るというコースだ。あるいはもっと単純にバルト海を経由したかもしれない。これだとポーランドのグディニャ港を発って、船でまっすぐフランスのブーローニュ＝シュル＝メールへ行けるから、こっちのほうが簡単だ。いずれにせよ、この長い旅路は一冊の本に値するほどの一大叙事詩になることは確かだろう。その叙事詩の長い休止《フェルマータ》は、僕にとってはガブチークとクビシュとの出会いの場面かもしれない。いつ、どこで二人は出会ったのか？　ポーランド？　フランス？　そのあいだの旅の途中で？　その後、イギリスで？　僕はそれが知りたいのだ。この出会いの場面を視覚化（つまり、でっち上げるってことだ！）することになるのかどうか、今のところはわからない。もしそうすることになったら、フィクションなら何をしてもかまわないということの決定的な証になってしまう。

列車が駅に入ってくる。ヴィクトリア駅の広大な駅舎のなか、モラヴェッツ大佐は何人かの亡命した同国人と一緒にプラットフォームで待っている。口ひげをたくわえ、額のはげ上がった生真面目そうな小男が汽車から降りてくる。ミュンヘン会談の翌日に辞職した元大統領、ベネシュだ。だが今日、ロンドン到着の一九三九年七月十八日の時点では、三月十五日の翌日に、チェコスロヴァキア第一共和国はドイツの攻撃によって犠牲になったとはいえ、まだ存在すると宣言した男として迎えられた。彼はこう言った。ドイツの全師団は、一九三八年の危機の際、和平の名の下に、正義の名の下に、良識の名の下に、そして穏当な理性の名の下に、彼らの敵、同盟者の双方によってプラハで奪い取られた譲歩を一掃してしまった。現在、チェコスロヴァキアの領土は占領下にある。しかし、共和国そのものは死んではいない。たとえ、その国境の外にあっても、戦いつづけなければならない。チェコスロヴァキアの愛国者たちにとって、ただひとりの正当な大統領と見なされているベネシュとしては、できるだけ早く亡命先で暫定政府を立ち上げたいと思っていた。六月十八日の呼びかけの一年前、ベネシュはどこかドゴール＋チャーチルの趣がある。彼にはレジスタンスの精神が宿っているのだ。

だが、残念なことに、イギリスと世界の運命の手綱を握っているのは、まだチャーチルではなく、むしろ無気力と無知が拮抗しているチェンバレンだった。元大統領を迎えるにあたって、彼は外務省の、とりわけ地位の低い下っ端役人を送った。しかも、迎えに出た早々、この小役人は不愉快きわまりない態度をとった。列車から降りたばかりのベネシュに向かって、さっそく亡命の条件を通告する。英国政府は、在英チェコ人がいかなる政治活動もしないという条件でのみ亡命を受け入れると。友好国側からも敵国側からも解放運動の指導者であることはすでに認められているベネシュとしては、いつもの威厳を保つことでこの侮辱に耐えた。この唾棄すべきチェンバレンの愚かさに、彼はほかの誰よりも、文字どおり超人的な克己心をもって耐えたにちがいない。これだけでも、彼の歴史的人物としての大物ぶりは、ドゴールにも勝ると僕は思っている。

94

親衛隊少佐のアルフレート・ナウヨクスが、ドイツ領シレジアの、ドイツ－ポーランド国境地帯に位置するグライヴィッツ（ポーランド名はグリヴィツェ）という小さな町にお忍びでやって来た。彼は用意周到に今回の行動の計画を立て、今こうして待っている。昨日の昼にハイドリヒから電話があって、わざわざ隣町のオプレンまでやって来てそこに逗留している〈ゲシュタポ・ミュラー〉と最後の調整をしてほしいと言われたのだ。ミュラーは、仲間内で「缶詰」と呼んでいるものを用意しているはずだった。

ホテルの部屋の電話が鳴ったのは朝の四時。受話器を取ると、外務省《ヴィルヘルム・シュトラーセ》に電話をかけろという指示。電話をかけると、ハイドリヒが甲高い声で「おばあさんが死んだ」と言う。タンネンベルク作戦を始めてもよし、という合図だ。ナウヨクスは部下を集め、襲撃を計画しているラジオ局に向かう。だが、行動に移る前に、隊員のひとりひとりにポーランド兵の制服を配り、そして「缶詰」を受け取らなければならないのだった。この「缶詰」とは、強制収容所から特別に外に出した囚人のことで、この囚人もまたポーランド兵の制服を着て、おそらくは、ミュラーが命令に基づいて、致死量の注射を打ったものの、意識はないがまだ生きている状態にあった。

襲撃は八時に始まった。ラジオ局員は何の抵抗もせず制圧され、宙に向けて銃を数発撃つだけですんだ。「缶詰」が戸口に横たえられ、おそらく間違いなく、ナウヨクスが――裁判では何も自白しないが――ポーランド軍による襲撃であることを具体的に示す証拠を残すために心臓に止めの一発を撃ち込んだのだろう（首筋だと処刑の感じがするし、頭部だと身元確認が遅れる）。さて次は、ハイドリヒが用意したポーランド語による短い声明を流す番だ。ポーランド語の能力を買われて選ばれた親衛隊員が声明を朗読する。困ったのは、ラジオ機器をどう操作すればいいのかわからないこと。ナウヨクスは多少あわてるが、最後にはなんとか放送にこぎ着けた。声明はひどく興奮したポーランド語で読み上げられた。これはドイツ軍の挑発に対抗して、ポーランドが襲撃を決意したものだと述べる短い演説だった。放送は四分ほどで終わり。いずれにせよ、発信器がそれほど強力ではないから、国境周辺のわずかな住民を除けば、誰にも伝わらない。そういうことを気にするのは誰か？　とりわけナウヨクス。ハイドリヒから前もって、こう釘を刺されていたから。「失敗すれば、君は死ぬことになるだろう。そして私も、おそらく」

だが、ヒトラーにとってはこの事件そのものが大切なのであり、細かな技術的問題などどうでもよかった。数時間後、彼は帝国議会議員に向けてこう語る。「ポーランド軍は昨夜、初めて、ドイツ領において、正規兵による発砲に出た。今朝からドイツ軍は反撃を開始した。今後は本格的な爆撃に移るだろう」

こうして第二次世界大戦は始まった。

ハイドリヒが創設した組織のうち、もっとも悪魔的な「特別行動隊《アインザッツグルッペン》」はポーランドで日の目を見た。これは突撃隊やゲシュタポのメンバーからなる親衛隊の特別部隊で、ドイツ国防軍が占拠した地帯の「敵性分子」を始末する任務を担う。各部隊には、極薄の紙に極小の活字で印刷された小冊子が配布され、そこに必要な情報がすべて記載されていた。たとえば、占領政策が進むにつれて粛清すべき人物をすべて列挙したリスト。つまり、共産主義者は言うに及ばず、教師、作家、ジャーナリスト、聖職者、実業家、銀行家、公務員、商人、富裕な農民、あらゆる階層の有力者……。何千もの名前が住所、電話番号付きで記載され、その親や友人のところに反体制分子が逃げ込んだ場合を考慮して、近親者のリストも添えられている。それぞれの名前には身体的特徴の記述だけでなく、ときには写真まで添付されている。ハイドリヒの情報局はすでに相当な効率性の水準に達していたのだ。

その一方で、現場の部隊は有無を言わせず、ただちに行動に移るところに特徴があるから、これほど綿密な調査は結局は不要とも言える。ポーランド戦における最初の民間の犠牲者には、十二歳から十六歳のボーイスカウトのグループも含まれている。町の広場の壁を背に一列に並ばされ、銃殺された。その少年たちに臨終の秘蹟をほどこした神父までもが一緒に並ばされ、銃殺された。それも特別行動隊が本来の目的である地元の商人、有力者を代わる代わる銃殺した直後のことだ。この事実からすれば、数千ページに及ぶ詳細な報告書を必要とするはずの特別行動隊の仕事は、「等々《エトセトラ》」という言葉に集約されるだろう。この無差別殺戮はソ連にまでも引き継がれ、そこではこの「等々《エトセトラ》」が無限に開かれてしまったとさえ言えるが、それで収まりがついたわけでもなかった。

96

ドイツ第三帝国の政策に関して、とくにその恐るべき部分に関して、ハイドリヒはつねにその核心部分において信じられないほど深くかかわっていた。

一九三九年の九月二十一日、彼は「占領地におけるユダヤ人問題」に関してみずから署名した通達を関係各省に送った。この通達は、ユダヤ人をゲットーにおいて再編成すること、そしてあの悪名高いユダヤ人評議会《ユーデンラート》を、ＲＳＨＡ（国家保安本部）直属の組織として創設するように命じている。このユーデンラートは、アイヒマンの着想がオーストリアで実際に適用されているのを見て触発されたハイドリヒがポーランドにも応用したものだろう。この組織の鍵は、犠牲者をみずからの運命に殉じるように協力させることにある。昨日は略奪、明日は絶滅。

97

一九三九年九月二十二日、ヒムラーはＲＳＨＡの創設を公表する。

ＲＳＨＡとは国家保安本部を意味し、親衛隊保安部（ＳＤ）、ゲシュタポ、刑事警察《クリポ》を統合した組織だ。この怪物的組織に割り振られた権限は、人間の想像力を超えている。ヒムラーはその長にハイドリヒを任命する。保安部、政治警察、刑事警察の権限がひとりの男の手に握られる。〈ドイツ第三帝国でもっとも危険な男〉とあからさまに言われる由縁だ。これはたちまち彼の新しい呼称となった。欠けている権限はオルポだけ、つまりは制服警官による治安維持のための警察で、これはヒムラー直属の責任者、能なしのダリューゲに委ねられた。こんなことはほかのことに比べれば些細なことだ。いや、権力に飢えているハイドリヒのような男にとっては些細なことではすまされないかもしれないが、物事を判断するにあたって、ハイドリヒのような性向も経験もない僕のような人間にとっては、やっぱり些細なことにしか思えない。いずれにせよ、双頭の怪物ヒュドラのようなRSHAには、それなりに気を遣わなければならない面々もいるということだ。それにまた代表も任命しなければならない。RSHAの七つの部局を選りすぐりの協力者に割り当てたが、ほとんど狂人の集まりのようなナチという機構にあっては、政治的基準ではなく、能力に応じて選ぶのは稀なことだった。たとえばゲシュタポの統括を任せたハインリヒ・ミュラーの場合は、この仕事にすっかり同化してしまい、たちまち〈ゲシュタポ・ミュラー〉とまで呼ばれるようになる。彼はかつては民主キリスト教同盟の党員だったが、そのことがナチ体制下でもっとも凶暴な武器となるのを妨げはしなかった。RSHAのほかの部局の長も、たとえばシェレンベルク（SD対外局長）とかオーレンドルフ（SD国内局長）のような聡明で若い将校や、ジックスのような名うての大学教授（文献情報管理および世界観担当）が抜擢されていた。こういう人材は、党の上層部に群がる無知蒙昧、狂信者、変質者の一団とは一線を画する。

　ゲシュタポの部局のなかには、現実的に重要な問題とは直接に関係はしないものの、微妙な問題についてはまだ秘密裡に扱うことにしておいたほうがよいものがあった。ユダヤ人問題を扱う部局だ。これを統括するにあたって、ハイドリヒは自分が何をしたいか、すでに知っていた。じつにすばらしい仕事をするオーストリア出身の小柄な親衛隊大尉《ハウプトシュトゥルムフューラー》、アドルフ・アイヒマンほどこの地位にうってつけの人物はいなかった。このとき彼はきわめて独創的な仕事に取り組んでいた。全ユダヤ人をマダガスカル島に移送するこの計画。よくよく考えるに値する計画だ。まずはイギリスを打ち破らなければ、ユダヤ人の海上輸送は不可能だ。すべてはそれからだ。

98

ヒトラーはイギリス侵攻を決意した。だがイギリスの海岸に上陸するには、ドイツはまず制空権を確保する必要がある。ところで、ゲーリングの見通しに反して、イギリス空軍《ロイヤル・エア・フォース》（ＲＡＦ）のスピットファイアとハリケーンは依然として英仏海峡の上空を舞っているではないか。毎日毎晩、勇敢なイギリスのパイロットたちはドイツの爆撃機と戦闘機を追い払っている。一九四〇年九月十一日に予定されていた〈アシカ作戦〉（この暗号名は翻訳するといささか滑稽な感じになるが、ドイツ語では〈ゼーレーヴェ作戦〉、英語では〈シーライオン作戦〉と呼ばれる）は、最初は十四日に延期され、次いで十七日に延期された。だが、当日の九月十七日、ドイツ海軍のある報告書には次のように記されている。「敵の空軍はいかなる意味においても打ち破られていない。それどころか、その活動は増強されている。全体として、気象条件も悪く、穏やかになる時期を期待することができない」これでは総統も〈アシカ作戦〉を無期延期にするしかなかった。

ところが、これと同じ日に、イギリス侵攻が始まったらすぐに抑圧と粛清を組織的に行なうようにとゲーリングから申し渡されていたハイドリヒは、ベルリン大学の経済学部長からＳＤ第七局の局長に転身したフランツ・ジックス親衛隊大佐《スタンダルテンフューラー》に指令を出している。というのも、ロンドンで特別行動隊の指揮にあたる責任者としてハイドリヒが選んだのはこのジックスだったからだ。すでに現地での特別体制も組まれていて、ロンドン、ブリストル、バーミンガム、リバプール、マンチェスター、そしてエジンバラかグラスゴーにそれぞれ小さな部隊をひとつずつ、都合六つの部隊が展開する予定だった。仮にこの間にファース・オブ・フォース橋が破壊されていれば。「君の任務は」とハイドリヒは言う。「徴用された手段を用いて、敵対するすべての組織、制度、団体と戦うことにある」具体的には、これら特別行動隊の仕事はポーランドでのそれと同じ、さらにのちにはロシアのそれと同じであり、要するにどこに行こうとその任務は「移動殺戮部隊」として、周囲のものを手当たり次第に殺すことだった。

しかしここでの任務は、ハイドリヒがジックスに渡したあるリスト、すなわち大英帝国関係の特別調査リストと呼ばれる資料があることで、それだけ面倒だった。これは一刻も早く所在を突き止め、逮捕し、ゲシュタポに引き渡すべき二千三百人ほどの人物を列挙したリストだ。当然のことながら、このリストの筆頭にはチャーチルの名が挙がっている。この名に並んで他の英国の政治家、外国の政治家、とりわけチェコスロヴァキアの亡命政府を代表するベネシュとマサリクの名がある。ここまではわかる。だが、このリストには同時に、H・G・ウェルズ、ヴァージニア・ウルフ、オルダス・ハクスリー、レベッカ・ウェストなどの作家も挙がっているし……一九三九年に死んだフロイトの名もある……。それから、ボーイスカウトの創設者バーデン＝パウウェル卿も。今から思えば、ポーランドにおけるボーイスカウトの少年たちの処刑は熱に浮かされたあげくの勇み足などではなく、たんなる過ちとしか言いようがない。なぜなら、ボーイスカウトの少年たちは、ドイツの情報機関にとって第一級の潜在的情報源と見なされていたからだ。結局、これらの名前をすべて合わせると、かなり異様な全体像が浮かび上がる。このリストを作成したのはハイドリヒではなく、シェレンベルクだったと思われる。おそらく、シェレンベルクはリスボンでのウィンザー公誘拐の準備に忙しくて、仕事がおろそかになったのだろう。

このリストはかなりいい加減なものだということが判明し、ウィンザー公誘拐も失敗し、ドイツ空軍《ルフトヴァッフェ》は対イギリス戦で負け、〈アシカ作戦〉も結局は決行されずに終わる。ドイツ的効率性の庭にいくつか不揃いな石が混じったということだ。

99

僕はハイドリヒに関するエピソードをたくさん集めたけれど、信憑性については、けっして手放しで受け入れてはこなかった。とはいうものの、僕がこれから報告しようと思っている場面に関しては、その証言者にして主役の人物その人が、自分の身に起こったことについて曖昧な言い方に終止しているとなると、これはもうお手上げだ。シェレンベルクは親衛隊保安部（ＳＤ）におけるハイドリヒの右腕だ。良心のかけらもない残忍な役人だが、同時に聡明で教養のある美青年でもあるから、ハイドリヒは、売春宿通いのほかに、妻のリナと芝居やオペラに出かけるときなども、ときおり誘っていた。つまりは夫婦の親友でもあったわけだ。ハイドリヒが遠方での会合に出席しなければならなくなった日、リナはシェレンベルクを呼び出し、湖畔の散歩に出かけないかと誘った。年若い二人の男女がコーヒーを飲み、文学や音楽について語らう。それ以上のことは僕は知らない。四日後、ハイドリヒは仕事を終えてから、シェレンベルクと〈ゲシュタポ・ミュラー〉を夜遊びに誘った。最初の店はアレクサンダープラッツの洒落たレストラン。ミュラーが食前酒を振る舞う。打ち解けた雰囲気で、いつもと違ったところは何もない。ミュラーがシェレンベルクにこう語りかけるまでは。「先日、あんたたちは楽しい時間を過ごしたそうじゃないか？」シェレンベルクはすぐに察した。ハイドリヒは青ざめた顔をして、何も言わない。「遠足の内容を詳しく知りたいのか？」シェレンベルクはしぶしぶ事務的な口調で問い返した。すると突然、それまでの雰囲気が逆転した。ハイドリヒが甲高い声で応じた。「君が今飲んだものには毒が入っている。六時間後には死ぬことになる。嘘偽りのない完全な真実を語れば、解毒剤をやろう。私の知りたいのはあくまでも真実だからな」シェレンベルクの鼓動が速まる。声の震えを必死で抑えながら、問題の日の午後、何をしたかを手短にまとめようとする。ミュラーが口をはさむ。「コーヒーを飲んだあと、君は上司の妻と散歩に出かけた。なぜ、それを隠す？　監視されていることくらい知っているだろう？」もちろん、だが、ハイドリヒが何もかも知っているのなら、こんな芝居をして何になる？　ハイドリヒは長いあいだ黙りこくっていた。そして、判決を下す。「なるほど、どうやら君を信じなければならないようだな。だが、そのためには、二度とこのような逸脱はしないと約束してくれたまえ」シェレンベルクは最大の危機が去ったことを感じながら、なんとか恐怖心を抑え、食ってかかるような口調で、解毒剤をくれれば約束する。なぜなら、こんな状態でむりやり誓いの言葉を引き出しても何の価値もないだろう。さらにはこんなことまで言う危険を冒した。「元海軍将校としては、ほかにもっとましなやり方があったのではありませんか？」　海軍を辞めた経緯は周知のことであったから、これはけっこう大胆な質問だった。ハイドリヒはシェレンベルクを睨みつける。そして、ドライ・マティーニを注文してやった。「これは私の思い込みにすぎなかったかもしれないが」とシェレンベルクは回想録に書いている。「いかに理性を働かせても苦々しさを払拭することはできないように思えた」こうして彼が杯を空け、言い訳をし、誓約の言葉を述べると、夜はまた元の流れに戻った。

かなり頻繁に売春宿に通うせいか、ハイドリヒは名案を思いついた。自前の娼館を開くこと。この企ての実現のために、もっとも信頼のおける協力者であるシェレンベルク、ネーベ、ナウヨクスが駆り出された。シェレンベルクはベルリン郊外の瀟洒な地区に一戸建ての家を見つけた。社交界での経験が長いネーベが娼婦の採用を担当した。ナウヨクスは屋内の設備を担当し、各部屋の様々な場所に隠しマイクとカメラを設置した。絵の裏、ランプのなか、椅子の下、箪笥の上。盗聴センターは地下室に設《しつら》えた。

単純な名案だった。わざわざ相手の家に出かけていってスパイするのではなく、向こうからこっちに来させる。だから、高い地位にある特権的な客層を確保するには、設備の行き届いた高級娼館にしなければならない。

さて、すべての用意が整い、《サロン・キティ》が店開きをすると、口コミでたちまちこの施設の評判は外交関係者のあいだに広まっていく。盗聴装置は一日二十四時間稼働している。カメラは客をゆするのに使われた。

この娼館の経営を任されたキティはウィーン出身の野心的な女主人で、気品と能力を兼ね備え、この仕事に夢中になって取り組んでいた。とりわけ有名人の来館を自慢できることが何より好きだった。イタリアの外務大臣でムッソリーニの女婿であるチアーノ伯爵がやって来たときには狂わんばかりに喜んだ。彼女のことなら一冊の本が書けるくらいおもしろい話題が出てくると思う。

ハイドリヒはかなり早い段階で、この娼館の視察に訪れている。夜も更けたころ、たいていは酔って、娼婦と一緒に上がっていく。

朝になって、ナウヨクスがたまたま上司を記録したテープが残っていることに気づいた。好奇心から、彼はそのテープを聴いて——もしかするとフィルムだったかもしれない——さんざん笑ったあげくに、その記録を消去することにした。詳しいことはわからないが、たぶん、ハイドリヒの振舞いが笑いを誘ったのだろう。

101

ナウヨクスがハイドリヒの執務室で突っ立っている。座れと勧められることもなく、ダモクレスの剣のような尖った先のついた巨大なシャンデリアの真下にいる。今朝はそのシャンデリアが一本の糸の先にぶら下がっているような気がしている。ハイドリヒが座っているデスクの前の壁には巨大なタペストリーがかかっていて、ルーン文字風に描かれた鉤十字を爪でつかんでいる大鷲が刺繍されている。彼はどっしりと重い木製のデスクの上に置かれた大理石の板を拳で叩いた。そのショックで妻とその子供の写真が跳ねた。

「きさま、どういう料簡で、《サロン・キティ》での昨夜の私を記録させたりしたのか！」

早朝に上司の執務室に呼び出される理由についてはおおよそ予測はついていたものの、それでもナウヨクスは内心青ざめた。

「記録？」

「そうだ、ないとは言わせない！」

ナウヨクスはすばやく計算をめぐらせた。テープの録音はこの手で消去したのだから、ハイドリヒに物理的な証拠があるわけがない。そこで彼はもっとも効果的だと思われる戦略に打って出た。上司のことならよく知っているから、はったりだと見抜いたのだ。

「とんでもない！　私は閣下がどの部屋にいたのかも知らないのですよ！　そんなこと誰も教えてくれませんから！」

ナチ高官の神経を試す長い沈黙が続いた。

「君は嘘をついている！　そうでなければ、職務怠慢だ」

ナウヨクスは上司の目を見て、この二つの仮説のうちどちらが悪いと思っているのか読もうとした。ハイドリヒはさっきよりは落ち着いた口調で、しかしその分だけ不安げに言葉を続けた。

「君は私がどの部屋にいるかを知っているべきだった。それは君の職務の一部だ。と同時に、私がそこにいるときはマイクも録音装置もスイッチを切っておくべきだ。昨夜、君はそうしなかった。もし君が私を騙せると思っているなら、よくよく考えてみることだ。下がりたまえ」

ナウヨクスはどんなことでもやってのける男であり、グライヴィッツでは戦争のきっかけを作った男でもある。その男が窮地に陥っている。その持ち前の生き延びる本能で、とにかく粛清されることだけは避けなければならない。このような嘆かわしいトラブルが起こってしまった以上、日々の大半の時間を忘れてもらうべく努力して過ごすしかない。最終的には、上司のハイドリヒを笑いものにしたわりにはさほどのお咎めはなしですんだ。だが、この上司はただの上司ではない、ヒムラーの右腕のハイドリヒ、親衛隊のナンバー・ツー、国家保安本部（ＲＳＨＡ）長官、突撃隊とゲシュタポの責任者にして、その残忍さばかりでなく、その風貌からも〈金髪の野獣〉と呼ばれる男、だから二重の意味でそのあだ名に値するとも言えるし、そのあだ名ほどでもないのかもしれない、少なくともナウヨクスは胸に高まった二つの不安のあいだで、そう思ったにちがいない。

この会話の場面は、僕が突き当たっている様々な困難の代表例だと言ってもいい。きっとフローベールは『サランボー』を書くにあたって、こんな問題を抱えることはなかっただろう。なぜなら、ハンニバルの父、ハミルカルの会話など誰も記録していないのだから。でも、僕がハイドリヒに「もし君が私を騙せると思っているなら、よくよく考えてみることだ」と言わせるとき、ナウヨクス自身が残した言葉をそのまま写しているのだ。ある言葉を伝えるにあたって、その言葉を聞き、その言葉によって脅された当事者の一人ほど当てになる証人はいないだろう。ところが、僕はハイドリヒがこんな脅しの言葉を口にしたとは思えないのだ。これは彼らしくない。これはナウヨクスが何年もたったあとに思い出した言葉のひとつであり、彼の証言を集めた人が書き記し、それを翻訳者がさらに書き直したものなのだ。それに、ハイドリヒは〈金髪の野獣〉と呼ばれ、〈第三帝国でもっとも危険な男〉とも呼ばれた男なのだ。そういう男が「もし君が私を騙せると思っているなら、よくよく考えてみることだ」なんて、間の抜けたことを言うわけがない。ハイドリヒのような、がさつで自分の権力に酔いしれている男が腹を立てたら、「きさま、俺のことをなめているのか？　せいぜい用心することだ、金玉引っこ抜いてやるからな！」くらいの悪態をついたとしてもおかしくはない。だが、直接の当事者である証人を前にして、僕の思い込みなど何の役に立つだろう？

好きに書いていいというのなら、僕はこんなふうに書くだろう。

「ナウヨクス、昨夜私がどこで過ごしたか、言ってみろ」

「え、どういうことですか、長官？」

「質問の意味はわかっているはずだ」

「と言われても……私にはわかりません、長官」

「わからない？」

「ええ、長官」

「私が《サロン・キティ》にいたことを知らないとでも言うのか？」

「……」

「録音はどうした？」

「意味がわかりません、長官」

「俺をコケにするのはやめろ！　録音は保存してあるのかと訊いているんだ！」

「長官……長官がいらしていたことを私は知らなかったのです！……誰も教えてくれませんでしたから！　当然、長官だとわかった時点で録音は廃棄しました……つまり、長官の声だとわかった時点で……」

「ナウヨクス、とぼけるのはよせ！　君はすべてを知る立場にあるのだ。とりわけ俺がどこにいるかをな、なぜなら、君を雇っているのはこの俺だからだ！　俺がキティに部屋を取った時点で、マイクのスイッチを切るんだ！　この次もこんな真似をしようものなら、ダッハウの収容所に送り込んで、金玉から吊してやる、え、どうだ、よくわかったか？」

「ええ、よくわかりました、長官」

「さっさと失せろ！」

　たぶんこのほうが少しはリアルで、生き生きとしていて、おそらくは真実に近いのではないかと思う。でも、確信は持てない。ハイドリヒはげすにもなれたが、必要とあらば冷たい官吏を演ずることもできた。だから、たとえ誇張はあってもナウヨクスの語ったことも含めて、僕が想像したことまですべて考え合わせたうえで、やはりナウヨクスの証言を選んだほうがいいのだ。とはいうものの、相変わらず、その日の朝、ハイドリヒがナウヨクスの金玉を引っこ抜こうとしたことは間違いないと思っているのだけれど。

103

ヴェーヴェルスブルク城の北に面した塔のもっとも高い窓のひとつから、ハイドリヒはウェストファリアの平原を眺めている。森の真ん中に、ドイツでもっとも小さな強制収容所の小屋の集まりと有刺鉄線を張りめぐらした柵が見える。でもおそらく、すでに彼の注意は特別行動隊が訓練を行なっている演習場のほうに向けられているにちがいない。〈バルバロッサ作戦〉（ナチス・ドイツによるソビエト連邦奇襲攻撃）の開始が一週間後に迫っていた。二週間後には、この特別行動隊の部隊がベラルーシ、ウクライナ、リトアニアに投入され、活動を開始することになっている。任務が終了すればクリスマスには帰宅できるという約束だった。実際のところは、ハイドリヒにも今回の戦争がいつまで続くのか、見当がついていなかった。しかし、党と軍のなかの機密情報に通じた幹部はみな楽観論に染まっていた。赤軍の戦闘能力はポーランドにおいてはお粗末、フィンランドにおいては哀れを誘うとしか言いようのない状態だったから、相変わらず無敵のドイツ国防軍がすみやかに勝利を収めると期待するのも当然だった。しかし、親衛隊保安部（ＳＤ）の報告書によれば、ハイドリヒはいつになく慎重だった。敵の戦力、たとえば戦車の数にしろ、予備師団の数にしろ、彼には危険なほど少なく見積もられているように思えた。だが防諜部《アプヴェーア》と呼ばれる独自の諜報機関を備えている国防軍最高司令部は、ハイドリヒの警告を無視し、彼の元上司であるカナリス提督の、より覇気のある結論を信じる立場をとった。海軍を除隊になったことがなお癒えない傷となって残っているハイドリヒにしてみれば、怒りで息が詰まったにちがいない。しかし、ヒトラーはこう言った。「開戦はいつも闇に沈む部屋のドアを開けるのに似ている。なかに何が潜んでいるのか、わかったためしはない」これは言外に、SDの警告が根拠のないものではないということを認めるものだ。だが、ソ連を攻撃するという決断は下された。ハイドリヒはウェストファリアの平原に垂れ込める暗雲を不安げに見つめている。

背後で、自分の配下の将校たちに命令を出すヒムラーの声が響いた。

ヒムラーにとって、親衛隊（SS）は一種の騎士団だった。彼自身、十世紀にマジャール人を追い払い、ゲルマン系の神聖ローマ帝国の基礎をなしたザクセン王ハインリヒ一世の末裔を任じていた。この王は、その治世の大半をスラブ人絶滅のために費やした王でもあった。このような家柄である以上、全国指導者《ライヒスフューラー》には城が必要だというのだった。彼がこの城を見つけたときには、廃墟と化していた。この城の修復のためにザクセンハウゼン収容所の囚人を四千人動員することになった。この修復作業中に三分の一の囚人が死亡したが、そのおかげで城はアルメ川を見下ろす壮麗な建物としてよみがえった。城塞でつながっている二つの塔と主塔は三角形をなし、そのうちの、アーリア人の生まれた土地である神秘のトゥーレのほうを向いている一角が世界の象徴的中心《アクシス・ムンディ》を表わしている。

まさにこの主塔の中心部、上級集団指導者用広間と名付けられた旧礼拝堂のなかで、ヒムラー主宰の会合が開かれた。当然、ハイドリヒはこの会合を欠席することはできない。この広大な円形広間の真ん中に、アーサー王伝説の象徴である円卓の騎士を再現するために十二人分の席のある無垢の樫でできた巨大な丸テーブルが置かれ、そのまわりに親衛隊の最高幹部が集まる。だが、一九四一年の時点での第三帝国が追い求める聖杯はパルジファルの追い求めたものとは少し違っている。すなわち「新たな生存圏を獲得するうえで必然的に生じる……二つのイデオロギーの最終衝突」という何度も繰り返された言葉を、当時のドイツ国民のすべてがそうであったように、ハイドリヒも空で覚えていた。「生き延びること……人種間の容赦ない闘争……二千万から三千万のスラブ人とユダヤ人」ここで、数字の大好きなハイドリヒは耳をそばだてる。「二千万から三千万のスラブ人とユダヤ人が軍事行動と食糧補給の問題によって滅びていくだろう」

ハイドリヒは自分の苛立ちをいっさい表に出さない。大理石の床に描かれたルーン文字に象《かたど》られた壮麗な黒い太陽をじっと見つめている。軍事行動……食糧補給の問題……これでは曖昧すぎる。ハイドリヒは、ある種の敏感な問題についてはあまり明確にしないほうがいいことくらい知っているが、いつかは猫を猫だと言わなければならない時期が来るし、今がそのときだと考えてもいいのではないか。あるいは、たとえ明確な指示はなくとも、人間は何をしでかすかわからない。ところで、この任務の責任者は自分ではないか。

ヒムラーが閉会を告げると、ハイドリヒは甲冑やら紋章やら絵画やらルーン文字の標章やらが所狭しと飾ってある廊下を大急ぎで渡っていく。ここでは今でも錬金術師やオカルト術者や占い師が神秘的な問題について研究していることは知っていたが、彼にはまったく興味がなかった。この精神病院のようなところに来て二日になるが、彼としては一刻も早くベルリンに帰りたかった。

だが、谷間に目をやるとぶ厚い雲が垂れ込めている。あまり遅くなると、飛行機が飛べなくなるかもしれない。彼は演習場に連れていってもらい、部隊を観閲した。長たらしい演説は免除してもらい、すぐにその場を立ち去った。東側の屑どもを殲滅するために選ばれた殺人集団にちらりと目をやっただけだった。総勢三千人ほど。少なくとも見た目は非の打ち所がなかった。ハイドリヒは、滑走路の隅でエンジンをかけたまま待機している飛行機に乗り込んだ。驟雨が襲ってくる直前に飛行機は離陸した。降りしきる雨のなかで、四つの部隊で編成された特別行動隊《アインザッツグルッペ》もただちに行進を開始した。

104

ベルリンには円卓もなければ、黒魔術もなく、雰囲気はあくまでも事務的、ハイドリヒは生真面目に指令書を書いている。ゲーリングからは単純明快にやってくれと言われている。一九四一年七月二日、つまり〈バルバロッサ作戦〉決行から二週間後のこと、前線の背後で指揮をしている親衛隊の責任者に向けて、彼はこういう覚書を配布させた。

「コミンテルンの全高官、共産党の全役員、人民委員、そして党と国家のなかで公職についているユダヤ人、その他の過激分子（妨害行為の首謀者、宣伝者、義勇遊撃隊、暗殺者、煽動者）、これらはすべて処刑すべし」

たしかに単純明快だが、まだまだ慎重だし、奇妙な感じさえする。なぜユダヤ人の公務員に関して、こんなふうに限定しているのだろう？　そもそもユダヤ人であるなしにかかわらず、公務員を処刑する必要があるのだろうか？　この時点でハイドリヒは、特別行動隊の略奪行為に対して正規軍の兵士がどのように応じることになっているか、知らない。ちなみに一九四一年六月六日付けでカイテル元帥が署名し、すなわち国防軍が承認したことを意味する、あの有名な「コミッサール指令」では、大量虐殺は認めていても、公式には政治的な敵だけに限定されている。つまり、ソビエトのユダヤ人は最初はあくまでも政治的な敵として標的にされたということだ。ハイドリヒの覚書の冗漫さは、最後までかろうじて残っている良心の痕跡なのだ。当然、現地の住民がユダヤ人殲滅《ポグロム》を望めば、密かに後押しすることになるだろう。だが、七月初めの時点では、ユダヤ人がユダヤ人であるという理由だけで根絶やしにしようとする計画がそのまま表立つことなどありえなかった。

二週間後、勝利の陶酔が行き渡ると、ためらいは消えた。すべての前線で国防軍が赤軍を押し込めると、もっとも楽観的な予想をも超えて侵攻は進み、早くも三十万のソビエト兵が捕虜になると、ハイドリヒはその指令を書き直す。本質的な部分はそのままにして、リストに幅を持たせた（たとえば赤軍の元委員も含まれるようにした）。そしてついに「党および国家のなかで公職についているユダヤ人」という表現を「すべてのユダヤ人」に変えてしまったのだ。

105

自分の専用機であることを示すために機体にルーン文字でＲＨと刻んだメッサーシュミット一〇九に乗ったハイドリヒ大尉は、ドイツ空軍戦闘機による編隊飛行の先頭を切ってソビエト領空を飛んだ。ドイツ機が、撤退しながら哀れに抵抗を続けるソビエト兵の隊列を地上に発見すると、そのまま上空から隊列を串刺しにするように機銃掃射でなぎ倒していく。

だがその日、ハイドリヒが眼下に見つけたのは地上の隊列ではなく、単独飛行をしているヤークだった。彼は丸みを帯びた小さなソビエト戦闘機をすぐに見分けることができた。攻撃開始の時点でドイツの爆撃機によって、膨大な数の敵機が地上で破壊されたが、ソビエト領空が完全に掃討されたわけではなく、そこかしこで散発的な抵抗があった。ハイドリヒが見つけたヤークはその証拠だった。だが、ドイツ空軍の優位は、その質においても量においても揺らぐものではない。実際、いかなるソビエト戦闘機も現在の戦力では、メッサーシュミット一〇九にかなうわけがない。気性が激しく見栄っ張りなハイドリヒは同行している仲間の戦闘機にそのまま編隊飛行を続けるようにと命じた。部下に自分の実力を見せるために、一機でヤークを撃ち落とそうというのだ。まずは敵機の高度まで降下し、その航跡に忍び込む。ドイツ機のほうがはるかに速いから、たちまち接近する。照準器のなかに敵機の尾翼をはっきりと確認すると、そのまま銃を撃った。ヤークはたちまち慌てた鳥のように翼を揺らした。だが、最初の連射は命中しておらず、実際、敵機は慌てているわけではなかった。地上に向けて急降下したのだ。ハイドリヒは追撃しようとしたが、彼の旋回はロシア人パイロットの旋回よりも、はるかに大きかった。あの大馬鹿のゲーリングに言わせると、ソビエト空軍は廃《すた》れたも同然ということだが、これはナチのソビエト連邦に対する判断を象徴するもので、誤りだった。たしかにヤークは性能においてはドイツ製の戦闘機に及ぶものではないが、その相対的な遅さを驚くほど機敏な操縦性で補っているのだ。ロシア機は機首を左右に振りながら降下を続けている。ハイドリヒは懸命に追いかけるが、照準器にその姿を捉えることはできない。ウサギを追うグレーハウンドのようだった。ハイドリヒにしてみれば勝利を持ち帰り、自分の機体に小さな飛行機の絵を描き加えたかったのだろうが、夢中になって敵機を追うあまり、ヤークがやみくもにあちこち方向を変えながら機銃掃射を避けているのではなく、ある正確な一点を目指していることに気づかなかった。機体のまわりで爆発音が聞こえたとき、ハイドリヒは初めて理解した。ロシア人パイロットはソビエトの高射砲の上空まで敵機をおびき寄せていたのだ。彼はまんまとその罠にはまった。

強烈な衝撃が操縦桿まで伝わってきた。黒い煙が後尾から噴き出した。ハイドリヒの戦闘機は撃墜された。

106

それはまるでヒムラーの顔面に平手打ちを浴びせるようなものだった。彼の頬に血が昇り、頭蓋骨のなかで脳みそが膨張するのを感じた。ベレジナ川上空の空中戦で、ハイドリヒの乗るメッサーシュミット一〇九が撃ち落とされたという知らせを受け取ったばかりだった。もちろん、ハイドリヒが死んだら親衛隊にとっては大きな損失だ。献身的な男、熱心な協力者等々、賛辞には事欠かない。だが、もし生きていたら、それこそ最悪の事態だ。なにしろ戦闘機はソビエト国境のあちら側まで行って撃墜されたのだから。保安部の責任者が敵の手に落ちたと総統に知らせなければならないとしたら、ヒムラーは非常につらい場面を覚悟しなければならない。スターリンの関心を惹く可能性のある情報をハイドリヒがどれくらい持っているかを彼は頭のなかで数え上げて、目眩《めまい》を覚えた。しかも、親衛隊全国指導者のヒムラーは腹心の部下が知っていることのすべてを掌握しているわけではない。もし、ハイドリヒが口を割れば、政治的にも戦略的にも莫大な損害を被るし、その結果は計り知れない。ヒムラーの予測の範囲を超えるものだった。その小さな丸い眼鏡と口ひげの奥で、汗がにじんだ。

本当のことを言えば、彼の抱える、もっとも危急の問題はそんなところにはなかった。もしハイドリヒが死んだら、あるいはロシアの捕虜となったら、真っ先にしなければならないのは、彼の書類を回収することなのだ。そこに何が書かれているのか、誰について書かれているのか、神のみぞ知る。まずは彼の執務室であれ自宅であれ、金庫を押さえなければならない。ゲシュタポ本部《プリンツ・アルブレヒト・シュトラーセ》に関しては、ミュラーに知らせて、シェレンベルクとともにRSHAを捜索させよう。彼の自宅については、妻のリナには気を遣わなければならないが、やはり徹底的に捜索する必要がある。今のところは待つしかない。ハイドリヒが行方不明になっている以上、ほかにどうしようもない。まずはリナのところに行って根回しをし、前線には、生死はともかく、ハイドリヒを捜し出すために全力を尽くせと指令を出すしかないだろう。

そもそも、ナチの諜報機関の責任者がドイツの戦闘機に乗ってソビエト戦域にまで侵入するなんて、いったいどういうことなのかと疑問に思ったとしても当然だろう。それはハイドリヒが親衛隊で責任ある立場にあると同時に、空軍の予備役将校でもあるからだ。戦争に備えて、彼は飛行機の操縦術の講義を受けていて、ポーランド侵攻が始まるやいなや、招集があれば絶対に応じるつもりでいた。いかに親衛隊保安部の長官という地位に権威があろうと、彼にとっては所詮役人仕事でしかなかった。なぜなら、戦争ともなれば、正真正銘のチュートン騎士団の騎士として戦わなければならないと思っていたから。そんなわけで彼はまず爆撃機の機関銃手として軍務についた。だが、言うまでもなく、この副次的な職務が彼の気に入るわけもなく、彼はメッサーシュミット一一〇の操縦士として、イギリス上空を偵察する任務を希望した。さらにはメッサーシュミット一〇九（イギリス空軍のスピットファイアに相当する）に乗り、ノルウェー戦では離陸の際の不手際で腕を骨折した。僕がたまたま手に入れた、ややハイドリヒびいきの伝記によると、彼が片腕を包帯で吊った状態でどんなふうに飛行したかを賛嘆を交えて報告している。そうして彼はイギリス空軍との戦闘に出発したという。

このときヒムラーはまるで父親のように彼のことを心配していた。今、僕の手もとに、彼専用の特別列車（〈ハインリヒ号〉）から「とても親愛なハイドリヒ」に宛てて書かれた一九四〇年五月十五日付けの手紙がある。彼は保安部トップの右腕を気づかって「できれば毎日状況を知らせてほしい」と書いている。まさしく、ハイドリヒは彼の知っていることのすべてを通じて、非常に「大切な」存在だったのである。

そして、撃墜からわずか二日後、彼はドイツの「パトロール隊」に救出された。救出したのは、四十五人のユダヤ人と三十人の人質を粛清したばかりの、特別行動隊D班に属する彼自身の部下だった。ソビエトの高射砲に撃たれて緊急着陸し、そのまま二日間身を潜めて、最後には徒歩でドイツ軍の戦線に合流したのだった。すっかり汚れ、髭も伸び放題になって帰宅したときには、妻の伝えるところによれば、今回の不運な出来事にはひどく苛立っていたが、結果としては彼の求めていたものを得たのだった。ドイツ軍人のあいだでは非常に尊ばれる一級鉄十字章である。しかしながら、この快挙のあとは、いかなる戦線においても空中戦に参加する許可はおりなかった。おそらくヒトラーその人が、このベレジナ川での出来事を振り返って恐れをなし、ハイドリヒ自身が戦闘に参加することに反対したのだろう。彼の努力と、誰の目にも明らかなその気性の激しさをもってしても、ハイドリヒはいかなる勝利も収めることはできなかった。彼のパイロットとしてのキャリアは、このみすぼらしい戦績で終わった。

150

今僕の書いたところをナターシャが読んだ。冒頭の行を読むなり、彼女は大声を上げた。「『頬に血が昇り』とか『頭蓋骨のなかで脳みそが膨張する』とか、なんなのこれ？　やっぱり創ってるんじゃない！」

もう何年も前から、僕は小説作品の持つ子供っぽい滑稽な性質についての理論を繰り返しているから、彼女はうんざりしている。それは若いときからの読書の遺産みたいなものなのだけれど（たとえば「侯爵夫人は五時に外出した」（ポール・ヴァレリーの言う、いかにも小説らしい文のこと）とか）、彼女にしてみれば、頭蓋骨云々みたいな表現を見過ごすことはできなかったのだろう。僕のほうでは、文章に小説的色合いを付ける以外に意味のない記述は避けるつもりでいたし、そんなことをすれば醜くなるだけだと思っていた。それに、たとえ僕がヒムラーの反応とその狼狽ぶりについての手がかりを持っているとしても、この狼狽がどんなふうに表情に現われたか、そこまでは自信を持って言うことはできないのだ。真っ赤になったかもしれないし（僕はそのように想像したわけだけど）、真っ青になったかもしれないのだ。早い話、この問題はかなり重大なことのように思える。

僕はナターシャに対して、おずおずとではあるけれど、すぐに自己弁護した。ヒムラーが実際に頭を痛めたことはまず間違いないところだろうし、膨張する脳みそ云々は、この知らせを聞いて襲ってきた不安を表現するにはいささかチープな比喩でしかないことも確かだろう。そもそも、僕自身がそんなに納得していない。翌日、僕はその文章を削った。そうするとまずいことに空白のようなものができて、具合が悪くなった。どういうわけか、「ヒムラーの顔面に平手打ちを浴びせる」という文と「知らせを受け取ったばかり」という文のつながりが気にくわない。むりやりくっつけたみたいで、それまで僕の頭蓋骨によってしっかりと確保されていた絆が失われている。そこで僕は削除した文を別の、もっと慎重な文で置き換えざるをえなくなり、「眼鏡をかけた鼠のような顔が真っ赤になったにちがいないと僕は想像する」と、こんな具合に書き直した。たしかにヒムラーは齧歯類みたいな顔をして、頬は垂れ、口ひげをたくわえていたが、もちろん、紋切り型の表現は抑えなければならない。そこで僕は「眼鏡をかけた」という言葉を削ることにした。眼鏡を取っても「小さな鼠」という言葉の生み出す効果にはまだ抵抗があるものの、「……と僕は想像する」とか「……にちがいない」というような、慎重な言い回しのなかに収めれば、この選択のよさが見えてくると思う。このように広く開かれた仮説の立場を守ることで、むりやり現実に押し入ることは避けられる。とはいうものの、どういうわけだか、「顔を真っ赤に充血させていた」という表現は付け足さないわけにはいかないと思った。

ひどい風邪をひいたみたいに真っ赤になったヒムラーという、このヴィジョンが取り憑くと（たぶんそれは僕自身が四日も悪性の流感を引きずっているからだろうが）、僕の暴君みたいな想像力は一歩もあとに引かなくなった。僕はこの全国指導者の顔を正確に描写したかったのだ。でも、その結果は全然おもしろくなかった。結局また一からやり直した。僕は最初の文と三番目の文のあいだの無と化した空間をしばらく見つめていた。そして、ゆっくりとまたキーボードを叩きはじめた。

「彼の頬に血が昇り、頭蓋骨のなかで脳みそが膨張するのを感じた」

僕はいつものようにオスカー・ワイルドのことを考える。思い出すのはいつも同じ話だ。「午前中ずっとかかって、ある文を直そうとして、結局はコンマをひとつ取るにとどめた。午後、私はそれをもとに戻した」

108

ハイドリヒが黒いメルセデスの後部座席に腰を沈めているところを僕は想像する。膝の上で書類鞄をしっかりと握っている。その鞄のなかにはおそらく、彼自身の人生とドイツ第三帝国の歴史を決定するもっとも重要な書類が入っている。

車はベルリンの郊外を走っていく。外は快晴、夏、夕闇が迫っているが、まもなく空に黒い群れが現われ、爆弾を落としていくとは想像がつかない。破損した建物、破壊された家、急ぎ足の歩行者を見れば、英国空軍《ロイヤル・エア・フォース》の並外れた執念深さをあらためて思い知らされる。

すでに四か月以上前から、ハイドリヒはゲーリングの承認を得るための書類をアイヒマンに書かせている。この書類はまた、東部占領地域担当大臣のローゼンベルクの同意を得る必要もある。この男が無能なくせに、なかなかうるさいのだ！　以来、アイヒマンはせっせと仕事をし、何度も原稿に手を入れ、ここにきてようやくすべての困難を取り除いたのだった。

現在地はベルリン北部の森の真ん中。メルセデスは、重装備の親衛隊が警護する邸宅の門の前で停車した。ゲーリングが最初の妻カリンを亡くした悲しみを癒すために建てさせた小さなバロック風の「カリンハル」という名の館だ。衛兵たちが敬礼し、鉄柵の門が開く。車が通路に入っていく。玄関前の階段には、すでにゲーリングがいかにもうれしそうに待っている。〈香水をつけたネロ〉というあだ名もなるほどと思えるようなひどく派手で目立つ制服にきっちりと身を包んでいる。彼はあの恐るべきSD長官と顔を合わせることができる喜びをそのまま表に出して、ハイドリヒを大歓迎した。ハイドリヒはすでに、自分が第三帝国でもっとも危険な男として通っていることを知っていたし、そう呼ばれることで自尊心をくすぐられてもきたのだが、同時に、ナチの高官たちがこぞって、これほど熱心に彼のご機嫌を取ろうとするのは、何よりもまずヒムラーの勢力を削ごうとするためだということもよく知っていた。こういう連中にとっては、ハイドリヒはあくまでも道具であって、まだライバルではないのだ。なるほど、彼はヒムラーと冷酷無残なカップルを演ずるうえで、その頭脳として認められてはいるものの（親衛隊のなかでは〈ＨＨｈＨ〉で通っていた。すなわち Himmlers Hirn heißt Heydrich――ヒムラーの頭脳はハイドリヒと呼ばれる、という意味）、あくまでもその右腕であり、部下であり、ナンバー・ツーだった。ハイドリヒの野心がずっとこの状態に留まっていることを許すはずもないが、当面は、党の内部での力関係の変化を見るならば、ヒムラーに忠実なままでいたほうが身のためだと考えている。なぜなら、ヒムラーの権力は拡大していく一方だが、ゲーリングのほうは、イギリスでの空軍の失敗以来半ば失寵し、手をこまねいている状態だったから。

　とはいえゲーリングは、公式にはまだユダヤ人問題の責任者であり、だからこそハイドリヒは今夜ここに来ているのだ。

　しかしそのためにはまず、ここの主の子供っぽさに目をつぶらなければならない。巨漢のヘルマンは、プロイセンの国立劇場からプレゼントされた電気仕掛けの列車をハイドリヒに見せたがった。この自慢の玩具で、毎晩遊んでいるという。ハイドリヒはとにかく我慢を決め込んだ。個人専用の映画館とか、トルコ風呂とか、ファラオの宮殿並みに天井の高い居間《サロン》などの前でうっとりし、さらにはカサエルという名のライオンと相まみえたあげくに、贅を尽くした板張りの執務室で、ようやくゲーリングと差し向かいになれた。これであの大切な書類を国家元帥に提出し、読み上げてもらうことができる。ゲーリングは声に出して読む。

大ドイツ帝国国家元帥
四か年計画代表者
国防のための大臣会議議長より

治安警察および親衛隊保安部長官

ハイドリヒ親衛隊中将殿

一九三九年一月二十四日付の勅令によって貴殿に託されたユダヤ人問題の解決を、現状でもっとも有効な移民ないし排除という方法で遂行するにあたって、ヨーロッパにおけるドイツの影響圏においてユダヤ人問題を包括的に解決するために組織的・実践的・財務的な面で必要な準備を行なうよう委任する。

他の中央組織の権限が関係してくる場合には、その関係組織と連携されたし。

ベルリンにて

ゲーリングはそこで読むのをやめ、笑みを浮かべた。アイヒマンはローゼンベルクを満足させるためにこの一文を付け足したのだ。ハイドリヒも笑みを浮かべたが、各省庁のすべての官吏に彼が抱いている軽蔑を隠すことはできなかった。ゲーリングはさらに読みつづけた。

「さらにまた、ユダヤ人問題の最終解決を予定どおり遂行するために必要な組織的・実践的・財務的な面での予備措置の全体計画をできるだけ早く提出するよう求める」

ゲーリングは無言で、やがて〈歴史〉のうえでは「全権委任」と呼ばれるものに日付と署名を記す。ハイドリヒは引きつったような満足の笑みを抑えることができない。彼は大切な書類を鞄のなかにしまう。日付は一九四一年七月三十一日、この書類はまさに「最終解決」の出生証明書であり、ハイドリヒはその首謀者になろうとしている。

109

下書きの段階では「青の制服にきっちりと身を包んでいる」と僕は書いていた。どういうわけだか、青い色が見えたから。たしかにゲーリングは、写真では明るい青の制服を着ていることが多い。でもその日、青だったかどうかはわからない。白だったかもしれないのだ、たとえば。
それにまた、この種の細かいことが、この歴史の段階でなお意味を持つのかどうかも、僕にはわからない。

110

「バート・クロイツナハ、一九四一年八月。第二回目のドイツ・フェンシング選手権大会が開催されたところである。ライヒスゾンダークラッセ（文字どおり訳せば「帝国特別クラス」）の上位十二名がすでに選ばれ、NSRL（全国社会主義体育協会）から金もしくは銀のブローチが授与されることになる。第五位には親衛隊大将《オーバーグルッペンフューラー》（たんに階級を勘違いしたのか、それとも昇進を先取りしたお追従《ついしょう》か？）にして警察大将の地位にある人物が入った。すなわち国家保安本部と親衛隊保安部の長を務めるラインハルト・ハイドリヒである。彼は各方面からの祝賀を喜びを持って受け入れたが、その態度はあくまでも勝者の慎みを湛えたものだった。彼を知る人は、彼にとって休息は未知の概念だということをよく知っている。いかなる休息も弛緩も、みずからに許さないこと、それがスポーツであれ、仕事であれ、彼の基本原則なのである」（専門誌「体操と体育」に掲載された

記事）

彼を知る人はとりわけ、この三十六歳の天才的運動選手に対して賛辞を惜しまないほうがいいことをよく知っているし、ゲシュタポの長官に対する一突きが有効かどうかを判定するときの審判のストレスについても触れないようにしたほうがいいことも知っている。また、コンモドゥスやカリグラが闘技場で剣闘士と対戦するときは、皇帝に対してあまり手強い敵にならないように完璧に心がける剣闘士だけを相手にしたことにも触れないほうがいいことも。

それはそうと、この競技会を通じて、親衛隊大将ハイドリヒは礼儀正しく振る舞ったようだ。ある日、審判の裁定について彼が毒づいたところ、競技会の主催者は「フェンシングのフロアにおいては、唯一の規則はスポーツの規則であって、他のいかなる規則にも左右されません！」と言って、元の位置に戻れと命じた。この人物の勇気に驚いたハイドリヒは文句を言わなかった。

急に居丈高に出る彼の悪い癖を、ここで表向き抑えたと考えるのは、このバート・クロイツナハの競技会場を一歩外に出ると、二人の友人（ところでハイドリヒにいつ友人ができたのだろう？）に向かって、とても激しい口調で、「もし、やつらががたがたぬかすなら」、俺はヒトラーその人も黙らせることができるんだと言っていたらしいからである。

本当は彼が何を言いたかったのか、できればそれを知りたいものだ。

111

この夏、キエフの動物園で、ひとりの男がライオンの檻のなかに入った。その男を引き止めようとした見物客に向かって「神様が助けてくれるだろう」と言いながら、柵を乗り越えた。そして、生きたまま食べられてしまった。もし、僕がそこにいたら、その男に言っただろう、「人の話を鵜呑みにしちゃだめですよ」と。

バビ・ヤールで死んだ人々にとって、神様は何の役にも立たなかった。

ロシア語でヤールは峡谷を意味する。バビ・ヤールすなわち「おばあさんの谷」はキエフ近郊にある、ものすごい標高差のある自然の峡谷だ。今では、芝生に覆われた、さほど深さのない谷しか残っていない。その谷には、そこに埋められた死者を弔うための、きわめて社会主義的な様式の堂々たる記念碑が建っている。でも、そこに行こうとしたら、僕を乗せたタクシーの運転手が、当時バビ・ヤールの谷が広がっていたところまで、ぜひ案内したいと言い出した。そこは木々が生い茂る地溝のようなところで、僕に通訳として同行したウクライナ人の女性を介して、ここが死体を投げ落としたところだと運転手は説明した。投げ落とされた死体はこの崖を転げ落ちていったのだという。それから僕らはまたタクシーに乗り込み、運転手はそこから一キロ以上も離れたところにある記念碑まで走って僕らを降ろした。

一九四一年から四三年までのあいだに、ナチは「おばあさんの谷」を、おそらくは人類史上もっとも巨大な死体置き場にした。三言語に翻訳されている記念碑のプレートに記されているように、ここで十万人以上の人々がファシズムの犠牲となった。

そのうち三分の一以上が連行後四十八時間以内に処刑された。

一九四一年九月の朝、キエフのユダヤ人は、わずかな身のまわりのものを持ち、強制移住させられることを受け入れ、ドイツ人が用意した自分たちの行く末についてはつゆ疑うこともなく、続々と指定された集合場所にやって来た。

気づいたときにはすでに遅かった。集合場所に到着したときに気づいたか、壕の縁までやって来てようやく気づいたか、その違いはあっても。この間に手続きは迅速に進められた。ユダヤ人たちは自分の旅行鞄と貴重品と身分証明書を提出させられた。証明書は目の前で破り捨てられた。それから、二列に並んだ親衛隊員のあいだを、殴打の雨が降り注ぐなかを通っていく。特別行動隊が棍棒の類で、力のかぎり殴りつけるのだ。倒れれば犬をけしかけられたり、恐れをなす群衆に踏みつけられたりする。この地獄の回廊を抜けると空き地に出る。あっけにとられたユダヤ人たちは、そこで身につけているものをすべて脱ぐようにと命じられ、素っ裸のまま巨大な谷の縁へと連れ出された。そこまで来れば、よほど頭が鈍いか、極端な楽観主義者でないかぎり、希望のかけらも残っていなかっただろう。まさにこの瞬間、絶対的な恐怖に襲われて、彼らは悲鳴をあげた。谷底には遺体が積み上がっていった。

しかし、これらの男たち、女たち、そして子供たちの物語がこの深淵の縁で完全に絶たれてしまうわけではない。事実、いかにも効率を尊ぶドイツ人らしく、親衛隊員はユダヤ人を撃ち殺す前に、まずは「積み重ね係」が待っている谷底に落とす場合もあった。この「積み重ね係」の仕事はあらゆる点で、客を席まで案内する劇場の案内嬢の仕事に似ている。彼はユダヤ人ひとりひとりを遺体の山へと連れていき、空いた場所があると、裸の死骸の上に、生きた裸体を腹ばいにさせて重ねる。そこに銃を持った隊員がやって来て、死体の上を歩きながら、生きている者があれば首筋に銃弾を撃ち込んでいく。死者を大量生産するためのみごとな管理システムだ。一九四一年十月二日、バビ・ヤールを担当した特別行動隊は、その報告書にこう記した。「特殊部隊《ゾンダーコマンド》4aは行動隊参謀部と警察南連隊に属する特別奇襲部隊二班の協力を得て、一九四一年九月二十九日から三十日にかけて、キエフのユダヤ人三万三千七百七十一名を処刑した」

戦争中にキエフで起こった異様な事件の話を、たまたま僕は人から聞いた。事件が起こったのは一九四二年の夏で、〈類人猿作戦〉の主役たちとは何の関係もない。だから、本来この小説で語られるべき話ではない。でも、小説が語り手に与えている、ほとんど無制限の自由こそ、このジャンルの最大の利点のひとつだろう。

というわけで、一九四二年夏の話をしよう。ウクライナは、まさに乱暴狼藉をほしいままにするナチの統治下にある。ところがドイツ人は、自分たちの占領下にある国、あるいは衛星国として統治している東欧の国のあいだでサッカーの試合をさせることを目論んだ。さてふたを開けてみると、ルーマニアやハンガリーの相手チームから次々と勝利をもぎ取るチームが出てきた。ＦＣスタートというのがそのチームで、占領当初から活動を禁止された旧ディナモ・キエフの選手を招集して立ち上げたにわか作りのチームだった。

このチームの連勝の噂がドイツ人の耳に届くと、自分たちの威信を誇示するために地元チームとドイツ空軍選抜チームとを闘わせる特別試合をキエフで催すことにした。ウクライナ人の選手たちは、チーム紹介の際には、ナチ式の敬礼をするよう求められた。

試合当日、満員のスタジアムに両チームが入ってくると、ドイツ人選手は腕を前方に伸ばして「ハイル・ヒトラー！」と叫ぶ。次にウクライナ人チームが腕を伸ばす。それを見て、おそらく観衆はがっかりしたことだろう。なぜなら、サッカーの試合とはいえ、観衆にとっては侵略者に対する象徴的な抵抗の機会になることを期待していただろうから。ところが、ウクライナの選手たちは腕を伸ばす仕草に合わせて「ハイル・ヒトラー！」と叫んだのではなく、拳を握りしめ、伸ばしたその腕を胸に当て「体育万歳！」と叫んだのだ。いかにもソビエト的な感じのする、このスローガンに観衆は喝采した。

試合が始まって間もなく、ウクライナのフォワードがドイツ選手のプレーによって脚を骨折した。当時、選手交代というものはなかった。ＦＣスタートは当然十人でプレーせざるをえない。数的優位に立ったドイツ・チームは先制点を挙げる。形勢は不利。だが、キエフの選手はあきらめない。群衆の歓呼の声に押されて同点に追いつく。さらに二点目を入れると、スタンドは総立ちになった。

ハーフタイム、キエフの地方長官を務めるエブヘラルツ将軍はウクライナ人チームのロッカールームを訪れ、こう述べた。「ブラヴォー、諸君はすばらしい試合をしている。それは十分わかった。ただしこれから後半戦では、諸君は負けなければならない。必ず負けること！　ドイツ空軍チームは負けたことがないのだ、とくに占領地域においてはな。これは命令だ！　もし負けなければ、君たちは処刑される、いいな！」

選手たちは無言でこれを聴いた。ピッチに戻ると、事前の打ち合わせもなく、わずかな逡巡ののち、彼らの肚は決まった。まともにプレーする。まず一点、さらに一点、ついに五対一で勝ってしまった。ウクライナの観客は狂喜する。ドイツ側はブーイング。空に向けて撃った銃声が鳴り響く。だが、選手のあいだに動揺する者はいない。なぜなら、ドイツ人チームは、この屈辱はピッチで晴らすと考えていたから。

三日後、リターンマッチが催されることになり、大量のポスターが街に貼り出された。そのあいだにドイツ・チームは戦力増強のため、ベルリンからプロの選手を呼び寄せた。

さて第二戦が始まった。スタジアムはまたもや大入り満員、だが今回は、治安の維持と称して、親衛隊の部隊が周囲に配置された。今度もまたドイツが先取点を挙げる。だが、ウクライナ・チームはひるまず、またもや五対三で勝った。試合後、ウクライナ人サポーターは歓喜に酔いしれているが、選手は青ざめている。ドイツ側が発砲する。ピッチの芝に観衆がなだれ込む。この混乱に乗じて、ウクライナ人選手が三名、群衆にまぎれて姿を消した。残りの選手は逮捕され、四人がただちにバビ・ヤールに連行され、処刑された。谷を前に跪《ひざまず》いたキャプテンでゴールキーパーのニコライ・トルセヴィッチは首筋に銃弾を撃ち込まれる前に、かろうじて「赤軍のスポーツはけっして死なない！」と叫んだ。これに続いて、残りの選手も殺された。今日、ディナモ・キエフのスタジアムの前には、彼らに捧げる記念碑が建っている。

この「命がけの試合」には、無数の伝説が流布している。さらに三回目の試合があって、ウクライナ・チームはなんと……八対〇（！）で勝ち、この試合のあと選手全員が逮捕され処刑されたという伝説まである。でも、僕がここで紹介したのがもっとも信頼できる伝説のように思えるし、いずれにせよ、どの伝説も大筋では一致しているのだ。なにしろ、ハイドリヒとは直接関係のないことなので、あまり深く調査をする時間もなく、いくつか不正確なところがあったのじゃないかと心配だが、この信じがたい事件のことを語ることなく、キエフについて語りたくなかったのだ。

113

ヒトラーのデスクの上には、親衛隊保安部（ＳＤ）からの報告書が山のように積み上がっている。保護領に蔓延している度しがたい放任主義を暴く文書だ。チェコ人首相アロイス・エリアーシュとロンドンの亡命政府との関係、破壊活動、いまだに活発な抵抗運動のネットワーク、民衆のあいだで交わされる煽動的な言辞の増加、拡大しつづける闇市場、一八パーセントの生産減少、ハイドリヒの部下が描き出すこのような状況はまさに一触即発の状況としか見えない。ロシア戦線の火ぶたが切られた今、ヨーロッパ有数の生産効率を誇るチェコ産業は、ドイツ第三帝国にとって生死を左右するものとなりはじめている。とりわけシュコダの工場は、戦争努力を支えるためにフル操業させる必要があった。

なにごとにつけ偏執的なヒトラーのことだから、おそらく、そんなに易々と騙されはしなかっただろう。今はノイラートが就いているボヘミア・モラヴィア総督の地位をほしがっているハイドリヒには、この老男爵の政治的手腕に対する信頼を失墜させるべく、わざと暗い絵を描かせる理由があることくらい承知していたにちがいない。だが同時に、ヒトラーは弱腰が（ついでに男爵も）嫌いだった。そして、ここ最近の報告が甕の水をあふれさせる最後の滴《しずく》となった。ロンドンに亡命したベネシュとその一派による、占領者の新聞をボイコットせよという呼びかけに、地元の住民が丸一週間にわたって応じる騒ぎが起こったのだ。それ自体、大きな害の出るような事件ではないが、亡命チェコ政府がいまだに影響力を保持していることを断固として証明するものであり、占領者側にとっては、はなはだ不愉快な民意の動向を明らかにするものだった。ヒトラーがベネシュに抱いている憎しみを思えば、この情報がどれだけの怒りを誘発したか、想像に難くないだろう。

ヒトラーは、ハイドリヒが目的のためなら何でもやってのける出世欲の強い男であることを知っていたし、そのことを不愉快に思うはずもなかった。そもそも本人が、それ以外の何者でもないのだから。ヒトラーは、獰猛さと仕事の効率性を兼ね備えているハイドリヒに敬意を抱いていた。これにもし、総統に対するけっして変わらぬ忠誠心が加わるなら、完璧なナチ党員の定型をなす三つの言葉が揃うことになる。あの純粋なアーリア人の容貌は言うまでもなく。ヒムラーは〈忠実なハインリヒ〉ではあっても、この点では足もとにも及ばない。おそらくヒトラーはハイドリヒを敬愛していたのだ。こんな名誉にあずかれる同時代人がいるとすればスターリンを措いてほかにいない。そしてヒトラーは、ハイドリヒを恐れてはいなかったのだろう。彼ほど偏執的な人間にしてみれば、これは驚くべきことのように思える。彼はヒムラーとハイドリヒの競争心を煽ろうとしていたのかもしれない。ハイドリヒを親衛隊全国指導者ヒムラーに託したと同じように、ハイドリヒ＝ユダヤ人説に関する資料も彼の献身の確実な担保と考えていたのかもしれない。あるいは、ナチの理想を体現しているほどの金髪の野獣に、裏切りだとか、逸脱だとかの徴候などあるわけがないと考えていたのかもしれない。

いずれにせよ、ラステンブルク（ポーランド名はケントシン）の司令本部で緊急会議を開くときには、まずはボルマンに連絡しなければならなかった。するとただちに、ヒムラー、ハイドリヒ、ノイラート、そしてその副官にして、元ズデーテン地方の書店主という経歴を持つフランクが招集された。

まず最初にフランクがやって来る。年齢は五十前後、長身、すでに非常に深い皺の刻まれたマフィア然とした顔つきの男。ヒトラーが朝食をとるあいだに、SDからの報告を逐一反映させた保護領の状況を説明する。ハイドリヒは問題点を指摘する一方で解決策も提示する、みごとな報告をする。ヒトラーは感心する。ノイラートはよりにもよって会議に遅れ、翌日到着するが、そのときすでに彼の運命は定まっていた。ヒトラーは、彼に対しても将軍たちから指揮権を取り上げるときにすることをした。すなわち、健康問題を理由にむりやり休暇を取らせるのだ。これで保護領総督の地位は空位となった。

114

一九四一年九月二十七日、ドイツ人の管轄下にあるチェコの通信社を通じて、次のようなコミュニケが発表された。

「ボヘミア・モラヴィアの総督にして、名誉市民のコンスタンティン・フォン・ノイラート氏は、健康上の理由によって休暇の延長を総統に願い出る義務があると思うに至った。今は戦時であるから、総督の職務に中断があってはならないことを鑑み、氏は総統に対して、みずからが一時的に職務から退くと同時に、不在のあいだ職務を代行する人物を指名することを願い出た。この願い出を受け入れざるをえないと判断した総統は、帝国大臣フォン・ノイラート氏の病気療養中の全期間にわたって、親衛隊大将および警察大将のハイドリヒをボヘミア・モラヴィアの総督代理（副総督）に任命した」

115

このような栄えある地位に就くためにこそ、ハイドリヒは親衛隊大将（上級集団指導者）に昇進していた。この階級は、ヒムラーにあてられた親衛隊全国指導者という称号を除けば、親衛隊の階級制度の上から二番目に位置する。この上にあるのは親衛隊上級大将という位だけで、一九四一年九月の時点ではまだ誰も到達した者はいなかった（戦争が終結する時点でも四人しかいなかった）。だから、多少の紆余曲折はあるものの、このみごとな立身出世における決定的ともいえる名誉ある昇進をハイドリヒは心から喜んだ。妻にその旨電話で伝えたが、プラハに住むということを彼女はただちに喜んだわけではないようだ（彼女はその電話に「そんなことなら郵便配達にでもなっていてくれたらよかったのに」などと答えてしまい、その直後に、ついそんな言い方をしてしまった自分の愚かさを悔いている）。するとハイドリヒは「これが僕にとって何を意味するか、考えてもごらん！　これでようやく第三帝国のゴミ箱とおさらばできるんだ！」と答えた。帝国のゴミ箱とは、ゲシュタポと親衛隊保安部の長官の職を指しているが、そうは言いつつ、彼は相変わらず効率的な仕事ぶりでこの職務をこなしていく。

116

ハイドリヒは、総督の地位への任命がチェコの民衆に伝えられたその日にプラハ入りをしている。彼を乗せた飛行機がルジニェ空港に到着したのは午前の終わり、あるいは午後の初めだ。機種はユンカーの三発機Ju52。

プラハでもっとも美しいホテルのひとつ、《エスプラナーデ》に投宿し、さっそく仕事を始めている。というのも、ヒムラーはハイドリヒがテレタイプで送ってきた報告書をその日の夜に読んでいるから。

十五時十分、エリアーシュ元首相を予定どおり逮捕。
十八時、同じく予定どおり、元大臣のハヴェルカを逮捕。
十九時、チェコのラジオ局が、総統が私を総督に任命したことを発表。

エリアーシュとハヴェルカは現在取り調べ中。外交上の理由から、エリアーシュ元首相を人民裁判にかけるための特別議会を招集しなければならない。

エリアーシュとハヴェルカは、老ハーハ大統領のもとドイツに協力するチェコ内閣のもっとも重要な二人の閣僚だ。ところが、この二人はロンドンのベネシュと定期的に連絡し合っていた。このことをハイドリヒの情報部が気づかないわけがない。これだけで二人はただちに死刑宣告に値するが、熟慮の末に、ハイドリヒはすぐには死刑を執行しないことにした。もちろん、これは執行猶予にすぎない。

117

翌朝十一時、ハイドリヒの叙任式がフラッチャヌイ城——ドイツ語ではフラチーン——で催された。ズデーテンの書店主から親衛隊将校、国務大臣にまでのし上がった卑劣漢、カール・ヘルマン・フランクが城の中庭で盛大に彼を迎えた。この日のために特別に招集されたオーケストラによって、ナチ党の党歌「ホルスト・ヴェッセル」が演奏された。ハイドリヒが閲兵式に臨むと、ハーケンクロイツの旗の隣に、恐怖の梯子にもうひとつの桟が加えられたことを意味する第二の党旗が掲げられた。黒地にルーン文字のSが二つ浮かび上がる図柄の旗が城と街を見下ろすようになびいた。この日をもって、ボヘミア・モラヴィア地方はほぼ正式に、親衛隊の最初の国家となったのである。

これと同じ日、チェコ・レジスタンスの二人の偉大な領袖《りようしゆう》、ヨゼフ・ビーリー大将とフゴ・ヴォイタ少将が軍事蜂起を準備していたとして、銃殺刑に処された。ビーリー将軍は銃殺隊の銃弾を受けて倒れる前に、「チェコスロヴァキア共和国の永らえんことを！　さあ、撃て、犬ども！」と叫んだ。これら二人の人物――またもや二人だ――は僕のこの話においては、たいして重要な役割を果たすわけではないが、彼らの名前を出さずにおくことは侮辱するのと同じことのような気がするのだ。

ビーリー、ヴォイタと並んで、十九人の元チェコ軍将校が処刑された。そのうち四人はやはり将軍だった。これ以降、矢継ぎばやに最初の措置が下され、非常事態宣言が各地で出される。戒厳令のもと、屋内でも屋外でも、あらゆる集会が禁止された。裁判には二つの選択しかなくなった。容疑がどのようなものであれ、無罪放免か、死刑か。ビラを配ったり、闇取引をしたり、あるいはたんに外国のラジオ放送を聴いたりしたチェコ人に対しては死刑宣告がなされた。新たな措置が講じられるたびに二か国語で書かれたポスターが壁に貼り出され、その数はどんどん増えていった。チェコ人は自分たちの新たな主人が誰なのか、すぐに理解していった。

なかでもユダヤ人は、もちろん、さらにもっと早くそれを理解した。九月二十九日、ハイドリヒはシナゴーグの閉鎖と、ユダヤ人に強制的に黄色い星を付けさせる最近の措置に抗議するために、みずから公然とその星印を誇示するチェコ人の逮捕も命じた。一九四二年には、フランスでも、この種の動きに同調するデモ行進が行なわれるが、こういう危険を冒す粗忽者は「友なるユダヤ人」

章にすぎなかった。

と一緒に強制収容所に送られることになる。だが、保護領においては、こうしたことのすべてが序

119

一九四一年十月二日、プラハの城郭の端に位置し、現在はサヴォイ・ホテルとして利用されているチェルニーン宮で、ハイドリヒはボヘミア・モラヴィアの総督として、今後の政策の基本方針を発表した。両手を木の演台の端に置き、胸には鉄十字勲章を掛け、よく目立つ結婚指輪を左手の指にはめた（ドイツ人はふつう右手の指にはめるらしいが）ハイドリヒは、占領軍の主要な代表者たちの前に立った。その顔には、いかにもやり手で権威のありそうな気配が漂っている。彼の演説は、それに耳を傾ける同胞に対して教育的狙いのある内容だった。

「戦略上の理由および戦争指揮の観点から、いたずらにチェコ人の怒りを煽ったり、叛乱のほかに道はないと思わせてはならない」

これが彼の政策の最初の要点であり、その内容は飴と鞭の二つを数えるのみ。鞭はあくまでも、弁証法的に揺れ動く不安定な均衡のなかでは、飴のあとに来る。

第三帝国は嘲弄を受け流したりしない。あくまでも主人として振る舞う。すなわちドイツ人たる者、この第三帝国内においては、ユダヤ人に対するのと同様、チェコ人に対しても何かを大目に見るということはしない。またドイツ人たる者、チェコ人がまともな民族であるなどとも言うべきでない。そんなことを言う者があれば即罷免《ひめん》すべきである――チェコ人という輩は

正面から戦闘を挑む覚悟で臨まないかぎり、必ずごまかす方策を見つけるだろう。

演説にはあまり慣れておらず、キケロの才にはとても及ばなかったハイドリヒは、わかりやすい例を用いて語りはじめる。

ドイツ人たるもの、たとえばレストランのような大勢人の集まる場所でほろ酔いになるなどということがあってはならない。この点については、率直に語ろう。酔っぱらったり、気持ちが緩んだりすることは誰にでもある。しかし、それは人の見ていないところか、同僚士官だけが集まる食堂でするべきことである。ドイツ人はつねに背筋を伸ばし、市民生活においても軍務に服しているときと同じように、頭のてっぺんからつま先まで領主然と、主《あるじ》然と振る舞っているところを、チェコ人たちに見せつけなければならないのである。

このおもしろい例のあと、話はさらに具体的に、脅迫的になっていく。

私はこの国の市民に対して、チェコ人をはじめとするすべての民族に対して、彼らが第三帝国に属すること、であるからには第三帝国に忠誠を尽くさなければならないことを、けっして曖昧なところのない、揺るぎない厳格さをもって知らしめるつもりである。それは軍によって命じられた絶対的優先事項である。私は、チェコ人労働者のひとりひとりがドイツの戦争努力に報いるよう、必ずや最大限のことをしてくれるものと確信したい。そのことはとりもなおさず、チェコ人労働者はそれぞれの職務を全うしているかぎり養われるということを意味する。

新たな代理総督は、こうして社会・経済面での方針を明確にしたうえで、次に人種問題を取り上げる。今や彼は当然のごとく、この問題に関してドイツ帝国を代表する専門家を自認している。

もちろん、われわれはチェコ民族に対して、たとえばスラブ民族のような他の民族とはまったく異なる応対をしなければならない。ゲルマン民族に含まれるチェコ人は、厳しくも公正に扱われるべきである。彼らを最終的にはドイツ第三帝国内に保持し、われわれと同化させようとするならば、ゲルマン民族と同じ人類として導いていかなければならない。誰がドイツ化に適しているかを判断するにあたっては、綿密な人種調査を必要とする。

ここにはありとあらゆる住民が混在している。優良人種に属し、われわれに対して好意的な人々に関しては、さしたる障害もなく、彼らはドイツ化されるだろう。その反対に、劣等人種に属し、われわれに敵対的な者どもについては放逐しなければならない。そのために必要な場所は東欧にはいくらでもある。

こういう両極端のあいだに、注意深い検討を要する場合がある。人種的には劣等であるが、われわれに好意的な住民の場合がそれである。こういう種族については、帝国内にであれ、ほかの場所であれ、移動させてもかまわないが、彼らがそれ以上増殖しないようにすることが肝要である。なぜならば、彼らが発展することには何ら利を見出すことができないからである。最終的に、ドイツ化できない住民は全体のほぼ半数になると見積もっているが、いずれこれらの部分は、現在ロシア人の収容所を建設している極地へと移送することもできよう。

いまひとつのグループが残っている。人種的には受け入れられるが、思想的に敵対しているグループである。彼らは支配者の人種に属しているがゆえに、もっとも危険な存在である。こういったグループをどうすべきかは、きわめて重大な問題である。このうちの一部は、ドイツ化と再教育のために帝国内の純粋にドイツ的な環境のもとで生活させることも考えられる。これが不可能と判明した場合には、銃殺刑に処するほかないだろう。なぜならば、彼らを東部に送り込めば、われわれに刃向かう指導者層を形成することになりかねないからである。

あらゆるケースが順繰りによく考えられていると思う。ここでは「東部」という控えめで婉曲な言い換えに注意しよう。それがポーランドのアウシュヴィッツを指すとは、まだ聴衆には知られていない。

120

十月三日、ロンドン。「チェコスロヴァキア自由通信」は、次の見出しのもとにプラハにおける政変を銘記した。

121

保護領での大量殺人

すでに二年前、もののしく現地入りしたハイドリヒの部下がいた。オーストリアでの働きを認められたアイヒマンがプラハのユダヤ人移民局の長に任命されたのは一九三九年、その後、彼はベルリンの国家保安本部（ＲＳＨＡ）のユダヤ人問題の責任者に昇進していた。今日、上司に呼ばれてふたたびプラハの地を踏んだのである。だが二年間で、事態は大きく変わっていた。すでにハイドリヒは保護領における「ユダヤ人問題の最終解決」について議論するための会議を催していた。「移民問題」などという遠回しな言葉はもはや使われていない。ユダヤ人の数は、保護領全体ではおおよそ八万八千人、そのうち首都に四万八千人、ブルノに一万人、オストラヴァに一万人。ハイドリヒは、理想的な収容所候補地としてテレジーンを選ぶ。アイヒマンはメモをとる。移送はすみやかに行なわれるべきで、一回に三千人ほど乗せられる列車を日に二本から三本走らせることにする。すでに試し済みの方法で、ユダヤ人ひとりにつき、身のまわりの品と、ドイツ当局の仕事を簡素化するための食糧二週間分から四週間分を含む、五十キロまでの荷物を許可するが、これに鍵をかけてはならない。

122

ラジオを通じ、新聞を通じ、保護領のニュースはロンドンに届いている。ヤン・クビシュ軍曹はパラシュート部隊の友人から国の状況を聞く。殺人、殺人、また殺人。ほかにニュースはないのか？　ハイドリヒが来てからというもの、ひたすら服喪の日々だ。絞首刑、拷問、収容所送り。どんな恐るべき細部の情報がクビシュのもとに届き、茫然自失の状態に陥らせたことだろうか。彼は壊れた機械のように、何度も何度も首を振る。「どうしてこんなことが？　どうしてこんなことが？」

僕は一度だけテレジーンに行ったことがある。行ってみたかった理由は、ロベール・デスノスがそこで死んだから。ブッヘンヴァルド、フロッセンブルク、フレーア、アウシュヴィッツと、各収容所を転々としたあげく、デスノスは一九四五年五月八日に、解放されたテレジーン収容所にたどり着いた。ここに来るまでの、いわゆる死の行進のあいだにチフスに感染し、それが原因でこの世を去った。一九四五年六月八日、生きているときと同じように自由に、彼は死んだ。シュルレアリスムを愛し、彼の作品を敬愛している若い看護士と若い看護婦の腕に抱かれて。この話をもとに、僕はもう一冊の本を書いてみたいくらいだ。この二人の若者の名はヨーゼフとアレーナ……。

テレジーン、ドイツ名テレジアンシュタットは「オーストリア女帝がボヘミアの方形戦略要地をプロイセン王フリードリヒ二世の貪欲な歯牙から守るべく建設された要塞都市」だった。この女帝は誰だろう？　僕は詳しくは知らないけれど、デスノス最後の日々の証人として付き添ったピエール・ヴォルメールの言葉が気に入ったので、ついここに借用してみたのだ。マリア＝テレジア？　そうだ、テレジアンシュタットとは文字どおり、テレジアの町という意味だから。

一九四一年十一月、ハイドリヒは街全体をゲットーにし、兵舎を収容所にする。

しかし、これでテレジーンについて言うべきことを言い尽くしたことにはならない。

テレジーンは、ほかの街のようなゲットーではなかった。

収容所が仮収容所の役割を果たしていたことは言うまでもない。ここに集められたユダヤ人は、東部つまりポーランドかバルト三国に送られるのを待っていた。一回目の輸送列車がリガに向けて出発したのは、一九四二年一月九日のこと、生き残りは千人につき百五人だった。二回目はその一週間後、同じくリガに向けて、生き残りは千人につき十六名。三回目は三月、生存者は千人につき七名。四回目は千人につき三名。ひたすら一〇〇パーセントを目指す、この恐るべき数字に特筆すべきものは何もない。かの有名なドイツ的効率性の顕著な特徴が出ているだけだ。

しかし、この移送が続けられているあいだ、テレジーンのゲットーは宣伝収容所《プロパガンダラーガー》の役目を果たさなければならなかった。つまりは外から来た監視者のためのショーウィンドウ的な役割をつとめていた。たとえばＣＩＣＲ（赤十字国際委員会）の監視員が訪れた場合には、ゲットーの住民は愛想よく振る舞わなければならないというわけだ。

ヴァンゼーで、ハイドリヒはこう言明した。第一次大戦で叙勲されたドイツ系ユダヤ人、そして六十五歳以上のドイツ系ユダヤ人、および一部の著名なユダヤ人、すなわちあまりに有名すぎて、この世に何の痕跡も残さず即刻姿を消してもらうわけにはいかない〈名士たち《プロミネンテン》〉は、テレジーン収容所でしかるべき状態で生活してもらうことにする。というのも、ナチの怪物的政策は一九三三年以来、ドイツ世論の喝采を浴びつづけているとはいえ、さすがに一九四二年に打ち出された政策にはいささか度肝を抜かれたようだから、この世論に配慮するためだった。

テレジーンがアリバイの役を果たすためには、表向きはユダヤ人が正しく扱われているように見せかけなければならない。それゆえナチはゲットーのユダヤ人が比較的程度の高い文化生活を営むことを認めた。たとえば、演劇や芸術活動が推奨され、親衛隊の監視のもとで、できるだけ晴れやかな笑顔を見せることが要求された。視察に訪れた国際赤十字の派遣団はたいへん好意的な印象を受け、ゲットーと、そこで営まれる文化生活、および囚人の扱われ方に関する報告書をきわめて肯定的にまとめた。第二次大戦中にテレジーンで暮らした十四万人のユダヤ人のうち、生き残った人は一万七千人しかいない。クンデラはこう書いている。

「テレジーンのユダヤ人は幻想を抱いていなかった。彼らは死の待合室で暮らしていたし、彼らの文化生活はナチの宣伝政策によってアリバイとして陳列されていたのだから。そんなかりそめの自由などには手を出すべきではなかったのか、それともせいぜい貪るべきだったのか？彼らの答えは明晰このうえなかった。その暮らしぶり、その制作、その展示、その四重奏曲、その愛は、生活のあらゆる局面において、牢番たちの演じる不気味な喜劇などよりはるかに価値を持っていた。それこそが彼らの賭だった」そして、ここぞとばかりに言い添える。「それこそがわれわれの賭でもあるだろう」

124

ベネシュ大統領は、わざわざ情報部員を差し向けなくとも察しがつくほど、ひどく気をもんでいた。ロンドンの亡命政府は、占領された国々における様々な抵抗運動がどのくらい対独戦争への努力に貢献しているか、たえず値踏みしていた。ところで、〈バルバロッサ作戦〉の結果、フランスでは共産主義グループの活動が活発になる一方で、チェコの抵抗運動は実質的に壊滅状態になっていた。ハイドリヒがこの国を統治するようになってから、チェコ国内の非合法活動は次から次へと摘発され、わずかに残った組織もゲシュタポによってすっかり骨抜きにされていた。この無能ぶりにベネシュは業《ごう》を煮やしていたのだ。このままでは、たとえ勝利したとしても、イギリス政府はミュンヘン協定の見直しに応じようとはしないだろう。それはとりもなおさず、チェコスロヴァキアはたとえ勝利したとしても、一九三八年以降の国境しか取り戻せないことを意味する。ズデーテン地方が切り離されたままでは、チェコスロヴァキア本来の領土が回復されたとはとても言えない。

何とかしなければならない。モラヴェッツ大佐は大統領の痛恨の嘆きにじっと耳を傾けている。イギリス人は侮辱的なほど執拗に、チェコ人の無気力とフランス人やロシア人の愛国心を比べている。ときにはユーゴスラヴィアの愛国心まで引き合いに出すことさえあるではないか！　こんなことをいつまでも続けているわけにはいかない。

しかし、どうすればいいのか？　チェコスロヴァキアが陥っている現在の混乱状態では、国内の抵抗組織にどんな発破をかけてもむなしい。ならば、ここイギリスで解決策を見出せばよいではないか。そのときベネシュの目は輝いたはずだと、僕は思う。そして、テーブルを拳でたたき、モラヴェッツに自分の考えを説明しているところを想像する。ナチに対抗するための劇的な行動、すなわち、極秘裏に遂行されるパラシュート部隊による暗殺計画を、彼は思いつく。

モラヴェッツにはベネシュの考えていることがよく理解できた。国内の抵抗運動が死に瀕しているならば、外から加勢するほかない——訓練の行き届いた士気の高い武装兵士に、国際的にも国内向けにも華々しい反響をもたらすミッションを成し遂げさせること。この計画の目的はまさしく、連合国にはチェコスロヴァキアを侮《あなど》ってはいけないことを証明し、国内向けにはチェコの愛国心を刺激して壊滅状態にある抵抗運動をよみがえらせることにある。僕は今「チェコの愛国心」という言葉を使ったが、ベネシュなら必ずや「チェコスロヴァキアの愛国心」と言っただろうし、この作戦を遂行するにあたってはチェコ人とスロヴァキア人を選べとモラヴェッツに命令したにちがいないと確信している。二つの民族の分割ができない統合のシンボルとして二人を選べと。

とはいえ、それより先に標的を定めなければならない。モラヴェッツはすぐに自分と同名の人物のことを思った。対独協力路線にもっとも深くのめり込んでいる大臣のエマヌエル・モラヴェッツ、言ってみればチェコのラヴァルと同じようなものだ。だが、あくまでもローカルな人物で、国際的な響きはほとんどないと言っていいだろう。カール・ヘルマン・フランクのほうが少しはよく知られているし、チェコ人に対する残虐さと憎しみはつとに聞こえている。そもそもこの男はドイツ人だし、親衛隊員でもある。標的としては申し分ない。だが、どうせドイツ人で親衛隊員を選ぶのなら……。

そこで、僕はこう想像するのだ。とりわけチェコ情報部の長の地位にあるモラヴェッツ大佐にとって、ボヘミア・モラヴィア代理総督にして、民族の処刑者、〈プラハの虐殺者〉と呼ばれ、ドイツ情報部の長でもあり、いわば彼と同等の身分である親衛隊大将ハイドリヒを暗殺するという計画をそのとき思い浮かべたとしても何の不思議もないと。

そう、いっそのこと、ハイドリヒを狙ってしまえ、と……。

125

ハイドリヒ襲撃事件が背景になっている素晴らしい小説を僕は読んだ。チェコの作家イジー・ヴァイルの書いた『メンデルスゾーンは屋根の上にいる』という作品だ。

このタイトルは、ほとんど笑い話のように読める冒頭の章題からとられている。メンデルスゾーンがユダヤ人だという理由で、数人のチェコ人労働者がプラハのオペラ座の屋根からこの作曲家の彫像を取り外しにかかるという話。命令を下したのは、音楽には目がなく、最近ボヘミア・モラヴィアの総督に任命されたばかりのハイドリヒ。ところが、並んだ彫像の数が多すぎて、命じた本人もどれがメンデルスゾーンなのかわからない。そもそもハイドリヒを除けば、メンデルスゾーンが判別できるドイツ人などいそうにない。だが、誰もこのことでハイドリヒを煩わせる勇気はない。そこで、この作業を監督するドイツ人親衛隊員は、彫像のなかでもっとも鼻の大きいのを選べとチェコ人労働者に指示する。なにしろユダヤ人なのだから。ところが、これが大間違い。労働者が撤去しはじめたのは、なんとワーグナーだった！

すんでのところでワーグナーは難を逃れ、十章先まで読んだところで、ついにメンデルスゾーンの像は倒されてしまう。チェコの労働者は細心の注意を払って作業をするのだが、像を横倒しにするときに片腕を折ってしまう。この滑稽な場面は事実に基づいている。メンデルスゾーンの像は一九四一年に倒されたときに、小説に書かれているように、片腕が折れてしまった。そのあと腕は元どおりくっつけられたのだろうか。いずれにせよ、同時代を生きたひとりの男が想像したメンデルスゾーンの彫像取り外しをめぐるナチ親衛隊員東奔西走の物語は、あの『兵士シュヴェイクの冒険』を書いた不滅の著者ヤロスラフ・ハシェクを守護神とする、一見愛想がよさそうで反骨的なユーモアに満ちたチェコ文学特有の滑稽小説の頂点をなすものだ。

126

モラヴェッツはパラシュート部隊の訓練をじっと見ている。戦闘服の兵士が走り、跳び、撃つ。そのなかにいかにも敏捷で力強い小柄な兵士がいることに気づく。組み合う相手を次から次へと投げ飛ばしている。様々な植民地を渡り歩いてきたイギリス人の教官に、あの兵士は爆発物をうまく扱えるかと尋ねてみると「精通してます」と答える。では銃の扱いは？「名手ですな！」名前は？「ヨゼフ・ガブチーク」スロヴァキアの響きのある名前だ。即刻彼は呼び出された。

127

モラヴェッツ大佐は〈類人猿作戦〉と名づけられた特別任務のために選ばれた二人のパラシュート特別攻撃隊員と対面している。ひとりはヨゼフ・ガブチーク軍曹、ひとりはアントン・スヴォボダ軍曹、前者はスロヴァキア人で後者はチェコ人、ベネシュ大統領の要望をくんだ人選だ。

「新聞やラジオを通じてすでに知っていることと思うが、本国では今、常軌を逸した殺戮が平然とまかり通っている。ドイツ人はわが国民の最良の部分を選んで殺している。しかしながら、この状況はまさに戦争の徴候にほかならないのだから、ただ嘆いたり泣いたりしているべきではなく、戦わなければならない。

本国のわが同胞はこれまで戦ってはきたものの、今では可能性の限界に達してしまっている。国外にいるわれわれが手を差しのべるときがきたのだ。この国外からの支援を遂行する任務が諸君に委ねられることになった。十月といえば、わが民族の記念すべき月であり、独立以来もっとも悲しい月である。この記念すべき月を華々しく祝わなくてはならない。わが同胞に向けて殺戮が行なわれているのと同じ理由で、必ずや歴史に刻まれるような行動によって、これを遂行するものである。

プラハには、この殲滅の対象となる人物が二人いる。カール・ヘルマン・フランクと新たに赴任してきたハイドリヒの二人である。われわれにとって、そして、われわれの指導者の考えによれば、やられたらやり返すということを示すには、この二人のどちらかに犠牲になってもらわなければならない。それが今回、君たちに託された任務である。二人して本国に戻り、お互いに助け合うことになる。どうしてそういうことが必要かといえば、いずれその理由ははっきりとわかると思うが、君たちの任務は、本国に残っている同胞の協力なしでやってもらわなければならないからだ。協力なしということは、仕事が終わるまでいっさい援助はないということを意味する。仕事が終われば、援助はたっぷり受けられるだろう。どんなふうに段取りし、いつ決行するか、それも君たち自身で決めなければならない。パラシュートの落下地点は、できるだけ安全に着陸できる場所を選ぶことになろう。われわれとしては提供可能なかぎりの装備を用意しよう。本国の置かれた状況は知ってのとおりであるが、君たちが要請すれば、同胞の支援を受けることもあるだろう。しかし、君たちはあくまでも慎重に、よく考えて行動してもらわなければならない。繰り返すまでもなく、君たちの任務は歴史的にきわめて重要なものであるだけに危険も大きい。成功するかしないかは、君たちがどれだけ巧みに条件を整えられるかにかかっている。このことについては、これから始まる特別訓練が終わったのちに話すことにしよう。さっきも言ったが、この任務はきわめて重大である。真《しん》率《そつ》かつ誠実に受け止めてくれたまえ。私が今述べたことに関して、何か疑問や迷いがあれば言ってほしい」

　ガブチークにもスヴォボダにも、疑問や迷いはなかった。モラヴェッツの演説からもうかがえるように、最高司令官のほうでは最終的な標的を誰にするかまだ絞りきれていないとしても、彼らのほうでは心は決まっていた。報復を受けるべきは、〈プラハの虐殺者〉、〈死刑執行人〉、〈金髪の野獣〉を措いてほかにいるわけがない。

128

シュストル大尉はガブチークに「結果はよくない」と知らせた。パラシュートの落下訓練の事故によって、〈類人猿作戦〉第二の男、チェコ人のスヴォボダは相変わらず執拗な頭痛に苦しんでいた。ロンドンに送られて、医師の検査を受けたところだった。ガブチークは作戦準備をひとりで完了しなければならなくなった。〈類人猿作戦〉は早くも遅れていた。相棒と一緒に発つことは不可能だ。「パラシュート部隊のなかに、彼に代われる適当な隊員はいるだろうか？」と大尉は訊いた。

「はい、大尉殿、心当たりがあります」とガブチークは答えた。

ヤン・クビシュが歴史の大舞台に登場する可能性が出てきた。

129

さて、ここで二人の主人公の描写にページを割《さ》いておこう。といっても、英国軍が作成した英文の評価報告書を翻訳するだけだから、もったいをつけるほどのことはない。

ヨゼフ・ガブチーク

よく訓練された意志の強い兵士。

ある面での知的能力に弱点があり、知識の習得が遅い。

きわめて信頼でき、情熱的だが、分別は十分。

作戦遂行の実践に関しては安心して見ていられるが、知的作業となるとその限りではない。背後からの支援が確保されているときには統率力を発揮し、どんな細かいことでも命令に従う。通信では驚くほどよい成績を出している。
現場で有効に使える可能性のある技術的知識を持っていることも判明（毒ガス工場で働いたことがある）。

肉体訓練　優
陸上演習　良
格闘　優
銃器の扱い　良
爆発物　良（八六パーセント）
通信　優（モールス信号で一分間十二単語）
報告　優
地図の読み取りと作製　可
運転　自転車、自動車。オートバイ不可

ヤン・クビシュ
信頼の置ける冷静沈着な兵士。
肉体訓練　優
陸上演習　良
格闘　優

銃器の扱い　良
爆発物　良（九〇パーセント、作業は遅い＋さらなる訓練の要）
通信　良
報告　良
地図の読み取りと作製　優（九五パーセント）
運転　自転車、オートバイ、自動車

プラハの軍事博物館でこの資料にめぐり会ったときの、僕の子供じみた喜びようはナターシャだけが知っている。この貴重なファイルを有頂天になってコピーしているところを横で見ていたのは彼女だから。

このファイルの情報だけでも、二人の友人の対照的な容姿や性格の一端がうかがえる。ガブチークは小柄でエネルギッシュな熱血漢、クビシュのほうは大柄で温厚、思慮深い。僕が入手した情報をすべて総合しても、ほぼこういう線でまとめることができる。具体的には、ガブチークは自動小銃、クビシュは爆発物という役割分担につながっていく。

そしてまた、ガブチークについて僕の知っていることからすると、この評価報告書をまとめたイギリス人の将校は、彼の知的能力をおそろしく過小評価しているように思える。そもそも、僕の印象は彼の上司であるモラヴェッツ大佐自身が書いた回想録に基づいている。

「教練の期間中、彼は才能と才気を発揮し、このうえなく困難な状況にあっても微笑みを絶やさなかった。率直かつ真摯で、何ごとにおいても積極的で、みずから率先してことにあたる姿勢を見せていた。天性の指導者。訓練中の困難をけっして不平を言わずに乗り越え、すばらしい結果を残した」

　これに反してクビシュについては、次のようにまとめている。「動作にのろいところがあるものの、忍耐強く、根気がある。指導教官たちは彼の知性と想像力を一様に評価していた。彼はよく鍛えられ、控えめで信頼できる兵士だった。また非常に沈着かつ慎重で生真面目なところは、根っから陽気で外向的なガブチークとは好対照だった」

　僕はこの本を大切にしている。『マスター・オブ・スパイ』というタイトルの、イリノイ州の図書館から放出された古本だけど、目に入れても痛くないほど愛着を持っている。モラヴェッツ大佐には語るべきことが山ほどあった。できることなら、この本を丸ごとここに書き写したいくらいだ。僕はときには、自分がボルヘスの作中人物のように感じることがあるけれど、やっぱり僕は登場人物ではない。

130

「君たちに運があって、襲撃の際に死なずにすんだとした場合、二つの選択肢があるだろう。国内で生き延びる道を選ぶか、国境を越えてロンドンの基地に戻るか。このどちらも、予想されるドイツ側の反応を考えれば、成功はきわめて疑わしい。正直に言えば、もっともありうると思われるのは、その場で殺されてしまうことだろう」

　モラヴェッツは二人の部下を個別に呼んで、同じことを伝えた。ガブチークもクビシュも顔色ひとつ変えずに応じた。

　ガブチークにとって、この任務はあくまでも軍事行動であり、殺される可能性は仕事の一部と心得ていた。
クビシュは、こんな重要な任務の遂行に自分を選んでくれたことを大佐に感謝した。
二人とも、ゲシュタポの手に落ちるくらいなら死んだほうがましだと述べた。

131

あなたはチェコ人、あるいはスロヴァキア人。人から指図されたくもないし、人に痛い思いをさせたくもない。だから国を離れ、外国で侵略者に抵抗する同胞のもとに行こうと決心する。北を通って行くか、南を通って行くか、ポーランド経由か、バルカン半島経由か、いずれにせよ、無数の面倒な手続きを経て、海からフランスに入る。
フランスの国内に入ると、面倒はさらに輪をかけて面倒になる。フランス国家からはあの〈外人部隊〉に入ることを強制され、アルジェリアかチュニジアに送られる。ところが最終的には、スペイン人の避難民を収容している町で組織されたチェコスロヴァキア師団に合流し、フランス軍が食人鬼ヒトラーの攻撃を受けると、フランス側について戦う。あなたは勇敢に戦うも、全軍退却を余儀なくされ、とどまるところを知らない撤退を援護することになる。上空では飛行機が爆音を立て、あなたはあの長い断末魔の苦しみを経験する。あなたにとって最初で最後の〈全軍壊滅〉。敗北したフランス南部は混乱そのもの、なんとかまた船に乗ることに成功し、今度はイギリスに上陸する。こうしてあなたは、同じ侵略者を相手に勇敢に抵抗し、一九三九年三月の歴史的空白を満たしたことが認められ、ベネシュ大統領から直接、演習場の真ん中で叙勲される。よれよれの軍服を身にまとったあなたは疲れはてているが、ベネシュがコートの襟にメダルを付けるときには、戦友とともにいる。そして、チャーチルそのひとが愛用の杖をつきながら、閲兵に現われる。あなたは侵略者と戦い、たまたま祖国の名誉を守った。だが、そこにとどまろうとは思わない。

あなたは特務部隊に入り、スコットランドとイングランドのあちこちにあるハウスとかマナーとかヴィラとか呼ばれる城で訓練を受ける。パラシュート降下、射撃、組み合い、あるいは手投げ弾のピンを外したり……。あなたは人柄がよく、とても魅力的だ。気さくで、女性にもてる。イギリス人の娘とつき合いはじめる。その両親に気に入られて一緒にお茶を飲んだりもする。だがあくまでも訓練は続ける。こんな重要な任務を、国家がたった二人の男に託したことはかつてない。あなたは正義を信じ、報復を信じている。あなたは勇敢な、天分に恵まれた志願兵。国家のために死ぬ覚悟ができている。あなたの内部では何ものかが大きく育ち、すでにそれは少しずつあなたを超えはじめているけれど、それでも、あなたはあなた自身のままだ。ただの男《オム》。ひとりの人間《オム》だ。

あなたはヨゼフ・ガブチーク、あるいはヤン・クビシュ、これから〈歴史〉に参入するところだ。

132

ロンドンに亡命した各国の政府は、現地で編成された軍隊のなかに自前のサッカー・チームを持っていて、定期的に親善試合を行なっている。今日、ピッチの上ではフランスとチェコスロヴァキアが対戦している。いつものように、すべての国、すべての階級の兵士からなる観衆が大勢押し寄せてきている。雰囲気はあくまでも陽気、激励の歓呼が華やかなユニフォームに彩られたピッチに溶け込んでいる。階段席でどよめく群衆のなかに、栗色の縁なし帽をかぶったガブチークとクビシュが何やら盛んに議論している姿が見える。口も手も忙しく動いている。どうやらチェコ語で込み入った話をしているらしい。試合にはあまり集中していないが、危険なプレーにスタジアムからブーイングが起こったときだけ話を中断している。そのときはしばらく試合の流れを追うものの、またさっきと同じように、周囲の叫び声と歌声のなかで、夢中になって議論をはじめる。

　フランスが先取点を取る。フランス側の応援団席は歓声に包まれる。

　おそらく、試合にすっかり夢中になっているほかの観客から浮き上がっている二人の態度は目立っていただろう。いずれにせよ、チェコスロヴァキア自由軍の兵士たちのあいだでは、彼らが引き受けた特別任務についての噂が飛び交いはじめている。この作戦を極秘に準備を進めているせいで、二人のまわりには何か特権的な空気が漂っていた。もっとも古い同僚や、ポーランドからの撤退を共にした戦友や、フランスの外人部隊以来の同僚が何を質問してもいっさい何も答えようとしないから、なおさら謎めいてみえるのだった。

　ガブチークとクビシュが自分たちの任務のことで議論しているのは疑いない。ピッチではチェコスロヴァキアが同点に並ぼうとしている。ペナルティマークのあたりで背番号10がボールを奪い、シュートの姿勢に入るもフランスのディフェンスに押されて蹴りそこなう。そこに左からセンターフォワードが入り込み、鮮やかなシュートをゴールに放つ。キーパーは横っ飛びに転がる。チェコスロヴァキアがついに同点、スタジアムは沸きに沸く。ガブチークとクビシュはようやく口をつぐんだ。そこそこに満足しているようだ。両チームは引き分けの結果を残して別れる。

133

一九四一年十一月十九日、プラハの丘、フラッチャヌイ広場中央にそびえる聖ヴィート大聖堂の黄金の間で催された式典で、ハーハ大統領は七つあるプラハ城の鍵を新たな主人ハイドリヒに厳かに差し出す。豪華な細工がほどこされたこの七つの大きな鍵が保管されている部屋には、チェコの国宝ともいえる聖ヴァーツラフの宝冠も収められている。精緻な刺繡をほどこしたクッションの上に置いてある宝冠の前に並んだハーハとハイドリヒの姿をおさめた写真がある。このときハイドリヒは思わず手を伸ばして、この宝冠を自分の頭に載せたという話が残っている。ところで、もっと古い伝説によれば、不当にこの宝冠をかぶった者は、ヴァーツラフ一世の長男と同じく、その年のうちに必ず死ぬと言われている。

実際、この写真をじっくり観察するならば、ハーハが、頭の禿げた年寄りの梟《ふくろう》みたいな目で用心深そうに王家の紋章を見つめているのに、ハイドリヒのほうは、ぎごちなく敬意を表してはいるものの、チェコの伝統ガラス工芸の至宝と呼ばれるものに文字どおり見とれているような態度ではない。はっきり言えば、こんな大げさな儀式にかなりうんざりしているように思えるのだ。

このときハイドリヒが本当に王冠をかぶったという確かな証拠はないらしい。たぶん、これを信じようとした人は、ハイドリヒが生前罰当たりなことをしたというエピソードがほしかったのだろう。実際、ハイドリヒがにわかにワーグナー作品の登場人物を気取ってみたくなったとは思えない。なぜならその証拠に、彼は友情の証と称して七つの鍵のうち三つをハーハに返しているから。もちろんそれは、占領者のドイツ側には国家の運営をチェコ政府と共同で進める用意があるという幻想を与えるためだ。それにこの儀式はあくまでも、なんのリアリティもない象徴的な行為であり、この鍵の交換という姑息な見せかけの善意によって、この場面から、彼本来の思い上がった態度が消し去られているということは言うまでもない。すなわち、これはこのうえなく儀礼的な外交の場面であって、もっとも低いレベルの、格別意味を見出すべき場面ではない。ハイドリヒは一刻も早くこの儀式を終わらせ、帰宅して子供たちと遊ぶか、「最終解決」に関する仕事を進めたかったにちがいない。

ところが……もっと仔細にこの写真を見ると、ハイドリヒの右手が王冠の置いてあるクッションの下に一部隠れているのがわかる。しかも、右手は手袋を脱ぎ、左手は手袋をはめたままなのだ。この右手は何ものかに向かって進みつつある。王冠の前には、クッションから半ばはみ出すように王杖が置いてあるのが写真には写っている。クッションの下に隠れて動きは見えないとはいえ、その手が触れているもの、あるいはこれから触れようとしているその先にあるものは王杖だと考えても差し支えはないだろう。この新たな要素を考慮に入れると、ハイドリヒの顔に出ている表情の解釈も変わってくる。なんとか抑えようとしている貪欲さをそこに読むことも十分にできるのだ。チャーリー・チャップリンの映画じゃあるまいし、王冠に手を出して頭にかぶったとは思わないけれど、王杖に手を伸ばして、何気なくその重さを量るくらいのことはやりかねないのではなかろうか。もちろん、これだって確たる証拠はないが、やはりそれは象徴のエッセンスとでも言うべきものであり、いかに現実的なハイドリヒといえども、権力の徴《しるし》たる王杖にはつい食指が動いた。僕はそう思いたい。

ヨゼフ・ガブチークとヤン・クビシュは、下宿のおかみ、エリソン夫人がいれてくれたお茶にビスケットをひたしている。イギリス人はみな、なんらかのかたちで戦争努力に加担したいと思っている。そんなわけで、この二人の青年を住まわせてやってはくれないかという提案があったとき、夫人は喜んで引き受けた。二人が好青年だったからなおさらだった。どこでどうやって覚えたのかは知らないけれど、ガブチークは流暢《りゅうちょう》と言っていいほどに英語を話すことができた。おしゃべりで愛想がよく、話がうまいから、エリソン夫人はすっかり魅せられた。クビシュのほうも、英語こそあまりうまくないし、控えめであるけれど、屈託のない笑顔と持って生まれた人の良さがあって、おかみは気に入っていた。「もう少しお茶はいかが？」同じソファに並んで座っている二人の男は礼儀正しくうなずく。いずれにしろ、彼らは栄養補給の機会があれば、それを逃さない訓練を十分に積んできているのだ。彼らの口中ではすでに小さなクッキーが溶けている。そのクッキーはおそらく、スペキュラース（オランダやベルギー名物のクッキー）あたりではなかったかと思う。そのとき突然、玄関の呼び鈴が鳴る。エリソン夫人が立ち上がるが、その前にドアノブが回る音がする。二人の娘が登場する。「お入り、さあ紹介しますよ！」今度はガブチークとクビシュが立ち上がる。「ローナ、エドナ、こちらはジョーゼフさんとヤンさん。うちにしばらく住むことになったの」二人の娘たちは笑みを浮かべて前に進み出る。「うちの娘たちですの、どうぞよろしく」このとき二人の兵士は、この汚濁にまみれた俗世にも少しはいいこともあるんだなと思ったにちがいない。

135

「私の任務を一口で説明するならば、チェコスロヴァキア軍のもうひとりの仲間とともに母国に送り込まれ、破壊ないしはテロ活動を行なうことにあります。その場所と方法については、われわれの判断と状況次第で変わります。私は求められた結果を出すために、本国ばかりでなく、外においても、自分の持てる力を出し切るつもりです。嘘偽りなく、この任務を成功させるためなら、すべてを利用し、何でもするつもりでいますし、そのためにこの任務に志願したのですから」
一九四一年十二月一日、ガブチークとクビシュは誓約書のようなものにサインする。これはイギリスに基地を置くすべての軍隊のパラシュート部隊員すべてに有効な書類だったのではあるまいか。

136

ヒトラーお抱えの建築家で軍需大臣を務めたアルベルト・シュペーアは、ある面ではハイドリヒ好みの男だったろう。上品でおしゃれ、知的で魅力的なこの人物は、教養のレベルでは他の高官の比ではない。養鶏業者のヒムラーとも、狂信者ローゼンベルクともちがい、ゲーリングやボルマンのような太った豚でもない。

そのシュペーアがプラハにやって来た。ハイドリヒは車で彼を案内する。今では屋根からメンデルスゾーンの彫像が撤去されたオペラ座を見せる。シュペーアもクラシック音楽が大好きだ。ところがこの二人の男は互いを評価していない。優れた知識人のシュペーアは、ハイドリヒのことをヒトラーの卑しい仕事を実行している男としか見ていない。汚れ仕事を任されれば、瞬きもしないでやってのける男、すなわち教養のあるけだもの。かたやハイドリヒは、シュペーアのことを有能なすばらしい才能の持ち主だと認めてはいるが、マニキュアをした気取り屋の民間人でしかないと見ている。つまりは、正反対の立場から、シュペーアが汚れ仕事にあまり手を出さないことを非難しているわけだ。

シュペーアは軍需大臣として、ゲーリングの委任を受けて、ハイドリヒに対し、ドイツの戦争努力のためにさらに一万六千人のチェコ人労働者を供給することを要請しにやって来たのだった。ハイドリヒは、そういうことならすみやかに要求に応じられると見得を切る。チェコ人は完全に制圧されていて、たとえば共産主義者の抵抗グループや破壊工作をする集団に毒されているフランスとも完全に縁が切れているからと、シュペーアに説明する。

メルセデスがずらりと並ぶ不気味な公用車の隊列がカレル橋を渡っていく。シュペーアはゴシックやバロックの建築が入り混じる街並みを目の当たりにして陶然としている。街路を進んでいくにしたがって、大臣よりも建築家としての関心が勝っていく。都市整備の様々なアイディアを思いつく。レトナー地区の手つかずのままの広大な土地はドイツ政府の新たな拠点を建設するのに使えるだろう。ハイドリヒは平然と話を聞いているが、この考えは好きになれない。歴代ボヘミア王の城があって、そこにいれば自分が君主であると思い込むことのできるフラッチャヌイ広場から出ていかなければならないからだ。ストラホフでは、ヨーロッパでいちばん美しいと言われる図書館を所有している修道院の近くにドイツの巨大な大学を建てようとシュペーアは夢見る。ヴルタヴァ川の岸辺についても、全面的に再開発するためのアイディアを次から次へと出してくる。プラハでもっとも高い丘、ペトシーンにそびえるエッフェル塔のレプリカにいたっては、ごく単純に取り壊してしまおうという。ハイドリヒはシュペーアに、自分としてはプラハをドイツ帝国の文化的首都にしたいと思っていると説明する。そこまで話した以上は、この次の音楽シーズンに向けて、みずから考えたプログラムについても自信たっぷりに触れざるをえなくなった。序曲として、自分の父親のオペラを使おうというのだ。「それはすばらしい考えだ」とシュペーアは丁寧に答えるものの、ハイドリヒの父親の作品にもとより興味はない。「初演はいつの予定ですか?」と建築家は訊く。五月二十六日。二台目の車に乗っている彼の妻は、隣に座っているハイドリヒの妻、リナの服装を仔細に検分している。二人の妻はどうやら冷戦状態にあるらしい。二時間かけて、黒塗りのメルセデスの車列は街の幹線道路をゆっくりと通り抜けていく。街の見物が終わったときには、シュペーアはもう日付を忘れていた。

一九四二年五月二十六日。前日のことだ。

137

スロヴァキア人のガブチークとモラヴィア人のクビシュは、プラハには行ったことがない。これは二人が選ばれた基準でもあった。そこに知り合いがいなければ、彼らの素姓がばれることもない。しかし、二人の田舎出の青年が街を知らないということはハンディキャップでもある。土地勘に頼ることができないのだから。そんなわけで、任務遂行のための集中学習のなかには、彼らの美しい首都の地図学習も含まれていた。

そこで、ガブチークとクビシュはプラハの地図をもとに口頭試問を受け、主要な広場と幹線道路の位置を暗記することになった。だからこの時点ではまだ二人とも、カレル橋にも、旧市街広場にも、小地区《マラー・ストラナ》にも、ヴァーツラフ広場にも、カレル広場にも、ネルダ通りにも、ペトシーンの丘にも、ストラホフの丘の修道院にも、ヴルタヴァ川の岸辺にも、レッスロヴァ通りにも、城の丘《フラッチャヌイ》にも、高い城《ヴィシェフラット》の墓地にも——あの不滅の詩集『雨の指を持つプラハ』の著者ヴィーチェスラフ・ネズヴァルはまだ埋葬されていないけれど——、それから白鳥や鴨の泳ぐ川のなかの悲しい小島にも、プラハ本駅に沿って続くウィルソン通りにも、共和国広場とそこにそびえる火薬塔にも足を踏み入れたことがない。ティーンの聖母聖堂の青みを帯びた塔も、一時間ごとに文字盤から姿を現わして動くからくり人形のある市庁舎の天文時計も、その目で見たことは一度もないのだ。カフェ・ルーヴルでココアを飲んだこともなければ、カフェ・スラヴィアでビールを飲んだこともない。プラトネーシュスカー通りに立っている鉄の男の像に睨まれたこともない。地図の上の線は今のところ、彼らが子供のころに聞いた名前か、軍事目標の名前か、ただそれだけのものでしかない。彼らの任務の舞台となると予想される場所の地形図に見入っている二人の様子からすると、軍服さえ着ていなければ、入念に旅支度をしている観光客に見えるかもしれない。

138

ハイドリヒはチェコの農民団体の代表と面会したが、対応はきわめて冷淡。ドイツ政府に対する彼らの卑屈な協力の申し出に黙って耳を傾けたのちに、チェコの農民が反抗分子である所以《ゆえん》を説明する。家畜の頭数や穀物の収穫高をごまかすのは、どういうわけか？　その目的は明白、闇市場に流すためだ。ハイドリヒはすでに肉屋、卸売商、バーの経営者などの処刑に着手していたが、住民を飢えさせる元凶と効率よく闘うには、農業生産を完全に政府によって掌握することでしか意味のある成果をあげられない。そこでハイドリヒは脅しをかけた。収穫量を正確に報告しない農家から農地を没収することにしたのだ。農民たちは困った。仮にハイドリヒが、違反者が出たら旧市街広場で生皮を剝ぐと言い出したとしても、誰も助けに来てくれないだろうから。闇市場と共犯関係にあることが民衆を飢えさせている原因であるとすれば、この点に関するかぎり、民衆はハイドリヒの処置を支持するし、ハイドリヒも政治的離れ業に成功する。すなわち恐怖政治を行なうのと、民衆に支持される施策をほどこすことを同時にやってのけるという離れ業だ。

農民たちが出ていくと、側近の国務大臣カール・ヘルマン・フランクが、没収すべき農地のリストをただちに作成したいと申し出た。だが、ハイドリヒはそう熱くなりなさんなと国務大臣をいさめる。没収するのは、ドイツ化に適さない農家の農地だけにしろ、と。

たしかに、ここはソビエトではないのだから！

139

場面はおそらくハイドリヒの板張りの執務室。ハイドリヒは書類に目を通している。そこにノックがある。制服姿の男が血相を変えて入ってくる。手には紙を持っている。

「親衛隊大将殿、たった今連絡が入りました！　ドイツがアメリカ合衆国に宣戦布告しました！」

ハイドリヒはまばたきもしない。部下は電報を差し出す。ハイドリヒは黙って読む。

そのまましばらく時間が経過する。

「なにかご命令はございませんか、大将殿？」

「部隊を駅に差し向けて、ウィルソンの彫像を引き倒させろ」

「……」

「明日からはあのげす野郎を見たくもないからな。処刑だ、処刑！」

140

ベネシュ大統領は、〈類人猿作戦〉が成功すれば、ドイツ人の復讐熱がにわかに高まるだろうから、それに対処する責任は自分にあるし、いずれにせよ、その準備を今からしておく必要があることを知っている。統治することは、選択することであり、決断を下すことだ。だが、決断を下すことと、その結果を引き受けることはまた違う。そして、一九一八年にトマーシュ・マサリクとともにチェコスロヴァキア共和国を創設した人であり、その二十年後、ミュンヘン会談での屈辱的敗北を避けることができなかったベネシュは、〈歴史〉の圧力のとほうもない力を知っているし、その〈歴史〉の審判が何よりも恐ろしいことも知っている。それ以来、彼の努力は自分が創建した国をそっくりそのままに立て直すことに向けられた。しかし残念なことに、チェコスロヴァキアの解放は彼の権限外だった。軍事の実権を握っているのはイギリス空軍（ＲＡＦ）であり、赤軍だから。たしかにベネシュはフランスの七倍のパイロットをＲＡＦに送り込んでいたし、敵機の撃墜記録保持者はヨゼフ・フランチシェク、つまり、ＲＡＦのエースはチェコ人なのだ。ベネシュはそのことを少なからず自慢にしていた。けれども戦時になれば、国家元首の重みはどれだけの数の師団を従えているかに尽きるということも彼はよく知っていた。そんなわけで、ベネシュ大統領の活動は屈辱的ともいえる外交面の仕事に限られていた。つまり、ドイツの歯牙に今なお抵抗している二つの大国に熱意の証を示すこと、とはいえ、この両大国が最後に勝つという保証はどこにもない。たしかに一九四〇年の大空襲にイギリスは耐え、一時的とはいえ空中戦に勝利を収めた。赤軍も、モスクワまで撤退したものの、侵略者が目的地に達する寸前でこの進軍を食い止めた。イギリスにしろ、ソ連にしろ、なんとか壊滅を回避したのち、現在では、それまで無敵の快進撃を続けたドイツ帝国に反撃できる状態にまで立ち直っているようにみえる。しかし、今は一九四一年の暮れ。ドイツ国防軍《ヴェーアマハト》はほとんど勢力の絶頂にある。その無敗神話を疑わせるに足る大きな敗北はまだ喫していない。スターリングラードはまだまだ遠く、雪原で敗退し、うなだれているドイツ兵の姿ははるか彼方にあって誰にも想像できない。ベネシュは先の見えない結果に賭けるしかない。もちろん、アメリカの参戦は大きな希望だが、GIたちはまだ大西洋を渡ったことはないし、それどころか、日本相手の戦いに手こずっていて、中央ヨーロッパの小国の命運など気にかける状況にない。だからベネシュは彼特有の〈パスカルの賭〉に打って出るしかない。彼の神はイギリスとソ連という二つの頭のある神であり、彼はその神が生き延びることに賭ける。ところがこの二つの頭を同時に喜ばせることが容易ではない。イギリスとソ連はもちろん同盟国であり、チャーチルは根っからの反共産主義者であるにもかかわらず、この大戦期間中、こと軍事面に関してはソビエトの熊に対して変わらぬ忠誠を示している。戦争が終われば、もし戦後というものがあって、連合軍が勝利を収めたとして、そのときはそのとき、また別の話だ。

ベネシュは、ヨーロッパの二つの大国にいい印象を与えるために、〈類人猿作戦〉という大技をしかけた。イギリス政府からは賛同と兵站支援を受けることになり、この作戦の計画はイギリス政府との緊密な協力によって進められていた。だが、このことでロシア人の自尊心を逆なでしてはいけない。そこでベネシュはモスクワにも〈類人猿作戦〉の開始を知らせることにした。そんなわけで、今や圧力は最高潮に達している。チャーチルとスターリンは結果を待っている。チェコスロヴァキアの未来は二人の手中にある。期待を裏切ってはいけない。とくに自分の国を解放してくれるのが赤軍であるなら、チェコ共産党の影響力を恐れているだけに、対スターリンの信頼してもらえる交渉相手は自分を措いてほかにない、と彼は思っている。

秘書官が来客を告げに来たとき、おそらくベネシュはこういったことをあれこれ考えていただろう。

「大統領殿、モラヴェッツ大佐が二人の若者を連れてきております。かねてからの約束ではありますが、とくに今日の予定として申し込んでいたわけではないと申しております」

「よろしい。入ってもらえ」

ガブチークとクビシュは、行き先も教えられないままタクシーに乗せられてロンドンの街を通って、今、大統領その人との面会に臨んでいた。大統領のデスクの上にあるもののうち、真っ先に目についたのは錫でできたスピットファイアの模型だった。二人は直立不動の姿勢で敬礼する。出発する前に彼らに会いたいと願っていたのはベネシュだった。だが、公式文書にこの会見の痕跡が残ることは望まなかった。統治することは慎重を期することでもあるから。さて、二人の兵士が自分の目の前にいる。今回の任務の歴史的重要性について語りながら、大統領は二人の若者をじっくりと観察し、胸打たれる。その若々しさに——とくにクビシュはガブチークより一歳下というだけなのに、ひときわ若く見える——そして、彼らの決心の痛ましいほどの素朴さにも。突如として数分間、大統領は自分の地政学的見解を忘れ、イギリスのこともソ連のことも考えず、ミュンヘンのことも、マサリクのことも、共産主義者のことも、ドイツ人のことも考えず、ハイドリヒのことさえほとんど考えなくなった。我を忘れてただひたすら、この二人の兵士を見つめていた。彼らの任務がどのような結果になるとしても、この任務から生きて帰ってこられる確率は千分の一もないことは歴然としている二人の兵士をじっと見つめていた。

彼らにかけた最後の言葉がどういうものであったか、僕は知らない。「幸運を祈る」であったか、「神のご加護がありますように」であったか、それとも「自由な世界は君たちに委ねられている」であったか、「チェコスロヴァキアの名誉をかけて戦いたまえ」であるとか、いずれにせよ、この種の言葉であっただろう。モラヴェッツの回想によると、ガブチークとクビシュが執務室を出るときには、大統領の目に涙が浮かんでいたという。おそらく、恐ろしい未来を予感していたのだろう。小さなスピットファイアは何も知らずに機首を高く上げていた。

141

リナ・ハイドリヒは、プラハにいる夫のもとに来て以来、すっかり浮かれている。回想録にはこんなふうに書かれている。「私はお姫さま、おとぎの国で暮らしている」

なぜか？

それはまず第一に、プラハという街がおとぎ話に出てくるような街だから。ウォルト・ディズニーが『眠れる森の美女』に登場する王女の眠る城を描くにあたってティーンの聖母聖堂をモデルにしたのは偶然ではない。

第二に、まさしく彼女はプラハでお姫さまのような暮らしをしているから。夫はまたたくまに国家元首も同然の地位に登りつめた。おとぎ話のこの国で、彼はヒトラーに仕える副王として、その地位に見合う栄誉と尊敬を妻にも分け与えていた。総督の妻として、リナは両親のフォン・オステン夫妻が夢にも見たことのないほどの敬意——本人に対しても、両親に対しても——を享受している。ラインハルトが軍を除隊になったことで、婚約を破棄させようとした父に娘が反抗した時代はもう昔のこと。今では彼のおかげで、リナの生活は歓迎式やら開会式やら、公式行事がひっきりなしに続く毎日、どこに行っても、このうえない敬意で迎えられる。僕は今、モーツァルト記念祭のコンサートがルドルフィヌム音楽公会堂で開催されたときに撮影された写真を見ている。入念な化粧、派手な髪型、白い夜会服にたくさんの指輪やブレスレット、イヤリングで華やかに着飾り、モーニング姿の謹厳実直そうな男たちに囲まれている彼女の姿。彼らはみな彼女の夫のそばに行きたいと願っている。彼女はくつろいだ様子ながら自分の立場をよく心得ていて、微笑みを絶やさず、両手をドレスの前でしとやかに重ね、背筋を伸ばして立っている。その顔には陶然とした充足感があふれている。

だが、プラハだけではない。今や、夫の地位のおかげでドイツ帝国の上流社会とのつき合いも可能になった。ヒムラーはすでに久しい前から友情を示してくれていたのにくわえて、今ではゲッベルス家やシュペーア家との親交もあるし、ときには総統と面会する機会すらある。その総統は彼女が夫と腕を組んでいるのを見て「すばらしいカップルだ！」と評した。こうして彼女は上流階級の仲間入りを果たし、ヒトラーもそれを喜んだ。

やがて彼女は自分の城を持つ。ユダヤ人から没収した豪邸で、プラハから二十キロほど北へ行ったところにある。この豪邸を取り囲む広大な土地を、彼女は熱心に整備した。こうして彼女はお姫様から、女城主となった。ところが『眠れる森の美女』の王妃と同じく、彼女も意地が悪い。機嫌が悪いときは使用人をしかりつけ、誰彼となく罵るし、機嫌がいいときには誰にも話しかけず黙っている。この豪壮な邸宅で大規模な工事をするときには、収容所の労働力を大いに利用し、ほとんど虐待に近い扱いをした。作業を監視するときは、乗馬服に鞭という姿で現われた。つねに恐怖とサディズムとエロティシズムを漂わせていた。

それを除けば、彼女は三人の子供の世話にはげみ、ラインハルトが家族に示す愛情に満足していた。とりわけ彼は末娘のシルケを溺愛していた。そして妻は四人目を身ごもっていた。妻が夫の右腕のシェレンベルクと寝ていた時代は終わった。夫がいつも家にいない時代は終わった。プラハでは、彼は毎晩ほとんど帰宅するようになった。妻と性交し、馬に乗り、子供たちと遊んだ。

ガブチークとクビシュは爆撃機ハリファックスに乗って母国に向かうところだ。だが、その前にすませなければならない、いくつかの手続きがあった。窓口の向こうにはイギリス人の下士官がいて、服を脱ぐようにと言った。彼らがどこに着地するにしても、イギリスパラシュート部隊の制服を着て、チェコの平原を走るというようなことがあってはならない。だから、彼らは制服を脱いだ。パンツ一枚になると、さらに下士官は「すべて脱ぐように」と言う。二人の兵士は規律正しく、言われたとおりに従った。素っ裸になったところで、二人の目の前に、選り取り見取りの衣服一式が並べられた。すると下士官は、あくまでもイギリス的であると同時に軍人的でもある節度を失わず、目の前に用意された製品の品質には自信があると言わんばかりの口調で、ハロッズの店員のように商品宣伝を始めた。「チェコスロヴァキア製のスーツ。チェコスロヴァキア製のワイシャツ。チェコスロヴァキア製の下着。チェコスロヴァキア製の靴。サイズを確かめて。チェコスロヴァキア製のネクタイ。好きな色を選んでください。チェコスロヴァキア製の煙草。いくつかの銘柄を用意しました。それからマッチ、歯磨き粉、いずれも……」

着替えが終わると、それぞれにちゃんと検印の押された偽造証明書が渡される。

さて、これで準備が整った。モラヴェッツ大佐は、すでにエンジンのかかっているハリファックスの下で二人の部下を待っている。ほかにも五人のパラシュート部隊員が同乗するが、行き先や任務はそれぞれ違う。モラヴェッツはクビシュの手を握り、幸運を祈ると言葉をかけた。ところがガブチークのほうを向いたときに、彼が少しのあいだ二人だけで話をしたいと言い出したので、モラヴェッツは内心いやな感じがした。土壇場になって臆病風に吹かれたのではないかと心配になり、この二人の青年を選んだときに言った言葉を後悔した。自分たちに託された任務を遂行する自信がなくなったときには正直に白状するようにと言ったのだ。考えが変わることはなんら恥ではないとも言った。今でもそう思っているが、さすがにこれから飛び立とうというときでは、いくらなんでも遅すぎる。すでに飛行機に乗り込んだクビシュをまた降ろして、ガブチークの代わりを見つけるまで出発を延期しなければならなくなる。いつまで延期しなければならないか、その見当もつかない。ガブチークはいかにもきまりの悪そうな顔で言い訳を口にしはじめる。「大佐殿、こんなことをお願いするのはとても心苦しいのですが……」だが、その次に出てきた言葉は上司の心配を吹き飛ばした。「行きつけのレストランに十ポンドのつけを残してきたのです。代わりに払ってはいただけないでしょうか？」モラヴェッツは胸をなで下ろし、ただうなずくことしかできなかった、と回想録には書かれている。ガブチークは上司に手を差し出した。「われわれにお任せください。必ずや命令どおりに任務を遂行しますから」この最後の言葉を残して、彼は機中に姿を消した。

143

二人の若者は、飛び立つ直前にそれぞれ遺言を書いている。僕は今、そそくさと書きつけられたこの二つの実にすばらしい文書を目の当たりにしている。インクの染みといい、文字の消し跡といい、この二つの文書はほとんど同一のものに見える。日付はどちらも一九四一年の十二月二十八日、どちらも二つの部分からなり、どちらも斜めに数行書き足されている。ガブチークもクビシュも、自分が死んだら家族のことをよろしく頼むと書いている。そのためにどちらにも本国の住所が記されている。ひとつはスロヴァキア、ひとつはモラヴィア。どちらも孤児で、妻子もいない。でも、ガブチークには姉妹が、クビシュには兄弟がいることを僕は知っている。そして、二人とも同様に、自分が死んだらイギリスの女友達にも知らせてほしいと書いている。ガブチークの紙にはローナ・エリソンの名が記され、クビシュの紙にはエドナ・エリソンの名が記されている。二人は兄弟になっていた、だから姉妹とつき合っていたということか。ガブチークの軍人手帳にはローナの写真がはさまっていて、それがそのまま今に伝えられている。カールした褐色の髪の若い女性の横顔、だが再会はついに叶わなかった。

144

ガブチークとクビシュに服を提供したのがＳＯＥ（第二次世界大戦中に設立された英国のスパイ・破壊妨害活動を専門とする内閣承認の組織）のメンバーだったことを証拠づける記録は何もない。それどころか、この服装の問題はモラヴェッツ配下のチェコ人が処理した可能性のほうが大きい。要するに服の面倒をみた下士官がイギリス人だったという根拠はないわけだ。なんたる徒労……。

145

ミンスクに駐留するベラルーシの行政総監は、ハイドリヒの特別行動隊による権力濫用に業を煮やしていた。ユダヤ人とあれば片っ端から粛清することで、貴重な労働力が奪われることに頭を悩ませていた。ついにハイドリヒに面と向かって、第一次大戦に従軍して叙勲されたユダヤ人までミンスクのゲットーに送り込んでしまうのはいかがなものかと抗議し、解放すべきユダヤ人のリストを提出し、ユダヤ人と見れば手当たり次第に殺している特別行動隊の分別のなさを告発した。するとこういう答えが返ってきた。「どうかご理解願いたい。戦争が始まって三年目の今、警察も、保安部も、戦争努力のためのもっと重要な任務を抱えている。ユダヤ人からの要望に応えるためにあちこち駆け回ってリスト作成に時間をつぶしたり、はるかに緊急の任務を抱えている私の同僚の仕事の邪魔をしたりするようなことはあってはならない。あなたのリストに載っている人物の調査を私が命じたのは、こうした批難がまったく無根拠であることを、これを最後に文書で証明するためにほかならない。ニュルンベルク人種法が発効してから六年半になるというのに、今もなお自分の仕事を正当化する必要があるというのは残念なことだ」

少なくとも、論旨明快なのはいいことだ。

146

「その夜、チェコスロヴァキアの凍てつく平原の上空、二千フィートのあたりにハリファックスの巨体が鈍いエンジン音を響かせた。四つのプロペラがぶ厚い雲を切り裂き、その切れ端を黒く湿り、また凍てついた機体にたたきつけている。ヤン・クビシュとヨゼフ・ガブチークは、機体の床に棺形にぽっかりと開いたハッチから、生まれ故郷の大地を見おろしていた」

一九六〇年に書かれたアラン・バージェスの小説『暁の七人』はこんなふうに始まっている。最初の数行を読んだだけで、これは僕の書きたい本ではないことがわかった。一九四一年十二月の闇につつまれた七百メートル上空から、ガブチークとクビシュに故郷の大地に何かが見えたとは思えないし、棺のイメージにいたっては、こんな重苦しい比喩はできるかぎり避けたいと思っている。「彼らは、手もとで操作できる開閉装置やベルトや吊り紐からなるパラシュート部隊員の重装備を機械的に確認していった。数分後、彼らは闇のなかに身を投じた。自分たちがチェコスロヴァキアの上空で放たれた最初のパラシュート部隊員であること、そして自分たちの任務がかつて想像されたこともないほど、前例を見ない危険な任務であることも知っていた」

僕はこの飛行について、あたうかぎりのことを知っている。ガブチークとクビシュが身につけた装備についても知っている。折りたたみ式のナイフ、ピストル一挺に二つの弾倉と十二個の弾丸、青酸カリのカプセル、チョコレート一枚、固形肉汁エキス、剃刀《かみそり》の刃、偽造の身分証明書とチェコスロヴァキアの通貨であるコルナ少々。チェコスロヴァキア製の平服を着ていることも知っている。パラシュート部隊の同僚たちに声をかけるときの「それじゃ」と「幸運を祈る」以外はいっさい言葉を口にするなという命令に従って、彼らは飛行中、何も語らなかったことも知っている。彼らの任務の目的は厳重に秘匿されていたにもかかわらず、パラシュート部隊の仲間たちは、二人が本国に送られるのはハイドリヒを暗殺するためではないかとうすうす気づいていたことも知っている。この旅程のあいだ、発送係《ディスパッチャー》と呼ばれる降下のタイミングを見きわめて指示を出す士官に評判がいちばんよかったのがガブチークだったことも知っている。離陸直前に、大急ぎで遺言を書かされたことも知っている。彼らに同行したほかの隊員の名前も知っているし、それぞれの任務の内容も知っている。爆撃機のなかには七人のパラシュート部隊員がいることも、それぞれに割り当てられた偽造証明書についても知っている。ガブチークとクビシュの場合には、それぞれズデニェク・ヴィスコチルとオタ・ナヴラーチルという偽名が与えられた。そして、職業欄には錠前屋および一般工員と記されている。この飛行については、知りうることのほとんどすべてを知っているにもかかわらず、「彼らは、手もとで操作できる開閉装置やベルトや吊り紐からなる、パラシュート部隊員の重装備を機械的に確認していった」というような文章を書きたくないのだ。おそらく実際、彼らがそうしたにしても。

「二人のうち大きいほうは二十七歳で、身長は百七十五センチくらい。金髪で、くっきり太い眉に灰色の目、彫りが深く、毅然としたまなざしを世界に向けている。口もとは引き締まり、形がよい」云々。これでやめる。バージェスがこういった紋切り型の描写で終始しているのはとても残念だ。しっかり資料収集しているのにもったいない。彼の本のなかに、僕は明らかな間違いを二つ発見した。ひとつはハイドリヒの妻に関することで、名前をリナではなくインガとしていること。もうひとつは愛車のメルセデスを黒ではなく、あくまでも緑だと思い込んでいることだ。また、ほかにも疑わしいエピソードがいくつかあって、たとえばクビシュの尻の両側に焼き鏝《ごて》でハーケンクロイツの印が押してあったという痛ましい話があるけれど、どうもこれはバージェスの創作じゃないかと僕はにらんでいる。でも、襲撃に先立つ数か月、ガブチークとクビシュがプラハの街でどんなふうに過ごしていたかについては、たくさんのことを教えてもらった。どう考えてもバージェスは僕より恵まれている。事件から二十年後の時点では、まだ生きている証人と出会うことができたのだから。実際、何人か生き延びた人がいたのだ。

147

そう、ついに彼らは跳んだのだ。

ハイドリヒの生涯を調べている著名な歴史学者のエドワール・ユッソンによれば、のっけから何もかもうまく事が運ばなかったという。

ガブチークとクビシュは予定の位置からはるか遠くに降り立った。本当はピルゼン（チェコ名はプルゼニ）の近くに着陸するはずだったのに、プラハまで数キロの地点に降りてしまった……。でも、彼らの目標はそこにあるのだから、かえって時間が節約できるじゃないかと言う人がいるかもしれない。でも、そんなふうに思っているとしたら、その人は不法侵入ということについての無知をさらけ出していることになる。国内のレジスタンスとの接触がピルゼンで予定されていたのだ。プラハには、連絡の取れる場所がなかった。ピルゼンの仲間が彼らを案内することになっていた。だから、プラハ近郊に降り立ったのに、ピルゼンを経由してから、またそこに戻るということになった。もちろん彼らだって、こんな行ったり来たりは馬鹿げていると感じていたが、そうしなければならない理由があったのだ。

そう感じたのは、あとで自分たちがどこにいるかを教えてもらったときだった。降りた時点では、自分たちがどこにいるのか、まったく見当がつかなかった。降りたところは墓地だった。どこにパラシュートを隠せばいいのかわからないうえに、ガブチークは母国の土を踏んだとき親指を骨折したせいで、足を引きずっていた。どこに向かっているかわからないまま、足跡を残しながら歩いた。急いで雪の下にパラシュートを隠した。もうじき夜が明ける。人目についてはまずいから、とにかくどこかに隠れなければならないことを彼らは知っていた。

石切場にうがたれた岩穴を彼らは見つけた。ここにいれば雪と寒さはしのげても、ゲシュタポからは守ってもらえない。こんなところにずっといるわけにはいかないことはわかっていても、どこに行けばいいのかわからない。自分の国にいながら外国人、途方に暮れているうえに怪我までしている。上空で鳴り響く、自分たちを運んできた爆撃機の音が聞こえないわけがないから、すでに捜索は始まっているにちがいない。二人の男は待つことにする。それ以外に何ができるか？　広げた地図を覗き込んで、そこに何を期待しているか？　このちっぽけな石切場が記されてはいないか？

　彼らの任務は始まったばかりなのにすでに頓挫しようとしている。あるいは、彼らが発見されないという前提に立てば、滑稽な前提ではあるけれど、永久に始まらないというべきかもしれない。

で、実際は発見されたのだ。
早朝、この土地の番人が彼らを見つけた。夜中に飛行機の音を聞きつけ、雪に埋めたパラシュートを発見し、雪の上の足跡をつけてきた。そして、咳払いをしながら、「おはよう！」と二人の若者に声をかけた。

　エドワール・ユッソンによれば、のっけから何もかもうまく事が運ばなかったということだが、運が彼らに味方していたことも確かだ。正直者のこの番人は危険を承知で、彼らを助けていく。

149

　この番人を皮切りに続く長いレジスタンスのリレーによって、われらが二人の主人公はプラハへと、モラヴェッツ家の人々が住むアパートメントへと導かれていく。

　モラヴェッツ家は父親と母親、そしてアタという末息子からなる。長男はイギリスに行って、スピットファイアのパイロットになっている。モラヴェッツ大佐とは同姓であるだけで縁戚関係はないが、ドイツの占領と闘っているという点が共通している。

そして、この家族の人々だけではなかった。ガブチークとクビシュはこれから、やはり命がけで自分たちの仕事の手伝いをしてくれるたくさんの庶民たちと出会うことになる。

150

これは初手から負けの決まった戦いだ。僕はこの物語をかくあるべきものとして語ることができない。おびただしい登場人物、出来事、日付、巨木の枝葉のように際限なくこんがらがった因果関係、そして、これらの人々、実際に存在した生身の人々、その生活、その行動、その考えのほんの一部を僕はかすめるだけ……。僕はたえず、あの〈歴史〉の壁にぶちあたる。その壁には、見るからに手ごわそうな因果律という名の蔦が這いまわり、けっして留まることなく、さらに高く、さらに剣呑《けんのん》に生い茂っている。

僕は今、プラハの地図を見ている。そこには、二人のパラシュート部隊員を助け、住まわせてやった家族のアパートメントの位置がすべて書き込まれている。こういう家族ぐるみの関与はいずれも命がけの危ない行為だ。男も女も、当然子供も含まれる。スヴァトシュ家とカレル橋は、目と鼻の先ほどしか離れていない。オゴウン家は城のすぐ近く。ノヴァーク家、モラヴェッツ家、ゼレンカ家、ファフェク家はもう少し東。それぞれの家族の、ひとりひとりに物語があり、レジスタンス運動にかかわったことでマウトハウゼン収容所に送られたり、あるいは悲劇的な密告にいたったりする経過はそれだけで一冊の本に値する。どれだけの忘れられたヒーローが〈歴史〉という名の墓地に眠っていることか。数千、数百万のファフェク、モラヴェッツ、ノヴァーク、ゼレンカ……。

死者は死んでいるから、今さら敬意を払われたって、その当人には何の意味もない。でも、僕ら生きている人間にとっては、それはかなり大きな意味がある。個人の遺徳を偲ぶ記録は、敬意を表するべき当の本人には何の役にも立たないが、それを使う人には大いに役に立つ。それによって僕は奮い立ち、それによって自分を慰める。

こんな名前を羅列したところで、憶えていてくれる読者なんかいるわけがないのに、どうしてこんなことをするのか？　読者の記憶に侵入するためには、まずは文学に変換しなければならない。鬱陶《うっとう》しいけれど、そういうことだ。僕のこの物語の、語りの経済からして、ここに場所を占めることができるのはモラヴェッツ家の人々と、それとたぶんファフェク家の人々だけだということは、もうわかっている。スヴァトシュ家、ノヴァーク家、ゼレンカ家の人々は、そして名前も知らない人、あるいはその存在さえ知らない人は言うまでもなく、みな忘却の淵に戻っていくということも。でも、最終的には名前は名前でしかない。僕はあの人たちみんなに思いを馳せる。僕は彼らに語りかけたい。そして、誰も聞いてくれなくたって、べつにどうということはない。彼らにとっても、僕にとっても。それに、たぶんいつの日か、慰めや励ましを必要としている人が、ノヴァーク家の、スヴァトシュ家の、ゼレンカ家の、あるいはファフェク家の物語を書くだろうから。

151

一九四二年一月八日、足を傷めたガブチークとクビシュは生まれて初めてプラハの舗石を踏んだ。彼らがこの街のバロック的な美しさに目を瞠《みは》ったことは確かだろう。とはいえ、すぐに彼らは不法侵入の大きな三つの問題に直面する。住居、食糧、証明書。たしかにロンドンの亡命政府は偽造身分証明書を発行してくれたが、それではとても間に合わない。一九四二年のボヘミア・モラヴィア保護領では、いつでも労働許可証を提示できるかどうかが死活問題なのだ。とくに日中仕事もしないで、街中をぶらぶら歩いていたりすれば、すぐに捕まってしまう。この二人は、向こう数か月こんな生活をしなければならないのだから、働けない正当な理由を用意しておかなければならない。現地のレジスタンスの集会所は、ガブチークの足を治療してくれた医師の家にあった。そこで、この医師はガブチークに対しては十二指腸潰瘍と診断し、クビシュには胆嚢の炎症という診断を下し、これをもって労働不可の証明とした。これで書類は整った。金は持っているから、あとは住まいをどうするか。しかし、喜ばしいことに、こんな暗い時代にも善良な人はたくさんいた。

152

人の言うことを何でも信じてはいけない。とくに語り手がナチの場合には。一般的には、たとえばデブのゲーリングのように自分の欲望を現実だと思い込んでいるために、どうしようもなく勘違いしている場合もあるし、ヨーゼフ・ロートが〈人間スピーカー〉と呼んだ、ヘルメス・トリスメギストスのごときゲッベルスの場合はプロパガンダのために破廉恥な嘘をついている。そして、往々にしてこの二つが同居している。

ハイドリヒもまたこのナチ的屈性から免れていない。彼がチェコのレジスタンスを骨抜きにし、危険のない状態にしたと主張するとき、おそらく彼は心底そう思っているのだろうし、あながち間違いとも言えないけれど、いささか自画自賛のきらいはある。一九四一年の十二月二十八日の夜、ガブチークが母国の大地に降りる際に足をくじいたときも、保護領内のレジスタンスは憂慮すべき状態にあるにせよ、完全に絶望的な状態にはなかった。切り札はまだ何枚か残っていた。

まずは〈東方の三博士〉と呼ばれるチェコ国内のレジスタンスを統合した大きな運動組織は、たしかに上層部は厳しい弾圧を受けていたものの、まだ機能は失われていなかった。〈東方の三博士〉とは、この組織のトップに立っていたチェコスロヴァキア軍の三人の元将校のことを指す。一九四二年の一月には、このうち二人が倒れていた。ひとりはハイドリヒの到着とともに銃殺され、もうひとりはゲシュタポの牢獄で拷問死を遂げた。だが、まだひとり残っている。ヴァーツラフ・モラヴェク、彼はモラヴェクであって、モラヴェッツ大佐やプラハのモラヴェッツ家や教育大臣のエマヌエル・モラヴェッツとは綴りが異なる。彼は夏も冬用の手袋をはめていた。ゲシュタポの監視から逃れようとして、避雷針のコードをつたって滑り降りたときに小指を切断してしまったのだ。彼は〈東方の三博士〉の最後のひとりとして、並外れた行動力を発揮し、彼に残された人脈を連携させ、ますます危険な場面に自分をさらした。そして、何か月も前から自分の組織が必要としているものの到着を待ちわびていた。それがロンドンからの、パラシュート部隊員の派遣だった。

第二次大戦中の大物スパイのひとりで、ドイツ国防軍防諜部《アプヴェーア》のかなり高い地位に就いていたコードネームA54、またの名をルネと呼ばれたチェコのスパイ、パウル・ツューメルによってもたらされた信じがたい情報をロンドンに向けて送ったのも、このモラヴェクだった。彼ひとりで、ナチス・ドイツのチェコスロヴァキア侵攻、ポーランド侵攻、一九四〇年五月のフランス侵攻、一九四〇年六月のグレートブリテン侵攻、一九四一年六月のソ連侵攻、これらすべての情報を前もってモラヴェッツ大佐に知らせることができた。残念なことに、当事者の国々はこのような情報を考慮に入れるべきだと判断することができなかった。しかし、この情報の精度はロンドンの亡命政府には強い印象を与えた。というのも、この情報が伝えられたのはチェコのパイプを通してであり、A54はプラハを根城にしているので、とりわけ慎重に振る舞う必要があり、通信相手をひとつだけに絞っていたのだ。つまり、ベネシュは強力な切り札を袖に隠し持っていたわけで、貴重な情報源に惜しみなく資金をつぎ込んだ。

そして情報の行き着いた先では、レジスタンスの小さな手、すなわち、あなたがた読者や僕のような庶民がいて、命がけで人をかくまったり、武器を保管したり、メッセージを伝えたりしていることを別にしても、けっしてあなどれない影のチェコ軍を形成していて、まだそれを当てにすることができた。

ガブチークとクビシュ、たしかに任務を決行するのはこの二人だが、実際は彼らだけしかいないわけではなかった。

153

プラハのスミーホフ地区にあるアパートメントで、二人の男が待っている。呼び鈴の音に二人は跳び上がる。一方の男が立ち上がり、ドアを開ける。当時としては大柄な男が入ってくる。クビシュだ。

「オタと言います」と彼は名乗った。

「こちらは〈インドラ〉」一方の男が答えた。

〈インドラ〉とは、スポーツと身体文化協会――通称ソコル――の内部に組織され、いまだに積極的な活動をつづけているレジスタンス・グループの名前だ。

客にお茶が出される。三人の男は重い沈黙を守っていたが、自分の所属している組織の名を名乗った男が口を開いた。

「まずは、この家には見張りがついていて、それぞれが自分のポケットにあるものを忍ばせているということを言っておこうか」

クビシュは笑みを浮かべて、上着の内ポケットからピストルを取り出す（じつはもう一挺を袖のなかに隠していた）。

「僕もおもちゃが好きなもので」とクビシュは言った。

「どこから来たのかね？」

「それは言えません」

「どうして？」

「われわれの任務は秘密だからです」

「しかし、あんたたちがイギリスからやって来たことは、すでに何人かに教えているじゃないか……」

「だから？」

ここで沈黙が流れた、と僕は思う。

「われわれの用心深さに驚かないでほしい。この国にはいたるところに囮《おとり》の工作員がいるんでね」

クビシュは答えない。そもそも、この連中の素姓を知らない、援助は必要だとしても、余計なことは言うまいと心に決めてきた。

「イギリスではチェコの将校と知り合いになったかい？」

クビシュはいくつかの名前を口にした。そのほかの答えづらい質問にも、それなりに愛想よく答えた。するともうひとりの男が初めて口をきいた。彼はロンドンに行った義理の息子の写真を見せた。クビシュはその顔に見覚えがあったか、なかったか、それはともかく、緊張がほぐれたように見えた。実際、気が楽になっていた。〈インドラ〉を名乗った男がまた口を開いた。

「あんたはボヘミアの出身か？」

「いや、モラヴィアです」

「奇遇だな、俺もモラヴィアだ！」

また間があく。クビシュはテストに受かったと思っている。

「で、モラヴィアのどのあたりか、教えてくれるか？」

「トシェビーチのあたりです」クビシュはしぶしぶ答える。

「その辺のことならよく知ってる。ヴラジスラフ駅には、ほかでは見られないものがあるのを知ってるか？」

「あそこにはすばらしい薔薇の植え込みがありますね。駅長が花好きなんでしょう」

二人の男はうち解ける。クビシュはついに言い添えた。

「われわれの任務について詳しいことは説明できませんが、気を悪くしないでください。〈類人猿作戦〉という暗号名しか教えられません」

チェコのレジスタンスの残党はつい、自分たちの思いを現実だと思いがちだが、何事にも例外はあるし、いつも見当違いというわけでもない。

「あんたはハイドリヒを殺しに来たのか？」インドラと名乗った男が訊き返した。

クビシュは跳び上がる。

「どうして知ってる？」

わだかまりは氷解した。三人の男はお茶を注ぎ合う。こうしてプラハでまだ抵抗運動を続けている人々はみな、ロンドンから来た二人のパラシュート部隊員のために働くことになる。

154

十五年間ずっと、僕はフローベールが嫌いだった。というのも、彼こそがある種のフランス文学の元凶のように思っていたから。壮大さや奇抜さに欠けた文学、徹底的に平凡なものだけからなる絵柄に自足し、どうしようもなく退屈なリアリズムにうっとり沈み、プチブル的な世界のなかで無上の喜びを見出す文学。それなのに『サランボー』を読んだとたん、いきなり僕の好きな作品上位十点のリストに入ってしまった。

　チェコとドイツの争いの起源を中世のいくつかの場面にまでさかのぼらせてみようかと思い、近代より前の時代を舞台としたすぐれた歴史小説の例をさがしはじめたとき、ふと思いついたのがフローベールだった。

『サランボー』を書いていた時期の書簡のなかで、フローベールはこんなことをしきりに気にしている。「それが〈歴史〉だということくらい、よく知っているけれども、小説も学術書と同じくらいやっかいで……」と言いつつ、「情けないほどアカデミックな文体で」書いているような気がするとも言い、さらには「（それに）うるさくつきまとってくるのは、（その）物語の心理的側面であり」、そこで問題になっているのが「人々がふつうそんな言葉遣いのなかでは考えもしないことを提示すること」だとすればなおさらだと言っている。時代考証に関しては「ある単語、あるいはある観念について調べていくうちに、支離滅裂な妄想にふけり、きりのない夢想にはまり込んでしまう」が、この問題は真実性の問題と切り離せない。「考古学だって、しょせんはおそらくの域を出ない。つまりはそういうことだ。私がとんでもなく見当ちがいなことを言っていることが証明されないかぎり、それでいいのだ」と。だが、この点に関しては、僕は不利な立場にいる。紀元前三世紀の（カルタゴの将軍ハンニバルが使った）象の装備についての間違いを指摘するより、一九四〇年のメルセデスのナンバープレートに関する間違いを指摘するほうがずっと簡単だから……。

いずれにせよ、傑作を書いている真っ最中のフローベールがこんな不安を抱え、僕より前にこんな自問自答を繰り返していたことに、僕はある種の慰めを感じる。さらにはこんなふうに書いている箇所を読むと、なおのこと安心させられる。「われわれの価値はできあがった作品によってではなく、どれだけ恋い焦がれたかによって決まる」これは僕がこの本をしくじるかもしれないということでもある。今はただ、さっさと前に進むべきなのだろう。

155

信じられないことに、僕はまたハイドリヒ襲撃について書かれた小説を見つけた。デイヴィッド・チャッコという人の書いた『人の類《たぐい》』*“Like a Man”*という本。このタイトルは、ギリシア語の類人猿《エンスラポイド》をわざとそのまま訳したものらしい。著者はとてもよく調べていて、この襲撃事件とハイドリヒについて、これまで知られていることのすべてを使って、小説の様々なエピソードをこしらえているという印象を受ける。ほとんど知られていない推論（それゆえにときに疑問視されている）、たとえば毒を仕込んだ爆弾を使ったという仮説を叙述の大筋のなかに織り込んでいたりする。細部を描くためにどれだけ大量の資料を収集したのかと思うと、そのすごさには脱帽させられる。

細部はどれも事実に基づいているのじゃないかと思えるのは、僕の持っている知識の範囲では、ただの一度も事実誤認を見つけられなかったからだ。この点に関しては、アラン・バージェスの『暁の七人』に対する僕の評価は少し辛くならざるをえない。かなり恣意的だと思った。とりわけ、クビシュの尻に焼き鏝で印されたハーケンクロイツについては、大いに疑問を持っている。また、ハイドリヒの愛車メルセデスの色を緑としている粗忽な過ちについても、偉そうに指摘させてもらった。ところが、デイヴィッド・チャッコの小説ではちゃんと裏付けを取っている。ハーケンクロイツにしても、車の色にしても。それに、かなりきわどい、一見すると作家の傲慢さが昂じて、いささか熱に浮かされて書いたのではないかと思えるような、たぶん僕しか知らない細部についても、間違ったことを書いているところはひとつとしてなかったから、彼の語っていることのすべては真実だと思わざるをえない。と、ここまで書いてきて、ふと疑問が浮かぶ。僕が確信をもって黒だと思ってきたあのメルセデスの色のことだ。プラハの軍事博物館に展示されていた車も黒だったし、僕が参照したおびただしい数の写真でも、間違いなく黒だった。もちろん、白黒写真の場合は黒と濃い緑の見分けがつかないということはある。それに、博物館に展示されているメルセデスに関しては、ちょっとした議論になったこともある。博物館はこの車を本物として展示しているが、これに対する反論があって、本物に見せかけるために偽装したメルセデス（パンクしたタイヤとずたずたになった後部右側のドア）、つまりレプリカだというのだ。なるほど、たとえそうだとしても、作った人がうっかり色を間違えるはずはないだろう！　たしかに、背景の一要素にすぎないものに、僕がこだわりすぎていることは認める。それはわかっているつもりだ。神経症患者によくある古典的な徴候なんだろう。精神が硬直しているにちがいない。だが、それはそれだ。

たとえばチャッコが「城に入るにはいくつかの道があるのだが、自己顕示欲の強いハイドリヒは、いつも衛兵のいる正門から入っていった」と書くとき、あまりに自信たっぷりに書いているので、僕は思わず引き寄せられてしまう。そして、「どうして彼はこれを知っているのか？　どうしてこんなに確信がもてるのか？」と訝《いぶか》ってしまうのだ。

もうひとつの例がある。ガブチークと、ハイドリヒ家のチェコ人コックの会話だ。コックがガブチークに、ハイドリヒの自宅の警備がどうなっているかを教える場面。「ハイドリヒは警備など不要だと断わっているが、親衛隊のほうはあくまでも自分たちの仕事を真面目に務めている。なにしろ、相手は自分たちの隊長だからね。まるで神のように崇めているよ。自分が似たいと思っているものの化身なんだ。金髪の野獣さ。実際、彼らは勤務中にもそう呼んでいる。これが褒め言葉だとわからないかぎり、ドイツ人を理解したことにはならないんだよ」

チャッコのみごとなところは、歴史的情報――ハイドリヒが〈金髪の野獣〉と呼ばれていたこと――をちょっとしたせりふのなかに溶かし込む能力にある。このせりふ自体がすでに心理的洗練で際立っているし、とくに文学的観点から見たときに、彼の突出した長所になっている。作品全体を通してみても、チャッコは会話に優れた手腕を見せている。基本的には、会話を通して〈歴史〉を小説に変換していると言っていい。僕はこの方法を使うことに抵抗があるにもかかわらず、やはりとてもうまく書けていると言わざるをえないし、いくつかの箇所には掛け値なしに感心させられた。ハイドリヒの恐るべきところをコックから説明されたあと、ガブチークはこう答える。「ご心配なく、彼だって人間ですよ。それを証明する手段だってあるんですから」ここを読むと、まるでマカロニ・ウェスタンの映画を見ているときみたいにうれしくなる。

それはともかく、ガブチークが居間の真ん中でフェラチオしてもらっている場面とか、クビシュがバスルームで勃起している場面は作り事だろう。ガブチークがフェラチオされたことがあるかどうか、チャッコが知っているわけがないということを僕は知っている。仮にそれを知っていたとしても、どんな状況でそうなったのかわかるわけがないし、クビシュがいつどこで勃起したかなんて、わかるわけがない。ことの性質上、この種の場面に目撃者は——ごくまれな例外を除いて——いないし、クビシュが自分の勃起を誰かに報告する理由もなければ、彼が日記を残したという事実もないのだから。でも著者は、時代考証的正確さとは正反対の内的独白に満ちている自分の小説の持つ心理的側面の重要性をよく自覚している。そのことは「作品内に事実と似たところがあるとしても、それはたんなる偶然にすぎない」と巻頭で断わっているところにはっきり出ている。つまり、チャッコが望んだのはあくまでも小説であって、どんなに資料を渉猟したとしても、その奴隷にはなりたくなかったということだ。史実に即しながら、それを小説的な要素として最大限利用するが、〈歴史〉に対して言い訳せずに語りに供しうるときには、ためらうことなく創作した。手練《てだ》れのペテン師。手品師。つまりは小説家。

　どんなに写真を見つめても、色についての疑いは残る。なにしろ何年も前にさかのぼる展示だ、記憶があやふやになっているのかもしれない。でも、あのメルセデスは、僕には間違いなく黒に見えたのだ！　想像力にまんまと騙されたということもあるかもしれない。でも、いつかは態度をはっきりさせなければならないだろう。つまりは白黒はっきりさせるということ。なんらかの方法で。

156

メルセデスのことを、ナターシャに訊いてみた。彼女も、黒に見えたという。

ハイドリヒの権力が増大すればするほど、彼の振舞いはヒトラーのようになっていった。今では総統と同じように、世界の命運についての、えんえんと続く熱弁を側近たちに無理矢理聴かせるしまつ。フランク、アイヒマン、ベーメ、ミュラー、シェレンベルクは、世界地図に目を落としながら語る自分たちの長の常軌を逸した見解におとなしく耳を傾けている。

「スカンジナビア半島、オランダおよびフランドル地方はゲルマン人種の住むところだ……中近東とアフリカはイタリア人と分け合おう……ロシア人にはウラル山脈の向こうまで引き下がってもらい、彼らの国は開拓兵に植民してもらう……ウラル山脈がわれわれの東の国境となるだろう。わが軍の新兵をそこに送り込み、ゲリラ戦に備えた国境警備兵に育て上げる。たゆまず闘わないものは出ていけばいい、後追いをするまでもないだろう……」

力による権力の目眩《めまい》とでも言うべきか、ハイドリヒは、主のヒトラーと同じように、すでに自分が世界の支配者だと思い込んでいる。だが、そのためには勝たねばならぬ戦争がまだ残っていた。ロシア人を打ち負かすこと、挙げれば切りがないほどたくさんいる権力継承者候補を排除していくこと。どんなに楽観的にみても、そしてハイドリヒという星が第三帝国の闇夜をひたすら昇りつめようとしても、こういったことはいずれも時期尚早だった。

最初から、ヒトラーの有力な後継者候補同士の闘いが熾烈をきわめていたことはよく知られている。ハイドリヒはこの泥沼の権力闘争のどこに位置しているのか？　この人物が放つ不吉なオーラに魅せられた多くの人は、その流星のような昇進ぶりを引き合いに出して、いずれ彼が総統の跡を継ぐか、その地位を奪うだろうと信じていた。

しかしながら、一九四二年の時点では、頂点への道のりはまだ遠い。ハイドリヒはこの時期、ヒトラーの跡を狙う側近たちから盛んに秋波を送られている。ゲーリング、ボルマン、ゲッベルスといった面々は、自分の右腕を嫉妬深く監視しているヒムラーからハイドリヒを引き剝がそうと、躍起になっていた。プラハへ総督として赴任したことによって新たな次元が開けたとはいえ、あるいは「最終解決」というナチの最重要政策が任務として与えられているとはいえ、ハイドリヒの地位はまだ彼らと完全に肩を並べるレベルにはなかった。ゲーリングは後継者レースで水をあけられているとはいえ、いまだ公式には体制のナンバー・ツーであり、ヒトラーご指名の後継者だった。ボルマンはルドルフ・ヘスに代わって党のトップに立ち、総統の側近中の側近となった。ゲッベルスのプロパガンダは、かつてなく体制の要としての重要度を増している。ヒムラーは、あらゆる前線で賞賛を浴びている武装親衛隊《ヴァッフェンSS》を率いているだけでなく、収容所体制全体も統括していたから、ハイドリヒの特権からは、この二つの大きな領域が外れていた。

たしかに総督という地位を得たことによって、権力の階層を段階的にたどることなく、直接ヒトラーに通じることも可能になっているとはいえ、ハイドリヒはまだ、ヒムラーの地位を奪う覚悟を決めてはいない。いかにヒムラーが凡庸な上司に見えたとしても、けっして侮ってはいけないばかりでなく、親衛隊内部でのナンバー・ツーという自分の立場は、万が一の場合にはトップの陰に隠れることもできるわけで、自分が十分に力をつけて、もはや誰も恐れる必要がなくなるまで虎視眈々と機会を待っているべきだと考えていた。

そんなわけで、ハイドリヒの直接のライバルは当面、小物ばかりだった。たとえば、東部占領地域担当大臣で、この地域の植民地政策を立てる理論家のアルフレート・ローゼンベルク。あるいは、強制収容所の管理者にして、ハイドリヒと同じように、親衛隊内の「中央本部」（国家保安本部内の本部）の責任者でもあるオズヴァルト・ポール。あるいは、ワルシャワで彼と同等の地位にあるポーランド総督のハンス・フランク。さらには国防軍で彼と同等の地位にあたる防諜部《アプヴェーア》の長、カナリス……。たしかに、こうして役職と権限を並べてみると、彼の権力はほかのライバルひとりひとりと比べて、はるかに抜きん出ている。しかし、ライバルたちはそれぞれの持ち場で、ハイドリヒの権力の拡大を食い止めていた。この角度から見れば、親衛隊機構におけるヒムラー直属の、もうひとつの「本部」でもある秩序警察の長官を務めるダリューゲもここに加えるべきだろう。もちろん、彼の活動範囲は地方警察、治安の維持、一般法にかかわる取り締まりに限定されている。しかしながら、治安警察《オルポ》、保安警察《シューポ》、刑事警察《クリポ》などと呼ばれる組織は、ゲシュタポの力や隠然たる権威なしでも、警察権力を保持していて、これにもハイドリヒの支配は及んでいない。

だから、道は依然として遠いのだ。だがハイドリヒは、すでにここまで出世しているからといって、容易に気を緩めるような男ではない。

このエピソードはいろんな本に引用されている。ミンスクでの処刑に立ち会ったヒムラーが、目の前で倒れた少女二人から噴き出る血を見て失神したという話。この痛ましい経験の結果、処刑担当者の神経にあまり負担にならないような、別の手段を検討したうえで、ユダヤ人を初めとする劣《ウン》等人種《ターメンシェン》の殲滅作業を続行する必要があることを痛感したということになっている。

しかし、僕のノートによれば、生々しい処刑の廃止は、ハイドリヒが部下の〈ゲシュタポ・ミュラー〉をともなって現場の視察に訪れたときに、ヒムラーと同じようなことを感じた日と重なっている。

この仕事の当事者たる特別行動隊は、いつもだいたい同じ方法をとっていた。すなわち、巨大な塹壕のような溝を掘り、そこに近隣の市町村から連行してきた数百人、ときには数千人のユダヤ人、もしくは抵抗者とおぼしき人々をその溝の縁に立たせ、機関銃で一斉になぎ倒してしまう。ときには跪かせて、首筋に一発ずつ撃ち込んでいくこともあった。しかし、ほとんどの場合、生死を確認することすらしなかったので、生き埋めにされた人もいる。死体の下に隠れて、半死半生のまま夜を待ち、自分の埋められた場所の土をかき分けて生き延びた人もいた（だが、このようなケースはやはり奇跡的というほかない）。断末魔の叫び声やうめき声がもれ、今なおうごめく何体もの死体が折り重なった光景を何人かの目撃者が描写している。やがて、この塹壕はふさがれる。特別行動隊は、この原始的な方法で、総数約百五十万人もの人々を粛清した。ユダヤ人以外も一部含まれていたが、大半はユダヤ人だ。

ハイドリヒは、そのときどきでヒムラーと、あるいはアイヒマンと、あるいはミュラーとともに何度かこの処刑の場面に立ち会っている。そのうちのあるとき、若い女性が自分の赤ん坊だけは助けてほしいと差し出してきた。母子は彼の目の前で撃ち殺された。ハイドリヒはヒムラーのように感傷的なところはないから、気を失いはしなかった。とはいえ、この場面の残酷さには強い印象を受け、このような処刑方法の妥当性について自問することになった。そして、ヒムラーと同じように、勇猛果敢で知られる親衛隊員の志気と神経におよぼす最悪の影響を心配し、水筒を手に取ると、スリヴォヴィツェを一気に喉に流し込んだ。スリヴォヴィツェとはスモモから作られるチェコの蒸留酒だが、とても強く、大方のチェコ人の意見では、そんなに美味しくない。大酒飲みのハイドリヒのことだから、プラハに赴任するとすぐに好きになったにちがいない。

いずれにせよ、彼の率いる特別行動隊がユダヤ人問題を解決するための理想的な解決策には必ずしもならないという結論に達するまでにはある程度の時間がかかったことだろう。一九四一年の七月になり、ヒムラーとともに親衛隊長官専用列車に乗り込み、さっそく最初のミンスク視察に訪れたとき、ハイドリヒは上司同様、目の当たりにした殺戮について何も文句をつけることはなかった。こんなことを続けていると、ドイツ第三帝国のせいで将来何世代にもわたってドイツ人が告発されつづけることにもなりかねないレベルの残虐行為へとナチ及びドイツを追い込んでいくということを、二人が理解するまでに、さらに数か月を要した。この状況を打開するために何かする必要がある。だが、ここまで殺戮の工程が進んでしまうと後戻りはできず、かろうじて彼らが唯一の改善策を見出したのはアウシュヴィッツだった。

159

驚いたことに、この暗い、この恐るべき時期に、チェコ人の結婚件数は増加の一途をたどった。じつはこれにはわけがある。一九四二年初頭までは強制労働奉仕は独身者にしか課せられていなかったのだ。そのため、あわてて結婚するチェコ市民が目に見えて増えた。しかし、言うまでもなく、ハイドリヒの統括する部局の厳しい目をそう易々と逃れられるわけがない。そこで彼は、チェコの強制労働の対象をチェコの全成年男子にまで拡大した。その結果、数万のチェコ人労働者が、既婚未婚を問わず、労働力が不足しているところならドイツ第三帝国のどこであっても、むりやり送り込まれることになった。実際、ドイツ国防軍は数百万単位のドイツ人労働者を呑み込んでいたから、国内はどこもかしこも労働力不足に見舞われていた。

こういった政策に副作用が伴わないわけがない。決まってハイドリヒのデスクに届く国家保安本部（ＲＳＨＡ）からのおびただしい報告書のひとつには、こんなことが書いてある。

「今や帝国内では数百万もの外国人労働者が雇われているが、そういう労働者が様々な場所でドイツ人女性との性的関係を持つ場合があるという話を聞く。生物学的弱体化の危機が日ごとに増している。ドイツ人の血を引く女性が情交を目的にチェコ人労働者を求めていることに関する苦情は跡を絶たない」

この報告書を読んだハイドリヒは顔をしかめた、だろうと僕は思う。外国人の女と寝るのは、とがめ立てするほどのことではない。だが、アーリア人の女がさかりのついた雌のように、よそ者と寝たがっているとなれば聞き捨てならない。彼のことだから、さぞ気分を害しただろうし、女性全般を軽蔑する新たな理由にもなっただろう。だがリナはちがう、と彼は確信している。たとえ夫の浮気に業を煮やしているとしても、その腹いせにそういうことをするような女ではない。リナは正真正銘の、純血の、高貴な血の流れるドイツ女であり、ユダヤ人や黒人やスラブ人やアラブ人や、その他すべての劣等人種と寝るくらいなら自殺を選ぶだろう。ドイツ人の名に値しない、あの見境のない雌豚どもとはちがう。そんなものはみな売春宿に送り込むか、それよりさっさと、若い金髪女たちが親衛隊の種馬と番《つが》うのを待っている、あのアーリア人飼育場へ、種馬牧場へと放り込んでやればいいのだ。それが不満だとは言わせない。

ところで不思議に思うのだが、ナチは自分たちの教義とスラブ女性の美しさにどうやって折り合いをつけたのだろう。東欧にはヨーロッパでもっとも美しい女性がいるというだけでなく、その多くが金髪で青い目をしているのだから。そもそも、ゲッベルスがチェコの美人女優リーダ・バーロヴァーと関係を持ったとき、人種の純粋さをそんなに気にしたようには思えない。しかし、宿命的な美しさを持つがゆえにゲルマン化されるにふさわしい女だとは思ったことだろう。ナチ高官たちのほとんどが必ずしも理想的な肉体というわけではなかったこと——ゲッベルスの足は内反足であったという——を考えれば、彼らをあれだけ悩ませていた「人種の弱体化」に対する恐れには戸惑うほかない。だが、もちろんハイドリヒはちがう。彼は茶色の髪のチビではなく、その肉体はゲルマン的優越の旗を高々と掲げている。彼自身そう思っていただろうか？　僕はそう思う。自分に喜ばしく都合のいいことを、人はいつも易々と信じるものだ。僕は、ポール・ニューマンのあの言葉を思い出す。「私の眼が青くなかったら、こんな仕事にはけっして就いていなかっただろう」ハイドリヒもまた同じように思っていたのではないだろうか。

160

ハイドリヒを題材にしたフィクションに、僕はたまたまいくつもお目にかかってきた。今度は『鷲たちの黄昏』というテレビ映画、ロバート・ハリスの『ファザーランド』を脚色したものだ。主役はルトガー・ハウアーが演じている。リドリー・スコットの『ブレードランナー』のレプリカント役で一躍スターダムにのし上がったオランダ出身の俳優だ。このテレビ映画では、刑事警察《クリポ》に所属する親衛隊指揮官の役を演じている。

物語は一九六〇年代を舞台に展開する。ドイツは今なお総統が統治している。ベルリンはアルベルト・シュペーアの計画にしたがって再建され、バロック、アール・ヌーヴォー、ムッソリーニなどの様式が混在する、まあ、はっきり言えば未来派的な都市に似ている。ロシアとの戦争は続いているものの、他のヨーロッパ諸国はすべて第三帝国の支配下に入っている。その一方で、アメリカとの関係は雪解けに向かっている。ケネディは歴史的合意に署名すべく、数日内にヒトラーと会見することになっている。このフィクションでは、大統領に選出されたのは父のジョーゼフ・パトリックであり、息子のジョン・フィッツジェラルドではない。ところで、このJFKの父はナチへの共感を隠さない。つまり、この物語は「もし……ならば？」を基本に成り立っている。ある仮説をもとに構想されたもうひとつの歴史が書かれているわけで、ここではヒトラー支配の持続を仮説にしている。こういうのを歴史改変ものと呼ぶ。

この作品の場合は、ミステリーの形式を踏襲している。ナチの高官が次から次へと謎の死を遂げる。ケネディのドイツ訪問を取材するために同行したアメリカ人ジャーナリストの助けを借りて、ルトガー・ハウアー演じる親衛隊捜査官が、これらの殺人事件を結ぶ手がかりをつきとめる。ビュトラー、シュトゥッカート、ルター、ノイマン、ランゲ……これらの高官はみな、二十年前の謎の会合に出席していたのだ。それは一九四二年一月にハイドリヒその人がヴァンゼーで催した会合だった。一九六〇年代のハイドリヒは大臣になり、ゲーリングの代わりに国家元帥に昇格している。第三帝国のナンバー・ツーと言っていい。ヒトラーは、ケネディとの合意を無事調印にこぎ着けるべく、この二十年前の会合の出席者全員を完全に一掃してしまうことにしたのだ。こうすれば、この会合の議事が表沙汰になることはないから。実際、あの「最終解決」が、なんらかの形でこれにかかわりをもった全閣僚によって正式に承認されたのは、この一月二十日の会議だった。まさにここで、ハイドリヒの庇護のもと、その忠実な部下アイヒマンによって練り上げられた千百万人のユダヤ人を毒ガスで殲滅する計画が提出されたのだ。

当時、リッベントロップのもとで外務省代表としてこのヴァンゼー会議に出席したフランツ・ルターはもちろん死にたくない。彼はユダヤ人絶滅計画に関する反論の余地のない証拠を持っていて、政治亡命と引き換えにアメリカ側に渡そうとする。そう、全世界の人々はジェノサイドのことなど知らずに生活していて、公式にはヨーロッパのユダヤ人は強制収容所に送られたものの、そこからさらにウクライナに移されたということになっている。そこはロシアとの戦線に近いので、いかなる国際監視機関もその真偽を確かめることができない。ルターは自分が暗殺される直前にアメリカ人ジャーナリストと接触し、このジャーナリストは、まさにヒトラーが盛大な歓迎式を催そうとしているとき、この貴重な資料をアメリカ大統領に渡すことに成功する。ケネディとヒトラーの会談は急遽とりやめになり、アメリカはドイツに対して再び戦闘を開始し、第三帝国は二十年遅れて、ついに瓦解する。

このフィクションはヴァンゼー会議を「最終解決」の決定的な契機だと見なしている。なるほど、最終的な決定が下されたのはヴァンゼーではなかったかもしれない。なるほど、ハイドリヒの特別行動隊はすでに東部戦線において数十万のユダヤ人を殺していたかもしれない。しかし、大量虐殺を公認したのはヴァンゼーだ。もはや、程度の差こそあれ、殺人部隊にこっそりとこの任務を託すというようなことではなく（数百万の人間をこっそり殺すことができるかどうかはともかく）、一国の政治的経済的下部構造のすべてを大量虐殺に向けて利用することになったのだから。

会議そのものは二時間もかからなかった。たった二時間でユダヤ人に関する様々な問題をあらかた決めてしまったのだ。ユダヤ人のハーフはどうするのか？　クォーターは？　第一次大戦で戦功のあったユダヤ人は？　ドイツ人と結婚したユダヤ人は？　ユダヤ人の夫を殺されて寡婦となったアーリア人女性には年金を付与して賠償すべきか？　あらゆる会議がそうであるように、前もって決められた事柄だけがその場で決定される。実際、ハイドリヒにとっては、今後はある目標に向かって仕事をしなければならないということを帝国の全閣僚に告げることが、この会議を開催した理由だった。その目標とは、全ヨーロッパのユダヤ人を物理的に排除することである。

僕は今、ハイドリヒが会議の出席者に配った表を目にしている。国ごとにどれだけの数のユダヤ人を「排除」しなければならないかを細かく示した表だ。表は大きく二つに分かれている。最初の表には、第三帝国に属する国々がまとめられていて、なかではたとえば、エストニアがすでにユダ《ユーデ》ヤ人ゼロ《ンフライ》になっている一方、総督府（つまりポーランド）にはまだ二百万以上のユダヤ人がいることが示されている。二番目の表は、一九四二年の時点ではまだ優勢だったナチの楽観的な見方が反映されていて、衛星国（スロヴァキアには八万八千人のユダヤ人、クロアチアには四万人のユダヤ人……）や同盟国（サルディニアを含むイタリアに五万八千人のユダヤ人……）だけでなく、中立国（スイスには一万八千人、スウェーデンには八千人、トルコのヨーロッパ地域に五万五千人、スペインには五千人……）や敵国（この時期にはヨーロッパに二か国しか残っておらず、しかもソ連の大部分にすでに侵攻していて、ソ連全体で五百万人いるユダヤ人のうち、三百万人が完全に占領が終わっているウクライナに集中している。イギリスには三十三万人のユダヤ人がいるが、侵攻しているとはとても言いがたい）まで含まれている。ということは、説得か力ずくかはともかく、すべてのヨーロッパ諸国に住むユダヤ人を収容所に強制的に移送させることが想定されていたわけだ。ページの下に記されているユダヤ人総数は、千百万人を超えている。最終的にはこの目論見の半分は達成されたことになる。

アイヒマンはこの会議が終わったあとの様子を報告している。各省の代表が立ち去ると、ハイドリヒと二人の側近だけが残った。アイヒマン本人と〈ゲシュタポ・ミュラー〉。彼らは瀟洒な板張りの小さなサロンに移った。ハイドリヒはコニャックをなめながら、クラシック音楽に耳を傾け

（たぶんシューベルトだと思う）、三人で一本の葉巻をくゆらせた。ハイドリヒはきわめて上機嫌だったとアイヒマンは記している。

161

昨日、ラウル・ヒルバーグが死んだ。「機能主義」の父と呼ばれる。機能主義の歴史家とは、ユダヤ人殲滅はじつは熟慮のうえで計画的に遂行されたものではなく、様々な条件や背景に導かれた結果だと考える人たちのことだが、これに反して「意図主義」の歴史家は、最初から、つまりおおざっぱに言えば、一九二四年に『わが闘争』が執筆されたときから、計画性は明らかで疑いの余地がないと考える。

その死に際して「ル・モンド」は、彼が一九九四年に応じたインタビューの一部を掲載している。そこで彼は自分の理論を大筋で繰り返している。

「ドイツ人は最初の時点では、自分たちが何をしようとしているのかわかっていなかったと私は見ているんですよ。ユダヤ人に対する暴力がどんどん増大する方向に全体として向かっている列車を彼らが運転していたことは確かですが、その方向ははっきりとは確定されていなかった。ナチズムというものが、たんなる一党派を超えて、けっして止まることなく、たえず前へ前へと進まなければならない運動のようなものになっていたということを忘れてはいけません。前例のない任務に直面したドイツの官僚はどうしていいかわからなかった。そこにこそヒトラーの役割がある。誰かが高みに立って、本質的に保守的な官僚たちに青信号を出さなければならなかったのです」

意図主義の歴史家が拠って立つ重要な論拠のひとつは、一九三九年一月に公衆の面前でヒトラーが行なった演説のなかの、次の言葉だ。「ヨーロッパ内外の国際的なユダヤ金融資本がまたもや諸民族を世界戦争に引き込んだとしたら、その結果は全地球のボルシェビキ化にも、ユダヤ主義の勝利にもならず、むしろヨーロッパにおけるユダヤ人絶滅という事態を招くだろう」これとは逆に、機能主義者に正当性を与えるもっとも明白な論拠は、ナチが長いあいだユダヤ人を送り込むための領地を本気で探していたということにある。たとえばマダガスカル、北氷洋、シベリア、パレスチナ――アイヒマンは何度もシオニストの活動家と会って交渉している。ところが、戦争の帰趨が予断を許さなくなってきたため、こういった計画をみな破棄せざるをえなくなったというのだ。とりわけマダガスカルにユダヤ人を移送する計画は、航海の安全が保証されないかぎり、つまりイギリスとの戦争状態が続くかぎり、計画も立てられない。さらには東欧での戦いの成り行きが、極端な解決策を求める動きを加速させたという。ナチはみずから認めることはなかったものの、自分たちの東欧での制覇が不安定なものであることを知っていたし、ソビエトのみごとな抵抗に遭って、最悪の事態までは想定していないにしても――なぜなら一九四二年の時点では、赤軍がベルリンまでドイツに侵攻してくるとは誰も想像できなかったから――少なくとも占領した領土を失うことを恐れていた。だから急ぐ必要があった。こうしていつのまにか、ユダヤ人問題は産業的意味合いを帯びるようになった。

162

貨物列車が果てしのないきしみ音を響かせながら停まる。プラットフォームから長いスロープが続いている。空にはカラスの鳴き声が響いている。スロープの先には大きな鉄柵があり、切り妻形の上部にはドイツ語の銘板が取り付けられている。その向こうには茶色の石でできた建物がある。鉄柵が開く。ここからアウシュヴィッツに入る。

163

その日の朝、ハイドリヒはヒムラーからの手紙を受け取った。五百人ほどのドイツ人の若者が、スウィングとかいう、黒人音楽にあわせて踊る堕落したダンスに興じていたためにハンブルク警察に逮捕されたことに、ヒムラーはひどく憤慨している。

「この件に関しては、いかなる中途半端な処置にも、私は断固反対する。これらの未成年は全員収容所に送られるべきである。こういう連中にはまずたっぷりと仕置きをしなければならない。収容所には二、三年くらいの長い期間いてもらうことにしよう。勉強する権利もなくなることは言うまでもない。このくらい乱暴なことをしないと、こういった英米かぶれの蔓延は収まらないだろう」

ハイドリヒは、実際に五十人ほどの若者を強制収容所に送った。総統からユダヤ人の最後のひとりまで絶滅させよという歴史的な任務を託されているからといって、些細な事件をおろそかにすることはなかった。

164

ゲッベルスの日記、一九四二年一月二十一日。

「ハイドリヒはようやく保護領の新内閣を任命した。ハーハはハイドリヒから要請されていた帝国との連帯声明を繰り返した。ハイドリヒが保護領で遂行している政策はまことに模範と見なされるべきだ。彼は危機的状態と見るや、すぐにそれを平定する。その結果、保護領は今やほかの占領地域や衛星国とは違って、とてもいい状態を保っている」

165

毎日のようにヒトラーはひとりえんえんと演説をぶち、ひたすら従順で無言の聴衆に向かって自分の政治的分析を浴びせかけている。その饒舌の矛先は保護領の状況へと向かう。
「ノイラートはチェコの連中にまんまと騙されたのだ！　この体制になって、まだ半年しか経っていないというのに、生産量が二五パーセントも下がったというではないか！　スラブ民族のなかで、チェコ人はもっとも危険だ。なぜなら、彼らは労働者だから。彼らには規律を守る感覚があるし、勤勉で組織的、本音を抑える術も心得ている。これからは働いてもらう。今や、われわれが苛烈で情け容赦ないことを思い知ったはずだから」
こういう物言いで、彼はハイドリヒの仕事に満足していることを表明しているのだ。

166

それから程なくして、ヒトラーはハイドリヒをベルリンで迎えた。こうしてハイドリヒはまたヒトラーの目前に立ったわけだ。あるいは、いや、ヒトラーがハイドリヒの目前に立ったと言うべきか。ヒトラーは長広舌をふるう。「チェコ人にふさわしい政策を遂行するなら、われわれはこの混乱を立て直すことができるだろう。チェコ人の大半はゲルマン起源だから、彼らをふたたびゲルマン化することは不可能ではない」この演説は、最大限の敬意を起こさせるに足る仕事をしている協力者を励ますものだった。おそらくシュペーアに対しても同じように敬意を抱いていただろうが、その理由はずいぶん違っていた。

シュペーアに対しては、政治や戦争やユダヤ人問題以外の話もできた。話題は音楽や絵画、文学に及び、やがて、世界首都ゲルマニアの具体的な構想へと移っていく。この未来のベルリン構想は、二人で計画を立て、天才建築家がそれを現実化する任務を担っていた。ヒトラーにとってシュペーアは息抜きであり、気晴らしだった。みずから創り上げ、そのなかに閉じ込められている国家社会主義の迷路の外に広がっている世界に面した窓でもあった。なるほど、シュペーアも正式な党員だし、一身を大義に捧げている。それに、建築家としての肩書きに加えて、軍需大臣に任命されてからは、持てる知性と才能のすべてを生産力再編のために注ぎ込んでいる。その忠誠心、その効率的な仕事ぶりに疑わしいところは何もない。だが、ヒトラーに気に入られているのは、そのせいではなかった。忠誠心ということなら、ヒムラーがいる。忠実なるハインリヒと呼ばれていることからもわかるように、この点で彼にかなうものはいないと言っていいだろう。たぶん効率的な仕事ぶりにしても……。だが、シュペーアはその仕立てのいいスーツの着こなしひとつとっても、はるかに上品で優雅だし、どんな状況においても自然に振る舞うことができる。ある意味で彼は、挫折した芸術家のヒトラー、ミュンヘンの元浮浪者が忌み嫌うはずのインテリのひとりでもある。しかし、シュペーアは明らかに、ほかの誰ひとりとしてヒトラーから引き出すことのできないものを引き出すことができた。それは、どんな場面においても、ふさわしく振る舞うことのできる社交的センスを具えた聡明な人間に対する友情と賛嘆の念だった。

もちろんヒトラーがハイドリヒを愛した理由は、これとは違う。正反対だと言ってもいい。シュペーアが、ヒトラーがかつて一度も属したことのない「正常」な世界のエリートだとすれば、ハイドリヒは完璧なナチのプロトタイプだった。長身で金髪、残酷で、どんな命令にも従い、死をも厭わない効率性。運命の皮肉は、ヒムラーによれば、ユダヤの血を引いていたことか。しかし、ハイドリヒの内部における腐敗した部分に対する容赦のない闘いと勝利は、ヒトラーの目に、ユダヤ的なものに対するアーリア的な要素の優越性を証明するものと映った。そして、ヒトラーが本当に彼がユダヤの血を引いていると信じていたとしたら、そういう男に「最終解決」の責任を託し、イスラエルの民を殲滅する天使に変えることができたことに無上の喜びを味わっていたことだろう。

167

この映像なら、よく知っている。私服のヒムラーとハイドリヒが、バイエルン州のアルプス山中に建てられた、まさに鷲の巣と言われたヒトラーの豪壮な別荘のテラスで、総統とうち解けたひとときを過ごしている映像。でも、ヒトラーの愛人が撮影したものだとは知らなかった。あるケーブルテレビ局が企画した『エヴァ・ブラウン』という夜の番組を見て知った。僕にとっては願ってもない番組だ。この本の登場人物の私生活なら、どんなことでも覗いてみたい。ヒトラーに招かれたハイドリヒの映像は何度も見た。金髪に鉤鼻、どんな相手よりも頭ひとつ抜きん出ていて、袖の短すぎるベージュのスーツに身をつつみ、笑みを浮かべ、くつろいでいる姿。でも、音がないのは、しかたないとはいえ、やっぱり物足りない。ところで、このエヴァ・ブラウンのドキュメンタリーの制作者は、じつに念入りな仕事をしている。なんと、読唇術の専門家を招いて、耳には聞こえない会話の内容を読み取らせたのだ。その結果、日当たりのよい谷間を見おろす石の欄干の前で、ヒムラーがハイドリヒに何をこっそり打ち明けているのかわかった。「どんなことがあっても、われわれの任務から外れるようなことをしてはいけない」だと。なるほど、そういうことなら、彼らが次に何を考えたかもわかるだろう。僕は少しがっかりすると同時に満足もした。何もないよりはましだから。そもそも、僕はいったい何を期待しているのか？「ハイドリヒ君、例のリー・ハーヴェイ・オズワルドを入れたら、いい仕事をすると思うがね」などと言うわけはないのに。

168

「最終解決」の実行責任が日々重さを増していくなかで、ハイドリヒは保護領の内政も怠りない。一九四二年の一月にはなんとか時間を見つけて、昨年九月に鳴り物入りでプラハに乗り込んできて以来、ずっと懸案だったチェコ政府の内閣改造にも取り組んだ。ヴァンゼー会議のまさに前日、つまり十九日には新首相を任命したが、役職としてなんのリアリティもないポストに誰を任命しようとべつにどうということはない。この傀儡《かいらい》政権の鍵を握っているのは経済大臣――このポストにはドイツ人が任命されたが、この物語ではあえて名前を挙げる必要もないので割愛する――と、エマヌエル・モラヴェッツに割り当てられた教育大臣の二つだった。ハイドリヒは経済相にドイツ人を当てたように、閣僚が仕事で使う言葉としてはドイツ語を使うように命じた。教育省のトップにモラヴェッツを指名したのは、この人物がナチにきわめて協力的な資質のあることを知っていたから、安心して仕事を任せられると判断したからだ。この二つの省は同じ目標で結ばれていた。ドイツ帝国の需要に応じられる工業生産力を維持・発展させること。この目標を達成するために、チェコの全生産力をドイツの戦争努力に振り向けることが経済相の役割だった。モラヴェッツの役割は、教育体制のすべてを労働者の養成に振り向けることにあった。こうすることで、チェコの子供たちは教育と称して、基本的には手作業とそれを補完する最低限のチェコ語の知識に限定された純然たる職業訓練を受けることになった。

一九四二年二月四日、ハイドリヒはこんな演説をしている。僕がこの演説に興味を持つのは、僕の属しているのと同じ組合について言及しているからだ。

「チェコの教職員たちについても決着をつけなければならないだろう。なぜなら、教職員組合は反対派の温床になっているからだ。まずはこの組合を潰し、チェコの高校を閉鎖すべきだ。当然、チェコの若者は、学校以外の適当な場所で、反体制的な雰囲気から引き離して教育を受けさせなければならない。そういう場所としては、戸外の運動場がいちばんふさわしいのではないだろうか。体育とスポーツを通じて、彼らの発育と再教育を同時にはかれるだろう」

あとは推して知るべしとは、このことだろう！

もちろん、一九三九年の十一月に三年間の閉鎖を命じられた大学の再開など、検討の余地もない。三年を超えて閉鎖を延長する理由を見つけるのはモラヴェッツの仕事だ。

この演説を読んで、僕は三つの点に気づいた。

1　チェコにかぎらず、国民教育の名誉がその国の大臣によって守られた試しはない。元々は筋金入りの反ナチだったエマヌエル・モラヴェッツが、ミュンヘン会談以降は、ハイドリヒが任命したチェコ内閣のなかで、もっとも積極的なナチ協力派となり、すっかり耄碌《もうろく》した老いぼれ大統領のエミール・ハーハなどより、はるかにドイツ人に好都合な交渉相手となってしまったのだ。地元の歴史書では、よく「チェコのクヴィスリング」と呼ばれていることが多いが、この有名なノルウェーの対独協力者ヴィドクン・クヴィスリングの名は、今やヨーロッパの多くの言語で、対独協力者の代名詞として通っている。

2　国民教育の名誉は、なんだかんだ言っても、先生方によって立派に守られた。反体制思想ばかり鼓舞すると言われているが、この場合、むしろそのことが彼らの名誉だ。

3　スポーツなんて、結局はろくでもないファシズムじゃないか。

169

ここであらためて、ジャンルの束縛について触れておこう。ふつうの小説はどれも、ことさら特別な効果をねらわないかぎり、同じ名を持つ人物をわざわざ三人も登場させたりしない。ところが僕の場合、ロンドンに亡命したチェコ秘密情報機関を率いる勇敢なモラヴェッツ大佐、国内レジスタンスで英雄的な振舞いをしているモラヴェッツ家の人々、唾棄すべき対独協力大臣のエマヌエル・モラヴェッツをどうしても登場させなければならない。〈東方の三博士〉と呼ばれる抵抗組織を束ねるヴァーツラフ・モラヴェク大尉のことは措くとして。よりにもよって三人も同姓の人物がいるというこの痛恨の事態は、読者にはさぞ紛らわしいことだろう。これがふつうのフィクションだったら、モラヴェッツ大佐をノヴァーク大佐にするとか、モラヴェッツ家がシュヴィガル家になったりするのもいいだろうし、裏切り者にはヌテラとかコダックとかプラダとか、思いつきで適当に命名するのも悪くないだろう。もちろん僕はそういう遊びをするつもりはない。読者の便宜を思って譲歩することがあるとすれば、固有名詞の語尾変化をしすぎないことに限られるだろう。モラヴェッツの女性形は厳密にはモラフツォヴァーとしなければならないところだが、モラヴェッツのおばさんを指す場合には原形のままにしようと思う。こうすれば、ただでさえ同姓の人物が登場して紛らわしいのに、さらにややこしくならないですむだろう。ロシア語の小説を書いているわけではないから（スラブ語では固有名詞にも女性形や複数形の語尾変化がある）。ちなみに『戦争と平和』のフランス語訳では、ナターシャ・ロストワはナターシャ・ロストフに戻している——そのままにしていると言うべきか。

170

ゲッベルスの日記、一九四二年二月六日。

「グレゴリーから保護領についての報告を受けた。雰囲気はきわめて良好。ハイドリヒの仕事ぶりには目を瞠るものがある。政治的に俊敏なところと慎重なところの双方を兼ね備えているから、もう危機が話題になることもない。しかし、ハイドリヒはグレゴリーを親衛隊長官と替えようとしているらしい。私は反対だ。グレゴリーは保護領とチェコの民衆に関する抜きん出た知識を持っているし、人事面の政策に関してはハイドリヒのやっていることは必ずしも賢明ではないし、とりわけ、それによって指導的効果が出ているとは言いがたい。それゆえ、私はグレゴリーを支持する」

このグレゴリーが誰なのか、僕にはさっぱりわからない。でも、断わっておくが、あえて投げやりな口調で言っているなどと勘違いしないでほしい。しっかり調べたのだから。

ゲッベルスの日記、一九四二年二月一五日。

「保護領の状況について、ハイドリヒと長いこと話をした。雰囲気はずいぶん好転した。ハイドリヒの施策が功を奏しているからだ。しかしながら、インテリゲンチャは今なおわれわれに敵対的だ。どんな場合でも、ドイツの安全をおびやかすチェコの不穏分子の危険な動きはこれまで完全に封じ込められてきた。ハイドリヒはじつにみごとに立ち回っている。チェコ人を猫の鼠に対するがごとくになぶりものにし、チェコ人は彼の言うことをすべて鵜呑みにしている。彼はまず、国民にとりわけ支持される対策を矢継ぎ早に打った。その最たるものは、闇市の徹底的な取り締まりだ。ついでながら、彼の闇市に対する闘いの結果、明らかになった住民による膨大な食糧備蓄にはまったく唖然とさせられる。彼は目下、大多数のチェコ人の強制的ゲルマン化政策に成功を収めつつある。これについてはきわめて慎重に事を進めているが、いずれは間違いなくすばらしい成果をもたらすだろう。スラブ民族は——と彼は強調している——ゲルマン民族を教化するようには教化できない。高慢の鼻をへし折るか、うまく懐柔するか。彼はこの二番目の方法で、あっというまに成功をおさめた。保護領におけるわれわれの任務は火を見るよりも明らかだ。ノイラートは完全に道を誤った。それがプラハに最初の危機を招いた原因だ。

ハイドリヒはまた、占領地区のすべてに治安局を立ち上げようとしている。この件でドイツ国防軍は無理難題を彼にふっかけているが、この困難も克服されようとしている。状況が変化するにつれて、国防軍はますますこれらの問題に対する無能ぶりをあらわにしている。

ハイドリヒには、国防軍のいくつかの部隊に所属した経験もある。彼らは国家社会主義の政策にも戦争にもあまり好意的でないし、民衆を指導することについては何も理解していない」

172

二月十六日、〈シルバーA作戦〉を率いるバルトシュ大尉はロンドンに向けてメッセージを送った。このメッセージは、ガブチークとクビシュと同じ夜に本国にパラシュートで潜入した大尉のグループが持ち込んだ〈リブシェ〉という伝説の女王の名を持つ発信器で送信された。これを読むと、国内で隠密行動をしているパラシュート部隊員がどんな苦労をしているかがよくわかる。

「今後こちらに送り込んでくるグループにはたっぷり金を持たせ、きちんとした服を着せてやってほしい。ポケットに入る小口径のピストルや手提げ鞄は当地では手に入りづらいが、あると重宝する。毒物はもっと小さな、しかるべき容器にいれてほしい。パラシュート部隊を送り込む場合には、できるかぎり、目的地とは違う地方に降下させたほうがいい。このほうがドイツの治安当局の目を逃れやすい。一番の困難は、こちらで仕事を見つけること。労働許可証を持っていない人間は雇ってくれない。これがあれば、職業斡旋所で勤め先を紹介してくれる。春は強制労働に引っ張られる危険が大きくなるから、これ以上不法滞在者の数を増やすわけにはいかない。捕まれば、組織全体が露見する危険も出てくる。そういうわけで、できるだけ当地の人々を活用し、新たな派遣部隊は極力やむをえない場合に限定するべきだと考える」アイス記す。

173

ゲッベルスの日記、一九四二年二月二十六日。

「ハイドリヒが保護領の状況について、きわめて詳細な報告書を提出してきた。そんなに大きな変化はない。だが、この報告書からはっきりわかることは、ハイドリヒの戦術がみごとに的中しているということだ。彼はチェコの閣僚を顎で使っている。ハーハはハイドリヒの新たな政策を遂行するための完全な手先になっている。保護領に関するかぎり、今のところ心配な点は何もない」

174

ハイドリヒが文化を忘れることはない。三月、彼の統治下でもっとも盛大な文化的催しを企画した。〈ソビエトという楽園〉と題された展覧会を、あの忌まわしいフランクの手で開かせた。老いぼれのハーハ大統領と破廉恥きわまりない対独協力大臣のエマヌエル・モラヴェッツも参列させて。

この展覧会がどのようなものだったのか、正確にはわからないが、ソ連という国がいかに野蛮な発展途上国であるか、生活レベルはひどく低く、もちろんボルシェビズムが本質的に倒錯した性質のものであるかを強調する目的で開かれたということは見当がつく。と同時に、東部戦線でのドイツの勝利を顕揚し、戦車をはじめとするドイツの軍備の、ロシア軍に対する優位を誇示するものでもあっただろう。

この展覧会は四週間続けられ、五十万人の見物客を動員した。そのなかにガブチークとクビシュの姿もあった。この二人にとって、ソビエトの戦車を見るのはこれが最初で、唯一の機会であっただろう。

175

最初は、この話を語ることはそんなに難しくはないだろうと思っていた。二人の男があるひとりの男を殺すだけの話だから。うまくいこうがいくまいが、それでおしまい、だいたいそんなところだろうと。そのほかの登場人物は歴史のタペストリーの上を行儀よく通り過ぎていく亡霊のようなものだと思っていた。幽霊とかかわりを持つ以上はいろいろ気遣いも必要なことくらい、僕も知らないわけではなかった。でも、うっかりしていたことがひとつだけあった。幽霊の願いはただ生き返りたいということだけ——そのくらい気づいてしかるべきだと言われればそれまでだが。僕としては、そんなに多くは望まないものの、この物語が要請することには従わなければならないし、かといって、たえず膨れ上がるこの影の軍団だけにかかわっているわけにもいかない——僕が日頃からあまりかまってやらないものだから、その腹いせにつきまとってくるのかもしれないけれど。

でも、それればかりではない。

パルドゥビツェは、エルベ川を渡った先の、ボヘミア東部の町だ。人口はほぼ九万、町の中心に美しい方形の広場があり、ルネサンス様式の美しい建物が目を惹く。ここは、時代を超えて称えられるアイスホッケーの名選手、伝説のゴールキーパー、ドミニク・ハシェクの生まれた町だ。

この町に、《ヴァセルカ》という、けっこうおしゃれなホテル・レストランがある。毎晩のように、ドイツ人の客で賑わっている。ゲシュタポの隊員が騒々しくテーブルを囲んでいる。大いに食べ、大いに飲んでは、給仕を呼びつける。呼ばれた給仕は非の打ち所なく慇懃に応対する。どうやら客はブランデーをご所望のようだ。給仕は注文を書きつける。ドイツ人の客のひとりが煙草を口にくわえる。すると給仕はポケットからライターを取り出し、軽くお辞儀をしながら、ドイツ人の煙草に火をつける。

この給仕はとても美男子だ。つい最近雇われたばかり。若くて愛想がよく、目の色は明るく、まなざしは率直、目鼻立ちはほっそりしているが、顔のつくりはがっしりしている。ここパルドゥビツェでは、ミレク・ショルツと呼ばれている。一見すると、この給仕に関心を寄せる理由は何もないように思われる。ゲシュタポが関心を持ったということ以外は。

ある朝、はたしてゲシュタポはホテルの主人を呼び出す。ミレク・ショルツについて調べるために。どこの出身か、どういう連中と交際しているのか、仕事を休むときにはどこに行くのか。主人は答える、ショルツはオストラヴァの出身で、父親がそこでホテルを経営している、と。警察はオストラヴァに電話する。だが、現地の警察はショルツという名のホテル経営者は聞いたことがないという。そこでパルドゥビツェのゲシュタポは《ヴァセルカ》の主人をまた呼び出す。今度はショルツも一緒に。来たのは主人だけ。食器をこわしたので、この給仕はクビにしたという。ゲシュタポは主人を帰し、あとをつけさせる。だが、ミレク・ショルツの行方は知れない。

176

保護領で行動したパラシュート部隊員はみな、数え切れないほどの偽名を使っただろう。ミレク・ショルツもそのひとつだった。さて今度は、この名を使った本人に関心を向け、彼が結果として歴史にどんな役割を果たしたのかを見てみよう。彼の本名はヨゼフ・ヴァルチーク、ミレク・シヨルツとは違って、ちゃんと記憶に留めておくべき名だ。パルドゥビツェで給仕として働いていた美青年とは、当時二十七歳の、このヴァルチークだった。彼は今、逃亡の身、両親の家で休養するためにモラヴィアに向かっている。つまり、ヴァルチークはクビシュと同じモラヴィア出身だということだが、じつはこれがもっとも重要な共通点ではない。ヴァルチーク軍曹は、十二月二十八日の夜にガブチークとクビシュをパラシュート降下させたハリファックスに同乗していたのだ。しかし、彼のほうは暗号名〈シルバーA〉という別のグループに属し、暗号名を〈リブシェ〉という発信器とともに地上に降りて、〈東方の三博士〉の最後に残ったひとり、小指を切断したレジスタンスの指導者モラヴェクを介して、このうえなく貴重な情報をロンドンの亡命政府と、〈A54〉と呼ばれるドイツ人スーパー・スパイに送る任務を遂行することになっていた。

もちろん、物事は予定どおりには進まない。ヴァルチークはパラシュート降下の際に、仲間からはぐれただけでなく、発信器を回収するのにひどい苦労をした。橇《そり》に乗せて運ぼうとしたが、結局はタクシーでまたパルドゥビツェに戻り、そこで地元の同志にレストランの給仕という隠れ蓑を見つけてもらったのはいいが、そこがゲシュタポの溜まり場だったというのも、彼の皮肉のセンスをくすぐるものだった。

さて、残念なことに、この格好の隠れ蓑も見破られた。でもある意味では、この不運によって、ほかのパラシュート部隊員と彼の宿命が待っているプラハへと、彼は向かわざるをえなくなったとも言える。

この物語がふつうの小説なら、こんな登場人物はまったく必要なかっただろう。その逆に僕は余計なものを背負い込んでいる。ただでさえガブチークとクビシュという二人の主人公が陽気で、楽観的で、勇敢で、人から好かれる性格なのに、さらにそこに似たような性格の人物を登場させているのだから。でも、この〈類人猿作戦〉が何を必要としているのか、それを決めるのは僕ではない。やがて〈類人猿作戦〉には、見張り役の必要になるときがやって来る。

177

二人は顔見知りだった。イギリスで出会って以来の友人で、一緒にＳＯＥの特殊部隊と同じ訓練を受けたし、おそらくフランスにいたあいだも外人部隊で一緒になったことがあったかもしれないし、チェコスロヴァキア自由軍に所属し、フランス軍兵士とともに戦ったことだってあったかもしれない。おまけに二人とも同じ名だった。それでも、二人は力を込めて握手し、喜びを隠そうともせず、名乗り合った。

「やあ、僕はズデニェク」

「やあ、僕もズデニェクだよ！」

彼らはこの偶然の一致に笑みを交わす。ヨゼフ・ガブチークとヨゼフ・ヴァルチークは、ロンドンで同じ偽名を割り当てられたのだ。僕が偏執狂的で自己中心的な男だったら、ロンドンの亡命政府がこの物語をさらに混乱させるために、わざとこんなことをしたと思っただろう。でも、どっちにしたって、たいした問題じゃない。なぜなら、彼らは違う相手と会うたびに偽名を使い分けていたのだから。僕は、ガブチークとクビシュがときに自分たちの任務のことを大っぴらに話す、その軽々しさにいささかあきれることさえあるのだが、とはいえ必要なときには、彼らは真面目になることができたし、今自分が対面している相手に以前どんな偽名を使ったのかを思い出さなければならないときには、それこそプロのスパイのようになったにちがいない。

パラシュート部隊員同士のときは、もちろん違うし、ヴァルチークとガブチークがまるで初対面のように自己紹介したのは、お互いに今はなんと名乗っているのか知ろうとしたというか、むしろ、今、使っている偽造証明書にはどういう名前が記されているかを確認しようとしたのだろう。

「今はおばさんのところに泊まっているのかい？」

「うん、でも、すぐに動くよ。どうすれば連絡が取れる？」

「管理人に伝言を頼んでくれ、心配ないから。鍵のコレクションを見せてくれと言えばいい。そうすれば信用してくれる。合い言葉は〈ヤン〉だ」

「おばさんもそう言ってたけど、でも……〈ヤン〉って、あのヤンのことかい？」

「ちがうよ、ここではあいつはオタって呼ばれてる。たんなる偶然さ」

「そうか、わかったよ」

こんな場面はどうしても必要なわけじゃないし、ほとんど僕が創作したようなものだから、残しておこうとも思わない。

178

ヴァルチークがプラハに入ってからというもの、街をうろつくパラシュート部隊員の数は合わせて十人くらいになった。理屈からすれば、彼らはそれぞれ自分の属するグループに割り当てられた任務を遂行しているにすぎない。活動領域をきっちり区分するためには、グループ間の連絡をできるだけ少なくすることが望ましい。こうすれば、あるグループが検挙されても、ほかのグループを巻き添えにしないですむ。でも、現実にはほとんど不可能なことだ。隊員たちが隠れ家に利用できるところは限られているから、転々と住まいを移すというわけにもいかない。実際のところ、ひとつのグループなり、ひとりの隊員がある場所から出ていけば、その代わりに別のグループなり隊員がそこに入ることになるから、すべての隊員、すべてのグループが多少なりとも定期的にすれ違っていることになる。

とくにモラヴェッツ家のアパートメントは、プラハにいるパラシュート部隊員のすべてが入れ替わり立ち替わり住む結果となっていた。父親はあえて質問せず、隊員たちが親しげに「おばさん」と呼ぶ母親はケーキを作ってやり、息子のアタは、袖にピストルを隠し持っている謎めいた男たちをうっとり眺めている。

こうした慌ただしい出入りの結果、もとは〈シルバーA〉に属していたヴァルチークが急速に〈類人猿〉チームに接近していく。

同じように〈アウト・ディスタンス〉班のカレル・チュルダもほとんど全員と、つまりはパラシュート部隊員全員と彼らを匿《かくま》う家族全員と顔見知りになった。それだけ名前が漏れ、住所が知れわたるようになったということだ。

「わたしはクンデラの大ファンですが、パリを舞台にした小説だけはあまり好きになれません。なぜなら、そこは彼の住み処ではないから。とってもいいスーツを着ているけれど、少し大きすぎるというか、少し小さすぎるというか（笑い）。わたしも、ミロシュとパヴェルがプラハの街を歩いているときには、そう思うわ」

これは、あのすばらしい映画『ペルセポリス』を発表したとき、映画専門誌「インロック」のインタビューに応じたマルジャン・サトラピの発言だ。これを読むと、なんとなく不安になってくる。女の子の部屋でこの雑誌をめくっていた僕は、自分の気持ちを率直に話してみた。すると彼女は、こう言って僕の不安を解消してくれた。「でもさ、あなたはプラハに行ったことがあるんだし、そこで暮らしたこともあって、プラハの街が好きなんでしょ」たしかにそうなんだけど、クンデラだって、パリに対して同じ思いを抱いているはずだ。それにマルジャン・サトラピはこんなことも言っている。「わたしはもう二十年もパリに住んでいるけれど、ここで育ったわけじゃない。わたしの作品にはずっとイランの生地がなんらかの形で残るでしょう。もちろん、わたしはランボーも好きだけど、オマル・ハイヤーム（十二世紀のペルシャの科学者、詩人）のほうがこれからもずっと語りかけてくると思う」こんなのおかしいんじゃないか、僕はこんなふうにこの問題を考えたことはない。デスノスのほうがネズヴァルよりも語りかけてくるか？　さあ、どうだろう。フローベールやカミュやアラゴンのほうがカフカやハシェクやホランよりも語りかけてくるとは思わない。ガルシア・マルケスやヘミングウェイやアナトーリー・ルイバコフにしたって同じことだ。マルジャン・サトラピは僕がプラハで育っていないことに気づくだろうか？　メルセデスが急カーブの道から不意に現われたときに、彼女はそんなことを思うだろうか？　彼女はこんなことも言っている。「ルビッチはハリウッドの映画監督になっても、いつもヨーロッパを再現しようとし、妄想をたくましくしていた。ヨーロッパ東部特有のユダヤ人のヨーロッパをね。彼の作品の舞台がアメリカであったとしても、わたしにとって、それはいつもウィーンやブダペスト。それがかえっていいの」だとすると、僕のこの物語はプラハではなく、僕の生まれたパリを舞台にしているという印象を彼女は持つのだろうか？　僕がこれほどまでに全身全霊込めてプラハの街に焦がれているというのに？　僕が実際にメルセデスを運転して、プラハ郊外のトロヤ橋近く、ホレショヴィツェのカーブあたりまで行ったとしても、彼女の頭によぎるのはパリ郊外の景色なんだろうか？

いや、僕のこの物語はドイツ北部のある町から始まり、キール、ミュンヘン、ベルリンへと続き、さらにはスロヴァキア東部へと移動し、ほんのちょっとフランスに立ち寄ってから、ロンドン、キエフを回ってベルリンに戻り、最後はプラハにたどり着く、そうプラハ、プラハだ！　百の塔のあるプラハ、世界の中心、僕の想像世界の台風の目、雨の指を持つプラハ、皇帝が見たバロックの夢、中世の石の故郷、いくつもの橋の下を流れる魂の音楽、皇帝カレル四世、ヤン・ネルダ、モーツァルト、そしてヴァーツラフ、ヤン・フス、ヤン・ジシュカ、ヨーゼフK、*Praha s prsty deště*（雨の指を持つプラハ）、ゴーレムの額に刻まれた呪文、リリオヴァ通りの首のない騎士、一世紀に一度自分を解放しにやってくる少女を待つ鉄の男、橋脚に隠された剣、そして今は、いつまで続くやも知れぬ、街に響く軍靴の音。一年。あるいは二年。実際は三年。僕はプラハにいる、パリではない、プラハだ。暦は一九四二年。季節は春の初め、上着は着ていない。「エキゾチシズムはわたしの嫌いなものだ」とマルジャン・サトラピはさらに言いつのる。プラハはぜんぜんエキゾチックじゃない、なぜなら、そこは世界の中心、ヨーロッパのど真ん中だから、なぜならそこで、この一九四二年の春、世界の大悲劇のなかの、もっとも壮大な場面のひとつが演じられようとしているのだから。

もちろん僕は、マルジャン・サトラピやミラン・クンデラやヤン・クビシュやヨゼフ・ガブチークと違って、政治亡命者ではない。でも、だからこそ、たぶん、わざわざ出発点まで戻らなくても、好きなところから語れるのだと思う。なぜなら、僕は自分の生まれ故郷に対して、言い訳しなければばならないことも、決着をつけなければならないこともないから。僕はパリに対して引き裂かれるようなノスタルジーも、偉大な亡命者の夢破れた憂愁も感じない。だから僕はプラハを夢見ることができる、自由に。

180

ヴァルチークは二人の仲間のために、理想の襲撃場所を探す手伝いをしている。ある日、街をせかせか歩き回っていると、野良犬が彼に目を留めた。この男に親近感を、あるいは違和感を嗅ぎとったのだろうか。後ろからぴったりとつけてくる。ヴァルチークもすぐに背中に気配を感じとり、振り返る。犬は立ち止まる。彼はまた歩きだす。犬も一緒に歩きだす。人と犬が一緒に街を歩き回る。ヴァルチークが寝泊まりさせてもらっているモラヴェッツ家のアパートメントに帰り着き、管理人の部屋に入ったときに、彼はこの犬を飼うことに決め、名前もつけた。管理人が帰ってきたときには、モウラと紹介した。これからは街の探索はふたりでやることになるから、ヴァルチークの都合で犬を外に連れ出せないときは、どうか「このドラゴンをよろしく」と親切な管理人に頼むのだった（ドラゴンというくらいだから大きな犬なのかもしれないし、ヴァルチークが反語を使っているのだとしたら、ほんの小さな犬かもしれない）。主人がいないとき、モウラは居間のテーブルの下におとなしくうずくまり、何時間もそのままじっと主人の帰りを待つ。この犬が〈類人猿作戦〉で重要な働きをすることはおそらくないとは思うけれど、重要なディテールを見過ごす危険をおかしてもなお、無意味なディテールを記録することにこだわりたい。

シュペーアがプラハに戻ってきた。でも、今回は前回の訪問のときほど盛大な式典はない。その目的は、僕の想像では、労働力をどのように確保するか、軍需大臣と帝国全体を支える重要な産業中心地の総督とで話し合うことだった。一九四二年春の会談は、一九四一年十二月にもまして重要な会談だった。なぜならば、東部戦線では数百万の兵員が倒れ、ソビエトの戦車部隊がドイツ軍の戦車部隊を圧倒しつづけ、ソビエト空軍が勢力を取り戻し、イギリス空軍の爆撃機がますます頻繁にドイツ諸都市の上空に出現しては爆撃を繰り返していたから。さらに戦車を、飛行機を、大砲を、銃を、手榴弾を、潜水艦を、新兵器を増産し、ドイツ帝国に勝利をもたらすためには、さらにいっそう多くの労働力が必要になる。

今回、シュペーアは市内見学と公式の行列を取りやめている。妻の同伴もなしで、ハイドリヒと仕事の打ち合わせをするだけのためにやって来た。どちらにしても社交的なことにかまけている暇はない。シュペーアの仕事の領分での効率性はハイドリヒのそれと肩を並べるものであったから、きっとお互いに称え合っただろう。とはいえ、今回ハイドリヒが護衛なしでやって来ただけでなく、プラハ市内を装甲なしのオープンカーで、運転手以外は警護の兵も乗せずに静かに通り抜けてきたことに気づかないわけにはいかなかった。ハイドリヒの身を案じて、そのことを尋ねると「なぜ、わがチェコ人たちが私を襲撃しなければならないのですか？」と彼は答えた。ハイドリヒはおそらく、パリに亡命したウィーンのユダヤ人作家、ヨーゼフ・ロートが書いたものを読んではいなかっただろう。ロートは一九三七年の時点ですでに、ある新聞記事で、ナチ高官の安全確保のために動員される兵員と手段の物々しさをからかっていた。その新聞記事のなかで、彼はナチ高官にこう言わせているのだ。「ええ、そうなんです、私はすっかり大物になってしまって怖がることさえ強制されるし、あまりに貴重な人物になってしまって、死ぬ権利さえ奪われている。私は自分の星を信じるあまり、多くの星に危害が及ぶ可能性のある偶然をも警戒するはめになっている。勇気を出せば勝てる！――三度勝てば、もう勇気はいらぬ！」この一文を書いたあと、ヨーゼフ・ロートはもう誰もからかったりしていない。なぜなら彼は一九三九年に死んでしまったから。しかし結局は、ハイドリヒは、この亡命反体制派の新聞記事を読んだのかもしれない、こんな記事を書く反体制派分子がSDの監視を逃れられるはずもなかった。いずれにせよ、ハイドリヒは行動する男であり、運動選手、パイロット、闘士であったから、シュペーアというお上品な文民に、自分の世界《ヴェルタンシャウ》観《ウング》の一端を説明する必要を感じたのだろう。護衛で身の回りを固めるのは、プチブルの見苦しい振舞いですよ、と。こういう態度はボルマンをはじめとする党のその他のお偉方に任せておけばいい。そして実際に、ヨーゼフ・ロートのからかいをはっきりと否認してみせたのだ。怖がっていると思われるくらいなら、死んだほうがいいと。

　それはともかく、ハイドリヒのこの反応はシュペーアを当惑させた。なぜ、ハイドリヒの命を狙うか、だって？　まるでナチの指導者たちを、とりわけハイドリヒを殺す理由などあるわけがないと言わんばかりじゃないか！　占領地でドイツ軍が好意的に受け入れられているなどということをシュペーアが真に受けるはずがないし、ましてやハイドリヒに人気があるとも思っていない。しかし、この男は途方もない自信家のようだ。「わが」チェコ人について語るハイドリヒの家父長主義的な口調がはたして虚勢なのか、それとも本気でそう言っているのか、シュペーアは計りかねていた。たしかに自分にはプチブル的臆病なところがあるかもしれないが、メルセデスのオープンカーに乗って市内を経巡るのはさすがに心許ない、と彼は思うのだった。

182

三頭支配のチェコ・レジスタンス組織における、〈東方の三博士〉最後の生き残り、モラヴェク大尉は旧友のルネが指定してきたという約束の場所には行かないほうがいいことを知っていた。旧友のルネとは、またの名を防諜部《アプヴェーア》将校パウル・ツューメル大佐、あるいはチェコスロヴァキアのために働いたスパイのうちもっとも大きな働きをしたA54のことだ。彼は自分が囚われの身になっていること、それゆえこの待ち合わせの場所が罠であることを、かろうじて大佐に知らせてきた。しかし、大佐は自分の勇気が守ってくれるのではないかと思った。この勇気が何度自分を救ってくれたことか。これまでずっと自分のしでかしたことをプラハのゲシュタポ長官に葉書で知らせてきた男が、これしきのことで今さら何を恐れることがあるだろう。どうしてこうなったのか、彼ははっきりと確認したいと思う。待ち合わせの指示があったプラハ公園に来てみると、そこに連絡員も来ているが、同時に連絡員を見張っている二人の男もいることがわかる。とっさに立ち去ろうとするが、レインコートを着た二人の男がすでに背後に来ていて、呼び止められる。僕は個人的に銃撃戦の場面に実際に立ち会った経験がないから、現在のプラハのようにすっかり平和になった街なかで、その光景を想像しようとしてもうまくいかない。でも、その後の追跡で五十発以上の銃弾が飛び交った。モラヴェクはヴルタヴァ川にかかる橋のひとつ（残念ながら、どの橋かわからない）を全速力で渡り、走っている路面電車に飛び乗った。しかし、いつのまにかゲシュタポの数は増していて、まるでテレポーテーションでもするように、いたるところからやって来るし、車両のなかにも潜んでいる。モラヴェクは電車から飛び降りる。だが、そのとき脚を撃たれた。彼はレールの上に転がり、まわりはすべて包囲されている。彼は自分に銃を向けた。敵に何も言わないための、もっとも確実な方法だから。しかし、彼のポケットが口を割る。死体のポケットからゲシュタポが見つけ出したものは、まだ彼らに知られていない男、ヴァルチークの写真だった。

これは、チェコの伝説のレジスタンス網を指導した〈東方の三博士〉のうち、最後まで残ったひとりが最期を遂げた場面だ。と同時に、これは〈類人猿作戦〉の遂行に危機が迫ったことも意味している。なぜなら、この日、一九四二年三月二十日の時点で、ヴァルチークはこの作戦に深くかかわっていたからだ。そしてまたハイドリヒにしてみれば、ボヘミア・モラヴィア総督として、まだ息の根のある危険なレジスタンス組織を壊滅に追い込むことで、自分の任務を遂行できたと同時に、SD長官としても手柄を立てたことになる。なぜならば、大物スパイの正体が、彼のライバルであり、元の上司でもあるカナリス率いる競合組織、防諜部《アプヴェーア》の将校であることが判明したからだ。この日は、大きな〈歴史〉にとってはささいな一日だったかもしれない。しかし、ドイツ軍に対して密かな戦争を仕掛けようとしている連合軍にとっては、明らかに手痛い失態を犯した一日だった。

183

ロンドンでは、みんなじりじりしていた。〈類人猿〉が落下傘降下してからもう五か月になるというのに、ほとんど何の連絡もないのだ。しかし、亡命政府はガブチークとクビシュがまだ生きていて、作戦遂行可能な状態にあることは知っていた。〈リブシエ〉という暗号名で呼ばれる、たったひとつの秘密の発信器がまだ動いていていて、何か情報があれば送ってきていた。そこでロンドンの亡命政府は、この発信器を介して二人の工作員に新たな任務を与えることにした。どんなときでも、雇用者は被雇用者の仕事の効率が気になるものだ。新たな任務によって、すでに与えられている任務が取り消されるわけではなく、一時的に棚上げされることになった。ガブチークとクビシュは憤懣やるかたない。ピルゼンに行って、破壊活動に合流せよという命令が下ったのだ。

ピルゼンは国の西部にある大きな産業都市だ。ドイツ国境に近い、かの有名なピルスナー・ウルケルのビールで有名な町。しかし、ロンドンの亡命政府がピルゼンに目をつけたのは、そこがビールの産地だからではなく、シュコダの工場があるからだった。事実、一九四二年には、シュコダでは自動車ではなく、大砲が生産されていた。四月の二十五日から二十六日にかけての夜には、この工場を空襲する計画が立てられていた。パラシュート部隊員に託された仕事は、この大きな工場施設の付近のあちこちに火をつけ、イギリスの爆撃機に標的を見やすくさせることだった。

そこで、数人のパラシュート部隊員たちが——少なくとも四人——別々に、作戦遂行のためピルゼンに向かった。市内に入ると、前もって決めておいた待ち合わせ場所（レストラン・ティヴォリ、この店はまだあるのだろうか）で合流し、工場近くの家畜小屋と積み藁に火をつけた。

爆撃機は、この燃え上がる二か所の炎のあいだに爆弾を投下すれば、それですむはずだった。だが、爆弾はどれも目標を外れて落ちた。パラシュート部隊員が自分たちに求められた任務を完璧に遂行したにもかかわらず、作戦は完全な失敗に終わった。

ところがガブチークは、この短いピルゼン滞在中にも、任務遂行の手伝いをしてくれたレジスタンスのメンバーで、若い売り子と仲良くなった。ケーリー・グラントとトニー・カーチスを足して二で割ったような美貌の持ち主は、どこに行ってももてるのだ。作戦は失敗に終わったとはいえ、少なくとも彼にとっては時間の無駄遣いにはならなかったようだ。二週間後、つまりハイドリヒ襲撃の二週間前に、彼はこのマリー・ジラノヴァーという若い女性に手紙を書いている。またもや軽はずみな行動だが、大事にはいたらなかった。この手紙の内容を確認しておけばよかったと今さらながら悔やまれる。こういう手紙は、せっかくこの目で見る機会があったのだから、とにかくチェコ語のまま書き写しておくべきだった。

プラハに帰ってきたパラシュート部隊員たちはひどく苛立っていた。自分たちの本来の、いわば歴史的に重要な任務を台無しにしてしまう危険を冒してまで、新たな作戦に協力してやったというのに、その成果がたかだか大砲の二、三門とは。彼らはロンドンの亡命政府に向かって、今度爆撃に来るときは、こっちの地理を知っているパイロットに操縦させろと手紙に書いている。

本当のことを言うと、ついでに行なわれたようなこのピルゼンの作戦に、ガブチークが参加していたのかどうか、僕は確実には知らないのだ。クビシュとヴァルチークとチュルダが参加していたことだけは知っている。

ところで、今気づいたのだけれど、一七八章でちらりと名前を出しただけで、このチュルダについてはまだ何も説明していない。でも彼は、歴史的にもドラマ的にも、とても重要な役割を担っている。

184

おもしろい物語には、裏切り者が必要だ。僕の物語にもひとりいる。その名はカレル・チュルダ。年齢は三十歳、僕の持っている写真から、その顔に裏切りの相が出ているかどうかはわからない。彼もまたチェコのパラシュート部隊員で、その経歴はガブチークやクビシュ、ヴァルチークの経歴と見まがうほどだ。軍隊に志願したものの、ドイツ軍による占領で動員を解除されたのち、国を逃れてポーランド経由でフランスに入り、そこで外人部隊に入り、亡命チェコスロヴァキア軍に統合され、フランス軍敗退によってイギリスに渡った。ガブチークやクビシュ、そしてヴァルチークと違うところは、フランス軍が退却しているときに前線に送られてはいなかったところだ。でも、この点がほかのパラシュート部隊員と根本的に異なる部分だというわけでもない。イギリスでは、積極的に特殊任務に志願し、厳しい訓練を受けている。保護領には、ほかの二人のメンバーと一緒に一九四二年三月二十七日から二十八日の夜に落下傘降下している。その後のことは、今はまだ語れない。

ただし、すでにイギリス滞在のときから、ドラマの伏線は張られていた。というのも、どうもそこですでに彼は外されてしかるべきだったし、もうあちらにいたときからカレル・チュルダのうさん臭い性格は表に出はじめていたからだ。まず酒量が多い。もちろん、これは罪ではない。だが、飲み過ぎると仲間をぎょっとさせるような言葉を吐く癖があった。ヒトラーを尊敬していると言ってみたり、保護領を出てきたことを後悔していると言っては、向こうに残っていればもっといい生活ができたのになどと口走ったりする。これでは仲間は信頼できなくなる。しまいには彼の振舞いと発言を手紙にしたためて、亡命チェコ政府の防衛大臣、イングル将軍に送った。その手紙には、彼がイギリスの二家族に対して結婚詐欺を働こうとしたことも書かれている。ちなみにハイドリヒは若いときに、これほど破廉恥ではないものの、やはり女性問題で軍を除隊になっている。大臣はこの情報を、諜報機関のトップで特務作戦の責任者でもあるモラヴェッツ大佐に送った。多くの兵員の運命はまさにこのときの文書に封印されていたのだ。で、モラヴェッツはどうしたか？　何も。おそらくチュルダの一件書類には身体能力の高いスポーツマンタイプの男とでも記されていたのかもしれない。いずれにせよ、特別な任務を遂行するパラシュート部隊のメンバーから、彼の名が外されることはなかった。そして、一九四二年の三月二十七日から二十八日にかけての夜、チュルダはほかの二人のパラシュート部隊員とともにモラヴィアの地に降下し、地元のレジスタンスに助けられながら、プラハ入りを果たした。

戦争が終わったのちには、こんなことも確認できただろう。特殊任務の遂行のために保護領に送られるべく選別された数十人のパラシュート部隊員のほとんどが、志願の動機を愛国心からだと答えている。チュルダを含む二人だけが冒険心からと答え、二人とも仲間を裏切った。

だが、裏切りの影響が及んだ範囲から言って、カレル・チュルダのそれに比べれば、いまひとりの裏切りは特筆するに値しない。

185

プラハ駅は、見るからに不気味な塔のそびえる、黒っぽい石造りの壮麗な建物で、エンキ・ビラルの描く風景に似ている。この日、一九四二年四月二十日は総統の誕生日なので、ハーハ大統領がチェコ国民を代表して、ヒトラーに贈り物をした。医療専用列車をプレゼントしたのだ。ことの性質上、公式の贈呈式は――そのクライマックスはハイドリヒみずから列車を視察するところ――駅舎内で行なわれた。ハイドリヒが列車を視察しているあいだ、駅の外には野次馬の群れが集まってきて、地面に埋め込んだ白いプレート――「かつてここにはウィルソンの像が建っていたが、保護領総督・親衛隊大将ハイドリヒの命令によって撤去された」と記されている――のところまで押し寄せてきた。この群衆のなかにはガブチークとクビシュもいたと書きたいところだが、確証はなく、たぶん、いなかったと思う。そもそも、こんな状況でハイドリヒの姿が見えたところで、予行演習の意味合いさえない。というのも、これは一回限りの催しで繰り返されることがないし、駅舎は厳重な警戒態勢にあるから、そんなところにのこのこ出かけていって無用な危険に自分たちをさらすわけがないから。

　逆に、プラハ全市にたちまち広がった冗談はここから始まったということを、僕は確信している。想像するに、群衆のなかにチェコ魂の権化みたいな老人がいて、周囲の人たちに聞こえるような大声でこう言ったのだ。「ああ、かわいそうなヒトラー！　治療を受けるのに列車が要るほど病は重いのだ……」まさに兵士シュヴェイクの真骨頂。

186

　ヨゼフ・ガブチークは小さなスチールのベッドに横たわり、ごとごと車輪の音を響かせながら、カルロヴォ・ナームニェスチー——カレル広場——に向かう路面電車の音に耳を澄ましている。ここからすぐ近く、川に向かって下っていくレッスロヴァ通りの人々は、この通りがもうじき悲劇の舞台になろうとしていることをまだ知らない。アパートの部屋には窓の鎧戸を通して何本かの光線が差し込んでいる。ガブチークはこの部屋に数日前から、人目を避けて泊まり込んでいる。ときどき、廊下から、踊り場から、あるいは隣の部屋から、寄せ木張りの床を踏むきしみ音が聞こえてくる。ガブチークはいつものように緊張しているが、気持ちは落ち着いている。目を天井に向けたまま、ヨーロッパの地図をいくつも心に描いている。そのうちのひとつでは、チェコスロヴァキアが自分の場所と国境を取り戻している。また別の地図では、茶色のペストが英仏海峡を渡り、鉤十字の先を大英帝国の一端に引っかけようとしている。でも、ガブチークはクビシュと同じように、人に問われれば、戦争は一年以内に終わるだろうと繰り返し答えていたし、自分でもおそらくそう信じていた。それはしかし、ドイツ人が望むかたちとは違っている。ソ連への宣戦布告は、大ドイツ帝国にとっての致命的な過ち。日本との同盟を守るためのアメリカ合衆国への宣戦布告、これが第二の過ち。チェコスロヴァキアと一九三八年に交わした約束を反故《ほご》にしたフランスが一九四〇年に敗北し、今度はドイツが日本に対する約束を守ろうとして戦争に負けようとしているのは、かなり皮肉なことだ。しかも、たった一年で！　今から振り返れば、痛ましいほどの楽観主義というほかない。

ガブチークと仲間たちが抱いていた、こういう地政学的な考察はきりのない議論を巻き起こしたにちがいない。眠れないけれど、いくらか緊張がゆるんで話に花が咲く夜、ひょっとするとゲシュタポが夜の見回りに来るかもしれないということを忘れている夜、表の通りや階段や隣の部屋から聞こえてくるちょっとした物音にも怯えることもなく、呼び鈴の空耳がたえず頭のなかで鳴り響くほど神経質になっているわけではないが、本物の呼び鈴にはもちろん耳をそばだてている夜。

これは、人が毎日、スポーツの結果ではなく、ロシア戦線からのニュースを心待ちにしていた別の時代の話だ。

とはいえ、ガブチークの最大の関心事はロシア戦線ではなかった。いま何より大切な事柄は自分に与えられた任務だ。そう思っているのは何人いるだろう？　ガブチークとクビシュの肚は決まっている。この二人の助っ人となったパラシュート部隊員のヴァルチークも同じだ。ロンドンの秘密情報局を率いるモラヴェッツ大佐。今のところはベネシュ大統領も数に入れていいだろう。そして僕も。これだけだ、と思う。〈類人猿作戦〉の目的は、いずれにしろ、一握りの人間にしか知られていない。でも、このごく一部の人間のなかにさえ、この作戦に賛同していない人もいる。

プラハで活動しているパラシュート部隊の将校の場合がそうだし、国内レジスタンスの指導者たちもそうだった。たとえ、この作戦が成功したとしても、報復が恐ろしいからだ。ガブチークは、ほんの少し前に、このことで彼らと辛い言い合いをしている。この任務を断念するか、それが無理なら標的を変えたほうがいいと彼らは言う。つまり、ハイドリヒではなく、たとえばチェコ人の対独協力者として有名なエマヌエル・モラヴェッツを狙ったほうがいいのではないか、と。これほどドイツ人を恐れているとは！　すぐに手を上げる飼い主を恐れる犬のようではないか。ときに飼い主の言うことをきかなくなることがあるものの、歯向かうことはけっしてない従順な犬。

レジスタンスのほかの任務を遂行するためにロンドンから派遣されたパラシュート部隊員のバルトシュ大尉は、作戦中止の命令を出そうとした。彼はプラハにいるパラシュート部隊員のうちで最高位にある。でも、ここでは階級には何の意味もない。〈類人猿作戦〉班に属するガブチークとクビシュの二人は、ロンドンでベネシュ大統領から直接指示を受けて来ているのだから。それが最終の命令でもある。あとは任務を遂行し、成功させるだけ。ガブチークとクビシュはあくまでも人間であり、少しでも彼らの人となりを知っている人は、その人間的美質を強調し、その寛大さ、ユーモアのセンス、献身ぶりを強調している。だが、〈類人猿作戦〉はひとつの装置なのだ。

バルトシュはロンドンに対して〈類人猿作戦〉の中止を要請させた。その回答として、彼は暗号文書を受け取った。この文書はガブチークとクビシュにしか解読できない。ガブチークはそのメッセージを手にして、スチール製のベッドに横たわっている。〈歴史〉が書いたこの文書を発見した者はいない。この暗号による数行のなかに、彼らの運命は定められていた。標的は不変。〈類人猿〉の任務はここに再確認された。ハイドリヒは死なねばならぬ。外では路面電車が金属のきしみ音を長々と響かせている。

187

ウクライナのバビ・ヤールできわめて熱心に任務を遂行した特別行動隊C隊に属する特殊部隊《ゾンダーコマンド》4aを率いる親衛隊大佐パウル・ブローベルは、ついに正気を失おうとしていた。キエフの夜、車で犯罪現場に戻り、ヘッドライトの明かりが、呪われた谷がかもし出す幻覚的な光景を浮かび上がらせたとき、彼はマクベスのように、被害者の亡霊がそこにうごめいているのを見た。バビ・ヤールの死者たちは、簡単には忘れさせてくれないと言うべきか。なぜなら、死衣の代わりになった大地が生き物のように揺れているのだ。白い湯気を吐きながら、いくつもの土の塊がシャンパンのコルクのようにポンポン飛び上がり、腐敗が進む死体から出てくるガスが地表で泡を吹いている。あたりにはとてつもない悪臭が漂っている。ブローベルは半狂乱の笑い声をあげながら、訪問客に向かって「ここにわが三万のユダヤ人が眠っております！」と説明し、ごろごろ鳴る巨大な腹のごときこの谷を包み込もうとするかのように、大きく手を広げた。

こんなことが続けば、バビ・ヤールの死者たちに命を取られてしまう。ついに命からがら、ベルリンまで長旅をしてハイドリヒその人に配置転換を申し出た。国家保安本部（ＲＳＨＡ）の長官は、その立場にふさわしく彼を迎え入れた。「つまりは具合が悪いというわけか。だらしのないやつだ。いつから腰抜けになった。そんなことでは、陶器店の店先にでもいるしかあるまい。だが、俺はそんな甘いことではすまさんぞ！」このときどんな言い回しのドイツ語が使われたのか、確かめる術もないが、いずれにせよ、ハイドリヒはすぐに冷静さを取り戻した。自分の目の前にいる男は、もう使い物にならないぼろ切れにすぎない、どんな任務を与えたところで、もはや遂行できないだろう。本人の意に反して職務に留まらせるのは無益なばかりか、危険でさえある。彼はこう続けた。
「ミュラー親衛隊中将のところに行って、休暇願いを出すといい。キエフ司令官の地位から解放してくれるだろう」

188

プラハの東に位置する労働者街ジシュコフ区は、市内でいちばんバーが集中していることで知られている。それに劣らず教会の数も多く、〈百塔のプラハ〉と呼ばれる首都にふさわしい地区でもある。ある教会の司祭はこんなことを憶えている。「チューリップの花盛りのころだった」という。若い男女が司祭に会いにやって来た。男は小柄で、目つきが鋭く、唇は薄かった。若い女のほうはチャーミングで、生きる喜びを満喫していた――なるほど僕にも覚えがある。二人は愛し合っているようだった。結婚したがっていたが、今すぐにというわけではなかった。二人が予約しようとした日ははっきりしていたが、「戦争が終わって二週間後」というのでは運を天に任せるようなものだった。

189

ウクライナの特別行動隊C隊に属する特殊部隊4aを率いるアルコール中毒の責任者パウル・ブローベルがオペルに乗っていたということを、『慈しみの女神たち』を書いたジョナサン・リテルがどうやって知ったのか、気になってしかたがない。ブローベルがほんとうにオペルに乗っていたというのなら、引き下がる。リテルの資料集めが僕のを上回っていることは認める。でも、これがはったりなら、作品全体が安っぽくなる。完璧に！　ナチがオペルから大量に車を調達していたことは事実だから、ブローベルもこの車を一台くらい持っていたことは十分にありうる。でも、ありうるということと、まぎれもない事実であることは違う。くどくどうるさいって？　僕がこういうことを言い出すと、たいてい偏執的だと思われる。みんな、何が問題なのかわかっていない。

190

　ヴァルチークと、モラヴェッツ家の末息子アタは、二人のパラシュート部隊員の死という結果に終わった警察の一斉捜索から奇跡的に逃れたところだった。二人ともモラヴェッツ家のアパートメントの管理人に匿われていた。そこで彼らは自分たちを襲った不運を語った。僕も語れないことはない。でも、スパイ小説の一場面みたいな描写をここで追加して、なんになるだろうと思う。それに近代の小説は節約を旨とする方向に向かっているらしいから、僕の小説も、このしみったれた理屈からずっと逃げ回っているわけにもいかない。ここでは、二人が逮捕されず、死なずにすんだのは、ひとえにヴァルチークの冷静さと優れた状況判断のおかげだったということを知っておけば足りる。

　ヴァルチークは、この冒険と自分自身が強烈な印象を少年に与えたことを見て、いざというときのために、こんな忠告を与えている。

「アタ、この木箱が見えるか？　ドイツ人は口のきけない木でさえ口を割らせようとして壊してしまうやつらだ。だがな、そんなことになっても、おまえは絶対に何も言うな、わかるな?」
こういう決めぜりふは逆に、この物語の語りの無駄を省くうえであだにはならない。

191

きっと、ジョナサン・リテルの本が出版され、成功を収めたことで、僕が少し動揺したのではないかと思っている読者もいるだろう。本の構想が同じではないからほっとしたことは確かだけれど、扱っているテーマがかなり似通っていることは認めざるをえない。今、この小説を読んでいるところで、一ページごとに何か言いたい気持ちが湧き上がってくる。でも、こういう欲求は抑えなければならない。ただ、最初のほうにハイドリヒの風貌描写があることだけは指摘しておこう。「手のひらは、まるで腕にくっついて葉脈を見せている海藻のように、長すぎるように見えた」(集英社版邦訳上巻六三頁)という一文だけをとりあえず引用しておくけれど、どういうわけだか、僕はこのイメージが気に入っている。

192

歴史的真実を理解しようとして、ある人物を創作することは、証拠を改竄《かいざん》するようなものだ。あるいは、この種のことでいつも議論を交わしている僕の異母兄弟なら、こんなふうに言うだろう。
証拠物件が散らばっている犯罪現場の床に、起訴に有利な物証を忍び込ませること……。

一九四二年のプラハには、白黒写真のような雰囲気がいやおうなく漂っている。街を行く男たちはソフト帽に地味なスーツ、女たちは誰もが秘書のはくようなタイトスカート。僕にはわかる、目の前に写真があるから。でも、ほんとのことを言えば、誰もが秘書のように見えるというのは少し大げさだ。看護師みたいな人もなかにはいる。

交差点の真ん中に立って交通整理をしているチェコの警官は、その奇妙なヘルメットといい、不思議なくらいロンドンの警官《ボビー》に似ている。当時、チェコでは右側通行を採用したばかりだと知れば、なおさら……。

小さな鈴をちりんちりんと鳴らしながら街路を往来する路面電車は、赤と白の古い車両のスタイルを踏襲している（白黒の写真を見ているのに、どうして色までわかるのかって？　僕にはわかる、ただそれだけ）。そして、カンテラみたいな丸いヘッドライトがついている。

新市街にある建物の正面は、ありとあらゆる種類の商品を宣伝するネオンで彩られている。ビール、服飾のブランド、そして、有名な靴のメーカー《バチャ》はもちろん、あのヴァーツラフ広場の端にある。ここは広場と呼ばれてはいるけれど、実質的にはシャンゼリゼと同じくらいの幅と長さがある巨大な並木道だ。

じつは街全体が、広告だけではなく、碑文銘文のたぐいで覆われているようなものだ。Ｖの文字が街のどこに行っても目立つ。Ｖはチェコ・レジスタンス発端のシンボルだったが、戦争におけるドイツ帝国の終焉を示すものとして、かえってナチによって利用された。路面電車、自動車、ときには街路、いたるところにＶの文字が刻まれている。このＶが何を意味するか、対立するイデオロギー勢力のあいだで議論が分かれている。

壁には〈ユダヤ人は出ていけ！〉という落書き。ショーウィンドウには、客を安心させるための〈アーリア人専門店〉という断わり書き。そして、パブには〈政治の話はご遠慮ください〉。

それから、市内のすべての標識と同じように、二か国語で記されている不吉な赤いポスター。もちろん、例の旗や幟《のぼり》のことではない。赤の地に白抜きの円に黒い鉤十字ほど言いたいことを雄弁に語った旗はないだろう。それはそうと、いつだったか、ナチの旗の色の取り合わせは《ＤＡＲＴＹ》（フランスの家電量販店）のロゴマークに似ているねと言われたことがあって、それ以来、僕はずっと落ち着かない……。

いずれにせよ、一九四〇年代のプラハは、明るさこそないものの、洒脱な感じには事欠かない。写真を見ていると、通行人のなかにハンフリー・ボガートがいるんじゃないかとか、その抜群の美貌で有名なリーダ・バーロヴァー（映画雑誌の表紙を飾っている彼女の写真も僕は持っている）がまぎれているんじゃないかとか思ってしまう。ちなみに彼女は、戦前はゲッベルスの愛人だった。まさに奇妙な時代だ。

《二匹の猫》という名のレストランなら知っている。旧市街のアーケードの下にあって、その天井には巨大な猫がアーチの両側から伸び上がっているフレスコ画がほどこされている。でも《三匹の猫》というホテル・レストランについては、それがどこにあるのか、まだあるのか、僕は知らない。

三人の男がそこでビールを飲み、政治の話はしない。時間の話をしている。ガブチークとクビシュは大工と差し向かいでテーブルについているのだ。でも、この大工はただの大工ではない。城勤めの大工だから、ハイドリヒがメルセデスに乗って城にやって来るのを毎朝見ている。そして、毎夜、城から出ていくところも。

もっぱらクビシュが話し相手になっている。大工の男もモラヴィア出身だから。同じお国訛りだと、つい打ち解ける。「心配ないって、手を貸してほしいのはあくまでも事前の段取りに関することだけで、真っ最中に何かしてほしいわけじゃない。やつをやるときには、あんたは遠く離れたところにいるんだから」

え？〈類人猿作戦〉の秘密って、この程度のものなのか？　たとえこの大工に頼んでいることが城の仕事の時間割にすぎないとしても、あまりに単刀直入すぎないか。パラシュート部隊員が必ずしもみんな口が堅いわけではなかったという話を、僕はどこかで読んだことがある。極端に秘密主義を貫いてもあまり意味がなかったということもあるかもしれない。ハイドリヒの時間割を聞き出して、プラハ市内を走るメルセデスの統計資料に使うわけではないことくらい、大工は当然気づいたことだろう。それに、大工の証言を読み返してみると、クビシュはモラヴィア訛りのきつい言葉ではっきりと、相手に釘を刺している。「いいか、家に帰ってもこれについてはいっさい口にしないでくれ！」まあ、いずれにせよ、言ってしまったんだから……。

というわけで、城勤めの大工は、ハイドリヒの到着と出発の時間を逐一メモし、その都度警護があったかなかったかも書き添えることになった。

194

ハイドリヒは神出鬼没だ。プラハにいたり、ベルリンにいたり、五月のこの日はパリにいた。ホテル・マジェスティックの板張りのサロンでは、ゲーリングに任命されたSD長官が、親衛隊の占領部隊を率いる主要な上級将校を集めて、自分の責任で推し進めている任務について説明している――このときはまだ世間も彼の部下も「最終解決」という呼び名は知らない。

一九四二年のこの五月、特別行動隊による殺戮は、これにかかわる兵士にとって、あまりに負担が大きすぎるという判断がすでに大勢を占めていた。この方法は徐々に廃止され、移動ガス室に取って代わられようとしていた。新たな手段はきわめて単純かつ巧妙だ。トラックにユダヤ人を押し込め、そこに排気ガスを送り込んで、一酸化炭素中毒死させる。これには二重の利点がある。まずはユダヤ人をより速やかに殺すことができるから、処刑者の神経に過度な負担を与えずにすむという利点がある。その一方で、死体がピンクに染まるという、処刑担当者の好奇心を刺激する現象もある。ただひとつの不都合は、窒息死には脱糞を伴うことが多いから、ガス処刑のたびにトラックの床の大便を清掃しなければならないことだった。

だが、この移動ガス室も依然として不十分である、とハイドリヒは説明する。彼は将校たちを前にして言う。「より規模の大きい、より効率的に改良された解決策が近々導入される」と。そして、固唾を呑んで耳を傾けている聴衆に向かって、出し抜けにこう続けた。「死刑の宣告はヨーロッパの全ユダヤ人に向けて下された」すでに特別行動隊が百万以上のユダヤ人を処刑している事実を考えれば、この端的な発言の趣旨を理解できない将校がいたとは思えない。

ハイドリヒがこの種の発言をするにあたって、その効果を最大限に発揮しようと心がけるところを見るのは、これで二度目だ。一度目は、ヴァンゼー会議の直前に、総統が全ユダヤ人の物理的排除を決めたことをアイヒマンに伝えたとき、そのあとの沈黙によって部下のアイヒマンを震撼させた場面だ。ところで、どちらもいわゆる公式の場面ではないとはいえ、意図して相手の虚をつこうとしたわけではないだろう。ハイドリヒは、スクープを発信する快楽ということ以上に、前代未聞の、信じられないことを口にすることで、想像を超えた真実にわずかでも具体的な形を与える喜びを味わっていたように思える。すなわち、これがあなたがたに伝えるべきことであり、すでにあなたがたも知っていることではあるけれど、こうして現実にあなたがたに伝えているのはこの私であり、それを現実に実行するのは私たちなのだ、と。想像を絶することを語らねばならぬときの、発言者の目眩。残虐非道を招き伝える、怪物の酩酊。

195

城の大工は、ハイドリヒが毎日登城して車から降りる位置を教えた。ガブチークとクビシュはあたりを下見した。標的を待ち伏せし、襲撃できそうな家の裏手に目をつけた。だが、言うまでもなく、その周辺は厳重な監視下におかれている。逃げる時間はなく、生きては城を出られないだろうと、大工は彼らに断言した。もちろん、ガブチークとクビシュには死ぬ覚悟ができている。最初からそんなことは織り込みずみのはずだった。ところがいざとなると、逃げられるものなら逃げてみたくなる。できれば逃げのびるチャンスのある計画がいい。二人とも戦争が終わったらしたいことがあるのだ。命がけで彼らを支援してくれる国内レジスタンス組織のメンバーのなかには、勇敢で美しい娘もいる。この物語の主人公たちが戦時中にどんな恋をしていたのか僕は詳《つまび》らかにしないけれど、数か月にわたるプラハでの非合法活動の結果、ガブチークはファフェク家の娘リベナと結婚する気になっていたし、クビシュはフランボワーズのような唇を持つアンナ・マリノヴァーに惚れ込んでいた。戦争が終わったら……。彼らは甘い幻想を抱いてはいなかった。この戦争が終わって生き残るチャンスは千にひとつもないことを覚悟していた。それでも、もしチャンスが巡ってくるならば、そのチャンスに賭けてみたかった。何よりもまず自分たちの任務を成し遂げること、それはわかっている。だからと言って、必ずしも自殺することにはならないはずだ。想像するだに辛い。

　二人の男がネルダ通りを下っていく。錬金術師の看板の並ぶ、城と小地区《マラー・ストラナ》を結ぶ道だ。下まで行けば、メルセデスが美しいカーブを描くところが見られるはずだ。それを確かめておかなければならない。

196

ハイドリヒの思惑に反して、チェコのレジスタンスはなおもうごめいていた。しかも、ただうごめいているだけではない。ハイドリヒの日常の動きを城の大工から聞き出すために、城の真下にあるアパートの一階に部屋を見つけていた。用があるときは（つまり毎日だったと思う）、大工はこのアパートにやって来て窓ガラスをこつこつたたく。すると若い女が窓を開ける（この仕事を交替でつとめるために女は二人いる。大工はこの娘たちが姉妹であると同時に二人のパラシュート部隊員の恋人だと思っている）。大工と娘は言葉を交わさない。大工は小さな紙切れを渡すとすぐに立ち去る。今日は「９～５（無）」と書かれている。九時から五時、警護なし、という意味だ。

　ガブチークとクビシュは難問に直面している。警護があるかないか、前もって知る手立てがないのだ。城の大工からの報告に基づいて統計を出しても、決められた周期を割り出すことができない。ときに警護なし、ときに警護あり。警護がないときは、無事にやり遂げられる可能性がわずかにある。警護があるときは、その可能性は無。

　つまり、自分たちの任務をやり遂げるには、二人のパラシュート部隊員は恐ろしい賭に身を委ねることになる。警護があるかないかわからないまま、決行の日を選ばなければならないのだ。極度に危険な任務どころか、文字どおり自殺に等しい覚悟を求められる、まさに究極の選択だった。

197

二人の男は自転車に乗って街角から街角へ、ハイドリヒの自宅から城までの道をひたすら往復している。ハイドリヒは、都心部から車で十五分ほどのところにある、パネンスケー・ブジェジャヌイという郊外の小さな地区に住んでいる。この経路の一部は、周囲にまったく人家のない長い直線道路になっている。この区間なら、車さえ止めることができれば、遠くからでもハイドリヒを狙撃できる。道路にワイヤーを張り渡してメルセデスを止めてはどうか。だが、逃げるときはどうする？　彼らにも車かバイクが必要になる。そもそも、チェコのレジスタンスに車は用意できない。いや、街中《まちなか》でやるしかない、白昼堂々、群衆にまぎれて。それには曲がり角が必要だ。それからというもの、ガブチークとクビシュは、ひたすらカーブや曲がりくねった道のことばかりを考えた。理想的な曲がり角を夢見た。

そして、ついに見つけた。

理想的という言葉はふさわしくないかもしれないけれど。

198

リベン地区のホレショヴィツェ通り（チェコ語ではヴ・ホレショヴィチカーフ通り）にある曲が

り角にはいくつかの利点がある。まず第一に、ここがヘアピン・カーブであること。メルセデスは減速を余儀なくされる。次に、メルセデスの見張り役が潜める場所がすぐ上にあること。最後に、そこがパネンスケー・ブジェジャヌイと城の丘《フラッチャヌイ》の中間点に位置し、都心部でもないが田園地帯でもなく、郊外の住宅街にあること。すなわち、逃走の経路が残されていることを意味する。

ホレショヴィツェの曲がり角には不都合な点もあった。路面電車の線路が交錯する交差点でもあることだ。もし電車がメルセデスと同時に発車すると、標的の乗る車が電車に隠れたり、一般市民が前に出てきたり、作戦遂行の邪魔になる可能性がある。

僕には暗殺の経験がないから、よくわからないけれど、理想的な条件がそろうことなどないのではないか。決断すべきときがあるだけで、いずれにしろ、条件がすべてそろうのを待ってはいられなくなるときがくるのではないだろうか。そこでホレショヴィツェしかないということになる。今、この曲がり角は高速道路の進入路《ランプ》ができたせいで、もう存在しない。近代化の波は僕の思いなどかまっちゃいない。

こんなことを言うのも、僕は今、思い出しているからだ。日ごと、一時間ごとに、記憶はより鮮明になっていく。ホレショヴィツェ通りの、あの曲がり角で、僕はそのときをずっと待っているような気がする。

199

僕はトゥーロンにある瀟洒な家で数日の休暇を過ごし、少し書いたりしている。この家はふつうの家ではない。かつてアルザスの印刷業者が所有していた屋敷で、この印刷業者は仕事の関係で、詩人のエリュアールやロシア出身の作家エルザ・トリオレと（クローデルとも）親交を持っていた。戦時中はリヨンに逃れ、ユダヤ人のために偽造証明書を印刷したり、深夜叢書社《エディション・ド・ミニュイ》の在庫を預ったりしていた。そのころ、トゥーロンの地所もドイツ軍の設営部隊に占拠されたが、屋敷に住もうとする者はいなかったらしく、荒らされることもなかった。だから家具も本も動かした形跡がなく、今もそのままの状態で残っている。

この印刷業者の甥の娘が、僕がこの時代に興味を持っていることを知って、家の書斎から一冊の薄い本を取り出して見せてくれた。ヴェルコールの『海の沈黙』の初版本で、大伯父に献呈した著者の自筆で「ローマの暴君失墜の日に」と記されているとおり、一九四三年七月二十五日に刊行された本だ。

ピエール・ブラウンご夫妻に
暗澹とした日々に『海の沈黙』に込めたものと相通じる感情と
心からの敬意を込めて

——ヴェルコール

僕は休暇の日々にあって、〈歴史〉の一端に触れ、穏やかで心地よい感情に包まれていた。

ハイドリヒに関する気がかりな噂が出回っている。彼はプラハを去るかもしれない。永遠に。明日、ベルリン行きの列車に乗るという。戻ってくるかどうかは不明。そうなれば、言うまでもなく、チェコの人々はほっとするだろう。しかし、それは同時に〈類人猿作戦〉の頓挫を意味する。この噂はパラシュート部隊員を不安にさせたが、彼らのあずかり知らないこととはいえ、フランス人をも不安にさせていた。事実、歴史学者のあいだでは、保護領の平定という任務を全うしたと思っているハイドリヒは、今度はいわゆる「新たな挑戦」へと矛先を向けているのではないか、とささやかれていた。ボヘミア・モラヴィア地方を、誰の目にも信じられないほど手荒に抑え込んだのち、ハイドリヒが取り組もうとしているのはフランスであると。

　彼がベルリンに行くのは、ヒトラーと打開策を話し合うためだろう。フランスは揺れていて、ペタンもラヴァルも役立たずだ、ハイドリヒなら、チェコのレジスタンスを始末したように、フランスのレジスタンスもうまく片づけてくれるだろう、そうなれば申し分ない。

　これは、二週間前にハイドリヒがパリに立ち寄ったとき、にわかに持ち上がった仮説にすぎない。

201

　一九四二年五月、ハイドリヒはたしかに一週間、パリに滞在している。このときの記録映画を、僕はＩＮＡ（国立視聴覚研究所）の史料室で発見した。当時のニュース映画シリーズから取り出したもので、ハイドリヒのパリ訪問を伝える五十九秒のドキュメンタリーだ。四〇年代特有の鼻にかかった声の解説が入っている。

「パリ。親衛隊大将、国家保安本部長官、および保護領総督を務めるハイドリヒ氏が、親衛隊全国指導者で全ドイツ警察長官のヒムラー氏の信任を得て、オーベルク氏を占領地における親衛隊および警察機構の統率者に任命した。周知のように、刑事警察国際委員会の委員長はハイドリヒ氏がつとめ、フランスもこの委員会のメンバーとして代表を送ってきた。ハイドリヒ氏は今回のパリ滞在を利用して、警察庁長官のブスケ氏と事務総長のイレール氏と面会した。また、ユダヤ人問題委員会の委員長に選ばれたダルキエ・ド・ペルポワ氏、ド・ブリノン氏とも会見した」

このとき行なわれたハイドリヒとブスケとの面会についても、僕は関心を持ってきたし、できれば彼らの会話の記録を入手したかった。戦後長らく、ブスケは自分がハイドリヒに抵抗してきたと主張し、それをうまいこと信じさせてきた。彼がある点では一貫して譲歩を拒否してきたことは確かだ。すなわち、フランス警察の持つ権力が削がれるようなことがあってはならないということ、そしてこの権力とは基本的に人を、とりわけユダヤ人を逮捕できることを意味した。実際のところ、ハイドリヒは現地の警察がこのような権力を行使することに何の不都合も認めていなかった。現地の警察が働いてくれれば、それだけドイツ軍の仕事が減るから。ハイドリヒは、自分の保護領統治の経験から、現地の警察と行政に幅広い自治権を与えれば、かえってよい結果が生まれることをオーベルクに打ち明けた。もちろん、ブスケが「ドイツの警察と同じ精神で」フランスの警察を指揮するという条件で。だが、ハイドリヒはブスケがこの状況にうってつけの人間であることについては、なんの疑いも持っていなかった。フランス滞在も終わるころ、彼はこんなふうに言っている。「若さと知性と権威を兼ね備えている人物がひとりいるとすれば、それはブスケだ。明日のヨーロッパを託せるのは彼のような人間しかいない。明日のヨーロッパは、現在のヨーロッパとはまったく違うものになるだろう」

ハイドリヒがルネ・ブスケに、現在はドランシーに収監されている無国籍（すなわち非フランス人）のユダヤ人をこれからは強制収容所に移すようにと告げると、ブスケはただちに非占領地の無国籍ユダヤ人もそれに加えましょうと応じた。これほど気の利く人間はまずいない。

202

ところで周知のように、ルネ・ブスケは生涯を通じて、フランソワ・ミッテランの友人だったわけだが、もっとも非難されるべきはそのことではないだろう。

ブスケはバルビーのように警官ではないし、トゥヴィエのように親独義勇兵でもないし、ボルドーのパポンのように知事でもない*。出世を約束された政府高官だが、対独協力の道を選び、ユダヤ人の強制収容に深くかかわった。一九四二年七月、〈冬季競輪場《ヴェル・ディブ》の一斉検挙〉（暗号名は〈春の風〉**）がドイツ軍ではなく、フランス警察によって首尾よく行なわれたのは、彼の力による。ということは、おそらくはフランス民族の歴史でもっともおぞましい行為の責任は彼にあるということだ。それをフランス国家と言い換えたところで、事の本質は何も変わらない。ワールドカップでいくら優勝したところで、この汚名を返上することはできないだろう。

戦後、対独協力者粛清の嵐はかろうじて乗り切ったものの、ブスケはヴィシー政府の一員であったために、天職と信じた官吏の道は閉ざされることになった。といっても路頭に迷っていたわけでなく、いくつかの取締役の地位を渡り歩いた。とくに南仏の日刊紙「ラ・デペッシュ・デュ・ミディ」で、主幹の地位にあったときには激しい反ド・ゴール主義の路線を主導した……もっとも、一九五一年から七一年にかけてのことだが。早い話、支配階級に属する人間の常として、たとえどんなに世間の評価を落としても、それなりに寛大な処遇を享受してきたわけだ。その後、シモーヌ・

ヴェイユとの交友を深める。彼女はアウシュヴィッツからの生還者だったから、ヴィシー政権下のブスケの行動を知らない。ブスケに計算がなかったはずはないと僕は想像する。

一九八〇年代、ついに彼の過去が暴かれ、一九九一年、人道に対する罪の容疑で取り調べを受ける。

二年後、彼はひとりの狂信家に自宅で撃たれ、予審の取り調べはそこで閉ざされる。ブスケを殺した直後、警察に逮捕される前に記者会見をしたこの男のことを、僕はよく憶えている。こんな行動に及んだ理由はひとえに目立ちたかったからだと落ち着いて説明している、その満足げな顔もよく憶えている。そのときすでに、なんて馬鹿なことをしでかしてくれたんだと思った。『スペクタクルの社会』を書いたギー・ドゥボールさえ目を背ける悪夢からそのまま出てきたような、このあきれ果てた見世物《スペクタクル》によって、パポンとバルビーを合わせた裁判よりも、ペタンとラヴァルを合わせた裁判よりも、ランドリュとプショー（二人ともフランスの犯罪史に残る刑事犯）を合わせた裁判よりも十倍興味深い、世紀の裁判に立ち会う機会が奪われてしまったのだ。この〈歴史〉に対するスキャンダラスな襲撃によって、このどうしようもない大馬鹿者は十年の刑を食らい、七年服役して、今は自由の身になっている。僕はブスケのような人間に対して、計り知れない嫌悪と深い軽蔑を感じるものだが、この男を殺害するという愚行と、この行為が歴史家にもたらした喪失と、裁判が続けば必ずや明らかになったであろう事実が永遠に闇に沈んでしまったことを思うとき、この胸は憎しみにあふれる。彼は無実の人間を殺したわけではないが、真実を葬り去ってしまったのだ。しかも、たった三分テレビに映るために！　なんと愚かなウォーホール的異形の目立ちたがり屋よ！　ブスケの生と死を倫理的に見つめる資格のある者がいるとしたら、それは犠牲者だけだ。生者も死者も含めて、彼と同じように人間の過ちによって、ナチの爪牙《そうが》にかかった犠牲者だけだ。でも、僕は確信している、そういう人たちはブスケが生きていることを望んでいただろう。この無意味な殺人の知らせを聞いて、彼らがどれだけ落胆したことか！　このような振舞いを、このような狂人を生み出す社会にはうんざりだ。「真実に無関心な人々を私は嫌う」とパステルナークは書いた。真実に関心がない連中よりももっとひどいのは、進んで真実に手を加えようとするやからだ。ブスケの死とともに墓場に入ってしまったすべての真実……。もうよそう、それを考えると頭がおかしくなる。

　ブスケの裁判が実現していたら、エルサレムでのアイヒマン裁判***のフランス版になっていたはずなのに。

＊　クラウス・バルビー（一九一三―一九九一）はゲシュタポのメンバーで戦争犯罪人。ポール・トゥヴィエ（一九一五―一九九六）はリヨンの親独義勇軍の隊長。モーリス・パポン（一九一〇―二〇〇七）はのちに、第二次大戦中に人道に対する犯罪に加担したことで有罪宣告を受けた。
＊＊　一九四二年の七月十六日から十七日にかけて、ナチス・ドイツの傀儡政権ヴィシー政府の主導でパリ市内および郊外でユダヤ人の一斉検挙が実施され、一万三千百五十二人のユダヤ人が逮捕されアウシュヴィッツの強制収容所に送られた。ドイツに移送されるまでのあいだ、パリの冬期競輪場（Vel'd'Hiv'= Velodrome d'Hiver）には、四千百十五人の子供、二千九百十六人の女性、千百二十九人の男性が非人間的な状態で留め置かれた。
＊＊＊　アイヒマンは戦後アルゼンチンに逃亡。一九六〇年、イスラエル当局によって逮捕されエルサレムに連行、裁判にかけられ、人道に対する罪で死刑になった。

203

　さあ、それでは話題を変えよう！　パリに立ち寄ったハイドリヒによって、フランスにおけるドイツ警察の司令官に任命されたヘルムート・クノッヘンの証言を、僕はたまたま目にすることができた。このときハイドリヒが彼に打ち明けた内密の、これまで一度も口外したことのない話を暴露するというものだ。この証言の日付は、二〇〇〇年の六月、なんと五十八年も経っている！

ハイドリヒはこう言ったらしい。「この戦争に勝てる見込みはもうないから、講和の道をさぐるべきだが、ヒトラーがそれを呑むとは思えない。ここのところをよく考える必要がある」つまり、一九四二年五月の時点で、ハイドリヒはこんなことを考えていたということだが、これはスターリングラードの戦いの前、ドイツ第三帝国が絶頂にあると思われていたときなのだ！

クノッヘンは、これをもってハイドリヒには類い稀な洞察力が備わっており、ナチ高官の誰よりも頭がよかったと見なしている。また同時に、ハイドリヒがヒトラーを倒す可能性も視野に入れていたと理解している。ここから彼は、あの前代未聞の仮説をわれわれに示す。ヒトラーに対する全面的勝利の機会が奪われたとは断じて思いたくなかったチャーチルにとって、ハイドリヒの排除こそ絶対的優先事項だったというのだ。つまり、イギリス人がチェコ人を支援するのは、ハイドリヒのように抜け目のないナチ高官がヒトラーを排除し、妥協による講和に持ち込んでナチ体制を維持することを恐れているからだ、と。

クノッヘンがヒトラーに対する陰謀という仮説に同調しようとするのは、自分が第三帝国の警察機構で現実に果たした役割をできるだけ小さく見せたいからだと僕は踏んでいる。そして、六十年も経ってしまえば、自分の語ることを現実だと思い込んでしまうということだって十分考えられる。僕個人としては、でたらめだと思っているがとりあえず報告しておこう。

204

あるインターネット・フォーラムで、ジョナサン・リテルの作品の主人公について、自信たっぷりの読者の感想を読んだ。「マックス〔マキシミリアン〕・アウェに真実味があるのは、彼が、彼の生きた時代の鏡だからだ」と。それは、ちがう！　彼に真実味があるのは、僕らの生きている時代の鏡だからだ。手短に言えば、ポストモダンのニヒリストだということだ。全編を通じて、この主人公がナチズムに同調していると思わせるところはどこにもない。その逆に、国家社会主義の教理にはしばしば批判的な無関心を露骨に示している。これだけでも、この主人公が彼の生きた時代の精神錯乱的な熱狂ぶりを反映しているとはとても言いがたい。それどころか、彼が誇示する無関心、すべてを悟りきったような白けた態度、つねに不満たらたら、哲学的屁理屈が大好き、確信犯的無道徳、仏頂面のサディズム、たえず腸《はらわた》をさいなむ性的欲求不満……言うまでもない！　どうしてもっと早くこれに気づかなかったんだろう。突然、何もかもはっきりする。『慈しみの女神たち』は「ナチにおけるウエルベック」*なのだ、わかりやすく言えば。

＊　ウエルベックは一九五八年、フランス海外県レユニオン島出身の作家。九八年発表の『素粒子』は世界三十か国で翻訳された。何かと物議をかもす作家で、二〇〇一年発表の、売春観光をテーマにした『プラットフォーム』では、薄っぺらな人道主義やフェミニズムを揶揄し、二〇一〇年に発表した五作目の小説『地図と領土』でゴンクール賞を受賞した。

205

ようやくわかりかけてきた。僕は今、**基礎《アンフラ》・小説《ロマン》**を書いているのだ。

206

そのときが近づいている、僕はそれを感じる。メルセデスはもう出ている。もうじきやって来る。プラハの空気に漂う何かが、僕の骨にまで沁み通る。ジグザグ道がある人の運命を描き、また別の人の、そしてまた別の人の、さらにまた別の人の運命を描き出す。ヤン・フスの銅像の頭から鳩が飛び立っていくのが見える。その背後には世界一美しい舞台背景として、ティーンの聖母マリア大聖堂がそびえている。いくつもの小塔が針のように空を突き刺しているこの聖堂の、不吉なまでに荘厳な灰色のファサードに見とれる機会があるたびに、僕は思わず跪きたくなる。プラハの心臓が僕の胸のなかで脈を打つ。路面電車のゴトゴト響く車輪の音が聞こえる。緑青色の制服を着た兵士たちが長靴の踵をカツカツ響かせながら舗道を歩いていく。ほとんどそこまで来ている。そこに行かなければならない。どうしてもプラハに行かなければならない。そこに行って、あれが起こるそのときに立ち会わなければならない。

　現場でそれを書かなければならない。

　蛇のようにくねくねと道を走ってくる黒いメルセデスのエンジン音が聞こえてくる。窮屈そうにレインコートを着込み、舗道に立ってそのときを待っているガブチークの押し殺した吐息が聞こえる。その真向かいにクビシュ、ヴァルチークは丘の上で見張っている。上着のポケットに忍ばせた鏡の、ぴかぴかに磨かれた冷たい肌触りを僕は感じる。まだだ《ウシュ・ネ》、まだだ《ノホ・ニヒト》、まだだ。

　僕は風を感じる。車に乗っている二人のドイツ人の顔を打つ風。運転手はかなりスピードを出している。それを裏付けるたくさんの証言があり、この点に関して不安はない。メルセデスは全速力で走り、ここが僕の想像世界のもっとも凝った部分であり、もっとも自信のある部分でもあるのだが、それはメルセデスの通ったあとを音もなく滑るように追いかけていく。空気が吸い込まれ、エンジンはうなり、助手席の男は、大男の運転手にひたすら「もっと速く、もっと速く！」と声をかけているが、すでに時間は遅く進みはじめていることを彼は知らない。もうじき世界の流れはある曲がり角のところで滞ってしまうのだ。地球の回転はメルセデスと同時に止まる。

でも、まだだ。まだ早すぎることが、僕にはわかる。すべてがまだしっくりきていない。すべてが語り尽くされていない。もしかすると、僕自身がその瞬間を永遠に先延ばしにしたがっているのかもしれない。僕の全存在が必死でそっちに向かおうとしているにもかかわらず。

スロヴァキア人も、モラヴィア人も、ボヘミアのチェコ人もそのときを待っているし、彼らがそのとき感じたことを、わがことのように感じることを、大切にしたいとは思っている。でも、僕はあまりにも文学に淫してしまった。「何か危険なものが自分のなかにせり上がってくるのを感じる」とはハムレットのせりふだけど、この期に及んで思いつくのがまたもやシェークスピアの言葉だとは。どうか許してほしい。どうか、みなさん許してください。すべてよかれと思ってしていることなのだから。黒のメルセデスを出発させることだって、そんなに簡単なことではなかった。すべてを所定の場所に置き、準備万端整えるのはもちろんのこと、この冒険の蜘蛛の巣を張り、レジスタンスの絞首台を立て、むごたらしい死のローラーを豪華な戦いの緞帳で包む必要もあった。もちろん、そんなことはたいしたことじゃない。僕は厚かましくも、歴史の巨人たちを自分と同列に扱わざるをえなかった。ふつうなら、僕のことなど虫けらみたいな存在として見向きもされないのに。

ときにはごまかし、自分の信じていることを否定せざるをえないこともある。なぜなら、今、現実に進行していることに比べれば、僕の文学的信念など何の意味もないから。数分後に行なわれようとしていることに比べれば。今、ここで。プラハの、ホレショヴィツェ通りの、この折り返し、ここにはその後——ずいぶんあとの話だけど——進入路《ランプ》みたいなものが建てられる。都市のかたちは、残念なことに、人々の記憶よりも早く変わってしまうから。

でも、じつはそれもたいしたことじゃない。蛇のように道を進む一台の黒いメルセデス、今はもうそれしか眼中にない。自分の物語をこんなに近く感じたことはない。

　プラハ。

　革にこすれる金属の感触。そして、三人の男に込み上げる、その不安、その顔に装う平静さも。それは自分が死ぬことを知っている男の雄々しい自信ではない、なぜなら、その覚悟はあるものの、逃げ道が閉ざされているわけではないから。そのことが、いっそう耐えがたい心理的緊張をもたらしていると思う。自分を統御するために彼らはどれほどの神経的緊張に耐えたのだろう。僕がこれまで冷静さを発揮しなければならなかった場面をざっと振り返ってみる。まったく話にならない！　どれもこれも、そこに賭けられたものはちっぽけなものばかり。足の骨折、留置場での一夜、あるいは手荒い拒絶とか、僕がこの哀れな命を賭けた経験というのは、せいぜいこの程度のことだ。そんな僕に、この三人の男が経験したことについて、いったい何が言えるだろう？

　でも、もうじき、こんなのんきなことを言ってはいられなくなる。いずれにしろ、僕にも責任があるし、現実を直視しなければならないのだから。メルセデスのあとをぴたりと追っていかなければならない。五月のこの朝の、人々の暮らしの物音を聞き取らなければならない。僕の頭をよぎるすべての役者の名前を並べ上げてみる——十二世紀の夜明けの時代から現代、そしてナターシャまで。そして、五人の名前にしぼられる。ハイドリヒ、クライン、ヴァルチーク、クビシュ、ガブチーク。

　漏斗のように狭まっていくこの物語のなかで、この五人は上から差し込んでくる光に気づきはじめる。

一九四二年五月二十六日、プラハでは一週間にわたる音楽祭の初日のコンサートが開かれようとしていた。初日のプログラムにはハイドリヒの父の曲も演奏されることになっている。その数時間前、ハイドリヒは保護領のジャーナリストを集めて記者会見を開いた。

「このところ、またもやドイツ人に対する無礼と言うべきか、あるいは傲岸不遜とまでは言わないものの、無神経な態度がいやでも目につくようになってきた。諸君は承知のことと思うが、私は万事において寛大であり、あらゆる面での革新的な動きを奨励してきた。しかし、いかに私が忍耐強くとも、ドイツ帝国は弱いとか、私の善良さを弱さと思われているような印象を持った場合には、躊躇なく徹底的に打ちのめすということも承知しておいてもらいたい」

僕は子供のような知りたがりだ。この発言はいろいろな面で興味をひく。何よりもまずこれは、ハイドリヒが権力の絶頂にあって、自分の力を確信し、まるで啓蒙専制君主のように、植民地の副《ヴィ》王《ス・ロワ》（＝総督）のように自分の統治に自信を持っていることを示している。保護者《プロテクトゥール》（＝総督）という肩書きを持つ者の良心のなかに当然それが織り込まれているかのように、あたかもハイドリヒが本当に自分自身を保護者だと任じていたかのように、厳格ではあるが公正な主として振る舞っている――ここに見えるのは、どんな演説においても飴と鞭を巧みに使い分ける、自分の鋭い政治感覚に自信を持っているハイドリヒであり、死刑執行人、虐殺者と呼ばれる男が無邪気に自分の寛大さと改革を支持する度量を誇示し、いかにも狡猾な僭主らしい傲慢さと優れた技量をもって反語を駆使している。でも、この演説で僕の注意をひくのはそこじゃない。気になるのは、彼が使っている「無礼」という言葉だ。

208

五月二十六日夜、リベナが婚約者のガブチークに会いに来た。でも、彼は昂ぶった神経を鎮めるために外出していて留守だった。襲撃後の報復を恐れるレジスタンスのメンバーたちの優柔不断に嫌気がさしていたのだ。リベナを迎えたのはクビシュだった。彼女は煙草を持ってきた。少し躊躇したものの、全部クビシュに預けた。「でも、イェニーチェク（これはヤンの愛称。ということは彼女は本名を知っているということだ）、みんな吸っちゃだめよ！……」そう言うと、若い娘はまた恋人に会えるかどうかわからないまま帰っていった。

209

人生が絶えざる不幸の連続であったような人には、少なくとも一度くらい、勘違いかどうかはともかく、これぞわが生涯の絶頂のときと思える瞬間が与えられてしかるべきではないかと常日頃から考えている僕だが、これとは逆に、人生の気前のいいところばかりを見せられてきたハイドリヒにも、そんな一瞬がやって来たらしい。しかも、じつに甘美な偶然のおかげで――お人好しのわれわれはそこから宿命の数々をでっち上げてしまうけれど――その瞬間は襲撃の前日にやって来た。

ハイドリヒがヴァレンシュタイン宮の教会に入っていくと、招待客はいっせいに立ち上がった。彼は笑みを浮かべつつ堂々とした足取りで、最前列の自分の席まで続く赤いカーペットの上を歩いていく。その傍らには妊娠している妻のリナ、黒っぽい色のドレスを着て、晴れやかな顔で夫に付き添っている。会場の視線はすべて二人に集まり、参列した制服姿の軍人たちはナチ式の敬礼で迎える。ハイドリヒがこの場の荘厳な雰囲気に包まれて陶然としていることは、その目を見ればわかる。彼は傲然と祭壇を見つめている。贅を尽くした浮き彫りに飾られた祭壇の足もとには、もうじき演奏者の一団が入ってくる。

彼はその夜、音楽は自分の人生のすべてだということを――もし忘れていたとすれば――あらためて思い出す。音楽は生まれたときから彼に付き添い、離れていったことがない。彼の内部では、芸術家としての自分と行動する男としての自分がつねに対立してきた。世の成り行きのせいで、こんな人生を送っているが、音楽はずっと共にあったし、死ぬまでそこに居つづけるだろう。

招待客の手にはその夜のプログラムが握られている。そこには総督代理が序文として書いたまずい文章――当人はよく書けたと思っているとしても――が載っている。

「音楽は、芸術家にして音楽を愛する人の創造的な言葉であり、内部生命の表現手段である。辛いときには、聴く人に安らぎをもたらし、国威発揚と戦闘のときには勇気を与えてくれる。しかし音楽は何にもまして、ドイツ民族の文化的生産力のもっとも偉大な表現である。この意味でプラハ音楽祭は、ドイツ帝国の中心に位置するこの地方が今後たくましい音楽生命の基礎として育っていくべく構想された音楽会として、このすばらしい現在に貢献するものなのである」

ハイドリヒの文章はヴァイオリンの腕前ほどはうまくないが、そんなことを気にしている様子はない。なぜなら、音楽こそが芸術的魂の真の言葉だから。

その日のプログラムはひときわ華やかなものだった。ドイツ音楽を演奏するにもっともふさわしい名手を招いた。ベートーヴェン、ヘンデル、もちろんモーツァルトも、ただし、おそらくその夜にかぎってワーグナーはなし（といっても、完全なプログラムを手に入れることはできなかったから、確実ではない）。しかし、ハイドリヒが生涯絶頂のときを迎えたと感じたのは、ハレ音楽院を卒業した演奏家と、わざわざこのコンサートのために招聘《しょうへい》した有名なピアニストによる、彼の父ブルーノ・ハイドリヒが作曲したハ短調ピアノ協奏曲の演奏が始まり、慈愛の波動のような音楽に身を浸したときだったにちがいない。演奏が終わって拍手を送っているハイドリヒの顔に、途方もなく自己中心的で誇大妄想狂の傲岸不遜な陶酔の色が浮かんでいるのを僕は読み取ることができる。ハイドリヒは、父が死後に得た勝利を通じて、彼自身の勝利を味わっていたのだ。しかし、勝利と絶頂とは、正確に言えば同じものではない。

210

ガブチークが帰ってきた。彼もクビシュも部屋では吸わない。自分たちを迎え入れてくれたオゴウン家の人たちに不快な思いをさせたくないし、隣人に怪しまれるようなことはしたくなかった。
窓から、夜空に浮かび上がる城が見える。クビシュは、そのどっしりとした城の姿に見入りながら、つい独り言をもらす。「明日の今ごろは……」オゴウン夫人が尋ねる。「いったい何が起こるというの？」それに答えるのはガブチーク。「いや、べつに何も起こりませんよ、奥さん」

211

五月二十七日、朝、ガブチークとクビシュはいつもより早く家を出ようとしている。彼らを住まわせているオゴウン家の若い息子はテストの結果をもう一度見直している。今日が大学入試の発表の日なので、ひどく神経質になっている。クビシュが声をかける。「落ち着けよ、ルボシュ、おまえなら受かるよ、きっと受かるよ。今夜はみんなでお祝いしよう……」

212

ハイドリヒはいつものように、毎朝夜明けにプラハから運ばれてくる最新の新聞各紙に目を通しながら、朝食をとっている。九時になると、黒、もしくは濃い緑のメルセデスが迎えにやって来る。運転手はクラインの名で呼ばれている、身長二メートル近い巨漢の親衛隊員。だが、その日の朝、ハイドリヒは彼を待たせた。子供たちと遊び（僕には、ハイドリヒが子供たちと遊ぶ場面がうまく想像できない）、広大な屋敷の庭を妻と散歩した。リナは今進めようとしている造園工事について夫に説明しておく必要があった。トネリコの木を伐って、代わりに果樹を植える計画らしい。でも、これはイワノフの作り話ではないかと僕は疑っている。彼によると、末娘のシルケは、まったく見ず知らずのヘルベルトとかいう人から拳銃の装塡の仕方を教わったと父親に語ったという。しかし、彼女は三歳なのだ。ま、いいか、動乱の時代のことだ、この程度で驚いてはいられない。

213

ときは五月二十七日の朝。この日はヨーゼフ・ロートの命日、アルコール中毒と深い悲しみによって、三年前にパリで死んだ。初期の勃興するナチの先行きを見通していた、この辛辣な観察者は一九三四年の時点でこう書いている。「あと一時間でこの世も終わりだというのに、この人間たちのひしめくさまは何ごとか！」

二人の男が路面電車に乗り込み、これが最後の乗車になるかもしれないと思いながら、車窓を通りすぎるプラハの街路をむさぼるように見つめている。逆に何も見ないで心のなかを空っぽにし、外部世界を無視することで集中力を高めるという選択をしたかもしれないが、僕はそれはないのではと思う。この任務について以来、あたりを警戒するのが習い性になっているはずだ。電車に乗れば、無意識のうちにすべての男の乗客の挙動に目が行く。誰が乗り、誰が降りるか、前後それぞれのドアの前にはどういう男が立っているか、たとえ車両の端と端に離れていても、ドイツ語を話しているのは誰か、瞬時にして見て取る。乗っている電車の前後にはどんな車が走っていて、どのくらいの距離があるか、右側に併走しているドイツ国防軍のサイドカー付きのバイクにも、歩道をパトロールしている警官にも目を配る。そして、向かいの建物の前で見張りをしている革のコート姿の二人連れを確認する（OK、ここで僕も止まろう）。ガブチークもコートを着ているが、日差しはまぶしくとも、この時間はまだまだひんやりとしているから、こんな姿でも目立つことはない。もしくは腕に抱えているかもしれない。言ってみれば、彼もクビシュも、晴れの日にふさわしくめかし込んでいるわけだ。そして、二人とも重い手提げ鞄を持っている。

彼らはジシュコフのどこかで降りる。ここは伝説の英雄ヤン・ジシュカの名を冠する地区だ。隻眼でのちに全盲となった、もっとも偉大かつ、もっとも勇猛なフス派の将軍として知られ、四十年にもわたって神聖ローマ帝国軍に反抗し、城塞都市ターボルにたてこもって、ボヘミアのすべての敵に対して天の怒りを浴びせかけた。二人はまずレジスタンスの連絡員のところに行って、預けてある二台の自転車にまたがる。一台はモラヴェッツおばさんのものだ。ホレショヴィツェ通りに入ると、また別のおばさんに挨拶するために立ち寄る。彼女もレジスタンスの一員で、彼らを匿い、ケーキを作ってくれた人で、コードル夫人という。彼らはお礼の言葉を述べた。あんたたち、まさか今生《こんじょう》の別れの挨拶を言うために来たんじゃないだろうね？　そんな、おばさん、ちがいますよ、またすぐに会いに来ますから、ひょっとしたら今日にでもね、家にいますか？　もちろんいるから、いつでもおいで……。

　ようやく目的地に到着すると、すでにヴァルチークが来ていた。もう四人目のパラシュート部隊員も来ていたかもしれない。彼らを応援するために来た〈アウト・ディスタンス〉のオパールカ中尉だが、その役割もはっきりしないし、その存在さえきちんと証明されているわけではないから、僕はあくまでも自分の知っている範囲に留めておこう。まだ九時にはなっていない。三人は短い言葉を交わすと、所定の位置についた。

214

　もうじき十時になろうとしているのに、ハイドリヒはまだ仕事に出かけようとしない。その夜はベルリンに飛んで、ヒトラーと会うことになっている。おそらく、この会談に備え、入念な準備をしているのだろう。用意周到な官僚として、持っていく書類を鞄に入れる前にもう一度確認でもしているのかもしれない。いずれにせよ、もう十時だ。ハイドリヒはようやくメルセデスの助手席に乗り込んだ。クラインが車を出すと、城の鉄門が開かれ、目の前を通り過ぎていく総督に、衛兵が腕を前に差し出して敬礼し、コンバーティブルのメルセデスは外の道路に飛び出していく。

ハイドリヒのメルセデスが、いくつもの節がある運命の糸の上をくねくねと走り、三人のパラシュート部隊員が五感を研ぎ澄まして待ち伏せしているあいだ、僕はジョルジュ・サンドの『ジャン・ジシュカ』と題された、あまり知られていないジシュカの物語を読み返している。そしてまたもや、つい夢中になって読みふけってしまう。自分の支配する山の頂上に陣取る猛将の姿が見える。盲目、剃り上げた頭、三つ編みにして蔓のように垂れ下がっているガリア風の口ひげ。にわか仕立ての要塞のふもとでは、ジギスムント率いる神聖ローマ皇帝軍がいまにも襲撃しようとしている。僕の眼下で、戦闘、殺戮、攻城、包囲が繰り広げられる。プラハでは、ジシュカは王の侍従だった。彼がカトリック教会との戦いに身を投じたのは、自分の妹が司祭に犯されたために、カトリックの司祭を憎んだからだと言われている。かの有名な最初のプラハ窓外投擲事件が起こったころのことだ。はたして、このボヘミアの小さな火種が百年以上にわたる苛烈な宗教戦争の発端だったのか、あるいは火あぶりにされたヤン・フスの遺灰からプロテスタンティズムが生まれたのか、いまだにはっきりしたことはわからない。この物語を読んでいるといろいろ勉強になる。「ピストル」という言葉はチェコ語の「ピーシュチャラ」から来ていること。重火器を積み、装甲を施した荷車による史上初の機甲部隊を考え出したのはジシュカだったということ。ジシュカは妹を強姦した犯人を見つけ出すと、徹底的にその男を痛めつけたという話。また、ジシュカは一度も敗北したことのない、史上最高の戦争指導者のひとりだったという話も。僕の注意はすっかり横道にそれていく。急カーブで折り返すあの道から遠ざかることばかりが目につく。そして、ジョルジュ・サンドのこんな言葉に突き当たる。「勤勉な、あるいは身体の不自由な貧しい人々よ、これは、そんなあなた方になおも『大いに働いて困窮せよ』と命じる輩に対する闘いなのだ」

脱線への誘惑というよりは、まさに挑発だ！　けれど、もうこれ以上、寄り道を続けるわけにはいかない。自分の定めた目標に集中するときだ。黒いメルセデスが蛇のように道を滑っていくのが、僕には見える。

216

ハイドリヒは遅れている。もう十時だ。道路がもっとも混み合う時間は過ぎている。ホレショヴィツェ通りの歩道に立っているガブチークとクビシュの姿は丸見えだ。一九四二年では、ヨーロッパのどこであっても、二人の男が同じところにいつまでも立ち止まっていれば、たちまち怪しまれる。

もうだめだと彼らが思ったことは間違いないと思う。一分経過するごとに、パトロールの警官に目をつけられる危険が高まるのだから。しかし、彼らはまだ待っている。メルセデスが通るはずの時間からすでに一時間以上過ぎている。城の大工から聞き出した時間割によれば、ハイドリヒが十時を過ぎてから城に到着したことは一度もない。ということは、彼はもう来ないと考えるしかない。城へ行くコースを変えたか、あるいはまっすぐ飛行場に行ったか。とっくに飛び立っている、たぶん。

クビシュはカーブする道の内側の街灯に背をあずけている。ガブチークは交差点の反対側にいて、電車を待っているふりをしている。すでに十台以上の電車をやりすごし、もう数えることもしなくなった。職場に向かうチェコ人労働者の数は徐々に減っている。二人の男はますます恐ろしいほど孤立していく。街のざわめきは少しずつ消えていき、この街角に広がる静けさは、皮肉にも彼らの任務の失敗を反映しているようだ。

でも、言うまでもなく、ハイドリヒが来ないかぎり、僕はいつまでもこの本を書き終えられない。十時半、二人の男は突然雷に打たれた。いや、打ったのは雷光ではなく、丘の上にいるヴァルチークがポケットから取り出した手鏡に映した陽光だ。合図だ。ということは、来る。ここに来る。あと何秒かしたら来るということだ。ガブチークは走って道を渡り、向こうがカーブを曲がりきるまで、こちらが見えない地点で待ちかまえた。つまり、もっと先で待ちかまえているクビシュとは違って（ガブチークの後方に位置していたという前提のもとに現場を再現している仮説があるが、僕はその可能性は少ないと見る）、メルセデスが丘の上に姿を現わしたときに警護がついていないことは見えないわけだ。むろん、そんなことは考えもしないだろう。火のついた頭のなかを占めていることはたったひとつ、標的を撃つことだけ。だが、背後からやって来る路面電車の、あの特徴的な音ははっきりと聞こえている。

突如、メルセデスが姿を現わす。予想どおり減速する。だが、恐れていたように、このままだと、いちばんまずいタイミングで市民で満員の電車とすれ違うことになる。つまり、ガブチークの目の前にメルセデスがやって来る、ちょうどそのときに電車もその前を通り過ぎるということ。しかたない。市民が邪魔になることがあるのは想定済みだし、それでも決行することにしたのだから。ガブチークとクビシュは、カミュが描き出した心優しいテロリストほど細心ではないが、それは彼らの存在が、紙上で行をなす単純な黒い活字の向こう側、もしくはその手前に位置しているからだ。

あなたは強い、権力がある、自分に満足している。すでに何人も殺しているし、これからもたくさん殺すし、まだまだ殺す。何もかも思いどおり。邪魔立てするものは何もない。十年もしないうちに〈第三帝国でもっとも危険な男〉と言われるまでになった。あなたを侮る者は誰もいない。もう誰も〈山羊〉とは呼ばない、〈金髪の野獣〉と呼ぶ。動物種の階梯のカテゴリーを、あなたは決定的に変えてしまった。今では誰もがあなたを恐れている。眼鏡をかけたチビのハムスターみたいな、あなたの上司でさえ。彼だって、ずいぶん危険な人物なのに。

あなたはコンバーティブルの愛車メルセデスの助手席にどっかりと腰をおろし、正面から風に打たれている。あなたは仕事場に向かっていて、その仕事場は城のなかにある。あなたはある国に生きていて、その国の住民はみなあなたの臣下であり、あなたはその生殺与奪権を握っている。あなたがその気になれば、最後のひとりまで皆殺しにできる。そもそも、事態はそういう方向に動いている。

でも、あなたはそれを自分の目で見ることはできない。ほかの事案があなたを待っているから。応じなければならない新たな挑戦がある。もうじきあなたは自分の王国から立ち去る。あなたはこの国に秩序を回復するために派遣され、その任務をみごとに成し遂げた。全国民を屈服させ、鉄拳で保護領を制圧し、政《まつりごと》をし、統治し、支配した。後継者には、あなたが遺したものを定着させるという重い任務が託される。たとえば、あなたが打ち砕いたレジスタンス運動をけっして復活させないこと、チェコの生産機構をドイツの戦争努力に奉仕させつづけること、あなたが着手し、その実施方法を定めた住民のゲルマン化の手順を今後も踏んでいくこと。

自分の過去と未来に思いをはせ、あなたはとてつもない自己満足に浸っている。膝の上に乗せた革の書類鞄をしっかりと握りしめ、故郷のハレを思い、海軍での経験を思い、あなたを待っているフランスと、そこで死ぬユダヤ人のことを思い、あなた自身がこのうえなく頑丈な基礎を築き、その根をこのうえなく深いところにまで埋めた、不滅のドイツ帝国のことを思う。しかし、あなたは現在のことを忘れている。あなたの警察官としての本能は、メルセデスが走っているあいだに頭をよぎる夢想の数々に麻痺してしまったのか？　あなたには春の暖かい日だというのにレインコートを腕に抱えている男が目に入らない。その男が車の行く手をふさぐように道路に飛び出してきたとき、初めてあなたは現実に引き戻される。

いったいどういうつもりだ、この馬鹿者は？

男は道の中央で立ち止まる。

そして体を四分の一回転させて、車の正面に立ちはだかる。

あなたと目が合う。

レインコートが投げ捨てられる。

短機関銃がむき出しになる。

銃はあなたのほうを向いている。

狙いをつける。

そして、引き金を引く。

引き金は引いたが、何も起こらない。べつに安易な効果を狙っているわけではない。実際、何も起こらないのだ。引き金が固くて動かなかったのか、その逆に、引っかかるものもなく空振りしたのか。何度も試し撃ちをしたというのに、肝心なときに故障する、このとんまな英国製のステンよ。ハイドリヒが、お誂え向きの至近距離にいるというのに、ガブチークの銃が言うことをきかない。引き金を引いたのに、ステンは弾を吐き出すどころか、うんともすんとも言わないのだ。ガブチークの指は、役立たずの金属の塊を強く握ったまま痙攣している。

車が止まると、時間も一緒に止まってしまった。世界はもう動かない、息もしない。車に乗っている二人の男は石のように硬直している。路面電車だけが何事もなかったかのように、軌道の上を移動している。ただ、数人の乗客は目を点のようにして、あっけにとられて固まっている。彼らはたった今、何が起こったか目撃したばかりだ。つまり、何も起こらなかった。車輪と線路がこすれ合う甲高い金属音が停止した時間を切り裂く。何も起こらない、ガブチークの頭のなかを除いては。頭のなかでは、いろんなことがぐるぐる回っている、猛スピードで。その瞬間に彼の頭のなかに入ることができれば、数百ページ分の語るべきことを手に入れられたに違いない。でも、実際はそんなことができるわけもなく、このとき彼が何を感じたかなんてわかるわけがないし、僕のちっぽけな人生経験からは、この瞬間に彼の頭に入り込んだ感情に近いもの——たとえ極端に薄めたものであったとしても——を誘発する状況など想像することさえできない。まるで体内の様々の弁がいっせいに開いたかのように、血管内に怒濤のごとくあふれるアドレナリンをともなう、驚愕、恐怖。

「われわれはいずれ死ぬべく定められているかもしれないが、いわば瞬間の生まれる炉にあっては不死の人なのだ」（サン＝ジョン・ペルスの長篇詩『海標』*Amers* より）サン＝ジョン・ペルスには唾を吐きかける僕だが、必ずしもその詩には唾しない。この闘士たちにはどんな称賛の言葉も及ばないとはいえ、あえてオマージュを捧げるとすれば、僕はこの詩句を選ぶ。

たとえばこんな仮説を立てた人もいる。ガブチークの持っていたステンは、カムフラージュのためにたくさん草を詰めた袋のなかに隠してあったというのだ。奇妙なことを考えるものだ！　持ち物検査を受けたとき、干し草を詰めた袋を持って散歩していることをどうやって正当化できるというのだろう？　まあ、たしかにウサギにやる餌だと答えればいいのかもしれない。当時、多くのチェコ人がふだんの食事を補うために家でウサギを飼っていて、公園の草を餌にしていたらしい。いずれにせよ、その草が装置の隙間にはさまったというのだ。

だからステンは発射されなかった。そして、誰もが唖然として、十分の何秒か身動きできなくなった。ガブチークもハイドリヒもクラインもクビシュも。まさしく茶番！　まさしく西部劇！　四人の男が石像に変わってしまい、すべての視線がステンに集まり、誰もが自分の脳みそを、常人には考えられないような、とてつもないスピードで回転させはじめる。この物語の最後にようやく、この折り返しの曲がり角で、これら四人の男が顔を合わせたのだ。おまけに十数台目の路面電車までメルセデスの後ろからやって来るとは。

219

これで一日の幕がおりたわけではない。クビシュが行動に出る番だ。ガブチークの出現に唖然としているニ人のドイツ人には、背後にいるクビシュの姿は目に入らない。物静かで優しいクビシュが鞄から取り出しているのは爆弾だ。

220

僕もまた唖然としている。ウィリアム・T・ヴォルマンの『中央ヨーロッパ』のフランス語版が出たので、読んでいるところだ。ついに僕が書きたいと思っているような本に出会えて、興奮している。第一章を読みはじめたとたん、いったいどこまで続くのか、このスタイル、この調子、この弱音器をつけたような、信じられない文体をどこまで持ちこたえられるのか、はらはらしながらページを繰った。残念なことに八ページしか続かないのだが、この八ページだけでもすばらしい。文章がまるで夢のなかにいるように展開し、何もわからないのに、すべてがわかる。これほど完璧に〈歴史〉の声が響く作品にお目にかかるのはおそらく初めてで、〈歴史〉とは「われわれ」という主語を使う巫女《みこ》なのだという啓示に、僕は愕然とした。「動きだす鋼鉄」と題された第一章を読んでいると、こんな文章に出会う。「一瞬ののち、鋼鉄は動きだす、最初はゆっくりと、駅を出る軍の列車のように、やがて速度を増す、そして、いたるところに前進するヘルメットをかぶった人間の方形の隊列、その両脇には輝かしい飛行機の列。その次には戦車、たゆまず加速していく飛行機、ロケット等々」さらに読み進めると「夢遊病者を喜ばせることに長《た》けたゲーリングは、ロケット推進装置を備えた飛行機をさらに五百台、瞬時に用意してみせましょうと約束し、その足で映画女優リーダ・バーロヴァーとの逢い引きの場所へと走っていく」とある。これはチェコの女優。僕は注意しなければならない。ある著者の文章を引用するときは七行で区切ること。七行以上はだめ、スパイが自分のいる位置を特定されないよう、三十秒以上の電話をしなかったようなものだ。「モスクワではトゥハチェフスキー元帥が、『次の戦争における作戦は大規模に展開される大演習の計画と同じようなものになるだろう』と演説している。彼はまもなく倒された。そして、やはり倒されることになる中央ヨーロッパの大臣たちは、大理石のように肌の白い裸の女たちに支えられたバルコニーの上に立ち、電話の音に怯えながら、夢でも見ているような演説をぶち上げている」

新聞の書評が教えてくれる。「それは緊張感のない」語りであり、あまり根を詰めて読まないことを読者に要求する「歴史小説というよりは伝奇小説」だと。よくわかる。憶えておこう。

ええと、どこまで話したのか？

ついに僕はずっとたどり着こうとしてきた、まさにそこまで来た。アドレナリンの火山がホレシヨヴィツェ通りのカーブを火の海にする。まさにその瞬間、それまで単に本能と恐怖の力によって抑え込まれていた個々の小さな決心の総和が、〈歴史〉に身震いさせるか、あるいはもっともよく響くしゃっくりを経験させることができるのだ。

そのとき、個々の肉体がその責任を引き受けることになる。運転手のクラインは車を止めたまま発進しない、それがひとつめの過ち。

ハイドリヒは立ち上がり、銃を構えた。それが第二の過ち。もしクラインがハイドリヒと同じくらいの機敏さを示していたら、あるいはハイドリヒがクラインと同じように助手席で腰を抜かしていたら、おそらくすべては違っていただろうし、僕がこうして読者に語りかけていることもなかっただろう。

クビシュの腕が弧を描き、爆弾が飛んでいく。だが、どう見ても、誰ひとり、自分のなすべきことを正しくなし遂げていない。クビシュは前部座席を狙ったが、爆弾は後部右側の車輪の脇に落ちた。それでも爆発はした。

第Ⅱ部

気がかりな噂がプラハから届く。
ゲッベルスの日記　一九四二年五月二十八日

222

爆弾が破裂し、向かいの電車の窓を一瞬にして吹き飛ばした。メルセデスは一メートル跳ね上がった。爆破の破片がクビシュの顔を直撃し、後ろに飛ばされた。煙があたり一面に漂っている。電車からいくつも悲鳴が上がる。後部座席に置いてあった親衛隊の制服の上着が飛ぶ。数秒のあいだ、息を呑む目撃者たちには、これしか目に入っていない。土埃の上まで舞い上がった制服の上着。僕もそれしか見えない。上着が渦巻く空気のなかを枯葉のように舞い、爆発のこだまは静かにベルリンとロンドンまで響きわたる。広がる音とひらひら舞う上着だけが動いている。ホレショヴィツェのカーブには、生のしるしはこれよりほかにない。僕はほんの数秒間に起こったことを話している。次の一秒はまた別だろう。けれど、一九四二年五月二十七日水曜日の晴れ渡ったこの朝、ここでは、二分間に二回、ちょっとした違いはあるものの、時間はその流れを中断したのだ。

　メルセデスがアスファルトの路面にどすんと落下する。ベルリンのヒトラーには、ハイドリヒが今夜の約束を守らないなどという事態は一瞬たりとも想像できない。ロンドンのベネシュは〈類人猿〉の成功をなおも信じようとしている。どちらも尊大だ。パンクした後部右のタイヤ――宙に浮いたままになっていた四つのうち最後のタイヤ――がふたたび地面に接触したとき、時間はようやく元どおり流れるようになった。ハイドリヒは本能的に、ピストルを握る右側の手を背中に回す。飛ばされたクビシュが立ち上がる。次に来た電車の乗客は、いったい何が起こったのか見ようとして、窓に顔を押しつけている。一方、最初の電車の乗客は咳き込み、叫びながら、乗降口に殺到している。ヒトラーはまだ寝ている。ベネシュはモラヴェッツの報告書を苛立たしそうに繰っている。チャーチルはすでに二杯目のウィスキーに口をつけている。ヴァルチークは丘の上から、これらの車両——メルセデス一台、路面電車二台、自転車二台——が動けずに止まっている交差点の混乱ぶりをじっと観察している。オパールカ中尉もその辺にいるはずだが、僕には見つけられない。ルーズベルトはイギリス空軍（ＲＡＦ）のパイロットを支援するために、アメリカ人パイロットをイギリスに送り込む。リンドバーグは、一九三八年にゲーリングから授与されたメダルを返却しようとしない。ド・ゴールは〈自由フランス〉を連合国に正式に認めさせようとして躍起になっている。フォン・マンシュタインの軍団はセヴァストポリ要塞を攻略する。ロンメル将軍のアフリカ軍団は昨日からビル・アケムの攻撃を開始している。ブスケは競輪場一斉検挙の計画を立てている。ベルギーでは昨日から、ユダヤ人には黄色い星のマークをつける義務が課された。初めてのマキ（地下抵抗組織）がギリシアに出現する。ドイツ空軍《ルフトヴァッフェ》の二百六十機が、北極海経由でノルウェーを迂回し、ソ連に向かう連合軍の海上輸送船団を阻止すべく飛び立つ。半年にわたる毎日の空爆ののち、マルタ島侵攻は、ドイツ軍によって無期延期とされる。宙に舞った親衛隊の制服は路面電車の電線に、物干し用ロープの洗濯物のように引っかかっている。話はここまで来ている。でも、ガブチークはさっきから動いていない。自分の手に握られたステンの悲劇的な引き金が、爆発以上に彼の心に衝撃を与えたのだ。彼は目の前の光景を夢か何かのように見ている。二人のドイツ人は車から降りると、まるで射撃練習のようにお互いに守り合おうとする。二人の呼び声が交錯する。クラインはクビシュのほうを振り返り、ハイドリヒはよろめきながらも銃を手にして、ひとりでガブチークに立ち向かおうとしている。ハイドリヒ、第三帝国でもっとも危険な男、プラハの死刑執行人、虐殺者、金髪の野獣、山羊、ユダヤ人ジース、鉄の心臓を持つ男、地獄の業火が創造した最悪のもの、女の子宮から生まれたもっとも残虐な男、ガブチークがさっきまで標的にしていた男が、今度はよろめきながらも、銃を手にして向かってくるではないか。強いショックに麻痺していたガブチークはようやくわれに返って、状況を瞬時に把握するために必要な鋭敏さを取り戻し、神話的ないしは過剰な恐れを払拭して、次に何をすべきか、すばやく的確な判断ができる精神状態を取り戻した。彼は短機関銃ステンをその場に捨て、走った。何発かの銃声が響いた。ハイドリヒが彼を狙って撃ったのだ。死刑執行人、金髪の野獣、ハイドリヒ。だが、ほとんどあらゆる運動種目に秀でた保護領総督も、この日は明らかに万全の状態ではなかった。撃つ弾撃つ弾、ことごとく外れる。今のところは。ガブチークはかろうじて電信柱の背後に身を投じた。かなり太い電信柱だったにちがいない。彼はしばらくそこに居つづけた。実際、ハイドリヒが正確な射撃の腕前をいつ回復するか見当がつかないうちは身動きできない。そのうち、雷が鳴った。その反対側では、クビシュが、目に入って視界を曇らせる血をぬぐうと、こちらに向かってやって来るクラインの巨体が見えた。狂気のなせるわざなのか、それとも窮地の明断とでもいうべきなのか、彼は自転車があることを思い出した。フレームをつかみ、またがった。自転車に乗れる人なら誰でも知っている、自転車に乗ると自分の足で走るのに比べ、最初の十メートルか十五メートル、いや二十メートルくらいまでは、きわめて危うい状態にさらされる。クビシュは本能的に下した決断を、冷静に受け止めなおした。というのも、こんな状況――自分を殺そうとして武器を持って向かってくるナチ党員から一刻も早く逃げ出さなければならない状況――に置かれた人間なら、ふつう九九パーセントがクラインのいる方角とは反対方向に逃げようとするだろうが、彼は、息を詰まらせた乗客が退去しはじめている路面電車のほうに向かってペダルをこぎ出したのだ。クラインに対する角度でいうなら、九十度以下の角度になる。人の頭のなかに図々しく押し入りたくはないけれど、クビシュの計算は説明できると思う。たぶん彼は二重に計算している。ひとつは、初速の遅さを少しでもカバーするために、自転車を下りの方向に進めた。興奮している親衛隊員を背にして上り坂を自転車で逃げるのは得策ではないと判断したのではないだろうか。もうひとつは、たとえ深傷《ふかで》を負っていても、逃げのびるチャンスを捉えるためには、矛盾する二つの要求に応えなければならないということだ。つまり、敵に自分の姿をさらさず、その射程距離の外に出ること。だが、射程距離の外に出るには、敵から丸見えになる一定の距離をどうしても通り抜けなければならない。クビシュはガブチークとは反対に、今、自分の運を試すことにした。しかし、一か八かの賭に出たということではない。パラシュート部隊員たちが作戦決行の場所にホレショヴィツェの曲がり角を選んだときから、まずいときに出てくることを恐れていた路面電車、クビシュはそれを利用することにした。降りてくる乗客の数はあまりに少なくて、そこに紛れ込めるほどの群衆にはならないにしても、カーテン代わりにはなると思ったのだ。無辜《むこ》の民に向かって発砲しないほど親衛隊員が繊細だと考えたわけではないが、少なくとも狙いは定めにくくなるだろうと踏んだわけだ。この逃亡計画はすばらしい名案だと思う。なにしろ、これをとっさに思いついた男は、たった今爆破のとばっちりで怪我をしたばかりで、血が目に入ってよく見えないし、この計画を練る時間だって三秒くらいしかなかったのだから。といっても、クビシュが純然たる運に任せられる時間、つまり息を詰まらせながら電車から出てくる乗客が遮蔽幕になってくれる時間は限られている。ところで、よくあるように、ここでも偶然は平等にしゃっくりをしてみせた。爆発のショックからまだ醒めやらぬクラインが拳銃を握りしめたまま立ち尽くしている。撃鉄のせいなのか、引き金のせいなのか、弾倉のせいなのか、今度はクラインの銃が故障したのだ。では、クビシュの思惑どおりに事は運んだか？　いや。電車から降りた乗客たちはその場に固まって動こうとしないので、カーテンの役目を果たさない。そのなかにはすでに平常心を取り戻している人もいて、ドイツ人だからか、ナチのシンパだからか、あるいは手柄なり報奨なりに飢えているのか、はたまた共謀の容疑で訴えられることに戦々恐々としているのか、あるいは、ごく単純にまだ衝撃から立ち直っていないために一センチも動けなかっただけなのか、いずれにせよ、クビシュのために道を空けてくれそうもない。さすがに彼を捕まえようとはしないまでも、脅すような顔くらいはしたのではないだろうか。そこで茶番のような場面が展開する（どんなエピソードにも、こんな場面のひとつくらいは必要なのかもしれない）。自転車にまたがったクビシュは空に向けて発砲しながら、あっけにとられた乗客のあいだを通り抜けようとした。そして、実際通り抜けていった。間抜けなクラインは自分の獲物が逃げていくことを承知しながらも、自分には守るべき主人がいることを思い出して、ハイドリヒのほうに顔を向ける。総督はなおも撃ちつづけているが、突然、その肉体がもんどり打ってひっくり返る。クラインが駆け寄る。銃声がやみ、ようやく静寂が訪れる。ガブチークはとっさに、自分の運を試すなら今しかないと心を決める。彼は隠れていた電信柱の陰から出て、また走りはじめる。持てる能力のすべてを取り戻した彼は冷静に考える。クビシュができるだけ逃げのびられるようにするには、逆方向に走るべきだ。いきなり彼は坂を駆け上りはじめる。だが、冷静に考えれば絶対に正しい答えが出てくるというものではない。そっちの方向にはヴァルチークの見張り場所があるからだ。でも、ヴァルチークは今のところ、この作戦チームの一員であることが相手に知られているわけではない。ハイドリヒは地面に肘をついて上体を起こした。駆けつけてきたクラインに向かって、彼は吠える。「あの野良犬《シュヴァイネフント》を捕まえろ！」クラインがなんとか役立たずのピストルの撃鉄を起こすと、追撃が始まった。ガブチークに向けて銃を放つと、なんと用意のいいことに、ステンの予備として持ってきたコルト9ミリ口径を取り出して、彼は応戦した。二人のあいだの距離がどれくらいあったのか知らない。でも、このときガブチークが、いわば銃を構えて狙いを定めて撃ったとは思えない。むしろ、近づきすぎるとこっちには銃があるぞと警告するために発砲したと思う。二人の男は混乱をきわめる交差点をあとにして必死で走る。だが、目の前に人影が現われ、その姿はますます鮮明になる。あちらからヴァルチークがやって来る。ガブチークの目に、拳銃を手に走ってくる姿が映る。そして立ち止まり、狙いをつけるが、引き金を引く前にその場にどっと倒れる。

「くそ《ド・ビーチ》」太ももに激しい痛みを感じて倒れたとき、ヴァルチークはただ自分に向かって「くそ、なんて馬鹿なんだ！」としか言うことができなかった。不運なことに、ドイツ人が放った一発の弾が当たったのだ。巨漢の親衛隊員はすでにあと数メートルのところまで迫っている。ヴァルチークはもうだめだと思った。落とした銃を拾う余裕もない。ところがクラインが彼のところまで来たとき、奇跡が起こる。走る速度をゆるめようとしないのだ。ガブチークを最優先すべき標的と考えているためか、その標的に集中しすぎているためか、ヴァルチークが銃を手にして、自分に狙いをつけているのが目に入らない。あるいは、ただたんに倒れている男そのものが視野に入っていないのか、立ち止まることも、ちらりと見ることもなく通り過ぎようとするではないか。ついていると思うこともできるが、よく考えてみると、よけいに馬鹿ばかしくなる。要するに彼は流れ弾に当たったのだから。振り返ると、二人の男はすでに姿を消していた。

坂下の状況はなお混乱が続いている。しかし、若いブロンドの女性がこの状況を理解した。彼女はドイツ人で、道をふさぐように仰向けに倒れているハイドリヒを知っていた。支配者の種族に属している自信がもたらす威厳をもって、通りかかった一台の車を止め、乗っていた二人のドイツ人に総督を最寄りの病院に運ぶように命じた。運転手は言い返した。後部座席はキャンディの箱でいっぱいなんですよと。「ならば降ろしなさい！　今すぐに！《ゾフォルト》」金髪の女性は吠えた。ここでまたシュールな場面が展開する。今度は運転手が主役だ。二人のチェコ人は見るからにやる気なさそうに、スローモーションの再生みたいにキャンディの箱を車から降ろしはじめる。一方で、美しいスーツ姿のブロンドの若い女性は道に倒れているハイドリヒに向かって、必死でドイツ語の言葉をかけているが、どうも相手には聞こえていないらしい。しかし、この日、彼女はついていた。もう一台の車が交差点にやって来て、一目見るなり、この車のほうが役に立つと彼女は判断した。その車は、靴磨きと床磨きサービスのタトラのライトバンだった。金髪女性は、止まってと叫びながら車に向かって飛び出していった。

「いったいどうしたんですか？」

「襲撃があったのよ！」

「それで？」

「親衛隊大将殿を病院にお連れするのよ」

「でも……なんで、わたしが？」

「あなたの車が空だからよ」

「でも、こいつはとても快適とは言えませんぜ。ワックスの臭いがたち込めてるから、とても総督を運べるような車じゃありませんよ……」

「急いで！《シュネル》」

タトラに乗った労働者には気の毒だが、お鉢は彼に回ることになった。その間に警官もやって来て、ハイドリヒを支えて起き上がらせた。総督はまっすぐ歩こうとして歩けないようだった。裂けた制服から血が流れている。長身の大柄な肉体を窮屈そうに助手席におさめ、一方の手に拳銃、もう一方の手で書類鞄を握っている。ライトバンは発進し、坂を下りはじめる。だが、運転手は病院が反対側にあることに気づいて、Uターンする。この運転にハイドリヒは思わず大きな声をあげる。「ヴォヒン・ファーレン・ヴィア?」僕の貧しいドイツ語のレベルでも「どこに向かっているんだ?」と言っていることくらいはわかる。運転手も理解したが、「病院《クランケンハウス》」という言葉が思い出せなくて、答えられずにいると、ハイドリヒは大声で運転手を怒鳴りつけ、銃をつきつけた。さいわい、バンは出発点に戻った。さっきの若い金髪の女性がまだそこにいて、車に気づくとすぐに駆け寄ってきた。運転手は事情を説明した。だが、ハイドリヒが何事か女につぶやいた。これ以上助手席に座っていられない、席が低くて狭すぎるという。そこで彼をいったん外に出し、後部座席に移して、靴墨やワックスの缶をかきわけて、そこでうつ伏せに寝かせた。ハイドリヒが書類鞄をよこせというので、すぐそばに鞄を置いてやった。こうしてタトラはまた走りはじめる。ハイドリヒは片手で背中を押さえ、もう一方の手で顔を隠している。

この間、ガブチークはずっと走っている。ネクタイを風になびかせ、髪を振り乱して走る姿は、まさに『北北西に進路を取れ』のケーリー・グラントか、『リオの男』のジャン゠ポール・ベルモンド。しかし、言うまでもなく、ガブチークがいかに鍛えられていたとしても、これは映画の一場面ではない。ベルモンドのように際限なく走りつづける超人的な耐久力はない。が、周囲の住宅街を逃げ回っているうちに、追っ手を完全にまくところまではいかないにしても、少しは引き離せた。通りの角で振り返るたびに、何秒間か、相手の視野から自分の姿が見えなくなる時間が持てるようになった。この機に乗じない法はない。息も切れ切れの状態で、すでに開いている店を見つけ、クラインの視野から消える隙に、その店に飛び込んだ。不幸なことに、彼にはその店の名前を読む余裕がなかった。ブラウナー肉店。ぜいぜい言いながら、匿ってくれと頼む。素早く店の外に出る店主の目に入ったのは、猛然とこちらに向かって走ってくるクラインの姿。無言で自分の店を指さした。このブラウナーはドイツ系チェコ人であるばかりでなく、兄弟がゲシュタポだった。よりにもよって、あまりにひどい札を引いたものだが、ガブチークは何も知らずにナチの店の奥に身を隠した。だが、クラインも、逃げる相手が武器を持っていることを知っている。店のなかには入らず、庭先の小さな柱の後ろに隠れて、店内に向けて狂ったように発砲しはじめた。つまり、ガブチークの置かれた状況は、電信柱の陰に隠れてハイドリヒの銃声がやむのを待っていたときからさほど変わっていないわけだ。とはいえ、自分の射撃の腕前を思い出したか、あるいは二メートル先の一親衛隊員に対してはプラハの死刑執行人ほど恐れを感じなかったためか、彼はただ隠れてはいなかった。一瞬、奥から顔を出し、相手の身体が柱からはみ出ているのを見ると、狙いをつけて撃った。弾は相手の脚に当たり、クラインは倒れた。その隙にガブチークは奥から飛び出し、倒れているドイツ人の前を横切って、通りに出るとそのまま一目散に走った。だが、迷路のような小道が錯綜する住宅街で、彼は自分のいる位置がわからなくなった。次の四辻に出たとき、足が止まった。ゆるやかな坂を上ろうとして、はたと気づいた。道の先が見慣れた曲がり角になっている。闇雲に逃げたせいで、住宅街を一回りして、また元の場所に戻ろうとしているのだ。コマ落としで展開するカフカの悪夢とでも言うべきか。彼はあわてて道の逆方向に、川に向かう坂道を駆け下りていく。そして、プラハの街路を足を引きずり追いかけていた僕は、ナ・ポルジーツィー通りをまた上りながら、はるか遠くを走るガブチークの後ろ姿を見つめている。

タトラが病院に着いた。ハイドリヒの顔は黄色く、立っているのがやっとの状態だ。すぐに手術室に運び、上着を脱がせた。上半身裸になったハイドリヒが看護師をにらみつけると、彼女は何も訊き返さず、そそくさと出ていった。彼はひとり手術台の上に腰かけている。このほんの短い孤独が正確にはどのくらいの時間続いたのか、何としてでも知りたいものだ。突如、黒いレインコート姿の男が現われる。ハイドリヒを見て、目を丸くして驚き、手術室をちらりと見回すと、すぐに電話をしに出ていく。「違います、これは誤報なんかじゃありません！　ただちに親衛隊一個中隊を派遣してください。そうです、ハイドリヒです！　繰り返します。総督がこちらにいらして、負傷しているんです。それは私にはわかりません。急いで《シュネル》！」最初に入ってきたのはチェコ人の医師だった。顔色は真っ青だが、すぐに鉗子と脱脂綿を使って傷口を調べはじめた。傷口の長さは八センチに達し、なかにはたくさんの破片と異物が入っていた。ハイドリヒは鉗子で傷口を広げられても、びくともしない。やがてドイツ人の医師が入ってきた。いったいどうしたのかと問うてから、ハイドリヒがそこにいるのに気づいた。すぐに踵を踏みならし「ハイル！」と叫んだ。こうして傷口の診察はさらに続けられた。傷は腎臓にも脊椎にも達しておらず、とりあえずの診察結果は良好だった。ハイドリヒを車椅子に乗せ、レントゲン検査の部屋に移す。病院の廊下に親衛隊員があふれ、最初の安全策が講じられた。狙撃から守るために外に面した窓をすべて白いペンキで塗りつぶし、屋上には重機関銃を据えた。当然、邪魔な入院患者は追い出された。ハイドリヒは車椅子から立ち上がり、レントゲン撮影装置の前にひとりで立った。毅然とした態度を保つために明らかに無理をしている。レントゲン検査の結果、肉体の傷みは予想以上にひどいことが判明した。肋骨が一本折れ、横隔膜が破れ、胸郭が損傷している。脾臓に爆弾の破片か、車体の一部か、何かが入り込んでいる。ドイツ人の医師が患者に近づいて言う。

「総督殿、手術の必要があります……」

ハイドリヒは青ざめ、頭を横に振る。

「ベルリンの外科医に執刀してもらいたい！」

「しかし、そのご容態からして、一刻も早い処置が……」

ハイドリヒは考える。どうやら命が危ないようだ。時間も味方してくれそうにない。そこで、プラハにあるドイツ人の病院から最高の外科医を呼び寄せることに同意した。ただちに手術室に戻される。カール・ヘルマン・フランクを初めとするチェコ政府の要人が次々に病院にやって来る。市街地の小さな病院がかつてなく、今後もありえない興奮状態に包まれた。

クビシュはひっきりなしに後ろを振り返っているが、追ってくる者は誰もいない。どうやらうまくいった。だが、正確には何がうまくいったのか？　ハイドリヒを殺せたわけじゃない。ガブチークめがけて銃を撃ちまくるハイドリヒを見るかぎり元気そのものだ。そのガブチークを助けることもできなかった。ステンが故障したのでは今ごろひどい目に遭っているだろう。危機を脱したといっても、とりあえずのことでしかない。そのことももちろん、クビシュにはよくわかっている。あと何分かすれば追跡が始まるだろうし、顔から血を流しながら自転車に乗っている男という特徴はけっしてわかりにくいものじゃない。これ以上怪しい風体は探すのが難しいくらいだ。さらにまだ解決しなければならないジレンマもある。自転車は襲撃現場からできるだけ速く遠くに逃げさせてくれるという点では便利な道具であるけれども、監視・検問に対しては目立ちすぎるという難点がある。クビシュはこの難問を解決すべく、ペダルをこぎながら考える。そして襲撃現場を迂回して、古いリベン地区にある靴屋バチャの店先に自転車を捨て去ることにする。いっそのこと、地区を変えたほうがよかったのかもしれないが、見知らぬ地区に入れば、いつどこで捕まるかわからない。そんなわけで、最寄りの連絡員のいるノヴァーク家に匿ってもらうことにした。労働者の住む建物に忍び込むと、四つん這いで階段を上がった。隣家のおかみさんに呼び止められた。「誰かおさがしかい？」彼は顔を隠すのが精一杯だった。

「ノヴァークの奥さんはいますか?」

「留守にしてるけど、すぐに戻ると思うよ」

「待たせてもらいます」

ノヴァークの奥さんが自分と仲間たちが不意にやって来たときのためにドアの鍵をかけずにいることをクビシュは知っている。部屋に入るなり、ソファに倒れ込む。長く試練の続いた今朝、初めて味わう休息だった。

プラハ郊外のブロフカにある病院は、今やドイツ帝国大使館とヒトラーのブンカーとゲシュタポ本部とが統合したような状態になっていた。病院の内と外、地下と屋上に配置された親衛隊の特別攻撃班はソビエトの機甲師団が来ても応戦できる態勢をとっている。カルロヴィ・ヴァリで本屋を営んでいた経歴のあるフランクは、赤ん坊が生まれるのを待つ父親のように、立てつづけに煙草を吸っている。ヒトラーに何と報告したらいいものか、気をもんでいるのだ。

街は、戦闘準備で大わらわの様相を呈している。プラハでは、制服を着ている男たちは今にも駆けだしたい、やむにやまれぬ欲求に取り憑かれているかのようだ。騒ぎは極限に達し、効率などどこにもない。ガブチークとクビシュが、襲撃から二時間以内にウィルソン駅(のちにプラハ本駅と改名されたが)から列車に乗って街を出ようとしても、怪しまれることはなかっただろう。

ガブチークにとっては、まさに滑りだしこそよくなかったが、今ではよほど楽になっている。ただ、レインコートをどこかで見つける必要がある。着ていたコートはメルセデスの下に捨ててきたので、自分の人相書きが出回るときには、コートを着用していないと記されるだろうし、身体には目に見える傷も見えない傷も負っていないので、外見的特徴は襲撃前と何も変わっていない。必死で走ったおかげで、ジシュコフ地区までたどり着いた。そこで息を整え、落ち着きを取り戻し、スミレの花束を買って、教師のゼレンカの家を訪れた。ゼレンカ先生は、ソコルに属するレジスタンス組織、〈インドラ〉のメンバーだ。スミレの花束をゼレンカ夫人に進呈すると、レインコートを借り、また外に出た。あるいは、レインコートはスヴァトシュ家から借りたかもしれない。鞄を貸してくれたのもスヴァトシュ家だったし、その鞄もあの曲がり角に置いてきたが、スヴァトシュ家はもっと遠く、都心部の、ヴァーツラフ広場の近くにある。こっちだと断定できる証拠が残っていないので、僕も迷ってしまう。いずれにしろ、彼が次に向かったところが、温かい風呂と、まだ若い婚約者のリベナが待っているファフェク家であったことははっきりしている。そこで二人が何をして、何をしゃべったか、僕は知らない。ただ、リベナがすべての事情に通じていたことだけは確かだ。生きているガブチークと再会できたことを彼女はとても喜んだことだろう。

クビシュは顔を洗い、ノヴァーク夫人はその顔にヨードチンキを塗り、親切な隣家の奥さんは着替え用に白地に青い縦縞のワイシャツを貸してくれた。この上からノヴァーク夫人から借りた鉄道員の制服を着れば変装は完璧だ。こうして労働者らしい服装をすれば、腫れ上がった顔がそんなに注意を惹くこともないだろう。労働者がスーツ姿の紳士よりも事故に遭う確率が高いことは周知の事実だから。だがひとつ問題が残った。《バチャ》の店先に置いてきた自転車をどうやって回収するか。あそこは曲がり角にあまりにも近いから、警察がすぐに発見してしまうだろう。ちょうどそこにノヴァーク家の末娘にして、小さなレジスタンス闘士が元気に駆け込んできた。たぶん学校から帰ってきたのだろう。ひどくお腹をすかせている。チェコスロヴァキアの昼食は早い。母親が食事の用意をしているあいだに、娘に用事を言いつける。「わたしの知り合いのおじさんが、《バチャ》のお店の前に自転車を置いてきたんだよ。それを取ってきて、中庭に入れてほしいんだよ。もし、その自転車は誰のものかと訊かれても返事をしちゃだめだよ。おじさんは事故を起こしたんだよ、面倒なことになるかもしれないから……」駆けだしていく娘の背に、母親が大声で叫ぶ。「自転車に乗ろうなんて思っちゃだめだよ、あんたはまだ乗れないんだから！　それから、車にも気をつけるんだよ！」

十五分後、娘は自転車とともに戻ってきた。どこかのご婦人に問いかけられたが、もちろん言いつけを守って何も言わなかった。任務完了。クビシュはこれで心おきなく出かけられる。もちろん、心おきなくというのは言葉の綾だ、あくまでも、数時間後か数分後かはともかく、もうじきドイツ帝国でもっとも重要な二人のお尋ね者のうちのひとりになることがわかっている男にとっての心おきなくではあるけれど。

ヴァルチークの置かれた状況は、この作戦へのかかわり方がほかの二人ほど表立っていない分だけ面倒ではなかったと言えるかもしれない。とはいえ、厳戒態勢のプラハの街なかを、銃弾で傷ついた足を引きずりながら歩くのは、近い将来を楽観させてくれる行為ではないだろう。彼は同僚で友人のアロイス・モラヴェッツのところに逃げ込んだ。この友人もまた鉄道員で、彼と同じようにレジスタンス闘士であり、パラシュート部隊員の保護者であり、そしてまた同じように、占領軍と闘う男たちに献身的な女性と結婚している。顔面蒼白のヴァルチークを迎えたのは彼女で、今朝と同じように、これまで何度も彼を迎え、泊め、匿ってきたから、よく知っているにもかかわらず、彼のことをミレクと呼ぶ。なぜなら彼女は彼の本当の素姓を知らないのだ。だが、街中がすでに噂で沸騰していたから、彼女はすぐに訊いた。「ミレク、あなた知ってる？　ハイドリヒへの襲撃があったのよ」ヴァルチークは頭を上げる。「死んだのか？」まだ死んでないと彼女が答えると、ヴァルチークはまたうつむく。彼女は思わず、さっきから気になっている質問を口に出す。「あなたも加わってるの？」ヴァルチークは作り笑いで答える。「なんでまたそんなことを！　気が弱いから、俺にはとても無理だよ」彼女はこの男の器量を知る機会があったから、嘘をついていると思った。それにヴァルチークは反射的にそう答えただけで、信じてもらえるとも思っていなかった。彼が足を引きずっていることに、彼女はすぐには気づかず、何かほしいものはないかと訊いた。「濃いコーヒーを一杯、たのむよ」これに加えて、ヴァルチークは、街なかに出て、どんな話が交わされているか聞いてきてくれないかとも頼んだ。それから、脚を傷めていたので、彼もまたゆっくりと風呂に入った。夫妻は、たぶん長いこと歩きすぎたんだろうと語り合った。翌朝、シーツに血痕があるのを見て初めて、夫婦は彼の負傷を知った。

正午近く、外科医が病院に到着すると、手術がすぐに始まった。

十二時十五分、フランクは唾を呑み込んで、ヒトラーに電話した。案の定、総統は何もかもが気にくわない。その不機嫌は、ハイドリヒが護衛もなしで、装甲も施していないオープンカーで市内を走っていたということをフランクがつい白状せざるをえなくなったとき、頂点に達した。電話線の向こう側で、いつものごとく喚く。ヒトラーの怒声には二種類あった。ひとつは、チェコ民族と名乗る犬の群れに目にもの見せてくれる、というもの。もうひとつは、ハイドリヒほど有能で度量の大きい人物にして、帝国全体がうまく機能するうえでかくも重要な人物が、自分の身の安全に関して、なぜにこれほど間抜けな、犯罪と呼ぶにふさわしい怠慢ぶりを示してくれたのか、そう、まさに犯罪にほかならぬ！　というもの。ことは単純明快、即、以下のことを実行するように。

1　一万人のチェコ人を銃殺せよ。

2　犯人逮捕に協力した者には、百万帝国マルクを供せよ。

ヒトラーはどんな場合でも数字が大好きで、できれば丸めた数字が好きだった。

午後になると、ガブチークはリベナと一緒に――男ひとりよりもカップルのほうが怪しまれないから――チロリアンハットを買いに街に出た。ドイツ人らしく見せようと、雉《きじ》の羽根のついた小さな緑の帽子を買った。この大まかな変装はさっそく期待以上の功を奏した。制服姿の親衛隊員に呼び止められ、火を求められた。ガブチークは恭《うやうや》しくライターを取り出し、煙草に火をつけてやった。

僕も自分の煙草に火をつける。まるでプラハをさ迷う神経衰弱の濫書症患者のようだ。このへんで少し休もう。

でも、いつまでも休んでいるわけにはいかない。この水曜日をなんとか乗り越えないと。

さっき病院で見かけた黒革のコートの男は、ゲシュタポが情報収集のために派遣したパンヴィッツという警視だ。この警視がそのままこの事件の捜査を担当している。犯罪現場に遺された証拠物件――英国製のステン、そしてやはり英国製の対戦車手榴弾の入っていた袋――からして、襲撃犯の所属を突きとめることは難しくない。明らかにロンドンの仕業だ。その旨フランクに報告すると、フランクはヒトラーに電話で伝える。犯人は国内のレジスタンスではない。フランクは集団的報復はしないほうがいいと諭す。そんなことをすれば地元の住民のあいだに強烈な反発が巻き起こるだろう。容疑者あるいは共犯者、ならびにその家族を特定して処罰すれば、この事件をその適正な規模に留めることができるだろう。すなわち、あくまでも外国で組織された個人的な犯行にしておくほうが得策だと。何よりもまず、この襲撃が国民的反抗の表現であるという不快な印象を世論に与えないようにすることが肝要だ。すると驚いたことに、ヒトラーは穏健な対処を説くこの意見に応じる態度を見せた。こうして集団報復はとりあえず棚上げになった。とはいえ、ヒトラーは受話器を置くなり、ヒムラーに食ってかかる。するとなんだ、チェコ人はハイドリヒを嫌っているということなのか？　ならばもっとひどいやつを見つけてやろうじゃないか！　もちろん、すぐに名案が浮かぶわけもない。なぜなら、ハイドリヒより恐ろしいのを見つけるのは至難の業だから。ヒトラーとヒムラーは額を突き合わせる。武装親衛隊の上層部には虐殺を組織するにうってつけの人材がいることはいるが、一九四二年のこの春以来、東部戦線に動員されているから、それで手一杯なのだ。結局二人はクルト・ダリューゲを選ぶことで妥協した。というのも、たまたまダリューゲは医療上の理由でプラハに来ていたからだった。ハイドリヒの後釜に選ばれたのが、警察上級大将にして、つい先ごろ親衛隊上級大将に昇進したばかりのダリューゲであったとは皮肉としか言いようがない。実力的にはとてもハイドリヒには及ばないとはいえ、階級的には直接のライバルであったから。ハイドリヒは彼のことを「愚か者」と呼んで、相手にしてこなかったとはいえ、意識を取り戻したら、きっと気分を悪くしたことだろう。

そのとき彼はまさに意識を取り戻した。手術は成功。ドイツ人の外科医はどちらかといえば楽天家だった。たしかに脾臓を切除する必要はあったが、ほかに悪いところはとくになかった。普通でないところがあるとすれば、傷口に毛の束のようなものが絡みついていて、それが全身に飛び散っていることだった。これがどこから来たものか、医師団が時間をかけて調べた結果、馬の毛を詰めたメルセデスの革張りの座席が爆発のショックで破れて飛び散ったものだということが判明した。金属の細かい破片が重要な器官に入り込んでいるのではないかと危惧されたが、レントゲン写真からはそういうものは発見されず、ハイドリヒは息を吹き返した。襲撃後十五時間たってから連絡を受けたリナが傍らに付き添っていた。すっかり消耗したハイドリヒは弱々しい声で妻に話しかけた。「子供たちを頼む」この時点では、先のことに自信が持てなかったようだ。

噂を聞いたモラヴェッツおばさんは、気も狂わんばかりに喜んだ。すぐに管理人の部屋に飛び込み、息巻いた。「ハイドリヒのこと、知ってる？」もちろん、知っている。ラジオはそのことで持ちきりだ。でも、現場に遺された二台目の自転車の登録番号のことも話題になっている。うちの自転車だ。番号を消すのを忘れたのだ。喜びはたちまち消え、苦い愚痴に変わる。彼女は青ざめ、あの青年たちの粗忽さを責める。とはいえ、彼らを何とか助けてやりたいという気持ちに変わりはない。この小柄なご婦人はあくまでも行動の人だったし、そもそも嘆いている場合ではなかった。彼らはいったいどこにいるのか、まずは彼らの居所を突きとめなければならぬ。疲れ知らずのモラヴェッツ夫人は、また外に飛び出していく。

街では、二か国語で書かれた赤いポスターがいたるところに貼り出されている。これは地元住民に伝えるべきことがあるたびに使われている手段だが、今回のはおそらく、こうした一連のポスターの最高傑作として後世にまで残るだろう。それにはこう書かれている。

1　**一九四二年五月二十七日、プラハ市中で、保護領総督代理、親衛隊上級大将のハイドリヒに対する襲撃事件が起こった。**

犯人逮捕に協力した者には、一千万コルナの報奨金を与える。犯人を匿ったり助けたりした者、あるいは犯人の居場所を知りながら通報の義務を怠った者は、家族も含め全員銃殺に処される。

2　ラジオ放送による命令に基づき、プラハの特別行政地域《オーバーラントラート》全域に戒厳令が発布された。措置の詳細は次の通り。

a　五月二十七日二十一時から五月二十八日六時まで、全市民の外出を禁ずる。いかなる例外も認めない。
ｂ　同期間におけるホテルおよびレストラン、映画館、劇場、娯楽施設の閉鎖、及びあらゆる交通手段による移動を禁ずる。
ｃ　禁止令に反して街路に出て、誰何にただちに応じない者は、その場で射殺する。
ｄ　その他の措置については、適宜ラジオで発表する。

十六時三十分から、ドイツ語のラジオ放送を通じて、この命令が読み上げられた。十七時からはチェコ語による放送を通じて、三十分おきにこの命令が繰り返し流された。十九時四十分からは十分おきに、二十時二十分から二十一時までは五分おきに。思うに、この日プラハで生活していた人で、今も生きている人は、この命令全文をそらで読み上げることができるのではないだろうか。二十一時三十分には、戒厳令は保護領全体に広げられた。この間、ヒムラーはまたフランクに電話して、ヒトラーの新たな指示を伝えていた。昨年の十月にハイドリヒがプラハに着任してから、まさかのときのために拘束していた人質のなかから、このような事態にもっともふさわしい人物百人を選んで即刻処刑せよ。

病院では、この超大物の患者の痛みを抑えるために、院内にあるすべてのモルヒネが集められていた。

夜になると、とてつもない規模の一斉検挙が始まった。親衛隊（ＳＳ）、親衛隊保安部（ＳＤ）、国家社会主義自動車軍団（ＮＳＫＫ）、ゲシュタポ、クリポ（刑事警察）、その他の保安警察官からなる四千五百名に加えて、国防軍《ヴェーアマハト》の三個大隊が市内に投入された。チェコ警察の応援も加えると、二万人以上の警察力がこの作戦に加わった。市内に出入りするすべての交通路に検問が置かれ、主要幹線道路はすべて封鎖され、街路は通行止めになり、建物は軒並み捜索を受け、道行く人々は次から次へと取り調べを受けた。幌を外したトラックから武装した男たちが飛び降りてくるのを、僕はいたるところで目にする。列をなして建物から建物へと移動し、軍靴を踏み鳴らし、武器の音を響かせながら階段を上り下りし、ドアをたたき、ドイツ語でわめき散らし、寝ている人をたたき起こし、部屋のなかをかき回し、頭ごなしに怒鳴りつける。とりわけ親衛隊員は自分を制御する冷静さを完全に失い、荒れ狂う狂人のごとく街路を駆けめぐり、明かりが漏れている窓や、たんに開けっ放しになっている窓に向かって発砲したり、いつなんどき、その辺に隠れている狙撃者に撃たれるかもしれないと戦々恐々としているかのように見える。プラハは戒厳令下の状態どころではなかった。まるで戦争状態だった。警察の一斉検挙が始まると、街は名状しがたい混沌に沈んだ。三万六千のアパートメントが深夜捜索を受け、その物々しい捜索のわりには成果は微々たるものだった。五百四十一人が逮捕されたが、その四分の三は浮浪者、ひとりの街娼、ひとりの不良少年であり、それでもレジスタンスの指導者もひとり含まれていたものの、〈類人猿作戦〉とはなんの関係もなかった。四百三十人はすぐに釈放された。結局、非合法活動のパラシュート部隊員に関する手がかりはまったくつかめなかった。それどころか、影すらつかめない。ガブチーク、クビシュ、ヴァルチーク、そしてその仲間たちは、きっといつになく大変な夜を過ごしたにちがいない。はたして、このうち眠れた者がいたかどうか。眠れるほうがおかしいと思う。いずれにしろ、僕はこのところよく眠れないでいる。

223

患者をすべて締め出した病院の三階で、ハイドリヒはベッドに横たわっている。力尽き、全身がしびれ、痛むが、意識ははっきりしている。ドアが開く。護衛の親衛隊員が妻のリナを室内に入れる。妻が来てくれたことに感謝し、夫は微笑みかける。妻もまた、ベッドに臥している夫を見て、顔色は悪いものの生きていることを確認し、ひとまずは安心した。昨日、手術直後に来たときは、意識もなく蒼白の夫を見て、死んだものと観念した。そして、意識が回復した今も、症状はほとんどよくなっていない。彼女は医師団の慰めを信じていない。パラシュート部隊員たちが眠れなかったように、彼女の夜も快適な夜ではなかった。

彼女は今朝作ったばかりの温かいスープを魔法瓶に入れて持ってきた。昨日は襲撃の犠牲者、今朝は病み上がりの患者の役柄。金髪の野獣はしぶとい。今回もまた、なんとか切り抜けるだろう。

224

モラヴェッツ夫人がヴァルチークを迎えにやって来た。彼を泊めてやった律儀な鉄道員は、こんな状態で客人を帰したくはなかった。電車のなかで顔を隠すのにちょうどいいだろうと言って、本を差し出した。書名は『ジャーナリズムの三十年』、著者はH・W・スティード。ヴァルチークは礼を言う。彼が出ていくと、鉄道員の妻は客の使った寝室を片づけ、ベッドメイクをしようとして、シーツに血の染みがついているのに気づく。彼の傷がどの程度のものだったのか、僕は知らないが、保護領内のすべての医師に対して、銃創の患者を治療した場合には当局に届け出ることというお達しが出ていたことは知っている。これに背けば死刑に処すと。

ゲシュタポ本部の置かれたペチェク邸の黒い壁の向こう側で緊急会議が開かれている。捜査を指揮しているパンヴィッツ警視は、犯行現場で集められた証拠物件から判断するに、これはロンドンの亡命政府が企てた襲撃事件であり、実行犯は二人のパラシュート部隊員だと結論した。フランクも同じ考えだった。ところが、前日総督に任命されたばかりのダリューゲは、この襲撃が組織立った国民的蜂起の予兆であることを恐れた。そこで予防的措置という名目で、手当たり次第に住民を銃殺し、地域一帯の警官を集めて、都市部における警察力をいっそう強く誇示することを命じた。フランクは青ざめた。どう見ても、この襲撃はベネシュの仕業ではないか。しかし、たとえそうでなかったにしても、この襲撃に国内レジスタンスがかかわっているか否かは、政治的にはどうでもいいことなのだ。「とにかく、これが国民的反抗だという印象を国民に持たせてはいけない！　これはあくまでも個人的行動であると言い通さなければならないのです」さらには、大規模な逮捕と処刑は国民の生産力を落とす危険性もある。「ドイツの戦争努力にとって、チェコの産業力は重要な生命線であることを今さら指摘する必要があるでしょうか、親衛隊上級大将閣下」（なぜ僕はこんな発言をつくったか？　それは彼が本当にこういうことを言ったと思うからだ）大臣フランクは自分の出番が来たと思っていた。ところが来たのは、ダリューゲだった。政治家としての経験は皆無、保護領のことについては何も知らず、プラハが地図のどこにあるか言えるかどうかもわからない男が上司になったのだ。フランクは力の誇示に反対しているわけではない。街を恐怖で支配するのが安上がりな方法だということくらいわかっている。しかし、自分は師匠から政治的教訓というものを教わっている。飴なくして鞭はない。昨夜のヒステリックな一斉検挙が、この種の対応の無意味さをよく証明しているではないか。適宜、惜しみなく密告を促すたくみなキャンペーンのほうがずっと効果が上がるはずだ。

フランクは会議の席を立った。ダリューゲのせいで思わぬ時間を失った。これから飛行機に乗ってベルリンに飛び、ヒトラーとの会談に臨まなければならない。総統の政治的才能がいつもの激昂に惑わされないことを彼は期待していた。昨日の電話での話し合いから、彼は説得することに味をしめていた。飛行機のなかで、フランクは推奨すべき施策の案を入念に準備していた。腰抜けと思われないためには、街に戦車部隊を繰り出し、数個師団を送り込み、見せしめに何人かの首をはねるくらいのことはすべきだが、やはり大規模な集団報復は避けたほうがいい。むしろ、ハーハとその政府に圧力をかけ、このままであれば保護領の自治権を剝奪し、あらゆる種類のチェコ人組織をドイツの監督下に置くことにすると脅したほうが得策だ。恐喝、いやがらせなど、いつもの威嚇手段はもちろんのことだが、今回に関しては最後通牒のかたちを取ったほうがいい。いずれにせよ、チェコ人自身が犯人のパラシュート部隊員を当局に引き渡すように仕向けられれば理想だろう。

パンヴィッツの気がかりはこれとはまた違う。彼の仕事は捜査であり、政治ではないから。ベルリンから派遣されてきた二人の腕利きの刑事と協力して捜査に当たることになっていたが、この二人は、到着するなり目の当たりにした混沌状態の「壊滅的規模」に度肝を抜かれていた。ダリューゲの前では黙っているが、夜は無事ホテルに戻れるように護衛をつけてほしいとパンヴィッツには不満をもらしていた。親衛隊の狂犬のような振舞いについての、彼らの診断は容赦ない。「やつらは完全に狂っている。殺人犯を見つけるどころか、ここまでめちゃくちゃな状態にしてしまったら、もうこの状態から抜け出る道さえ見つからないだろう」もっと筋道だった方法で捜査をする必要がある。二十四時間経過しないうちに、この三人の刑事たちはすでにそれなりの成果を上げていた。現場の目撃証言から、やや曖昧なところはあるとはいえ（目撃者というやつは、その目で現場を見ているくせにどうして証言が一致しないのか！）、かなり正確に襲撃の手順とテロリスト二人の身体的特徴を再現できるようになっていた。ところが、その犯人のもとにたどり着くための道筋が見えていなかった。だから、彼らはそれを捜している。街の喧噪から離れて、ゲシュタポの書類を仔細に読み込んでいる。

　彼らはまた、二か月前に路面電車のなかの銃撃戦で倒れた最後の大物レジスタンス指導者、モラヴェク大尉の遺体から押収した、例の古い写真も確認していた。この写真では美男子のヴァルチークがどういうわけだか、ひどくむくんだ顔をしている。だが、まぎれもなくヴァルチークだ。この男と襲撃を結ぶ証拠はない。これにこだわらず、次の書類に移ることもできるし、念のためにこの写真をもっと深く調べることもできる。これがメグレ・シリーズの一巻ならば、どうもこの写真はにおうと言うところだろう。

　若きチェコ女性の連絡員ハンカがモラヴェッツ家の呼び鈴を鳴らした。台所に通されると、そこに椅子に腰かけたヴァルチークがいた。彼女は、ヴァルチークがパルドゥビツェという町でウェイターをしていたときからの知り合いだ。いま彼女はこの町で夫と暮らしている。彼は相変わらず人なつこい顔に笑みを浮かべ、足首を捻挫しているので立ち上がれないんだと謝った。

　ハンカがやって来たのは、ヴァルチークから報告書を受け取り、それをパルドゥビツェに残っているバルトシュのグループに渡すためだ。そこから、あの〈リブシェ〉という発信器を使ってロンドンに電送される。ヴァルチークは傷のことには触れないでほしいとハンカに頼んだ。〈シルバーA作戦〉の責任者であるバルトシュ大尉は、公式には今も彼の上司だ。だが、大尉は〈類人猿作戦〉には最初から反対だった。言わば、ヴァルチークはみずから〈シルバーA〉から〈類人猿〉に鞍替えしたわけだ。こうした成り行きからして、言い訳する相手がいるとしたら、ガブチークとクビシュの二人の友――どうか無事でいてほしい――以外には、そのほかにどうしてもというなら、ベネシュその人、そして、たぶん神様（彼は信者らしいから）しかいないだろう。

ハンカは駅に急いだ。しかし、列車に乗る前に、新たな赤いポスターが貼り出されているのに気づいて立ち止まった。すぐに彼女はモラヴェッツ家に電話した。「すぐに見に来て、すごいポスターが貼り出されているから」ポスターにはヴァルチークの写真が掲げられ、その下には「懸賞金一千万コルナ」とあり、さらに、このパラシュート部隊員に関する、どちらかといえば不正確な描写が続いている――写真もあまり似ていないから、この点も本人にとっては幸運だった。ファミリー・ネームは明記されているものの、ファースト・ネームも生年月日も間違っている（五歳も若い）。末尾に記されている小さな但し書きが、この手配書の本質を語っている。「懸賞金の支払いについては秘密厳守とする」

227

しかし、このポスター以上に見るべきものはある。

バチャは戦前から帝国を築いてきた。ズリーン市の小さな靴工場から出発して、まずはチェコスロヴァキア国内に、そして世界中のいたるところに店舗を持つ巨大企業に育て上げた。第二次大戦中はドイツの占領から逃れるために、アメリカに移住した。しかし社主の亡命中も、店は開いていた。ヴァーツラフ広場の六番地にバチャの巨大な本社ビルが建っている。この日の朝、一階の店舗のショーウィンドウに飾られていたのは靴ではなく、別の品物だった。自転車、二つの革の鞄、コート掛けにはレインコートにベレー帽、すべては犯行現場に遺された証拠物件、そのかたわらには協力の呼びかけが張り出されている。通行人はそのウィンドウの前で立ち止まり、張り紙を読んでいる。

犯人逮捕につながる情報の提供者には、報奨金として一千万コルナ全額が支払われるほか、次のような場合についても報奨を用意する。

1　犯人に関する情報を提供できる者。
2　犯罪現場で犯人を目撃したことを証言できる者。
3　ここに公開した証拠品の所有者、とくに、婦人用自転車、コート、ベレー帽、手提げ鞄の紛失者。

ここに求められている情報を持ちながら、警察への通報を怠った者は、戒厳令の布告に伴って発表した五月二十七日の命令に基づき、家族ともども銃殺刑に処する。

すべての情報提供者に対し、その情報が厳重な秘密事項として扱われることを保証する。

さらに、一九四二年五月二十八日以降は、すべての家屋、アパートメント、ホテルなどの宿泊施設の所有者は、まだ警察に届け出ていない宿泊客がいれば、すみやかに届け出ることが義務づけられている。これに違反した者も死刑に処せられる。

ボヘミア・モラヴィア保護領総督府内
警察署長
上級大将
K・H・フランク

228

亡命チェコ政府は、怪物ハイドリヒに対して行なわれた襲撃は、ひとつの報復行為であると同時にナチのくびきに対する拒絶であり、抑圧されたヨーロッパの全人民に捧げられる象徴であるという声明を出した。チェコの愛国者の放った弾丸は、同盟国への連帯の証であり、いずれ全世界にもたらされるであろう最終的勝利を信ずる証でもある。すでにチェコ人民からは、ドイツ人銃殺執行隊の放つ銃弾によって新たな犠牲者が出ている。しかし、この新たなナチの激昂もまたチェコ人民の不屈の抵抗によって打ち砕かれ、その意志と決意をいっそう強める結果になるだけである。

亡命チェコ政府はチェコ国民に対し、見知らぬ英雄を匿い、裏切り者が出ないよう正しい処罰で臨むことを奨励する。

229

チューリッヒにいるモラヴェッツ大佐の郵便受けに、工作員A54からの電報が届いた。「おみ《ヴンダー》ごと《バール》――カール」。パウル・ツューメル（またの名をA54、またの名をルネ、さらにまたの名をカール）はガブチークやクビシュとは一度も会ったことがないし、この襲撃の準備に直接かかわってもいない。しかし、この単純な言葉からは、全世界のナチズムに対する闘士たちがこの知らせに触れて感じた力強い喜びの気持ちが響いてくる。

230

管理人の部屋の呼び鈴が鳴った。モラヴェッツ家の末息子、アタがヴァルチークを迎えにやって来た。管理人はヴァルチークに出ていってほしくなかった。なんなら六階の屋根裏部屋で寝泊まりしてもらってもいい、そこなら誰も来る心配はないから……。ヴァルチークは管理人の奥さんが作るケーキが気に入って、自分の母親のケーキと同じようにおいしいと言っている。ここではＢＢＣ放送を聴きながらカードに興じたりしている。最初の夜はゲシュタポが建物の捜索にやって来たので、地下に隠れる一幕もあったが、ここにいれば安全に守られていると感じる。それなのにどうして出ていくのか？と管理人は言いつのる。命令を受けた以上は、それに従うのが兵士だし、仲間も待っているとヴァルチークは説明する。管理人さんが心配する必要はない。ちゃんとしたアリバイも考えるから。ただひとつ、ここはちょっと寒すぎる。毛布と暖かい衣類をあとで送ってあげよう。ヴァルチークはそう言うと、コートを着て緑色の眼鏡をかけ、新たな隠れ家に案内するアタのあとについていく。彼は前の隠れ家の主人が貸してくれた本を持っていくのを忘れた。本の内側には所有者の名前が記されていた。ヴァルチークが忘れてくれたおかげで、本の持ち主は命拾いをすることになる。

231

降服と盲従はペタン政治の二つの基本政策だが、その使い回しにかけては、老ハーハ大統領もペタン元帥に勝るとも劣らない名手と言えるだろう。彼はやる気があるところを見せようとして、傀儡政権の名のもとに、襲撃犯逮捕の報奨金を倍にすることに決めた。ということは、ガブチークとクビシュの首それぞれにつき一千万コルナに値上がりしたわけだ。

232

教会の扉の前に姿を現わした二人の男はミサに参列しに来たわけではない。聖カルロ・ボッロメーオ正教会（現在では聖キュリロス・聖メトディオス正教会と改称）はレッスロヴァ通りの中腹にへばりつくように建っているどっしりとした建物だ。この坂道はカレル広場から発して、プラハの中心部を横切るように川まで達している。教師ゼレンカ――レジスタンス組織〈インドラ〉での通称は「ハイスキーおじさん」――はこの正教会のペトジェク神父と会うことになっていた。この日もひとりの友人を連れてきた。これで七人目。ガブチークだ。床の揚げ蓋から教会の地下納骨堂に案内された。かつて死者を安置した石の仕切り棚に囲まれた納骨堂の真ん中で、彼はクビシュ、ヴァルチークと再会した。そこにはオパールカ中尉に加えて、ほかの三人のパラシュート部隊員、ブブリーク、シュヴァルツ、フルビーもいた。ゼレンカはここにひとりずつ連れてきた。ゲシュタポの家宅捜索はたゆまず続いていたが、教会まで捜索するということは考えに入れていないようだったから。消息がつかめなくなっていたパラシュート部隊員はカレル・チュルダひとりだけで、彼がどこにいるのか、どこかに隠れているのか、それとも逮捕されているのか、それどころかまだ生きているのかさえ、誰も知らなかった。

ガブチークが入っていくと、納骨堂に歓声が響いた。みな抱き合って喜んだ。ヴァルチークは、日焼けした顔に茶色の細い口ひげをたくわえている。クビシュは、目を腫らし、まだ傷の癒えていない顔に、再会できた喜びをめいっぱい表わしている。ガブチークは感動のあまり涙を流したかと思えば、はじけるように笑いだしたりもする。もちろん、仲間がみんな無事だったことを喜んでいるのだが、こんな成り行きになってしまったことを心から申し訳なく思ってもいる。再会を果たす早々、ガブチークは苦い後悔の繰り言を始める。仲間はそれを我慢して聞くしかない。彼は謝罪と嘆きをまじえつつ、ハイドリヒに狙いをつけたそのときに故障した、あのステン短機関銃を呪う。何もかも俺のせいだ、と彼は言う。目の前にいたんだよ、死んだも同然の男だった。ところが、あの糞ったれステンのやつが……。あまりにも馬鹿げている。だが、やつは負傷した、ヤン、おまえがやったのか？　重傷なのか？　本当か？　みんな、ほんとにすまん。みんな俺のせいだ。コルトで仕留めていればよかったんだ。でも、全然当たらないから、逃げた。そしたら、あのでかいのが追っかけてきて……。ガブチークは死ぬほど悔やんでいて、仲間がいくら慰めても埒があかない。気にするなよ、ヨゼフ。これだけだって、たいしたもんだ、そうだろ？　あの死刑執行人本人をやったんだぜ！　おまえたちがやったんだ。ハイドリヒが傷を負ったことは間違いない、倒れたところを見たやつがいるんだ、でも、病院で徐々に回復しているらしい。一か月くらいで仕事に復帰できるらしい。ひょっとするともっと早いかもしれない、あの獣《けだもの》たちときたら、まったく不死身だよ。いずれにせよ、ナチの高官たちは、まるで人を食ったように襲撃の難を逃れてきた（僕が思い出すのは、一九三九年にヒトラーがあの有名なミュンヘンのビアホールで毎年恒例の演説をしたときのことだ。この集会は二十時から二十二時までの予定だったが、ヒトラーは列車に間に合うようにと二十一時七分に会場を出た。すると二十一時三十分に爆弾が爆発し、八人が死んだ）。〈類人猿作戦〉は惨めな失敗に終わった、とにかく彼はそう考え、それは自分のせいだ、と自分を責める。ヤンに非はない。手榴弾を投げ、車には当たらなかったけれど、ハイドリヒに怪我を負わせたのは彼なのだから。ヤンがいてくれてよかった。任務を完璧に遂行することはできなかったけれど、彼のおかげで、どうにか標的をかすめることができたのだから。これでプラハはベルリンではないことをやつらは思い知らされただろうし、ドイツ人が大手を振って街を歩くことはできなくなった。しかし、ドイツ人を怯えさせることが〈類人猿作戦〉の目標ではなかった。たぶん結局は、この目標が野心的すぎたのかもしれない。これほどのナチの大物を倒したことはかつてなかったのだから。そうじゃない、何を言ってるんだ、俺は！　あのステンの馬鹿が故障さえしなければ、仕事はうまくいって、あの豚は……。なのに、くそ、あのステンめ、ステンめ！……ほんとにどうしようもない糞ったれ、そういうことだ。

233

ハイドリヒの容態は、どういうわけか、急激に悪化した。突然の発熱が総督を襲った。ヒムラーが枕元に駆けつけた。長身のハイドリヒが汗まみれになって、薄っぺらい上掛けの下に横たわっている。二人の男が、生死についての問答を始める。ハイドリヒは父親の作ったオペラから引用した。「この世は所詮、われらが主が奏し、その調べに合わせてみな踊らされる手回しオルガンにほかならぬ」

ヒムラーは医師に説明を求める。患者は快方に向かっているように思われたが、突然激しい感染症に見舞われた。爆弾に毒物が含まれていたか、脾臓に侵入したメルセデスのシートに詰められていた馬の毛が原因か、いくつかの仮説が考えられるが、いずれも仮説止まりだ。しかし、医師団も考えたように、敗血症の初期症状だとすると感染はきわめてすみやかに体内に広がっていくから、四十八時間後には死が訪れる可能性もある。ハイドリヒを救うために必要なものは、広大な全ドイツ帝国をくまなく捜してもないもの、すなわちペニシリン。そして、敵国のイギリスにはあるが、頼んでも送ってくれるものではなかった。

234

六月三日、発信器〈リブシェ〉が〈類人猿〉チームに宛てた祝福のメッセージを受信した。

「大統領より。諸君とこうして連絡が取れることは非常に喜ばしい。私は諸君に心から感謝する。このたびは諸君と諸君の友人たちの揺るぎない決心を確認することができた。これは国全体が結束していることを証明するものである。やがて実りがもたらされることは間違いない。プラハの事件はこちらでも大きな衝撃として受け止められており、チェコ人民の抵抗運動を広く認めさせる結果となっている」

しかし、この時点でベネシュは、来るべき最良の事態を知らない。そして、最悪の事態も。

235

アンナ・マルシュチャーコヴァーは若く美しい工員だが、この日は工場に病欠届けを出していた。そんなわけで、工場に届く午後の便のなかに彼女宛の手紙があったので、工場長はためらわず開封して、手紙を読んだ。書き手は若い男で、次のようにしたためられていた。

大切なアニア、
返事が遅くなって申し訳ない。でも、きみならわかってくれると思う。知ってのとおり、僕にはいろいろ気がかりなことがあるから。したかったことはやり遂げたよ。運命の日、僕はチャバールナで寝た。元気だよ。今週会いに行く。それからはもう会えなくなるだろう。

ミラン

工場長はナチのシンパか、あるいは、占領された国ならどこでも見かける、やたらに威張り散らすだけの唾棄すべき精神状態に取り憑かれた男にすぎなかったのかもしれないが、どうもこの手紙は怪しいと思い、しかるべき筋に提出することにした。折しもゲシュタポでは、捜査が行き詰まり、なんでもいいから手がかりを求めていた。三千人も逮捕したあげく、めぼしい成果が何ひとつあがっていない状態だったので、この件はなおのこと注目された。すぐにわかったことは、これは男女の情事にかかわる手紙で、書き手は既婚の若い男——おそらくは不倫の関係を終わりにしようとしている。ことの詳細ははっきりしないが、文面からはあえて曖昧な書き方をしていることがうかがえる――書き手の若い男はおそらく、自分がなんらかのレジスタンス運動にかかわっていることを匂わせることによって、相手の女に強い印象を与えようとしているか、それを口実に別れようとしている。いずれにせよ、ガブチークやクビシュ、およびその仲間とはいかなる関係もなかった。彼らはこの男のことを耳にしたことはなかったし、この男のほうも彼らのことは知らなかった。だが、ゲシュタポはこの件にこだわり、徹底的に掘り進んでいった結果、リディツェ村の線が浮かんできた。

リディツェ村は風光明媚な小さな村で、この村出身の二人のチェコ人がイギリス海軍に入隊していた。捜査の結果、ゲシュタポが突きとめたのはそれだけだった。もちろん、最初から道を間違えているのだ、彼らにとっても。だが、ナチの論理はそもそも複雑怪奇、むしろきわめて単純と言うべきか。地団駄を踏んで血を必要としただけなのかもしれない。

僕は長いことアンナの写真を見つめている。たかだか労働許可証に貼る身分証明写真にすぎないのにモデルのようにポーズを取っている哀れな娘。見れば見るほど、きれいな人だと思う。どこかナターシャに似ている。額が広く、唇の形が美しく、優しさと愛情にあふれたまなざし、でもわずかに陰りが見えるのは、虚しく終わる幸福の予感のためかもしれない。

236

「どうぞ、お入りください……」

フランクとダリューゲは跳び上がる。廊下は静まり返っている。彼らがいつから廊下を行ったり来たりしていたのか、僕は知らない。息を押し殺して、二人は病室に入っていく。室内は廊下よりなお静まり返っている。リナが青ざめ、聖像のようにかしこまって、そこにいる。二人は野獣か蛇を起こすまいとする人のようにそっとベッドに近づいていく。ハイドリヒの顔はぴくりとも動かない。病院の記録によると、死亡時刻は四時三十分、死因は傷口からの感染。

237

「これは隙を見せれば悪事を招くどころではなく、殺されてしまうこともあるという格好の例である。装甲も施していないオープンカーに乗り、護衛もつけずにこれ見よがしに街路を走るというような無謀な行動は、あきれはてた愚行でしかなく、なんの国益ももたらさない。ハイドリヒほど掛け替えのない有能な人間が、無意味に自分の生身を危険にさらすとは愚かにもほどがある！　ハイドリヒのような重責を担う者は、自分たちが縁日の標的のようにつねに狙われていること、ちょっとした隙があれば銃撃される危険があることを、今後肝に銘じるべきである」

ゲッベルスは、一九四五年五月二日まで、この種の光景に再三立ち会うはめになる。ヒトラーは怒りを抑え、例のもったいぶった口調で全員に訓戒を垂れようとするのだが、うまくいかない。ヒムラーは黙って賛同の意を示している。総統に反論しないのはいつもの習慣だし、おまけに彼もまたチェコ人とハイドリヒに対して腹を立てているのだから。もちろんヒムラーは、自分の右腕であるハイドリヒの野心を警戒していた。しかし、彼なしの、恐怖と死の非の打ち所のない装置を操る才能をもがれた状態では心もとない。ハイドリヒを失うことは潜在的ライバルを失うことだが、万能の切り札を失うことでもある。それに話の先は見えている。ランスロットがログレスの王国を出たとき、それは終わりの始まりだったということが。

238

ハイドリヒが〈城の丘《フラッチャヌイ》〉に続く道を厳かに進んでいくのはこれが三度目だが、今回は棺に収められている。ワーグナー風の舞台装置がこの日の葬儀のためにわざわざ用意されている。巨大な親衛隊の幟に包まれた棺は砲架の上に安置されている。松明をかざした葬列が病院を出た。軍用のハーフトラックが長蛇の列をなして、闇夜のなかをゆっくりと進んでいく。軍用車に乗っている武装親衛隊はトーチをかかげて、道を照らし出している。道の両脇には兵士たちが気をつけの姿勢でえんえんと並び、葬列を敬礼で見送っている。市民の参列は許可されなかったが、じつは住民は誰ひとり表に出ようとしなかった。フランク、ダリューゲ、ベーメ、ネーベは戦闘服にヘルメットという出で立ちで、棺を運ぶ儀仗兵の一部をなしている。五月二十七日十時に家を出たハイドリヒはようやく目的地に着いた。細工を施した豪華な門扉をくぐり、短剣を持った彫像の下を通り、歴代ボヘミア王の城内へと入っていく。

239

できれば僕も地下の納骨堂に入って、パラシュート部隊員とともに日々を過ごし、彼らの会話の内容や、じめじめとして寒い地下での暮らしがどんなものかをここに書き記してみたい。何を食べ、何を読み、街のざわめきから何を聞き取っているのか、彼らの女友達がやって来たときには彼女と何をしているのか、彼らの計画、疑念、恐れ、希望、何を夢見ているか、何を考えているか。でも、それは無理な話だ。そういうことについてはほとんど何も資料がないから。ハイドリヒが死んだということを知らされたとき、どんな反応を示したかについても僕は知らない。それがわかれば、僕のこの本のなかでもとりわけ強烈な印象を与える場面になったはずなのに。この納骨堂はひどく寒いので、夜になると、いくらか暖かい一階に上がり、教会の外陣を見おろす回廊にマットレスを敷いて寝る者もいたということは知っている。心もとない情報だ。それでも、ヴァルチークが熱を出した（傷が原因だろう）とか、地下納骨堂ではなく教会の回廊で眠りを得ようとした者のなかにクビシュがいたことくらいは知っている。まあ、少なくとも一回は試したことは確かだろう。

逆に、ハイドリヒのために準備された国葬についての資料なら山ほどある。プラハ城を出発し、列車で搬送され、ベルリンで大々的に営まれた葬儀。数十枚の写真、偉大な人物に敬意を表して読み上げられた数十ページにわたる弔辞。でも、人生はうまくいかないものだ。こんな資料は、どうでもいい。ダリューゲの弔辞のコピーを取ることはないだろうし（ただし、ハイドリヒとは犬猿の仲だったダリューゲの弔辞がおもしろくないわけがない）、自分の部下に対してえんえんと賛辞を送るヒムラーの弔辞も同様だ。むしろ、短めに切り上げようとしているヒトラーの弔辞をここに引き写しておこう。

「故人へ敬意を表する言葉は、あえて数語に留めよう。彼はもっとも優れた国家社会主義者のひとりであり、ドイツ帝国の理想の熱烈な擁護者のひとりであり、帝国に敵対する者にとってもっとも手強い相手のひとりだった。私は党首として、ドイツ帝国の総統として、親愛なるハイドリヒ君に、私が授けられる最高位の勲章、すなわちドイツ勲章を授けよう」

僕のこの物語には、小説によくある空白部分がいくつもあるが、ふつうの小説なら空白の位置は小説家が決められるけれど、僕の場合は自分の几帳面さが邪魔をして、せっかくの特権を行使することができない。カレル橋を渡り、ヴァーツラフ広場を通り、博物館の前を過ぎていく葬列の写真を僕はめくっている。橋の両脇に並ぶ美しい石像が鉤十字《スヴァスティカ》の列のほうに傾いているのを見ると、わずかに吐き気がしてくる。こんなことをしているくらいなら、自分のマットレスを持って教会の回廊に上がっていきたい。わずかでもその場所が残っているならば。

240

日が暮れて、あたりは静まりかえっている。人々は仕事を終えて帰宅し、小さな家々の窓に次から次へと明かりがともる。その窓からはおいしそうな夕食の匂いが漂ってくるが、ときには酸味を帯びたキャベツのにおいも漏れてくる。リディツェ村に夜の帳《とばり》が降りる。村人は早寝する。明日もまたいつものように朝早くから起きて、鉱山か工場に行かなければならないから。鉱夫や冶金工がすでに眠ってしまったころ、遠くからエンジンの音が聞こえてきた。音は、ゆっくりと、近づいてくる。一列縦隊の、幌をかぶったトラックが田園の静けさのなかを進んでくる。やがてエンジンの音がやむ。それに代わって、ガチャガチャという音が続く。この音は、管のなかに吸い込まれていく液体のように、村の街路に引き込まれていく。黒い影が村のいたるところに散らばっていく。やがて、その人影は密集したいくつかの集団にまとまり、それぞれが配置につく。音はやむ。人間の声が闇を裂く。ドイツ語で叫ぶ合図の声。それが始まりの合図だった。

　眠りを覚まされたリディツェの住民は、いったい何が起こったのかわからない。あるいはわかったときには遅すぎた。ベッドから引きずり出されたかと思ったら、銃床でこづかれてそのまま家から追い出され、村の教会前の広場に集められた。あわてて着替えてきた五百人近い男と女と子供が茫然と怯えきった顔で、保安警察の制服を着た男たちに取り囲まれている。この男たちが、ハイドリヒの生まれ故郷のハレ＝アン＝デア＝ザーレから特別に派遣されてきた部隊であることなど、村人たちは知る由もない。しかし、明日はもう仕事に出られないことくらいはわかる。そしてドイツ人たちは、やがて自分たちのお気に入りの占領政策となる手法を実行していく。すなわち選別を始めたのだ。女子供を学校に閉じ込めると、男たちを農場に連行し、壕のなかに次から次へと突き落とす。こうして、えんえんと続く待機の時間が始まり、顔という顔が究極の苦悶に歪む。学校の校舎からは子供たちの泣き声が響いてくる。外ではドイツ人が怒りをぶちまける。意識的かつ熱に浮かされたように、九十六戸の住宅と、教会を含む公共建築物を一軒ずつ荒らし回る。無用と判断された本や絵画は窓から投げ出され、広場で焼き払われる。残るラジオ、自転車、ミシンのたぐいは徴発された。この作業にかかった数時間ののち、リディツェの村は廃墟と化した。

朝五時、村人は壕から連れ出される。そして無惨に変わり果てた村と、なおも奇声を上げながら運び出せるものを運び出そうとしている警官たちの姿を目の当たりにする。女子供はトラックに乗せられ、隣村のクラドノに向かった。女たちにとって、そこはラーフェンスブリュック強制収容所にいたる最初の休憩地だった。子供たちは母親と引き離され、ゲルマン化にふさわしい資質があると判断され、ドイツ人家庭に養子として引き取られることになるごく少数の例外を除いて、ポーランドのヘウムノで毒ガスによって殺された。男たちは、マットレスを立てかけた壁の前に集められた。最年少は十五歳、最年長は八十四歳。まず最初の五人が壁の前に並んで立ち、銃殺される。そして次の五人、そしてまた次の五人と銃殺は進んでいく。マットレスは弾丸が跳ね返らないようにするために使われている。だが、保安警察の隊員たちは、特別行動隊のような経験は積んでいない。

休息、死体の片づけ、銃殺執行隊の交替など、作業はえんえんと続いて、自分の番が回ってくるまでに何時間もかかる。もっと回転を速くしようと、十人ずつ処刑することにした。処刑の前に本当に村の住民かどうかを確認するために立ち会っていた村長がついに処刑される番になった。この村長のおかげで、この村の住人ではないのに、たまたま友達の家を訪れようとして夜間外出禁止令に引っかかったり、その家に泊めてもらおうとしていた人々が九人、命拾いをした。しかし結局は、彼らもプラハで処刑されてしまう。九人の労働者が夜勤から帰ってみると、村は荒れ果て、家族も姿を消し、まだ温かい友人の死体を発見する。ドイツ兵がまだ村にいたので、彼らもまた即刻銃殺された。犬さえ殺された。

だが、これで終わったわけではない。ヒトラーは、リディツェ村を自分の怒りを解消するための象徴的な見せしめにしようと考えた。ハイドリヒの殺人犯を逮捕し罰することのできない無能な帝《ライ》国《ヒ》に対する欲求不満は、抑制のきかない全面的なヒステリーを引き起こした。そこで出された命令は、文字どおり、リディツェ村を地図から消し去ってしまうこと。墓地を踏みにじり、果樹園を掘り返し、すべての建物に火をつけ、土地には塩をまいて今後何も生えてこないようにした。村は地獄の熾火と化した。瓦礫を一掃するために何台ものブルドーザーが投入された。どんな痕跡も残さないこと、村がそこにあったことを示すいかなる形跡も消し去ること。

ヒトラーは帝国に刃向かえば、どういう代償を払うことになるかを示そうとして、リディツェを贖罪の生贄にしたのだ。しかし、彼はそこで重大な過ちを犯した。ヒトラーにしても、ナチの幹部にしても、ずいぶん前から節度の感覚を失っていたせいで、見せしめとしてリディツェ村を破壊するという行為が世界的にどんな反響を巻き起こすか、予想することができなかった。それまでのナチも、自分たちの犯罪を必死になって隠そうとはしてこなかったかもしれないが、その気になれば、この体制の奥深い本質を大っぴらにしないだけの節度は残されていた。リディツェ村の殲滅によって、ナチス・ドイツの本性を全世界に知らしめることになった。ヒトラーは数日でそのことを理解した。もはや、暴走しているのは親衛隊ではなく、ナチという機構全体がコントロール不能になっている、それが国際世論となった。ソ連の各紙は、今後、世界の人民はリディツェの名を口にして戦うだろうと宣言した。そして、まさにそのとおりになった。イギリスでは、バーミンガムの若者たちが、将来村を再建するための募金を始め、「リディツェを生かそう！」というスローガンが世界を席巻する。アメリカでも、メキシコでも、キューバでも、ヴェネズエラでも、ウルグアイでも、ブラジルでも、広場や街区や、村でさえも、リディツェという名前に改称するブームが湧き起こる。作家、作曲家、映画監督、劇作家がこぞって自分の作品のなかでリディツェに敬意を表する。新聞、ラジオ、テレビがそれに続く。ワシントンでは、海軍の長官がこう語る。「のちの世代に、なんのためにこの戦争を戦ったのかと問われたら、彼らにはリディツェ村の話を聞かせてやろう」ドイツの諸都市への空襲では、爆弾にペンキでリディツェの名を書いたし、東部ではT34戦車の砲塔に同じことをした。どこにでもいる精神病患者のように、とても国家元首とは言えない反応を示したヒトラーは、このリディツェの虐殺によって、自分がもっとも得意としている分野で惨憺たる敗北を喫した。すなわち、国際レベルの宣伝戦争において、取り返しのつかない失敗を犯したのだ。

しかし、一九四二年六月十日の時点では、誰もそれに気づいていなかったし、ガブチークやクビシュはなおのこと、そんなふうには思えない。村の惨劇のニュースを聞いて、二人のパラシュート部隊員は恐怖と絶望に沈み、よりいっそう罪悪感に苛まれることになった。俺たちは与えられた任務を遂行しただけではないか、その結果、あの野獣は死に、チェコスロヴァキアと世界からもっとも忌まわしい人間を消し去ることができたのではないかと、いくら自分に言い聞かせても、リディツェの村人を殺したのは自分たちだと感じ、ヒトラーが生きているかぎり、報復は無限に続くのではないかと思ってしまう。こうして納骨堂に潜んでいると、緊張感に耐えきれなくなった彼らの哀れな頭のなかでは、いっそ自首することだけが考えられる結論のように思えてくる。彼らの狂った頭は、ありえないシナリオを想像する。あの売国奴のエマヌエル・モラヴェッツに面会を申し込もうというのだ。官邸内に通されると、自分たちがこの襲撃の首謀者であることを認めた手紙を渡して相手を撃ち殺し、彼らもその場で自決する。この常軌を逸した計画をあきらめさせようと、オパールカ中尉とヴァルチークと納骨堂で寝起きをともにしている仲間たちは、ありったけの忍耐力と説得力と外交力を駆使した。まず第一に、技術的に不可能であること。次に、ドイツ人はそんなにお人好しではないこと。最後に、たとえこの計画が成功したとしても、ハイドリヒが死ぬ前から恐怖政治や虐殺は始まっていたのだから、二人が自決したところでそれを止めることはできないということ。つまり、彼らの自己犠牲は完璧な犬死にに終わる。それを聞いたガブチークとクビシュは怒りと無力に悔し涙を流したことだろう。最後には、彼らは説得を受け入れた。でも、ハイドリヒの死が何かの役に立っているということはどうしても受け入れることはできなかった。

僕がこの本を書いているのは、それは違うということを彼らに納得してもらうためなのかもしれない。

241

論議を呼ぶチェコのネット

一九四二年六月にナチによって完全に破壊されたリディツェ村の事件にチェコの若者の関心を

惹きつけるために立ち上げたと称するインターネット・サイトには、「できるだけ短時間にリディツェを焼き払う」ことを目的とした双方向ゲームがアップされている。

「リベラシオン」二〇〇六年九月六日

242

ゲシュタポは、めざましい成果が出ないので、ハイドリヒの暗殺犯を突きとめることなどもうどうでもよくなったかのようだった。捜しているのは自分たちの怠慢を言い訳するための贖罪の山羊であって、彼らはそれを見つけたと思った。五月二十七日の夜に、大勢のチェコ人労働者を乗せたベルリン行き列車の出発を許可した労働省の役人がいた。三人のパラシュート部隊員が依然として発見されていないことからすれば、これ以上都合のいい事実はない。そこでゲシュタポは、三人の犯人（そう、少しは捜査も進んでいたから、今では犯人が三人いることを彼らは知っていた）がその列車に乗って逃亡したことは「明白」と決めつけた。ペチェク邸の男たちは驚くほどこと細かく調べている。逃亡者たちはずっと座席の下に身を隠し、途中ドレスデンの短い停車の隙に列車から降りて、姿をくらました。テロリストたちが自分の国からドイツに逃亡するという仮説はいささか大胆すぎるような気もするが、この程度のことで引き下がるゲシュタポではない。不都合なことに、件《くだん》の役人は思うようにならなかった。彼の返答は驚くべきものだった。ええ、たしかに列車に出発許可を与えましたよ、なにしろベルリンの空軍省からの、たっての要請ですからね。つまりはゲーリングの要請だということ。さらには、この用心深い役人はプラハ警察当局のスタンプの押してある通行許可証の控えまで取っていた。もし、許可を与えたことが間違いだというのなら、ゲシュタポも一部責任を取ることになるわけだ。ペチェク邸では、この線での追及はやめることにした。

243

この八方ふさがりの状況を打開する方策を思いついたのは、人間の心理を知り尽くした古参の警視パンヴィッツだった。パンヴィッツはまず、五月二十七日以降、ことさら強められた恐怖政治のムードは逆効果を生んでいるという事実を確認することから始めた。恐怖支配そのものに反対するつもりはないが、ただ一点不都合なことがある。それは、進んで密告しようとする意欲を損なってしまうということだ。襲撃から二週間、たとえ情報を持っていても、ゲシュタポに出頭して、説明する危険を冒そうとする市民はまだ出てこない。自発的に出頭してきて、この事件についての新事実を明かしたものには、たとえ、みずからもそれに関与していたとしても、特赦を約束し、実際に与えるべきである。

フランクはこれに納得し、犯人逮捕につながる情報を五日以内に提供した者には特赦を与えると宣言した。だが、これ以降は、血に飢えたヒトラーとヒムラーの暴走を止められなくなる。

モラヴェッツ夫人がこの宣言を知ったとき、ただちにそれが何を意味するか理解した。ドイツ人は一か八かの賭に出たのだ。五日以内に密告する人が出てこなければ、あの子たちが生き延びるチャンスはぐんと大きくなるだろう。なぜなら、五日間の期限が切れれば、ゲシュタポにわざわざ出頭する者はいなくなるはずだから。時は一九四二年六月十三日。その日、見知らぬ男が彼女のアパートに立ち寄ったが、誰もいなかった。男は管理人に、モラヴェッツ夫人から自分の鞄を預かっていないかと尋ねた。彼はチェコ人だったが、暗号名の「ヤン」を名乗らなかった。管理人は何も知らないと答えた。見知らぬ男は立ち去った。カレル・チュルダはふたたび表舞台に登場する機会を逸した。

244

モラヴェッツ夫人は自分の家族を数日前から田舎に送り出していたが、彼女自身はプラハでするべきことがたくさんあった。洗濯にアイロン掛けに買い物、あちこち駆け回っていた。あまり目立たないようにするために、管理人の奥さんに手伝ってもらっていた。腕一杯に買い物袋を抱えているところをたびたび見られるのはまずいし、パラシュート部隊員が隠れている場所を秘密にしておく必要もあった。そんなわけで二人のご婦人はカレル広場で落ち合い、大勢の群衆と花壇の花に囲まれるなか、管理人の奥さんが食料品の詰まった紙包みを差し出す。それを受け取ったモラヴェッツ夫人はレッスロヴァ通りを下り、教会のなかに姿を消す。またあるときは同じ電車に乗り合わせ、管理人の奥さんだけが二つ三つ手前の停留所で降り、残された買い物袋をモラヴェッツ夫人が回収するという方法を取ることもあった。こうして彼女は教会の地下に、焼きたてのケーキや煙草や、古いコンロの燃料に使うアルコールを差し入れ、外界の情報を伝えていた。青年たちは寒さのせいで体調こそ芳しくなかったが、精神状態は持ち直していた。リディツェの惨劇はいまだに心に重くのしかかっていたが、自分たちの成し遂げたことにそれなりの意味があることは徐々に理解できるようになっていた。ヴァルチークがバスローブ姿でおばさんを迎え出る。顔色はよくないものの、最近になってたくわえた細い口ひげは、彼をなかなか男前に見せている。彼は愛犬のモウラの消息を訊く。管理人夫婦が、大きな庭のある家に預けてくれたので、モウラは元気だという。クビシュの顔の腫れはおさまり、ガブチークも持ち前の陽気さを取り戻している。七人の小さな共同体ができていた。下着を濾し布代わりにしてコーヒーを淹れたりしている。おばさんは今度ちゃんとした濾し布を持ってきてやるよと約束する。この間、教師のゼレンカはレジスタンスの幹部連中を相手にきわめて実現性の薄い脱出計画を練っていた。そもそも〈類人猿作戦〉は自爆的任務として構想されてきたので、帰還の問題が生じるとは誰も予想していなかった。早いうちにさっさと田舎に移せばよかったのだ。でも、ゲシュタポがいつでも目を光らせていて、街は戒厳令下にあるから、今は動けない。もうじき聖アドルフの日が来るから、お祝いに（念のために言っておくと、オパールカ中尉の上の名がアドルフなのだ）エスカロープを作ってあげようねとおばさんが言う。レバーの団子の入ったブイヨンもいいね、とも。あえて説明するまでもないが、青年たちは彼女のことをもう「おばさん」とは呼ばず「ママ」と呼んでいたのだ。鍛え抜かれた七人の男たちが、こんな湿った地下室に閉じ込められて身動きできなくなり、子供のように弱々しくなってしまったために、この小柄な母性的な婦人にすっかり頼りきっているのだ。「十八日まで我慢してね」と彼女は念を押す。ちなみに今日は十六日だ。

245

カレル・チュルダはブレドフスカー通りを登りきったあたりの歩道に立ち尽くしている。この通りは現在は改称されている。チェコ人はプラハ本駅——元の名はウィルソン駅——に通じるこの道をゲシュタポ本部があったことから「政治犯通り」と呼んで往時を伝えているのだ。真向かいにそびえるペチェク邸は通りの角にあって、黒っぽい石造りのいかにも陰気で人を怖じ気づかせる巨大な建物だ。この鬱陶しい建物は、ボヘミア北部のほぼすべての炭鉱を所有していたチェコの銀行家によって第一次大戦後に建てられた。正面の壁を覆う無煙炭色《ダークグレー》の石は、おそらく自分の財の元となった石炭を意識しているのだろう。だが、この銀行家は鉱山《やま》も家屋敷もみな政府に譲渡して、ドイツ軍が侵攻してくる前にさっさとイギリスに渡ってしまった。現在でも、このペチェク邸は商工業省の庁舎として使われている。しかし、一九四二年にはボヘミア・モラヴィア保護領を管轄とするゲシュタポの本部が入っていた。千人近い職員がひときわ陰惨な仕事に従事し、ひときわ暗い廊下は真昼でも夜のようだったという。首都の中心部に位置して、超現代的な設備を持ち、印刷所と研究所と気送管システムと電話局を備えるこの建築物は、機能の観点からすれば、ナチの警察機構としては理想的といってよいものだ。何階もある地下と、そのなかにある地下室は申し分なく整備を重ねてきている。この施設の管理運営は、若き親衛隊大佐、ゲシュケ博士に任されている。彼の写真を一目見て、血が凍りついた。切り傷の痕、女のような肌、狂った目つき、冷酷な唇、なかば刈り上げ、頭の側面から分けた髪。つまり、ペチェク邸はプラハにおけるナチの恐怖政治の象徴であり、その建物の前にちょっとでも立ち止まるには、それなりの勇気がいるということだ。カレル・チュルダにはその勇気があったし、二千万コルナの懸賞金にも動かされていた。ナチが約束を守る保証はない。彼はのるかそるかの大博打に出ようとしている。財産か、死か。だが、チュルダはそもそも危ない橋を渡るのが好きな男だった。チェコスロヴァキア解放軍に志願したのも冒険心をそそられたからだ。保護領内での特別任務にみずから進んで参加したのも同じ理由だった。ところが自分の国に帰ってきてもおもしろいことは何もなく、非合法活動にも魅力を感じなかった。襲撃事件が起こってからは、プラハの東方六十キロほどのところにあるコリーンという小さな田舎町の、母親の家で寝泊まりしていた。それまでは、レジスタンスにかかわっている仲間と会う時間はたっぷりあった。そのなかには、ピルゼンのシュコダ工場に放火する作戦をともに決行したクビシュやヴァルチークもいたし、プラハで隠れ家を移動するたびにガブチークやオパールカとも顔を合わせていた。とりわけ、襲撃のために自転車と鞄を提供したスヴァトシュ家のアパートメントはよく知っていた。モラヴェッツ家の人々も、その住所も知っていた。三日前にそこを訪れた理由についてはよくわからない。すでに裏切るつもりだったのか？　それとも、ご無沙汰していたレジスタンス網との連絡を取り戻そうとしたのか？　報奨金目当てでないとしたら、わざわざプラハまで出てくる理由がわからない。景色のいいコリーンの小さな町で、母親と一緒に暮らしているほうが安全ではないのか？　じつはそうでもないのだ。一九四二年のコリーンは、ドイツの占領下にあって行政の中心地のひとつとなっていたために、ボヘミア地方のユダヤ人をそこでひとまとめにして、鉄道の要衝でもあったコリーン駅からテレジーンの収容所まで送り出すところでもあった。そんなわけだから、チュルダがこれ以上自分の家族——母親のほかにも妹がコリーンに住んでいた——を危険にさらしておくことはできないと考え、プラハに戻って、仲間に援助と隠れ家を求めようとした可能性はある。それでは、モラヴェッツ家をわざわざ訪れて、そのドアが閉まっていたことが重要だったのだろうか？　しかし、モラヴェッツおばさんは彼のことを待っていたのだ。なぜなら、謎の訪問客のことを伝えた管理人の奥さんに、その人はコリーンから来たと言っていなかったかと彼女は尋ねているからだ。だが、そのとき彼女は外出していた……。狡猾でいたずら好きの偶然のなせる業というべきなのか、ある意志の力が強く働いたためなのか、物事はなるべくしてなるように進んでいった。いずれにせよ、一九四二年六月十六日の時点で、カレル・チュルダは肚を決めていたようだ。パラシュート部隊員の仲間が隠れている場所は知らない。しかし、ほかに知っていることは山ほどあった。

カレル・チュルダは通りを渡ると、重い木の門を守っている歩哨に向かって名を名乗り、自分は重要な事実を知らせにやって来ましたと告げた。そして、広い玄関ホールに続く赤絨毯を敷いた階段を上がり、暗い石造りの建物のなかに吸い込まれていった。

246

モラヴェッツ家の父と息子が、いつ、どのような理由でプラハに帰ってきたのか、僕は知らない。そもそもが数日間の田舎での気分転換だったのかもしれないし、息子はパラシュート部隊員の手伝いがしたくてうずうずしていたのかもしれないし、母親ひとりに任せてはおけないと思っていたのかもしれない。父親の仕事のことだってあっただろう。彼は何も知らなかったということらしいが、僕には信じられない。自分の家にパラシュート部隊員を寝泊まりさせていれば、それがボーイスカウトではないことくらいわかるはずだ。それに衣類や自転車や医者や隠れ家の手配が必要になるたびに友達を呼び寄せていたのだから……。つまり、家族全員が闘争に参加していたわけで、そのなかにはイギリスに渡って、ＲＡＦのパイロットになった長男も含まれている。彼は一九四四年六月七日、ノルマンディー上陸の翌日、この時点から起算すればほぼ二年後に、自分の操縦する戦闘機が墜落して死亡する。この二年は、チェコの実家とは連絡が取れなくなっていたわけだから、永遠のように感じられる時間だっただろう。

247

チュルダはこうしてルビコン川を渡ったわけだが、もちろん彼はカエサルのように凱旋将軍として迎え入れられたわけではない。取り調べが一晩中続けられた結果――その間、ゲシュタポは出頭してきた男を手荒く扱いつつも、すぐにこの男が途方もなく重要な証人であることに気づいた――、チュルダは暗い廊下に置かれている木のベンチにおとなしく腰かけ、自分の運命が決められるのを待っていた。隣に座った通訳が彼に訊いた。

「どうしてこんなことをしたんだ?」

「無辜の人がこれ以上殺されるのを見過ごせなくなったんだ」

もちろん、二千万コルナのためにも。そして、この大金を彼は手にする。

248

この鉄と恐怖の時代を通じて、モラヴェッツ家の人々がひたすら恐れてきたことが、ついにこの朝、現実のものとなった。呼び鈴が鳴り、出てみると、そこにゲシュタポがいた。彼らは母親と父親と息子を壁に押しつけると、アパート中を気が触れたように荒らし回った。「パラシュート部隊員はどこだ?」ドイツ人警視が吠えると、随行の通訳がチェコ語に訳した。父親が静かに、そんな人は知らないと答える。警視は部屋中を捜し回る。モラヴェッツ夫人がトイレに行っていいかと尋ねる。ゲシュタポの隊員が平手打ちを飛ばす。その直後、彼は上司に呼ばれて部屋から出ていく。

彼女は通訳に執拗に頼み、通訳はそれを許した。数秒の猶予しかないことを彼女は知っていた。あわてて浴室に飛び込み、青酸カリの錠剤を取り出すと、迷わず、それを噛んだ。即死だった。
居間に戻ってきた警視が、女はどこだと問い質す。通訳が説明する。事態をすぐに悟ったドイツ人警視は、怒りにまかせて浴室のドアに体当たりする。モラヴェッツ夫人はそこに立ったままだった。そして、その場に崩れ落ちた。「水《ヴァッサー》だ！」警視が叫ぶ。部下が水を持ってきて、懸命に女を蘇生させようとするが、すでに事切れていた。
だが、夫のほうはまだ生きている。息子もまだ生きている。アタはゲシュタポの隊員が母親の遺体を運び出すのを見ている。警視がにやにや笑いながら近づいてくる。アタと父親は逮捕され、パジャマ姿で連行された。

249

親子はひどい拷問を受けた。言うまでもない。ゲシュタポはガラス鉢に入った母親の頭を目の前に持ってきたらしい。「アタ、この木箱が見えるか、……」というヴァルチークの言葉を、そのとき彼はきっと思い出しただろう。でも、その木箱に母親は入っていない。

250

僕はようやく、ガブチークになった。あっちはどう思うだろう？　僕は自分の物語の登場人物に乗り移っている。リベナと腕を組んで、解放されたプラハの街を歩いている自分が見える。街行く人々は笑い、チェコ語をしゃべり、僕に煙草をくれる。僕らは結婚し、彼女のおなかには子供がいる。僕は大尉に昇進し、ベネシュ大統領は統合されたチェコスロヴァキアを注意深く見守っている。ヤンが帽子をはすかいにかぶって、アンナと一緒に最新型のシュコダに乗ってやって来る。僕らは川辺のカフェでイギリス煙草をふかしながらビールを飲み、レジスタンス時代の思い出を語りながら大笑いする。納骨堂のこと、憶えてるか？　寒かったよな！　川辺の日曜日、僕は妻のリベナを抱き寄せる。そこにもうひとりのヨゼフが合流し、オパールカも前から話だけはたっぷり聞かされているモラヴィア出身の婚約者を連れてやって来る。そこにはモラヴェッツもいて、大佐は僕に葉巻をくれる。そしてベネシュが僕らにはソーセージ、女性たちには花をプレゼントし、僕らを称えて一席ぶとうとするのだけれど、ヤンと僕は演説はまだ早すぎると必死で抵抗していると、リベナが笑い、僕を優しくからかう。彼女は僕のことを私のヒーローと呼び、ベネシュはヴィシェフラットの教会で演説を始めてしまう。僕が新郎の晴れ姿で、ひんやりと涼しい教会のなかに入っていくと、背後に教会に入ってくる人々の足音とざわめきが聞こえ、詩を朗読するネズヴァルの声も聞こえてくる。ユダヤ人の、ゴーレムの、カレル広場に立つファウストの物語、手には黄金の鍵とネルダ通りの看板、そして壁には僕の誕生日を示す数字、それもやがて風に吹かれて飛んでいく……。

僕は今が何時なのかわからない。

僕はガブチークではないし、そうなることもありえない。僕は内心の独り言の緊張にかろうじて耐えている。そうすることで、この決定的瞬間に愚かなことをしでかさないようにしているのだろう。この重大なときに言い訳は許されない。僕は、今何時かちゃんとわかっているし、完全に目は覚めている。

時刻は四時。僕は聖キュリロス・聖メトディオス正教会の死んだ僧侶たちを収める石の棚で寝ているわけではない。

通りでは、黒い人影がまた慌ただしく動きはじめている。ただし、ここはリディツェではなく、プラハの中心部なのだということ。もう何を悔いても遅すぎる。シートをかけたトラックが方々からやって来て、教会を中心に星形に取り囲んでいる。監視モニタがあるとすれば、その画面にはゆっくりと標的に向かって集まってくる車両のライトが映っているはずだが、一点に合流する前に動きは停止する。主な停車位置は二つあって、ヴルタヴァ川の岸辺とカレル広場の、どちらもレッスロヴァ通りの起点と終点に相当する交差点にあたる。ヘッドライトが消え、エンジンが止まる。シートの下から特別攻撃班が飛び出してくる。街路に面した門扉の前や、それぞれのマンホールには、親衛隊員が一人ずつ配置されている。建物の屋根には、重機関銃が設置されている。夜は、あくまでも慎重に引いていく。空は、夜明けの光ですでに白みはじめている。サマータイムはまだ発明されていないし、プラハは、たとえばウィーンよりわずかに西に位置しているとはいえ、夜明けはすでに進み、透明な朝の寒さがまだ眠っている街を包んでいる。パンヴィッツ警視が少人数の部下に護衛されて到着したときには、ひとかたまりの人家がすでに包囲されていた。同行の通訳はカレル広場の花壇から漂ってくる心地よい香りをかいでいる（モラヴェッツ夫人をトイレで自殺させてしまったというのに、なおもここにいるのは、よほど優れた通訳なのだろう）。パンヴィッツ警視は街路の封鎖と犯人逮捕の任務を帯びている。名誉なことだが、責任も重い。とりわけ五月二十八日の大失態を繰り返してはならない。まさに信じられないような大騒ぎの果ての失態だったが、幸いなことに彼がこの捜索を直接指揮したわけではなかった。もし、今回の作戦がうまくいけば、自分の職歴を有終の美で締めくくることができるだろう。逆に襲撃犯を逮捕できずに取り逃がしたり、自殺されたりしたら大問題になることは目に見えている。この事件では、誰もが危ない綱渡りをしている。ドイツ側では、目に見える結果を出さなければ、幹部の目には見逃し難い怠慢と映るだろう。彼らにとっては自分自身の過ちを隠蔽するか、犠牲者をなお求める渇望を癒すか、いずれにしろ（ここではこの二つの要素が分かちがたく結びついている）それが問題になっているのだからなおさらだ。どんな犠牲を払ってでも贖罪の山羊を捕まえろ、まるでそれがドイツ第三帝国のスローガンになってしまったかのようだ。だからパンヴィッツが上司のご機嫌を取るための努力を惜しまなかったとしても、誰も彼を責めることはできないだろう。彼は手際よく事件を処理する職人刑事だ。部下にはきわめて厳密な指示を出していた。絶対に物音を立てるな。何重にも非常線を張ること。現場近辺にくまなく網をかぶせること。許可なく発砲してはいけない。犯人は生け捕りにすること。仮に殺してしまったとしても、そのことで永遠に咎めるわけではないが、ひとり生け捕りにできれば、さらに十人逮捕できる。死人に口なしだ。とはいえ、ある意味では、モラヴェッツ夫人の死体からは言葉を引き出すことができた。パンヴィッツは内心ほくそえんだか？　この三週間、ドイツ帝国の全警察をコケにしてきたハイドリヒ暗殺犯をようやく逮捕できる瞬間が近づいてくると、さすがに緊張してきたにちがいない。結局のところ、建物のなかに入ったら何が待っているのかわからないのだから。まずは慎重を期して、ひとりの警官を送って司祭館のドアを開けさせる。この瞬間、プラハの街を包んでいる異様な静寂が何を意味しているのか、理解できたものは誰もいない。警官が呼び鈴を鳴らす。長い間がある。やがてドアの蝶番が回る。寝ぼけ眼の聖職者が敷居に現われる。彼は口を開くより先に殴られ、手錠をかけられる。とはいえ、こんなに朝早い訪問の理由を説明してやらなければならない。教会のなかを調べさせてもらいたい。通訳が翻訳する。警官の一団が廊下を通り抜け、内側のドアを開けて、身廊に入っていく。黒ずくめの男たちが蜘蛛のように教会内部を這い回る。本物の蜘蛛との違いは壁を這わないだけだが、彼らの足音は高い石壁に反射し、こだまする。彼らはくまなく捜すが、誰も発見できない。あとは身廊を見おろす回廊を調べるだけだ。パンヴィッツは鍵のかかった鉄格子の扉の向こうに、螺旋階段があるのに目をつけた。神父に鍵を要求するが、持っていないと言い張る。パンヴィッツは銃の尻を何度も錠前に打ちつけて壊した。鉄格子の扉が開くなり、やや細長い球体が廊下に転がってくるのと同時に、金属の階段を駆け上がる足音が聞こえた。パンヴィッツはそれですべてを理解した、と僕は確信する。ついにパラシュート部隊員の隠れ場所を発見したこと、彼らは回廊に潜んでいること、武装していて、投降する気はないこと、一瞬にしてそれを理解した。手榴弾が爆発した。白煙が教会内に広がる。同時に、ステン短機関銃が連射を始める。その場にいた警官のひとり――通訳によれば、もっとも熱心な隊員だったという――が叫び声をあげた。パンヴィッツはすぐに退却命令を出したが、白煙であたりが見えない部下たちはやみくもに駆けだし、上からの集中砲火を浴びて、手当たり次第に発砲しはじめた。教会内での戦闘の火蓋が切られたわけだ。侵入者側は明らかにこんな事態を予想していなかった。おそらくもっと簡単にけりがつくと考えていただろう。いつもなら黒い革のコートのにおいを嗅いだだけで、相手が誰であれ、石のように硬直してしまうはずだから。この不意打ちの効果は守る側に大いに味方した。ゲシュタポは負傷者を抱えると、這々《ほうほう》の体で教会の外に退却した。銃声はあちこちで鳴り止んだ。パンヴィッツは親衛隊に出動を願い出たが、こちらも同じ目に遭って退却した。教会上部を取り巻く回廊には、こういうゲリラ戦に精通している見えない狙撃者がいるのだ。位置取りが完璧で、一階の身廊の隅々まで見通している。外から教会内部に踏み込んでいくたびに叫び声が上がる。上に通じる階段は狭くて上りづらいから、回廊は侵入を拒む頑強なバリケードとなる。突撃は再度撤退を余儀なくされた。パンヴィッツは彼らを生け捕りにすることはもはや幻想と悟った。この場の混乱に加えて、向かいの建物の屋根に備え付けた機関銃に、誰かが一斉射撃を命じた。ＭＧ42は弾倉の弾が尽きるまで連射を続け、教会の窓ガラスは粉々に飛び散った。

回廊では、三人の男が粉々に砕けたガラス片のシャワーを浴びていた。このたった三人の内訳は、〈類人猿〉のクビシュ、〈アウト・ディスタンス〉のオパールカ、〈ビオスコープ〉のブブリーク、みんな自分のなすべきことをとても正確に知っている男たちだ。階段を封鎖する（これはオパールカの専門）、弾薬をできるだけ節約する、標的をはさみ撃ちにして、できるだけ効果的に相手を殺す。外で待機する襲撃者たちは過度の興奮状態に陥っている。機関銃の一斉射撃が止むと、一回目の突撃波が教会内になだれ込んでいく。パンヴィッツの叫び声が聞こえる。「アタッケ！　アタッケ！」しかし、適度に短い機銃掃射を浴びせられると、たちまち退却してしまう。ドイツ人の突撃部隊は一斉に教会のなかに飛び込んでいくが、たちまち子犬みたいにキャンキャン悲鳴をあげて出てきてしまう。二回にわたる突撃のあいだに、ドイツ側の機関銃が放つ長く重い連続射撃によって、教会の壁は蝕まれ、ずたずたになっている。重機関銃が喚いているあいだは、クビシュと二人の仲間は言い返すどころではなく、ただ嵐が過ぎ去るのを待ち、太い柱の陰に隠れてなんとか自分の身を守るだけで精一杯になる。彼らにとって好都合なことは、ＭＧ42が一斉射撃をしているあいだは、守るほうも攻めるほうも身動きできなくなってしまうことだった。三人のパラシュート部隊員の置かれた状況は、このようにきわめて危なっかしいものだったが、最初の数分が過ぎ、やがて数時間が経過し、なんとか持ちこたえていた。

カール・ヘルマン・フランクが現場に到着したとき、おそらくはごく楽観的に、すべて片づいているものと思っていただろう。ところが、予想に反して目にしたのは、通りを支配している信じがたい大混乱と、ネクタイをきつく締め、私服姿で大汗をかいているパンヴィッツの姿だった。「アタッケ！　アタッケ！」といくら叫んでみても、突撃波は次から次へと砕け散る。負傷兵の顔には、これでようやく地獄を抜け出し、救護所に行くことができるという安堵の表情が浮かんでいる。フランクはこれとは逆に、ひどく当惑した表情をあらわにしている。空は青く、快晴。だが、砲火の轟く音に、全住民が目を覚ましてしまったにちがいない。街ではどんな噂が飛び交うことか？　まずいことになった。古来、こういう危機的状況のときには、頭は手下をこっぴどく叱りつけることになっている。彼はただちにテロリストを黙らせろと命じた。一時間後、銃弾はひたすら四方八方から飛び交っている。パンヴィッツは興奮をつのらせる。「アタッケ！　アタッケ！」だが、階段を落とすことはできないと悟った親衛隊員たちは、戦術を変えることにした。とにかく下からやっつけよう。援護射撃、突撃、銃撃戦、手榴弾。投擲の得意不得意は問わず、的に当たるまで、粘り強く攻撃が続けられた。三時間にわたる挑戦の末、内陣のあたりで続けざまに爆発が起こり、ついに静寂が訪れた。しばらく誰も動こうとしなかった。やがて、意を決して上の様子を確認しに行くことになった。指名された兵士は階段を上りながら、なかばあきらめると同時に不安を抱きながらも、一斉射撃を受けて一巻の終わりになるものと思っていた。が、そういうことにはならなかった。彼は階段をどんどん上っていった。煙が消えると、倒れたまま動かなくなった三人の男を発見した。ひとりは遺体、残る二人は重傷を負って意識がなかった。オパールカは死んでいたが、ブブリークとクビシュにはまだ息があった。連絡を受けたパンヴィッツはすぐに救急車を呼んだ。予想もしなかった事態だが、この二人はなんとしてでも救出して、尋問できるようにしなければならない。ひとりは脚を骨折し、もうひとりはあまり芳しい状態にはない。救急車はサイレンを鳴らしてプラハの街路を猛スピードで走り抜ける。だが、病院に到着したとき、ブブリークは事切れていた。それから二十分後、クビシュは傷に屈した。

クビシュは死んだ。そう書かなければならないことが悔しい。彼のことをもっとよく知りたかった。助けてやりたかった。いくつかの証言をまとめると、回廊の先にははめ殺しになったドアがあって、それをこじ開ければ三人とも隣の建物に逃げのびることができたはずだという。なぜそうしなかったのか！　〈歴史〉だけが真の必然だ。どんな方向からでも読めるけれど、書き直すことはできない。僕が何をしようと、何を言おうと、勇者ヤン・クビシュはよみがえらせることはできない。ハイドリヒを殺した男、英雄ヤン・クビシュは戻ってはこない。この場面を語ることに、僕は何の喜びも覚えない。何週間も辛い思いをしてこの場面を書いてきたのに、その結果はどうだ？　三ページにわたって教会内の攻防を書いたあげくに、三人とも死んだ。クビシュ、オパールカ、ブブリークの三人は英雄として最期を遂げたかもしれないが、死は死だ。僕には泣いている暇さえない。なぜなら〈歴史〉は、この必然というやつは、けっして立ち止まることがないから。

ドイツ兵は瓦礫の山を掘り返してみたが、何も出てこなかった。三人目の遺体を歩道に寝かせ、チュルダを呼んで身元を確認させた。裏切り者は頭を垂れ、「オパールカです」とつぶやいた。パンヴィッツはほくそえんだ。いい札を引いた。彼はこう考えた。救急車に乗せた二人の男は、チュルダが尋問で名前を出したヨゼフ・ガブチークとヤン・クビシュの二人の実行犯だろう。そのガブチークがまさか自分の足もとの地下に潜んでいるとは思いもしなかった。

銃撃戦が収まったとき、ガブチークは、友は死んだと思った。生きてゲシュタポの許には降らない、それが彼らの約束だから。今、ヴァルチークとほかの二人の仲間——〈ビオスコープ〉のヤン・フルビーと〈ティン〉のヤロスラフ・シュヴァルツの二人、とくに後者は対独協力者の大臣エマヌエル・モラヴェッツを襲撃するために新たにロンドンから送られてきたばかりだった——とともにいて、ガブチークはいっそドイツ兵が納骨堂のなかに突入してくることを期待していた。狩り出されるのが何より怖かった。

　上では、なおも捜索が続いていたが、相変わらず何も発見できないでいた。教会はあたかも地震の被害にあったように乱雑をきわめているうえに、地下納骨堂に入るための揚げ蓋があるところには絨毯が敷いてあったが、誰もこんなものをめくってみようとはしなかった。何を捜しているのかわからないまま捜索を続けても、警官と兵士の神経が試されるばかりで、効率は上がらない。誰もが、たぶんここにはもう何もすべきことは残っていないと思いはじめ、作戦も完了したわけだから、そろそろ引き上げるべきではないかとパンヴィッツがフランクに提案しようとしたそのとき、ひとりの兵士があるものを見つけ、とりあえずボスのところに持っていった。あるものとは衣服だというが、それが背広なのか、セーターなのか、ワイシャツなのか、靴下なのか、僕は知らないけれど、隅に落ちていたのを拾ったらしい。刑事の本能が目を覚ました。どうしてこの衣類が回廊で倒れた三人の男のうちの、誰かが身につけていたものではないと思ったのか、僕にはわからないが、とにかく彼はさらに捜索を続けるように命じた。

　地下に通じる揚げ蓋が見つかったのは、七時過ぎだ。

　ガブチーク、ヴァルチーク、あと二人の仲間も袋の鼠だ。自分たちの隠れ場がそのまま監獄となり、どう見てもそのまま墓場になるとしか思えない場所だったが、とりあえず、ここを掩蔽壕《えんぺいごう》にして立てこもるほかない。その蓋が持ち上げられた。親衛隊の制服を着た脚が現われるなり、彼らは短い連射で迎える。叫び声があがり、脚は引っ込む。彼らの置かれている状況はきわめて悪く、絶望的だが、ある意味では、少なくとも短期的には上の回廊よりは堅牢だ。クビシュと二人の仲間は上から見おろす立場を利用して、敵を手玉に取ることができた。ここはそれとは正反対だ。敵は上からやって来るから。でも、入口が狭いから、親衛隊員はひとりずつ下りてくるしかない。守る側は余裕を持って狙いをつけ、ひとりずつ正確に撃ち倒すことができる。言ってみれば、スパルタ軍が全滅したテルモピレーの山道と似ている。ただし、ここではレオニダスの果たした役割をクビシュがやってしまったという点が違うけれど。ぶ厚い石の壁に守られたガブチークとヴァルチークとフルビーとシュヴァルツには、だから少なくとも冷静に考える時間だけは与えられているわけだ。どうやって脱出するか？　上から声が聞こえてくる。「投降せよ。危害は加えない」納骨堂の出入り口は、あの揚げ蓋しかない。それと、地上三メートルくらいの高さに水平方向の銃眼もついている。そこまで上る梯子はあるものの、銃眼は人間が通るには狭すぎるし、いずれにせよ、その先はまっすぐレッスロヴァ通りにつながっていて、そこには数百人の親衛隊員があふれている。「きみたちは戦争捕虜と同じ扱いを受ける」と声は続ける。それから、はめ殺しになっている古いドアに続く何段かの階段もあるが、たとえそのドアをぶち破ることができたとしても、その先はやはりドイツ兵がひしめいている教会の身廊につながっている。「きみたちに投降を促すように言われたから、こうして話しています。投降しても、けっして心配することはありません、きみたちは戦争捕虜として扱われます」パラシュート部隊員はその声に心当たりがあった。教会に匿ってくれたペトジェク神父その人だった。パラシュート部隊員のひとりが答える。「僕らはチェコ人だ。絶対に投降しない、聞こえますか、何があっても絶対に！」そう答えたのは、おそらくガブチークではないだろう。彼なら「僕らはチェコ人とスロヴァキア人だ」と正確に言ったはずだから。僕の考えでは、ヴァルチークだと思う。ただし、もうひとつの声が「絶対に！」を繰り返してから、銃の連射で締めくくっている。こっちは、いかにもガブチークらしいと思う（本当のところは、僕にはまったくわからない）。

いずれにせよ、状況は八方ふさがりだった。納骨堂のなかには誰も入れないし、誰も出てこられない。外では拡声器が同じ言葉を繰り返している。「投降せよ、手を挙げて出てこい。投降しなければ、教会ごと爆破し、きみたちはそのまま瓦礫の下に埋葬されることになる」そう告げられるたびに納骨堂の住人たちは一斉射撃で応じる。レジスタンスは、言葉が足りない場合が多いけれど、これほどの雄弁で表現することもあるのだ。外では、一列に並んだ親衛隊に自発的に納骨堂に入っていくようにと説得が続いている。誰も文句は言わない。指揮官は脅すように繰り返す。青ざめた兵士が数名、前に進み出る。残りは強制的に指名された。またもやひとり、揚げ蓋からなかに入っていく兵士が選ばれた。そして同じ仕打ちを受ける。脚に一斉射撃を受け、無残な悲鳴とともに、またひとり屈強な兵士のなかに傷病兵が誕生する。パラシュート部隊員たちが大量の弾薬を備えていれば、それだけ長く抵抗は続くというわけだ。

本当のところ、僕はこの物語を終えたくないのだ。できれば、納骨堂の四人の男たちが、けっしてあきらめず、トンネルを掘り進めようと決心した、その瞬間に永遠に留まっていたいのだ。小窓のような銃眼の下に、彼らがどんな道具を使って確かめたのか知らないけれど、ちょうど地面と同じ高さのあたりを掘ってみたら、簡単に崩せるレンガの壁があることがわかった。たぶん、レンガを崩せたのだから、それなりの手段があったのだろう。あくまでもたぶんだけれど。脆いレンガの壁の向こうには、軟らかい土があって、それを掘り進んでいくにはさらなる努力が求められる。川にまで続く配水管か下水管に達するまで、どのくらいの距離があるのだろう？　二十メートル？　十メートル？　そんなにないか？　外では七百人の親衛隊員たちが人差し指を引き金にかけたまま、待ちかまえている。決然と肚を決めて立てこもり、戦う術を熟知している四人の男たちに対する気後れと恐怖、そういう敵を排除するという先の見えない任務、そもそも敵が何人いるのかもわからず、まるで一個連隊を相手に戦っているような不安（納骨堂は縦十五メートルほどしかないのパンヴィッツは次から次へと命令を出している親衛隊員たち。慌ただしく人が行き交い、パンヴィッツは次から次へと命令を出している。納骨堂のなかでは、絶望的な力をふりしぼって穴が掘り進められている。おそらく闘うために闘っているだけ、おそらくは誰もこんな常軌を逸した、ハリウッド映画でも考えつかないような、錯乱した脱出計画を信じてはいないかもしれないが、僕は信じる。四人の男は交替交替で鶴嘴《つるはし》をふるう。そのとき、外の通りから消防自動車のサイレンの音が聞こえてくる。いや、サイレンは鳴らしていないかもしれない。この恐ろしい日に出動した消防隊員の証言をまた調べる必要がある。ガブチークは喘ぎ声を出しながら鶴嘴をふるい、数日前からひどく寒がっていたのに、今は汗をかいている。トンネルを掘ろうなどと言い出したのはガブチークに決まっている。根っからの楽観主義者《オプティミスト》で、じっとしているのが大の苦手、何もせず、何も試さず、ただ宿命を受け入れ、静かに死ぬなんてまっぴら、だから掘る。クビシュの死を無駄にはできない。彼の死は犬死にだったなんて、誰にも言わせない。もしかすると彼らは、上の身廊で銃撃戦が繰り広げられているときから、その爆発音にまぎれて穴を掘りはじめていたのかもしれない。これについても僕は知らない。何年も一緒に生きてきた人々であれ、何かの物語であれ、歴史的事件であれ、たくさんのことを知っていながら、実はほとんど何も知らないなどということがあっていいのだろうか？　でも僕は心の奥では確信している、彼らはきっとやり遂げると。僕はそれを感じる、きっと彼らは窮地を脱するだろう、パンヴィッツから逃れ、フランクは烈火のごとく怒り、のちに彼らの映画が制作されるだろうと。

そもそも、消防隊員の証言なんて、そんなものどこにあるというんだ？

今日は二〇〇八年の五月二十七日。消防隊員は八時頃やって来て、いたるところに親衛隊員がいて、路上には死体があるのを見た。オパールカの死体を片づけたほうがいいなどとは誰も思わなかったからだ。消防を呼んだのはほかに理由があった。この名案を思いついたのはパンヴィッツだ。やつらを燻《いぶ》り出せ。それがだめなら、水責めにしろ。だが、どの消防隊員もこんな仕事を引き受けようとはしない。それどころか列のなかから、口笛のヤジが上がる。「俺たちを当てにしてもらっては困るよ」隊長は声を絞り出す。「今言ったやつは誰だ?」とはいえ、人を水責めにするために消防団員になった者などいるわけがない。そこでしかたなく職務命令を出して、ひとりの隊員に銃眼にはめ込まれている鉄格子を外させることにした。何度かハンマーで打ちつけると、鉄格子は外れて落ちた。フランクが拍手をした。横の長さ約一メートル、高さ三十センチの細長い開口部を中心にして、ふたたび銃撃戦が起こった。ドイツ人側にとっては未知と死に向かって開かれている黒い穴、納骨堂内を占拠している側にとっては光は差し込んでは来るものの、やはり死に向かって開かれている穴。この天窓は、チェス盤で言えば、これまで絶望的な防衛戦をしのいできたけれど、ここに来てついに詰みの一手を相手に許す最後の升目となった。

二〇〇八年五月二十八日。消防隊員はついに消火ホースの筒先を銃眼の隙間に差し入れることに成功した。ホースの反対側の端は消火栓につながれた。ポンプが起動しはじめた。水が銃眼から流れ込んでいく。

二〇〇八年五月二十九日。水位が上がっていく。ガブチークもヴァルチークも、二人の仲間も、足が水につかっている。銃眼に人影が見えると、ただちに連射する。だが、水位は上がっていく。

二〇〇八年五月三十日。水位はやや上がり、三十センチに達する。フランクが苛々しはじめる。ドイツ側は催涙弾を納骨堂に放り込んで息を詰まらせようとするが、催涙弾は水のなかに落ちて煙が出ない。なぜ水を入れる前に催涙弾を放り込まなかったのか?　不思議だ。相変わらず混乱と焦りのなかで彼らが行動していたということはあるだろう。パンヴィッツはきわめて思慮深い男のように思えるけれど、軍事作戦のすべてを彼が掌握していたわけではないだろうし、彼だって結局はパニックを免れていなかったのだろう。ガブチークとその仲間たちは足まで水に浸かっているが、この調子だと、溺れる前に老衰で死ぬのではないか。

二〇〇八年六月一日。フランクはますます苛立つ。時間が経てば経つほど、パラシュート部隊員が逃げ道を見つけるのではないかと心配になるのだ。水はひょっとしたら、穴がある場所を見つけるのに役立っているのではないか。そもそも、納骨堂が一滴の水も漏らさないという保証はないではないか。内部では、みんな手際よく行動している。ひとりは不発の催涙弾を拾い、路上に投げ返す。もうひとりはせっせと穴を掘りつづける。三人目は納骨堂にあった梯子を使って、銃眼から飛び出しているホースの筒先を押し戻す。四人目は援護射撃の担当だ。石壁の向こう側では、兵士と消防士ができるだけ腰を引くして、押し戻された筒先をまた元の位置に戻そうとしている。懸命に銃弾を避けながら。

二〇〇八年六月二日。ドイツ側は、納骨堂内の占拠者の目をくらまし、銃の狙いを定められないようにするために巨大な投光器を設置した。ところが皮肉なことに、設置作業が終わったとたんに、納骨堂内から発射された弾丸が当たって、投光器は稼働しなくなった。

二〇〇八年六月三日。ドイツ側はあくまでも消火ホースの筒先を銃眼から納骨堂内に挿入しようとする。占拠者を溺れさせるか、燻し出すか。だが、そのたびに占拠者側は梯子を遠隔操作の腕のように使って押し戻す。僕にはよくわからないのだけれど、どうして彼らはホースの先を、たしか身廊内にあったはずの揚げ蓋を開けっぱなしにして、そこから水を放射しなかったのだろう。ホースが短すぎたのか、そのときの機器が身廊経由でホースを回すには使い勝手が悪かったからだろうか。それとも、とてもありそうにもない天佑が働いて、攻撃側から戦術上の明敏な判断力を奪ってしまったのだろうか？

二〇〇八年六月四日。水位はパラシュート部隊員の膝まで上がった。外では、チュルダとアタ・モラヴェッツが呼ばれた。アタはしゃべることを拒んだが、チュルダは銃眼の隙間から語りかけた。「みんな、投降しろよ！　俺はちゃんとした待遇を受けたよ。あんたたちだって戦争捕虜になるだけなんだ、心配ない」ガブチークとヴァルチークはその声に憶えがあった。そして、誰が自分たちを裏切ったのか、そのとき知った。彼らはいつもの答えを返した。銃の連射。アタは腫れ上がった顔を伏せた。すでに死者の世界に半ば足を踏み入れた青年の虚脱した顔がそこにあった。

二〇〇八年六月五日。数メートル掘り進んだところで、地盤が固くなった。パラシュート部隊員は銃撃に集中するために、掘るのをやめただろうか？　僕はそう思わない。彼らはこの世に執着している。必要なら自分の爪を使ってでも掘り進むだろう。

二〇〇八年六月九日。フランクはもう耐えられない。パンヴィッツは考える。ほかにも開口部はあるはずだ。納骨堂には亡くなった司祭たちが埋葬されている。その遺体はどこから運び入れたのか？　教会の捜索は続いている。瓦礫を片づけ、敷物を剝がし、祭壇を解体し、石を音波で探査し、くまなくほじくり返す。

二〇〇八年六月十日。さらにまた発見があった。祭壇の下から、うつろな響きをたてる重い石板が発見された。パンヴィッツは消防士を呼び、この石を砕けと命じた。今に残っている石の断面を見れば、消防士が鶴嘴で石板の表面を砕いていたことがわかる。その一方でパラシュート部隊員たちは地下で土を掘り返していたのだ。この場面を描いた絵があったならば、「勝つ見込みのない死神との競争」とでもタイトルをつけただろうか。

二〇〇八年六月十三日。消防士が石板とむなしく格闘しているあいだに二十分が経過した。その背後でじっと立っている兵士に、彼らは片言のドイツ語で語りかける。こんな道具じゃとても役に立たない。業を煮やした親衛隊員たちは、消防士を追い返し、ダイナマイトを持ってきた。爆弾処理専門の隊員が石板に爆薬を取り付けると、全員が教会から退避した。外でも全員が教会から離れた。地下のパラシュート部隊員たちもきっと掘るのを止めただろう。さっきまでの騒音のあとに訪れた異様な沈黙を警戒しないわけがない。何かが仕掛けられた、そのことを否応なく意識したはずだ。その直後の爆発がそれを追認した。大量の埃が彼らに降りかかる。

二〇〇八年六月十六日。パンヴィッツは瓦礫の除去を命じる。石板は真っ二つに割れていた。ゲシュタポの隊員が大きく口をあけた割れ目に頭を突っ込んだ。たちまち何発もの弾丸が音を立てて飛んできた。パンヴィッツは満足げに微笑んだ。ようやく開口部を見つけた。親衛隊を降ろせばいいだけと思いきや、またもや進入路の問題が立ちふさがった。木の階段がまたもひとり以上の通過を阻むのだ。最初に突入した数人の不幸な親衛隊員はボウリングのピンのようになぎ倒された。だが、これでパラシュート部隊員は三つの開口部を警戒しなければならなくなった。銃眼から彼らの注意が逸れた隙に、消防士のひとりが、これまで何度となくホースの筒先を押し返してきた梯子の先端をつかんで、外に引っぱり出した。外ではフランクが喝采した。件の消防士はその熱心な仕事ぶりに報奨を受けることになる（だが、解放後は戦犯となった）。

二〇〇八年六月十七日。状況は恐ろしく複雑になる。守る側は、なんとかその場をしのいできた遠隔操作の梯子を奪われたために、彼らの掩蔽壕はどこもかしこも水浸しになった。この銃眼からの危険に加えて、ほかに二つの進入路を親衛隊に確保された以上、一巻の終わりであることをパラシュート部隊員は悟った。もうだめだ、と思った。なんとか今まで続けてきたトンネルを掘る作業も止めて、ひたすら銃撃に集中することにした。パンヴィッツは、新たに切り開いた開口部からの突入を命じた。その一方で、手榴弾を納骨堂のなかに投げ入れる間に、揚げ蓋の穴からあらためて隊員をひとり降ろさせた。納骨堂のなかでは、侵入者を撃退すべく、ステンが火を吹く。混乱は極限に達し、まさにアラモの砦と化して、その状態がひたすら続く。いつ終わるとも知れないまま、揚げ蓋からも、階段からも、銃眼からも、あらゆるところから危機は殺到し、手榴弾が水に落ちて爆発しない隙をぬって、四人の男は動くものすべてに向かって弾を吐き出した。

二〇〇八年六月十八日。さすがに弾丸もいつかは尽きる。いくら戦闘のさなかにあっても、あるいはさなかだからこそ、その種のことにはすぐに気づくものだと僕は思う。四人の男に言葉を交わす必要はなかった。ガブチークと友のヴァルチークは笑みを交わしたはずだ。僕にはそれが見える。俺たちはよく闘った。プラハの街にまた静寂が訪れる。正午、四発の鈍い銃声が響いた。それまで長く続いてきた銃撃戦の喧噪がぴたりと止んだ。降りしきる埃の帳とともに。親衛隊員のほうでも、すべての動きが止まり、発砲する者も、移動する者もいなくなった。誰もが立ち尽くし、待っている。パンヴィッツも強ばっている。やがてひとりの親衛隊員に合図すると、どんな場合でも堂々とした態度を示さなければならないはずの親衛隊員が一瞬躊躇してから、二人の部下に様子を見てこいと命令した。部下は慎重に最初の数段を下り、そこで足を止めた。二人がまるで子供のように振り返ると、指揮官は「どんどん進め！《ヴァイター・ヴァイター》」と進むことを命じた。居合わせたすべての目撃者は息を殺して、二人の隊員の動きを目で追った。彼らは納骨堂のなかに姿を消した。なおも長い時間が流れたのち、まさに文字どおり墓のかなたから響いてくるような、ドイツ語の呼び声が聞こえてきた。パンヴィッツは拳銃を握りしめて、階段を駆け下りていった。出てきたときには、ズボンは尻のあたりまで濡れていた。「終わった！《フェルティグ》」四人の死体が水に浮いている。ガブチークとヴァルチークとシュヴァルツとフルビー、みな敵の手に落ちないために自害していた。水面には引きちぎられた紙幣と、同じく引き裂かれた身分証明書が浮いていた。現場に散乱していた遺留品のなかには、コンロ、衣類、マットレス、本があった。壁には血の飛び散った跡、木の階段には血溜まり（これはドイツ人の血だろう）。そして散乱した空の薬莢、でも弾のはいった薬莢は残っていない。たぶん最後の弾丸を自分たちのために使い、すべてを撃ちつくしたのだろう。

時刻は正午。七百人以上の親衛隊員がほぼ八時間かけて、ようやく七人の男を仕留めた。

251

この物語も終わりにさしかかり、僕は完全に虚しくなっている自分を感じる。ただ空っぽになっているのではなく、虚しいのだ。ここでやめてもいいけれど、ここでやめたのでは具合が悪い。この物語に協力してくれた人々は、ただの脇役ではない。結局は僕のせいでそうなってしまったのかもしれないけれど、僕自身はそんなふうに彼らを扱いたくない。重い腰をあげ、文学としてではなく――少なくとも僕にその気はない――あの一九四二年六月十八日に、まだ生きていた人々の身に何が起こったかを記すことにしよう。

テレビのニュースを見たり、新聞を読んだり、人と会ったり、友人や知人のサークルに顔を出したりして、人それぞれがどんなふうにして人生の馬鹿げた紆余曲折のなかで格闘したり、そこに呑み込まれたりしているのかが見えてきたりするとき、僕は、世界というものは滑稽で、感動的で、残酷なものだと思う。この本も似たようなものかもしれない。物語は残酷で、登場人物は感動的で、僕は滑稽だ。でも、僕はプラハにいる。

僕はプラハにいる、これが最後だという予感がある。街に取り憑いている石の亡霊たちが、相変わらず怖い顔で、あるいは愛想よく、あるいは素っ気なく、僕を迎えてくれる。カレル橋の下を、色白で褐色の髪をした若い女性の、彫刻のように美しく、そしてはかない肉体が通り過ぎていく。夏のワンピースはお腹とお尻にぴたりと張りつき、谷間の奥まで見えるその胸の、二つの乳房の上を流れる汗は、今まさに効力を失いつつある魔法の言葉のように見える。川の水は流れに運ばれていった男たちの心を洗っている。墓地は、いつものように、すでに閉まっている。リリオヴァ通りから、舗石を蹴る馬の蹄の音が響いてくる。古い錬金術の街プラハの物語や伝説によると、街が危機に陥ったときには、ゴーレムがやって来るらしい。でも、そのゴーレムはユダヤ人もチェコ人も守ってはくれなかった。百年の呪いをかけられた鉄の男も、テレジーンに収容所が開かれ、人々が殺され、強奪され、いたぶられ、拷問され、収容され、銃殺され、毒ガスを浴びせられ、ありとあらゆる手段で処刑されても、結局身動きしないままだった。ガブチークとクビシュが乗り込んできたときには、すでに時遅く、災いはすでにそこにあり、もう復讐に向かうしかなかった。復讐の女神はまばゆく美しい。でもそれは彼らがいたからこそ、彼らの友と、かけがえのない彼らの民がいたからこそであり、そしてまた高くついた。

占領下のフランスで活動を展開した伝説のレジスタンス組織〈赤いオーケストラ〉の指導者レオポルド・トレッペルは、かつてこんなことを指摘した。レジスタンス闘士が敵の手に落ち、敵に協力する機会を提案されたとき、引き受けることも拒否することもできるが、引き受ければ、それ以上の被害を食い止め、それ以上何も言わず、言い逃れをし、情報を出し惜しみし、時間稼ぎができる可能性が出てくる。それが、逮捕されたときに彼がとった戦略で、A54がしたことも同じだという。でも、どちらも、非常にレベルの高いプロの話、スパイの話だ。ほとんどの場合、寝返るのを受け入れた人は、たとえそれまではどんな過酷な拷問に耐えてきた人であっても、口を割ったその瞬間から、肚を決めたその瞬間から——そう、トレッペルはうまいことを言った、その言い回しが忘れられない——たいていは「泥のなかを転がるように裏切りのなかを転がっていく」、自分はそれを見てきたのだと。カレル・チュルダは、ゲシュタポに襲撃事件の犯人の手がかりを教えるだけでは満足せず、自分が袖摺り合ったすべての人の名も、国に帰ってきてから彼に援助の手を差しのべてくれたすべての人々の名さえ教えてしまったのだ。彼は、ガブチークとクビシュは売ったが、そのほかの人の名前はくれてやったのだ。たとえば、あの無線発信器の〈リブシェ〉について、わざわざ触れる必要はまったくない。それどころか、彼はヴァルチークが所属していた〈シルバーA〉の最後の生き残り二人、バルトシュ大尉と無線技士のポトゥチェクの行方の手がかりも明かしてしまったのだ。こうして捜査の手はパルドゥビツェに及び、包囲されたバルトシュは、町で追い詰められたほかの仲間と同じように自害して果てた。まずいことに、彼が持っていた手帳にはたくさんの住所が記されていた。こうして手がかりの糸はレジャキという小さな村に延び、この村は、ヒロシマのあとのナガサキのように、第二のリディツェとなった。六月二十六日、最後のパラシュート部隊員となった無線技士のポトゥチェクは、〈リブシエ〉から最後の至急電を発信している。

「この発信器とともに私の潜んでいたレジャキの村は完全に破壊されました。私たちを助けてくれた人々は全員逮捕されました（ゲルマン化に適していると判断された金髪の少女二人だけが生き残る）。彼らの支援のおかげで、私は命拾いをし、この発信器も無事です。この日、フレダ［バルトシュ］はレジャキにいませんでした。私には彼の居場所がわからないし、彼のほうも現在私がどこにいるか知りません。でもきっと再会できると信じています。今、私はひとりです。次回の発信は、六月二十八日二十三時を予定しています」

彼は森をさまよい、別の村に出てそこで見つけられたが、ピストルを乱射してなんとか道を切り開き、またもや逃れたものの、ついに精根尽き果てて捕まり、七月二日、パルドゥビツェの近くで銃殺された。僕はさっき最後のパラシュート部隊員と言ったが、それは正しくない。裏切り者のチュルダが生きていたから。彼は懸賞金を手にし、名前を変え、素姓のいいドイツ人女性と結婚し、新たな主に仕える常勤の二重スパイとなった。この間、ドイツ人になりすましていたスーパー工作員A54はマウトハウゼン収容所に送られ、ここで千一夜物語のシェエラザードよろしく、話の続きをたくみに翌日に延ばしては処刑を免れていた。だが、誰もがそんなにたくさんの話題を持っているわけではない。

アタ・モラヴェッツとその父、クビシュの婚約者アンナ・マリノヴァー、ガブチークの婚約者リベナ・ファフェク——年齢は十九歳で、たぶん妊娠していた——とその家族全員、それからノヴァーク家、スヴァトシュ家、ゼレンカ家、ピースカーチェク、コードル、僕はどんどん忘れていってしまうけれど、正教会の司祭とその下にいる聖職者のすべて、パルドゥビツェの村人たち、なんらかのかたちでパラシュート部隊員の逮捕、収容所送り、銃殺、毒ガス刑に協力するはめになった人人。教師のゼレンカは逮捕されたとき、青酸カリのカプセルを噛む余裕があった。自転車を持って帰ってきた少女の母親、ノヴァーク夫人は子供たちとともにガス室送りになる前に発狂した。モラヴェッツ家の管理人のように、網の目をすり抜けた人はほんのわずかしかいない。ヴァルチークが彼女に世話を頼んだ犬のモウラでさえ、主人を失った悲しみのために死んでしまったという。ヴァルチークが現場の下見に行くときは、この犬も同行したのだから。それだけではない。襲撃とは何の関係もないのに、報復のなかで処刑されていった人々、たとえば人質、ユダヤ人、政治犯、あげくにまるごと破壊された村々、リディツェの虐殺を引き起こすきっかけとなった無邪気な手紙をもらったアンナ・マルシュチャーコヴァーとその恋人、そしてまた、パラシュート部隊員と血がつながっているというだけで罪に問われ、一族郎党すべてマウトハウゼン収容所に送られたクビシュ家の人々、ヴァルチーク家の人々もいる。ただガブチーク家の父親、姉妹たちは、国籍がスロヴァキアだったおかげで難を逃れた。スロヴァキアは衛星国だが、非占領国ではなく、見かけは独立を保っていたから、たとえ敵対する連合国寄りの姿勢が見られたとしても、同胞を処刑するには当たらないと判断されたのだ。全体としては、襲撃の結果、命を落とした人の数は数千に上った。そのなかには、パラシュート部隊員を助け、支援したとして逮捕された人もいて、勇敢にもそのことで何も悔いていないし、国のために死んでいくことは誇りだとナチの面前で宣言した人もいたという。モラヴェッツ家の人々は管理人を裏切らなかった。ファフェク家の人々もオゴウン家の人々を裏切ることなく、双方生き延びた。これら善意の人々に対する敬意、僕の言いたかったことは、ほぼそれに尽きる。たとえ拙《つたな》くとも、彼らに対する敬意と弔意だけは、忘れずにここに記しておきたかった。

現在、ガブチークとクビシュとヴァルチークは救国の英雄となっていて、定期的に記念祭が催されている。襲撃場所の近くには、それぞれの名を冠した通りもできているし、スロヴァキアにはガブチーコヴォという名の小さな村もある。死後、軍隊の階級も昇進しつづけている（たしか三人とも、今は大尉になっているはずだ）。それに比べて、彼らを直接的であれ間接的であれ、助けた人人はそんなに知られていないから、こういう人たちにこそ敬意を払うべきだと一所懸命頑張りすぎたせいか、すっかり消耗してしまい、無名のまま死なせてしまった数百、数千の人々のことを思うと、罪悪感で震えてしまうのだけれど、彼らはたとえ語られなくとも生きているのだと思いたい。

ナチがハイドリヒの霊に払ったもっとも正当な敬意は、その葬儀でヒトラーがぶった演説ではなく、たぶんこっちのほうだろう。つまり、ベウジェツ、ソビボル、トレブリンカの各収容所の開設とともに、一九四二年七月から始まったポーランドの全ユダヤ人絶滅作戦のことだ。一九四二年七月から一九四三年の十月にかけて、二百万人以上のユダヤ人と五万人近くのロマがこの作戦によって命を落とした。この作戦の暗号名は〈ラインハルト作戦〉という。

253

一九四三年十月のあの朝、自家用のライトバンを運転していたチェコ人労働者は何を思っていただろう。プラハの曲がりくねった道を、くわえ煙草で運転しながら、頭のなかは心配事でいっぱいだったのではないか。後ろの荷台で積み荷の揺れる音がする。籠か木箱がカーブにさしかかるたびに滑り、荷台の壁にぶつかっている。仕事が遅れているのか、さっさと片づけて仲間とビールを一杯やりたいのか、雪ですっかりいたんだアスファルト舗装の悪路を飛ばしていく。その目には、歩道を走っている金髪の小さな人影は映っていない。その人影が、子供にしかできない唐突な動きで車道に飛び出してきたとき、彼はとっさにブレーキを踏んだが、遅かった。その子は車にはねられて、側溝に転がり落ちた。その時点で運転手は、たった今はねた子供がラインハルト・ハイドリヒとリナのあいだに生まれた長男のクラウスであることを知る由もないし、この致命的な不注意によって収容所に送られるとは思いもよらなかった。

254

パウル・ツューメル、またの名をルネ、さらにまたの名をカール、そして、さらにまたの名をA54はテレジーン収容所で四五年の四月まで生き延びることができた。連合軍がプラハの戸口まで迫っている今、チェコから撤退しようとしているナチは自分たちにとってやっかいな証人を残していきたくなかった。銃殺刑の迎えが来たとき、パウル・ツューメルは房室の仲間に、もし機会があったらモラヴェッツ大佐にお祝いの言葉を伝えてくれと頼み、こういうメッセージを託した。「チェコスロヴァキアの情報当局とともに仕事ができたことは、心からの喜びだった。それがこんなかたちで終わりを告げるのは残念だ。私に慰めがあるとしたら、こうしたいっさいのことが虚しい結果に終わらないことだ」このメッセージは伝えられた。

255

「どうして自分の仲間を裏切ることができたのか?」

「百万マルクも貰えるとしたら、あなただってきっと同じことをしたと思いますよ!」

戦争が終わるころにピルゼンの近くでレジスタンスに捕まったカレル・チュルダに、死刑の判決がくだった。彼は死刑執行人に卑猥な冗談を投げかけながら、死刑台に上がっていった。

256

この物語が終われば、この本も終わりになるはずだったが、この種の話に終わりはないということを、僕は発見した。またもや僕の父が、人類博物館で資料をコピーしてきて僕を呼びつけた。かつてレジスタンス闘士で、ラーフェンスブリュック強制収容所に送られ、最近亡くなった人類学者のジェルメーヌ・ティリオンの展覧会を見てきたのだ。その資料にはこう書いてある。

> 七十四人の収監者たちに対する生体解剖実験は、ラーフェンスブリュックの忌まわしい特殊性のひとつである。四二年八月から四三年八月まで行なわれたこの実験は、チェコスロヴァキアの大管区指導者《ガウライター》、ラインハルト・ハイドリヒの命を奪った傷を再現する目的で、ひどい重傷を負わせるいくつかの手術を施すことにある。ガス壊疽からハイドリヒを救うことができなかったゲルハルト教授は、サルファ剤を使用したとしても何ら変わらなかったということを証明したがっていた。そこで教授は、故意に伝染性病原菌を何人もの若い女性に感染させた結果、多くの死亡者が出た。

この資料のおおざっぱなところ（「ガウライター」とか「チェコスロヴァキア」とか「ガス壊疽」とか……）には目をつぶるとして、僕にとって、この物語が完全に終わることはけっしてなく、この事件に関して次から次へと出てくる新たな事実をずっと学びつづけていかなければならないのだ。ロンドンからやって来たチェコスロヴァキアのパラシュート部隊員によって、一九四二年五月二十七日にハイドリヒに対して企てられた襲撃に関する前代未聞の物語が僕から去っていくことはない。「徹底的にやろうとしないことが大事だ」とロラン・バルトは言っていた。この忠告を僕はすっかり忘れていた……。

257

ネズヴァルの詩にあるように、錆びた貨客船がバルト海を滑っていく。数か月、クラクフの路地にまぎれていたヨゼフ・ガブチークがポーランドの暗い岸辺をあとにしようとしている。チェコスロヴァキア軍のほかの亡霊たちも、なんとかフランスに向かうこの貨客船に乗り込むことができた。船内を歩く彼らは、疲れと、先の見えない不安はあるけれど、こうしてようやく侵略者と戦うことができるという喜びに胸を躍らせている。外人部隊についても、アルジェリアについても、フランスの田園風景についても、ロンドンの霧についても、まだ何も知らない。船内の狭い歩廊をよろよろ歩きながら、キャビンがどこにあるか、煙草はどこに売っているか、知り合いはいないかを確かめようとしている。ガブチークは欄干に肘をついて、海を見ている。陸に囲まれた国から来た者にとっては不思議な風景なのだ。だから、お誂え向きに彼の未来を象徴している水平線のほうは見ないで、船体の喫水線のあたりに視線は向いている。水がうねりながら船体にぶつかってきては砕け、また遠くに去っていく。その動きを見ていると催眠術にかかったように目眩がしてくる。「火を貸してくれないかな？」ガブチークはその声のモラヴィア訛りに覚えがあった。火のついたライターが、同胞の顔を照らした。片えくぼ、煙草の似合うぶ厚い唇、そして目が印象的で、世界の善良さを宿しているようだ。「俺、ヤンっていうんだ」と彼は名乗った。煙が渦を巻いて、すぐに風のなかに消えた。ガブチークは返事をせずに笑みを浮かべた。渡航中、知り合いになる時間はたっぷりある。ほかの仲間の影が、大股で船内を歩く私服の兵士の影にまぎれ込んでいく。ご婦人方だけはどんよりと目を曇らせ、子供たちはおとなしく、兄弟同士で手をつなぎ合っている。ナターシャに似た女の子が手すりに手を置き、風に舞うスカートとたわむれるように片脚を後ろに跳ね上げて、甲板に立っている。そして、たぶん僕もそこにいる。

訳者あとがき

小説にはまだこんな可能性があったのか、と思わせる新たな才能を告げる作品である。

著者のローラン・ビネ（Laurent Binet）は本書（*HHhH*, Grasset, 2009）によって二〇一〇年度のゴンクール最優秀新人賞を受賞し、翌年に文庫化されると、二〇一一年度のリーヴル・ド・ポッシュ読者大賞を受賞した。フランスでは単行本が七万部、文庫版が十万部を超えるセールスを記録したという。版権は二十三の言語地域に売れ、スペインやオランダでの刷り部数も十万部を超え、イギリスでも単行本・文庫本を合わせて十万部、映画化権も売れていると聞く。いわゆる「純文学」としては異例の反響と言っていい。

特筆に値するのは、たんなるセールスの数字よりもむしろ、本書に賛辞を送る書評の数の多さだろう。フランス国内では、「ル・モンド」、「フィガロ」、「リベラシオン」などの全国紙を初めとして、「レクスプレス」、「ヌヴェル・オプセルバトゥール」、「ル・ポワン」、「テレラマ」、「リール」など、有力な週刊誌がこぞって新たな才能を称賛している。二〇一二年に翻訳出版された英語版についても、優れた文学的才能の活躍する場として定評のある「ニューヨーカー」誌が数ページにわたる書評を掲載したばかりでなく、イギリスを代表する「タイムズ」や「ガーディアン」などの有力紙もほとんど手放しでこの作品を絶賛している。現代フランス文学が必ずしも好意的に受け止められていない英米の出版界にあっては、これも破格の出来事である。その一例として「タイムズ」

の書評を紹介しておこう。

この〝ＨＨｈＨ〟という傑出した長編小説は、ハイドリヒがナチの組織のなかで頭角を現し、ドイツは戦争へと着々と歩を進め、ロンドンに亡命したチェコ政府はハイドリヒを暗殺すべくチェコ人ヤン・クビシュとスロヴァキア人ヨゼフ・ガブチークの二人を故国に送り込む、この三つ巴の歴史ドラマを描いた作品である。本格的なスパイ小説に仕上げるに十分な資料を手にしていながら、「細部へのこだわり症」と自称する著者は、ありきたりな作品に落ち着くことを潔しとしない。史実に忠実であろうとする姿勢と、憶測によって事実が置き換えられる瞬間を分析しようとする強迫観念のごとき執着によって、この〝ＨＨｈＨ〟は、歴史小説であると同時に、それを書くうえでの技術的かつ倫理的なプロセスそのものを語ろうとする。この類を見ない手法が文学的成功をもたらした。短くパンチの効いた断章を駆使することで、ローラン・ビネは脱兎のごとく語り抜けていく。暗殺のその瞬間、そして刻一刻と犯人捜査の手が及び、主人公たちが追い詰められていく場面を描く物語の結末は、傑作ならではの緊張感がみなぎり、まさに圧巻である。これほど一気に読める、知的で独創的な作品はそうざらにあるものではない。

――クリス・パワー「タイムズ」（ロンドン）二〇一二年四月十四日付

二〇一〇年のノーベル文学賞受賞者、マリオ・バルガス・リョサもまた賛辞を惜しまない。一九六〇年代にフランスのラジオ放送で、話題の小説を論評する番組を担当していたことのあるリョサは、この間取り上げた作品はどれも毒にも薬にもならないものばかりで、記憶に残っている作品はひとつもないとゴンクール賞作品には手厳しいのだが、このローラン・ビネの作品については「フィクションの傑作というよりは、偉大な書物と呼びたい」と絶賛しつつ、次のように評している。

この平明で曇りのないスタイルは、こけおどしのたぐいを避け、あくまでも自然な語りの背後に留まろうとしているようにみえる。こうして読者は一種、陶酔状態のなかで、いつしか語られている事実の時空に運ばれ、ハイドリヒの乗るオープンカーを待ちかまえている二人の若者の熱い内部に文字どおり滑りこんでいく。計画を頓挫させる予期せぬ出来事、弾の出ないピストル、的から外れて車の一部だけを吹き飛ばす爆弾、襲いかかる追跡の手。これらの細部はどれも確かな考証に支えられているから、読者の記憶からけっして消え去ることはないだろう。

——マリオ・バルガス・リョサ「エル・パイス」二〇一一年十月九日付

しかし、傑作は往々にして予定調和の安定を破る。なによりもまず、タイトルのＨＨｈＨが奇抜としか言いようがない。ドイツ語の Himmlers Hirn heißt Heydrich の頭文字をとった略語で、訳せば「ヒムラーの頭脳はハイドリヒと呼ばれる」という意味になる。フランス語の小説に、ドイツ語の、しかも一部の読者にしか通じない符丁のようなタイトルをつけること自体、前代未聞のことだ。しかし、どの言語の翻訳もほとんどこの面妖なタイトルを採用している。結局これしかありえない、ということだろう。日本語版も原著に即した。読み方は「エイチ・エイチ・エイチ・エイチ」でも「アッシュ・アッシュ・アッシュ・アッシュ」（仏）でも「ハー・ハー・ハー・ハー」（独）でも、読者のお好みのままに。なお、本書一一八頁には、タイトルをめぐる楽屋話のようなエピソードさえ書かれているが、これもまた人を食った話である。

ハイドリヒはナチス・ドイツの悪名高きゲシュタポ長官にして、〈第三帝国でもっとも危険な男〉

〈死刑執行人〉〈金髪の野獣〉などと呼ばれ、「ユダヤ人問題」の「最終解決」の発案者にして実行責任者として知られている人物である。ナチスによって保護領化されたチェコ（スロヴァキアは分断されて、名目的な独立を保った）の総督代理にまで上り詰めた。

しかし、そこで彼は暗殺される。しかも、皮肉なことにナチの高官で暗殺された人物はこのハイドリヒだけだった。その暗殺を決行したのは、ロンドンに亡命したチェコ政府によって本国に投下されたパラシュート部隊員のヤン・クビシュとヨゼフ・ガブチーク。この暗殺計画を〈類人猿《エンスラポイド》作戦〉と呼ぶ。

この暗殺計画の結末は、悲惨なものだった。作戦を決行した隊員たちが教会の地下納骨堂に追いこまれ、そこで水責めにあって死ぬ場面は、この小説を締めくくるもっとも緊迫した場面であると同時に、読者の度肝を抜く画期的手法で描かれている。しかし、悲惨な最期を遂げたのは当事者だけではない。この暗殺計画に関わり、犯人を匿ったという濡れ衣を着せられたリディツェ村の住人は、男たちは全員銃殺、女子供は収容所に送られたばかりでなく、住居もことごとく焼き払われたのである。

ユダヤ人のすべてを殲滅してしまうという発想、ナチ高官暗殺の報復として、村をまるごとひとつ、この地上から消してしまうという発想、そして、その発想のままに実行していくナチスという狂った装置。

「狂った装置」という表現が適切かどうかはわからない。重要なことはむしろ、このすべてが事実＝史実だということである。

「タイムズ」の評者が言うように、この作品は史実に基づく重厚なスパイ小説に仕立てることもできただろう。あるいは、ところどころ想像力を織り交ぜて「歴史小説」とか「大河小説」とか呼ばれる壮大な作品に結実させることもできたかもしれない。徹底的に事実を追究する「ドキュメンタリー」あるいは「ノンフィクション」に留まることも、ひとつの方法であったかもしれない。実際、フィクション、ノンフィクションを問わず、いわゆる「ナチもの」と呼ばれる作品は星の数ほどある。

ローラン・ビネは、いずれの道も選ばなかった。

そもそも本書は、この「ナチもの」それ自体を問題にしている小説だとも言える——その矛先は、本書執筆中にゴンクール賞を受賞したジョナサン・リテルの『慈しみの女神たち』(集英社、二〇一一年)にも向けられている。

本書に引用されたナチ関係の〝第一次資料〟、小説化された作品、映画化された作品は枚挙にいとまがない。著者はまるで手品師が種明かしをするように、その作品や資料の正当性ないしは信憑性を吟味しながら、ひとつの問いを執拗に追究している。

すなわち「小説とは何か?」

そして、この主題は様々に変奏される。「フィクションとは何か?」「事実とは何か?」「歴史とは何か?」「歴史と小説は何が違うのか?」という具合に。

かくして、どんなジャンルにも当てはまらない小説、多くの優れた作家が試み、必ずしも成功していない「小説を書く小説」というユニークな作品が誕生した。

本書の特筆すべき独創性は、ある文学史の流れを引き受け、その伝統に果敢に挑戦しているところにも表われている。あとがきとしては多少長くなるが、そのあたりの事情も参考までにここで整理してみたい。

かつて「ニュージャーナリズム」とか「ノンフィクション・ノベル」とか呼ばれる作品ないしは作風が小説の新たな可能性を切り開くものとして注目を集めたことがあった。この呼び名の生みの親は『冷血』（一九六五）を書いたトルーマン・カポーティである。膨大な事実関係の資料蒐集をもとに選び抜かれた細部を構成することによって一篇の長編小説を築き上げるところ、あるいは取材対象の登場人物の「冷血」ぶりに書き手が否応なく惹かれていってしまうところなど、本書と共通点がないわけでもない。しかし、ノンフィクション・ノベルの真っ先に挙げなければならない定義のひとつが「作者は作品のなかに登場すべきではない」というところにあるとすれば、本書と『冷血』は両極に位置している。これほど語り手が前面に出てくる小説は最近では珍しい。

おもしろいことに、このノンフィクション・ノベルの格率は、フローベールの小説理念に通じるところがある。彼の小説作法の根幹をなすのは〈没個性《アンペルソナリテ》〉だといわれる。すなわち、同時代の大作家——ユゴーやバルザック——のように臆面もなく作中に顔を出して、自己の思想を開陳したりしないことなのである。フローベール作品では、作者自身は描写の陰に隠れて、カメラアイのごとき沈黙を貫きとおす。われらがローラン・ビネはこんなふうに言う。

十五年間ずっと、僕はフローベールが嫌いだった。というのも、彼こそがある種のフランス文学の元凶のように思っていたから。壮大さや奇抜さに欠けた文学、徹底的に平凡なものだけからなる絵柄に自足し、どうしようもなく退屈なリアリズムにうっとり沈み、プチブル的な世界のなかで無上の喜びを見いだす文学。それなのに『サランボー』を読んだとたん、いきなり僕の好きな作品上位十点のリストに入ってしまった。（本書、二一七頁）

おそらく著者がこの文を書くにあたって念頭に置いていたのは、フローベール本人よりもむしろ、かつて――奇しくも『冷血』が発表されたのと同時期の一九六〇年代――一世を風靡《ふうび》したヌーヴォ・ロマンあるいはアンチ・ロマンと呼ばれた、きわめて抽象的で、感情移入を排した「実験小説」の一群であったように思える。

フローベール流の小説作法に今さら反旗をひるがえしてみたところで意味はない。それはむしろ、ひとつの描写装置であって、この装置の開発に文字どおり骨身を削ったフローベールの文学的殉教に――いやしくも小説家である以上――恩を負わない者はいないはずだから。フローベールは小説を書いていたというよりも、小説という器をつくりあげていた。その意味ではセザンヌが現代絵画の父と呼ばれるように、フローベールを現代小説の父と呼ぶことに異を唱える者はいないだろう。

しかし、それではおもしろくない。二百年も昔に生まれた作家をただ崇《あが》めているだけでは、現代の作家はものを書く甲斐がない。では、ローラン・ビネがこの小説に込めた野心はどこにあるのだろう？　その手がかりはすでに作品の冒頭に置かれている。

ミラン・クンデラは『笑いと忘却の書』のなかで、登場人物に名前をつけなければならないことが少し恥ずかしいとほのめかしている。とはいえ、彼の小説作品にはトマーシュだとかタミナだとかテレーザだとか命名された登場人物があふれ、そんな恥の意識などほとんど感じさせないし、そこには、はっきりと自覚された直感がある。リアルな効果を狙う子供っぽい配慮から、もしくは最善の場合、ごく単純に便宜上であっても、架空の人物に架空の名前をつけることほど俗っぽいことがあるだろうか？　僕の考えでは、クンデラはもっと遠くまで行けたはずだ。そもそも、架空の人物を登場させることほど俗っぽいことがあるだろうか？（本書、

七頁）

そして彼は書きはじめる。ガブチークという名の実在のスロヴァキア人とクビシュという名の実在のチェコ人を主人公にした小説を。この二人が狙うのは、「金髪の野獣」と呼ばれる故国チェコの総督代理ハイドリヒ。舞台は首都のプラハ。時は一九四二年。

しかし、ただこれだけの設定であるならば、たんなるドキュメンタリーではないか。せいぜいうまくいって、平凡なノンフィクション・ノベルにしかならないだろう。「クンデラはもっと遠くまで行けたはずだ」と言わしめる根拠はどこにあるのか？

ミラン・クンデラの小説の魅力は、小説という想像世界を現実のものとみなす作者と読者の暗黙の約束事を、たった一行で反転させてしまうところにある。たとえば『存在の耐えられない軽さ』であれば、次のような箇所――。

わたしはもう何年も前からトマーシュのことを考えている。しかし、こういう考察（軽さと重さについてのパルメニデス風の考察）の光を当ててみたとき、初めて彼のことがはっきりと見えてきた。彼が自分のアパートの窓辺に立ち、中庭をはさんで向かいの建物の壁を見つめている姿が見えた。そして、彼は何をすればいいのかわからないでいた。（フランス語訳からの私訳）

このトマーシュという主人公を見つめている「わたし」の視線は、フローベール作品ではありえない。ユゴーやバルザックの小説では無自覚なまま放置されている視線である。『不滅』という作品のなかでは、冒頭のスイミングプールの場面で、レッスンを終えた初老の女性がその年齢にふさわしからぬチャーミングなしぐさで、インストラクターに手を振り、笑みを送る。その姿に異様なほど感動した「わたし」は不意にひとつの名を思い浮かべ、次のようにつぶやく。

アニェス。かつてわたしはこの名を持つ女性と知り合いになったことはない。（同）

ここでも安定した小説世界における、作者と読者のあいだの暗黙の了解は打ち砕かれ、手品の種をみずから暴きながらも、そのこと自体がトリックであるかのような幻惑のリアリティへと読者を誘っていく。

本書の著者ローラン・ビネは兵役でスロヴァキアに赴任した経歴を持つ。かつては一つの国であったチェコとスロヴァキアの双方を愛し、チェコが生んだ天才小説家を敬愛している。ミラン・クンデラは小説的リアリズムのなかに語りの入れ子構造を忍びこませることに成功した。ローラン・ビネもその手法を踏襲していることは明らかだろう。しかし、ミラン・クンデラは作品の古典的なたたずまいを崩すことはけっしてなかった。その意味ではフローベールの正当な嫡子と言っていい。そこのところで弟子――とあえて言っておくが――のローラン・ビネは師匠と一線を画する。

フローベールがどんなに書き手の「わたし」を入念に描写の背後に隠したとしても、語りが死ぬことはない。描写の背後で生き、密かに息をしている。ミラン・クンデラは、その描写の楽屋裏に続くカーテンを、ほんの一瞬開けてみせたわけだが、ローラン・ビネは舞台と観客席と楽屋の仕切りを取り外してしまうだけでなく、過去と現在と未来の時間軸さえ溶かしてしまう。

一九四二年のプラハで生じた歴史的事件は、二〇〇八年の著者の生きるパリの現在時とショートし、史実と現実と想像世界は核融合にも似た黙示録的エネルギーを爆発させる。その核融合を導くのは、ユゴーのような、バルザックのような、圧倒的な語りの力なのである。

それを著者は基礎小説《アンフラ・ロマン》と呼ぶ（本書、二八四頁）。

そして、読者もまたみずからに問いかける。小説とは何か、語りとは何かと。本書はそういう双方向の小説でもある。

野心的である分だけ破格の力業を必要とするこの小説は、まさに翻訳者の忍耐力を問う作品でもあった。しかし、おびただしいドイツ語、チェコ語の固有名詞に関しては泥縄式に調べたところでどうなるものでもなかった。ここにあえてお名前を挙げることはしないが、専門の方々の校閲に深く感謝申し上げるしだいである。

本書を企画し、翻訳の機会を与えてくださった東京創元社の井垣真理さんにも、この場を借りて感謝の言葉を贈りたい。

二〇一三年四月

HHhH（エイチ・エイチ・エイチ・エイチ）
——プラハ、1942年

2013年6月28日　初版
2014年2月5日　10版

著者　ローラン・ビネ
訳者　高橋啓（たかはし けい）
装丁者　Reindeer Design
発行者　長谷川晋一
発行所　（株）東京創元社
162-0814　東京都新宿区新小川町1－5
電話　03-3268-8231（代）
振替　00160-9-1565
URL http://www.tsogen.co.jp
印刷　萩原印刷
製本　加藤製本

ISBN 978-4-488-01655-5　C0097

NOT THE END OF THE WORLD * KATE ATKINSON

ウィットブレッド賞受賞作家の傑作短篇集

世界が終わるわけではなく

ケイト・アトキンソン　青木純子訳

可愛がっていた猫が大きくなっていき、気がつくと、ソファの隣で背もたれに寄りかかって足を組んでテレビを見ている！　という「猫の愛人」、事故で死んだ女性が、死後もこの世にとどまって残された家族たちを見守ることになる「時空の亀裂」等々、12篇のゆるやかに連関した物語。千夜一夜物語のような、それでいて現実世界の不確実性を垣間見せてくれる現代的で味わい深い短篇集。

▶近頃、これほど感嘆すべき短篇集に出会ったことがない。
——オブザーヴァー

▶アトキンソンは実力派の作家だ。そして本書は感動に満ちた、しかも実に楽しい短篇集だ。——サンデータイムズ

▶アトキンソンは物語るということに魅入られた作家だ。
——グラスゴー・サンデー・ヘラルド

四六判仮フランス装